As duas vidas de Lydia Bird

As duas vidas de Lydia Bird
Josie Silver

TRADUÇÃO
Juliana Romeiro

1ª edição

BERTRAND BRASIL

Rio de Janeiro | 2023

CIP-BRASIL. CATALOGAÇÃO NA PUBLICAÇÃO
SINDICATO NACIONAL DOS EDITORES DE LIVROS, RJ

S592d   Silver, Josie
         As duas vidas de Lydia Bird / Josie Silver ; tradução Juliana Romeiro. - 1. ed. - Rio de Janeiro : Bertrand Brasil, 2023.

         Tradução de: The two lives of Lydia Bird
         ISBN 978-65-5838-048-1

         1. Romance inglês. I. Romeiro, Juliana. II. Título.

23-85944   CDD: 823
                        CDU: 82-31(410.1)

Gabriela Faray Ferreira Lopes - Bibliotecária - CRB-7/6643

Copyright © Josie Silver, 2020
Originalmente publicado como *The Two Lives of Lydia Bird* em 2020 pela Penguin, uma impressão da Penguin General. Penguin General é parte do grupo de empresas Penguin Random House.

Título original: *The Two Lives of Lydia Bird*

Texto revisado segundo o Acordo Ortográfico da Língua Portuguesa de 1990.

Todos os direitos reservados.
Não é permitida a reprodução total ou parcial desta obra, por quaisquer meios, sem a prévia autorização por escrito da Editora.

Direitos exclusivos de publicação em língua portuguesa somente para o Brasil adquiridos pela:
EDITORA BERTRAND BRASIL LTDA.
Rua Argentina, 171 — 3º andar — São Cristóvão
20921-380 — Rio de Janeiro — RJ
Tel.: (21) 2585-2000,
que se reserva a propriedade literária desta tradução.

Impresso no Brasil

ISBN 978-65-5838-048-1

Seja um leitor preferencial Record.
Cadastre-se no site www.record.com.br e receba informações sobre nossos lançamentos e nossas promoções.

Atendimento e venda direta ao leitor:
sac@record.com.br

Prólogo

A maior parte dos momentos marcantes da vida acontece do nada; às vezes, eles passam completamente batidos, e você só nota depois, quando nota. A última vez que você consegue carregar o filho no colo. Um revirar de olhos compartilhado com um desconhecido que acaba virando o seu melhor amigo para toda a vida. O emprego temporário para o qual você se candidata num impulso e onde acaba trabalhando pelos próximos vinte anos. Esse tipo de coisa. Então, quando o meu celular toca, às 18h47 do dia 14 de março de 2018, estou completamente alheia ao fato de que estou vivendo um desses momentos que irão me definir; em vez disso, xingo baixinho, porque estou com um bobe preso no cabelo, já atrasada.

— Alô?

Com um sorriso brotando espontaneamente no rosto, coloco a chamada no viva-voz e ouço Freddie meio que gritando por causa do barulho do tráfego.

— Tô aqui! — exclamo por entre os dentes, que estão segurando os grampos de cabelo.

— Escuta, Lyds, o Jonah tá com um problema no carro, então vou passar lá quando estiver indo para casa, para dar uma carona. Não vai demorar muito, coisa de dez minutos, no máximo.

Ainda bem que ele não está aqui para ver a minha cara. Foi a princesa Diana quem disse aquela frase famosa sobre ter três pessoas no casamento dela? Sei como é, porque tem três pessoas no meu também. Tudo bem que ainda não nos casamos; mas estamos quase lá. Freddie Hunter e eu estamos noivos, e sou oficialmente *quase* a mulher mais feliz do mundo.

O que eu disse antes é o motivo do "quase" a mais feliz: porque tem eu, o Freddie e a porcaria do Jonah Jones.

Sei como é; também não passo um dia sem falar com a minha irmã, mas a Elle não vive aqui no nosso sofá, tomando o nosso chá e exigindo a minha atenção. Não que o melhor amigo do Freddie seja exigente. O Jonah é um cara tão descontraído que passa a maior parte do tempo praticamente deitado, e não é como se eu não gostasse dele — apenas gostaria muito mais se não tivesse que vê-lo tanto assim, sabe? Hoje, por exemplo, Freddie convidou o Jonah para o jantar sem pensar em falar comigo antes, mesmo sendo o meu aniversário.

Cuspo os grampos, desistindo de lutar com o bobe preso no cabelo, e pego o celular, irritada.

— Ai, o Freddie, você tem mesmo que ir? A reserva no Alfredo é para as oito horas, e eles não vão segurar a mesa se a gente chegar atrasado.

Já sofri isso na pele: o jantar de Natal do trabalho foi um desastre, porque a van chegou dez minutos atrasada, e todo mundo acabou indo parar no McDonald's, com roupa de festa. Aposto que a minha mãe não vai gostar de ter de comer um Big Mac no meu jantar de aniversário, em vez de fettuccine de frango.

— Relaxa, Cinderela, você não vai se atrasar para o baile. Prometo.

É a cara do Freddie falar isso. Ele nunca leva a vida a sério, nem nas ocasiões especiais, quando, na verdade, seria bom que levasse. No mundo dele, o tempo é maleável e pode ser esticado a fim de se ajustar às necessidades — neste caso, às necessidades do Jonah.

— Tá bem — acabo cedendo, com um suspiro resignado. — Só fica de olho na hora, pelo amor de Deus.

— Pode deixar — responde ele, já ligando o rádio do carro. — Câmbio e desligo.

O silêncio toma conta do quarto, e fico me perguntando se alguém iria notar se eu cortasse o chumaço de cabelo emaranhado no bobe, que, neste momento, está pendurado na lateral da minha cabeça.

E lá se foi. O momento que define a minha vida passou batido por mim, às 18h47 do dia 14 de março de 2018.

2018

Acordada

Quinta-feira, 10 de maio

Freddie Hunter, também conhecido como o grande amor da minha vida, morreu há cinquenta e seis dias.

Num momento, estou pensando o pior dele por ter se atrasado e acabado com o meu jantar de aniversário; no seguinte, estou tentando entender por que tem duas policiais na minha sala, uma delas segurando a minha mão enquanto fala. Olho para a aliança de casamento dela e depois para a minha de noivado.

— O Freddie não pode ter morrido — digo. — A gente vai se casar ano que vem.

O fato de não me lembrar direito do que aconteceu depois disso deve ser algum tipo de mecanismo de defesa. Eu me lembro de ter sido levada para a emergência do hospital na viatura da polícia, as luzes azuis do veículo piscando, e da minha irmã me segurando quando as minhas pernas fraquejaram no hospital. Eu me lembro de dar as costas para o Jonah Jones quando ele apareceu na sala de espera, praticamente sem nem um arranhão, só com a mão enfaixada e um curativo no olho. Como isso pode ser justo? Duas pessoas entram no carro, apenas uma sai dele. Eu me lembro de estar usando a blusa verde que comprei especialmente para o jantar. Doei para uma loja de caridade; nunca mais quero aquilo no meu corpo.

Desde aquele dia terrível, já gastei os neurônios inúmeras vezes tentando lembrar cada palavra da minha última conversa com o Freddie, e tudo o que me vem à mente sou eu reclamando que ele chegaria ao restaurante em cima da hora. E então surgem os outros pensamentos. Ele estava dirigindo correndo para me agradar? O acidente foi culpa minha? Meu Deus, como eu queria ter dito para ele que o amo. Se soubesse que aquela seria a última vez que nos falaríamos, teria dito, lógico que teria. Desde então, me pego desejando de vez em quando que ele tivesse vivido só o suficiente para mais uma conversa — mas não sei se o meu coração teria aguentado. Talvez seja bom que você não se dê conta de que está fazendo algo importante pela última vez: a minha mãe me buscando no portão da escola, segurando a minha mão, menor que a dela, e me transmitindo confiança; ou meu pai se lembrando do meu aniversário.

Sabe qual foi a última coisa que o Freddie falou para mim, no meu aniversário de vinte e oito anos, enquanto dirigia correndo para me encontrar? "Câmbio e desligo." Era um hábito dele, uma coisa que fazia havia anos, palavras bobas que agora tinham se tornado uma das frases mais significativas da minha vida.

Mas acho que é bem típico do Freddie ir embora com uma frase dessas. Ele tinha esse desejo insaciável pela vida, um misto de leveza com um impulso competitivo impressionante — divertido, mas fatal, por assim dizer. Nunca conheci alguém com um dom tão grande de sempre saber o que dizer. Ele tem — tinha — o talento de fazer os outros acharem que tinham ganhado, quando, na verdade, ele havia conseguido exatamente o que queria; ele começou a trabalhar com publicidade e foi subindo de cargo feito um meteoro, sempre focado na promoção seguinte. Ele é — era — o talento do grupo, aquele que chegaria a algum lugar ou realizaria alguma coisa que faria as pessoas se lembrarem do seu nome muito depois de ter partido.

Só que agora ele *partiu*, o carro sanfonado contra um carvalho, e a sensação é de que alguém me abriu e deu um nó na minha traqueia. É como se eu não conseguisse puxar ar o suficiente para os pulmões — estou sem fôlego e constantemente à beira do pânico.

O médico finalmente me deu um remédio para me ajudar a dormir, depois que a minha mãe gritou com ele ontem na sala: um mês de um comprimido novo que ele não sabia bem se deveria me receitar, por achar que "para emergir do luto, é preciso vivenciá-lo de forma consciente". Sem sacanagem; foi exatamente isso que ele me falou há algumas semanas, antes de me deixar de mãos abanando e voltar para casa, para a esposa e os filhos muito vivos.

Morar perto da minha mãe pode ser uma bênção e uma maldição, dependendo das circunstâncias. Quando ela faz aquele ensopado de frango maravilhoso e traz uma panela ainda quente do fogão, por exemplo, ou quando ela espera por mim no fim da rua numa manhã fria de fim de outono para me dar uma carona para o trabalho — nesses casos, a proximidade é uma bênção. Mas quando estou na cama, vendo tudo em dobro por causa de uma ressaca e ela aparece no meu quarto como se eu ainda tivesse dezessete anos, ou quando ela torce o nariz por eu não arrumar a casa há alguns dias, como se eu fosse uma daquelas pessoas acumuladoras e que precisam da ajuda de um reality show — nessas horas, a proximidade é uma maldição. Eu poderia dizer o mesmo de quando estou tentando sofrer em paz, com a cortina da sala ainda fechada às três da tarde e o mesmo pijama que estava usando quando ela me visitou ontem e anteontem, e ela aparece, preparando uma caneca de chá que vou esquecer de tomar e fazendo sanduíches que vou esconder no fundo da geladeira, enquanto ela estiver no andar de cima limpando o banheiro, ou lá fora tirando o lixo.

Eu entendo, lógico. Ela me protege com unhas e dentes, ainda mais agora. Deixou o médico praticamente tremendo de medo quando ele hesitou diante da possibilidade de me prescrever um comprimido para dormir. Eu, por acaso, também não estou muito certa de que me dopar seja uma boa opção, mas Deus sabe que a ideia de esquecer me atrai. Nem sei por que estou envolvendo Deus nesta história. O Freddie é, foi e sempre teria sido um ateu estridente, e eu, na melhor das hipóteses, sou ambivalente, então não imagino que Deus tenha tido muita relação com o fato de eu ter sido colocada num ensaio clínico para recém-enlutados. O médico recomendou que eu participasse dos testes com uma droga nova, provavelmente porque a minha mãe estava exigindo a dose máxima de Valium, e esses comprimidos novos estão sendo promovidos como uma opção mais branda e holística. Para falar a verdade, não estou nem aí para o que eles são; sou oficialmente a cobaia mais triste e cansada do mundo.

O Freddie e eu temos uma cama maravilhosa, sabe? Parece mentira, mas o Savoy leiloou a preço de banana algumas camas do hotel, porque estavam trocando por camas novas, e, mãe do céu, a nossa é uma ilha da fantasia de proporções épicas. No começo, as pessoas torceram o nariz:

você vai comprar uma cama usada? "Pra que isso?", exclamou a minha mãe, tão horrorizada que parecia que estávamos comprando uma cama de campanha descartada pelo abrigo de pessoas em situação de rua do bairro. Está na cara que os céticos nunca passaram uma noite no Savoy. Eu também não, verdade seja dita, mas assisti a um programa sobre as camas do hotel, todas feitas à mão, e sabia exatamente o que estava comprando. E foi assim que nos tornamos os proprietários da cama mais confortável num raio de mais de cem quilômetros, na qual Freddie e eu devoramos inúmeros cafés da manhã de domingo, rimos, choramos e fizemos o mais maravilhoso amor.

Quando a minha mãe falou que tinha trocado a roupa de cama para mim, alguns dias depois do acidente, ela sem querer acionou um gatilho meu e despertou em mim um colapso repentino e intenso. Eu podia me ver, como se estivesse fora do corpo, me agarrando à porta da máquina de lavar, chorando aos soluços, enquanto os lençóis giravam em meio à espuma, lavando os últimos vestígios da pele do Freddie e o seu cheiro ralo abaixo.

Minha mãe ficou arrasada, tentando me levantar do chão enquanto chamava a minha irmã para ajudar. Acabamos abraçadas no chão de tábua corrida da cozinha, vendo o lençol girar, as três aos prantos, porque é uma injustiça filha da puta que o Freddie não esteja mais aqui.

Desde então não voltei mais para a cama. Na verdade, acho que não durmo direito desde aquele dia. Só cochilo, às vezes: com a cabeça na mesa, do lado do café da manhã intocado; no sofá, embrulhada com o casaco de inverno do Freddie; até de pé, encostada na geladeira.

— Anda, Lyds — chamou minha irmã, sacudindo o meu ombro com carinho. — Eu vou com você.

Olho para o relógio, desorientada, porque estava claro do lado de fora quando fechei os olhos, mas agora está escuro o suficiente para alguém — imagino que a Elle — precisar acender as luzes. Ela é muito atenciosa. Sempre pensei nela como uma versão melhorada de mim. Somos fisicamente parecidas em altura e estrutura óssea, mas o tom do cabelo e dos olhos dela é mais escuro. A Elle também é mais gentil que eu, gentil demais para o próprio bem, na maior parte do tempo. Passou a tarde quase toda aqui — acho que a minha mãe deve ter feito uma escala, para que eu nunca passe mais que uma ou duas horas sozinha. Aposto que está pregada na lateral da geladeira dela, do lado da lista de compras, que ela passa a semana inteira redigindo, e do diário alimentar, que mantém para a aula de emagrecimento. A minha mãe gosta de uma lista.

— Vai comigo pra onde? — pergunto, me sentando mais ereta e notando o copo de água e o frasco de remédio na mão da Elle.

— Pra cama — explica ela, com um quê de severidade na voz.

— Estou bem aqui — murmuro, muito embora o nosso sofá não seja lá tão confortável para passar a noite. — Nem está na hora de dormir ainda. A gente podia ver... — Abano a mão, apontando para a televisão no canto da sala, tentando lembrar o nome de alguma novela. Então suspiro, irritada com meu cérebro cansado que não consegue pensar em nada. — Você sabe de qual estou falando, aquela que tem o pub, uns homens carecas e que todo mundo grita.

Ela sorri e revira os olhos.

— Você quer dizer *EastEnders*.

— Essa mesmo — concordo, distraída, olhando ao redor em busca do controle remoto para ligar a televisão.

— A essa hora, já até acabou. Além do mais, deve ter no mínimo uns cinco anos que você não vê *EastEnders* — completa ela, sem dar o braço a torcer.

Fecho a cara.

— Não tem, não. Tem a... aquela mulher dos brincos compridos e... aquela outra que quem interpreta é a Barbara Windsor — digo, levantando o queixo.

Elle balança a cabeça em negativa.

— As duas já morreram — responde ela.

Coitadas, penso, e coitadas das famílias.

Elle estende a mão para mim.

— Tá na hora de ir para a cama, Lydia — afirma Elle, gentil e firme, mais como uma enfermeira que como uma irmã.

Meus olhos ardem com as lágrimas quentes.

— Acho que não consigo.

— Consegue, sim — insiste ela, determinada, a mão ainda estendida. — O que você vai fazer? Dormir no sofá para o resto da vida?

— Seria tão ruim assim?

Elle senta ao meu lado e pega a minha mão, com os comprimidos no colo.

— Na verdade, seria, Lyds — diz. — Se fosse o Freddie que tivesse ficado sozinho aqui, em vez de você, você iria querer que ele dormisse um pouco, não iria?

Faço que sim, arrasada. É óbvio que iria.

— Na verdade, você iria encher o saco de tanto assombrar o Freddie, até o coitado ir para a cama — continua ela, fazendo um carinho em meus dedos com o polegar, e eu meio que engasgo com o nó eterno de lágrimas através do qual tento respirar desde o dia em que ele morreu.

Eu a observo sacudir o frasco até um comprimidinho rosa fluorescente cair na palma da sua mão. Será que isso já basta para que eu volte ao normal? Algumas semanas de sono profundo, e vou estar nova em folha de novo?

Elle sustenta o meu olhar, decidida, e as lágrimas escorrem pelo meu rosto quando percebo como estou despedaçada; meus estados físico e emocional já chegaram ao fundo do poço. Ou pelo menos espero que tenham chegado, porque acho que não consigo sobreviver se tiver que descer mais. Pegando o comprimido com os dedos trêmulos, coloco na boca e engulo com água. Na porta do quarto, me viro para Elle.

— Eu tenho que fazer isso sozinha — sussurro.

Ela afasta dos olhos o meu cabelo molhado de lágrimas.

— Tem certeza? — Minha irmã avalia meu rosto com seus olhos escuros. — Se quiser, posso ficar aqui até você pegar no sono.

Fungo, olhando para o chão, chorando, como sempre.

— Eu sei — digo, pegando a mão dela e apertando firme. — Mas acho que seria melhor... — Não consigo encontrar as palavras certas; não sei se é porque o comprimido está fazendo efeito ou se é só porque não existem palavras certas para a situação.

Elle assente.

— Se precisar de mim, estarei lá embaixo, tá? Não vou a lugar nenhum.

Seguro a maçaneta. Desde que a minha mãe trocou a roupa de cama, não abro esta porta, pois não quero ver nem de relance a cama intocada quando estiver indo ao banheiro. Construí toda uma ideia na cabeça, esse lugar alienígena, tão proibido quanto uma cena de crime isolada com fita amarela.

— É só uma cama — sussurro, abrindo a porta devagar. Não tem fita nenhuma bloqueando a minha entrada, nem monstro debaixo da cama. Mas também não tem o Freddie Hunter, e isso é totalmente devastador.

— Só uma cama — repete Elle, fazendo carinho nas minhas costas. — Um lugar para descansar.

Mas ela está mentindo. Nós duas sabemos que é muito mais que isso. Este quarto, o meu quarto com o Freddie, foi um dos principais motivos pelos quais compramos a casa. É arejado, bem iluminado graças às janelas compridas e ao piso de madeira cor de mel, e, nas noites de céu sem nuvens de verão, a lua invade o cômodo com feixes iluminados.

Alguém — a Elle, imagino — já entrou e acendeu o abajur do meu lado da cama, que me recebe com um círculo de luz suave, embora o sol ainda não tenha se posto. Ela também dobrou a colcha de lado, para que eu me cobrisse com mais facilidade; o cômodo está parecendo muito mais um quarto de hotel do que de uma casa. Quando fecho a porta, sinto um cheiro pungente de roupa de cama limpa. Não há o menor vestígio do meu perfume misturado à loção pós-barba do Freddie, nenhuma camisa de escritório amarrotada e jogada com descuido na poltrona, nem sapatos largados em algum lugar que não na última prateleira do armário. O quarto está todo em ordem; me sinto como uma hóspede na minha vida.

— É só uma cama — sussurro de novo, sentada na beirada do colchão. Fecho os olhos e deito, virando de lado e me cobrindo com a colcha.

Gastamos mais do que devíamos em roupas de cama que estivessem à altura da nossa cama do Savoy; lençóis brancos de algodão com mais fios do que a maioria dos hotéis em que já dormi. À medida que meu corpo desliza no lençol, percebo que ele já está quentinho. A Elle botou uma bolsa térmica para mim, minha irmã querida, para expulsar o frio dos lençóis limpos. A minha cama, a nossa cama, me abraça como uma velha amiga em relação à qual sinto culpa por não ter dado atenção.

Permaneço no meu lado da cama, o corpo dolorido de tristeza, os braços estendidos para encontrá-lo, como sempre. Então empurro a bolsa térmica para o lado dele, aquecendo o lençol antes de me arrastar para lá e abraçar a bolsa quentinha junto ao peito com os dois braços. Enterro o rosto molhado de lágrimas no travesseiro dele e choro feito um bicho ferido, emitindo um barulho tão estranho quanto incontrolável.

E então, pouco a pouco, o choro vai diminuindo. Meu coração começa a bater mais devagar, e meus braços e pernas ficam pesados feito chumbo. Estou quente, abrigada e, pela primeira vez em cinquenta e seis dias, não estou perdida, sem o Freddie. Não estou perdida porque, enquanto pego no sono, quase posso sentir o peso sólido dele afundando o colchão, o seu corpo envolvendo o meu, a sua respiração firme no meu pescoço. Me salva dessa água escura e inexplorada, Freddie Hunter. Eu o puxo para junto de mim e inspiro seu cheiro, enquanto caio num sono profundo e tranquilo.

Dormindo

Sexta-feira, 11 de maio

Sabe aquelas manhãs felizes de verão, quando o sol nasce antes de você acordar, e você meio que acorda e depois dorme de novo, feliz por ainda ter mais algumas horas? Eu me viro e me deparo com o Freddie ainda aqui comigo, e o alívio é tão intenso que tudo o que consigo fazer é ficar perfeitamente imóvel e tentar sincronizar a minha respiração com a dele. São quatro da manhã, cedo demais para acordar, então fecho os olhos de novo; acho que nunca experimentei um conforto tão absoluto. A cama aquecida por nosso corpo aninhado à meia-luz dourada antes do amanhecer, a música suave do canto dos pássaros. Por favor, não me deixe despertar deste sonho.

Acordada

Sexta-feira, 11 de maio

Antes de abrir os olhos de novo, sei que ele se foi. A cama está mais fria, o sol das seis é mais agressivo, o canto dos pássaros parece o som de unhas arranhando um quadro de giz. O Freddie estava aqui, eu sei que estava. Enterro a cabeça no travesseiro e fecho os olhos com força, em busca da escuridão das minhas pálpebras fechadas para dormir de novo. Se eu conseguir dormir, talvez o encontre.

O pânico começa a borbulhar no fundo do estômago; quanto mais tento relaxar, mais o meu cérebro se agita, preparando-se para mais um dia cheio de pensamentos sombrios e emoções desesperadas com as quais não sei lidar. E então o meu coração estremece, como uma bateria de carro pegando no tranco, porque me lembro: agora tenho o remédio para dormir. Comprimidos cor-de-rosa feitos para me apagar. Pego o frasco que a Elle deixou na minha mesa de cabeceira e seguro com as duas mãos, aliviada, então abro a tampa e engulo um comprimido.

Dormindo

Sexta-feira, 11 de maio

— Bom dia, Lyds. — Freddie gira na cama e me beija na testa, o braço dele pesando nos meus ombros enquanto o alarme nos sinaliza que são sete horas. — Não quero trabalhar hoje. Vamos ficar na cama? Eu ligo pro seu trabalho para avisar que você não pode ir, se você ligar para o meu.

Quase todo dia ele fala alguma coisa assim, e, por alguns minutos, nós fingimos considerar a possibilidade.

— Você vai trazer café na cama pra gente? — murmuro, abraçando seu corpo quente e enterrando o rosto nos pelos macios do seu peito. Eu amo essa solidez do Freddie; ele tem uma presença física dominante, por causa da altura e dos ombros largos. No trabalho, às vezes acontece de as pessoas subestimarem a habilidade intelectual dele para os negócios por causa do físico estereotipado de jogador de rúgbi, e ele não vê o menor problema em usar isso a seu favor. É extremamente competitivo.

— Se você topar tomar café da manhã ao meio-dia, eu trago. — Ouço a sua risada reverberando enquanto ele faz carinho na minha cabeça.

— Por mim, tudo bem — digo, fechando os olhos e inspirando o cheiro dele profundamente.

Ficamos assim por alguns minutos preguiçosos e maravilhosos, abraçados, meio adormecidos, sabendo que logo vamos ter de levantar. Mas nos demoramos, porque esses são os momentos que importam, os que fazem com que seja eu e o Freddie contra o mundo. Esses momentos são a base sobre a qual o nosso amor está construído, um manto invisível sobre os nossos ombros quando saímos porta afora para tocar a vida. Freddie não retribui o olhar interessado da garota bonita na plataforma 4, esperando o trem das 7h47, e eu nunca deixo o Leon, o barista do café onde às vezes compro o meu almoço, cruzar a fronteira entre a brincadeira e o flerte, muito embora ele pareça um ator de cinema de tão bonito e escreva coisas escandalosas no meu café.

Estou chorando. Por alguns segundos, não sei por quê, e então eu lembro, e inspiro grandes golfadas de ar, como alguém que retorna à superfície depois de afundar em águas profundas.

Freddie se assusta e se apoia num dos cotovelos para olhar para mim, o semblante preocupado, enquanto segura o meu ombro.

— Lyds, o que foi? — pergunta ele com um tom de voz urgente, pronto para ajudar, para me consolar, seja qual for a dor que estou sentindo.

Não consigo respirar, porque meu peito arde quando tento fazer isso.

— Você morreu. — Solto as palavras chocantes em meio aos soluços, os olhos procurando no rosto querido dele algum sinal do acidente. Não tem nada, nenhum indício do ferimento na cabeça catastrófico que tirou a sua vida. Seus olhos têm um tom de azul diferente, escuro o suficiente para ser confundido com castanho, a menos que você esteja bem perto para ver de verdade. Ele às vezes usa um par de óculos de armação preta, quando tem de apresentar alguma proposta para um cliente importante no trabalho, as lentes sem grau, uma ilusão de fraqueza onde não há. Fito esses olhos e passo a mão pela barba loira por fazer em seu queixo.

Ele deixa escapar uma risada grave, e vejo alívio em seus olhos.

— Sua boba — diz, me abraçando de novo. — Você estava sonhando, só isso.

Ah, como eu queria que fosse verdade. Balanço a cabeça em negativa, então ele pega a minha mão e leva até o peito dele.

— Estou bem — insiste. — Meu coração está batendo e tudo, sente aqui.

E está. Aperto seu peito forte o bastante para senti-lo pulsando sob a palma da mão, e ainda assim sei que não está, não de verdade. Não pode estar. Ele cobre a minha mão com a sua, agora sério, pois percebe como estou angustiada. É lógico que ele não entende. Como entenderia? Ele não é de verdade, mas, meu Deus, isso também não se parece com nenhum outro sonho que eu já tenha tido. Estou acordada durante o sono. Sinto o calor do corpo dele. Sinto o cheiro da loção pós-barba emanando da sua pele. Sinto o gosto das minhas lágrimas quando ele se aproxima e me beija com carinho. Não consigo parar de chorar. Tento inspirar bem pouco ao abraçá-lo, como se ele fosse feito de fumaça e pudesse se dissipar, caso eu respire com muita força.

— Foi só um pesadelo — sussurra ele, acariciando as minhas costas, me deixando chorar, porque nada mais pode ser feito.

Se ele soubesse que isto é o oposto de um pesadelo... Pesadelo é quando você está esperando com impaciência pelo namorado, no dia do seu aniversário, com a família já sentada à mesa do restaurante no centro da cidade.

— Estou com saudade de você. Muita saudade — choramingo. Não consigo fazer meus membros pararem de tremer, e ele me abraça, com bastante força desta vez, me dizendo que me ama e que está bem, que nós dois estamos bem.

— Vamos chegar atrasados no trabalho — diz Freddie com gentileza, depois de alguns minutos.

Continuo deitada, imóvel, com os olhos fechados, tentando guardar na memória a sensação de estar em seus braços, para quando eu acordar.

— Vamos ficar aqui — sussurro. — Vamos ficar aqui para sempre, Freddie.

Ele passa a mão pelo meu cabelo e puxa a minha cabeça para trás, para olhar nos meus olhos.

— Bem que eu queria — diz, com um leve sorriso nos lábios. — Mas você sabe que eu não posso. Vou presidir uma reunião hoje de manhã com a PodGods — explica ele, me lembrando de uma coisa a respeito da qual nada sei.

— A PodGods?

Ele me olha na dúvida.

— A empresa de café de cápsula. Você não lembra que eu contei? Eles apareceram na reunião para ouvir a proposta de marketing de camiseta e boné verde fluorescente, escrito PodGods.

— Como eu fui esquecer? — respondo, embora não tenha ideia do que ele está falando.

Ele me solta e beija a minha bochecha.

— Fica em casa — sugere, com um olhar preocupado. — Você nunca tira folga. Por que não descansa hoje? Eu trago um chá pra você.

Não discuto. Faz cinquenta e seis dias que não trabalho.

Minha vida está entrelaçada à do Freddie Hunter desde a primeira vez em que ele me beijou, entranhando-se no meu DNA, numa tarde de fim de verão. Já tinha um tempo que estava rolando um clima, a coisa toda esquentando feito vapor dentro de um motor — ele sempre sentado do meu lado na cantina da escola para roubar o meu sorvete, o flerte rebatido de um lado para o outro da sala de aula como uma bola de tênis. Ele passou a voltar para casa pelo mesmo caminho que o Jonah e eu, embora não fosse caminho para ele, em geral inventando alguma desculpa esfarrapada sobre ter de comprar alguma coisa para a mãe ou visitar a avó. Quando o Jonah pegou catapora e teve de ficar uma ou duas semanas em casa, não tive escapatória. Até hoje sinto um frio na barriga só de lembrar: Freddie me deu um anel amarelo de plástico com uma flor, do tipo que se ganha de brinde, e então me beijou, sentado no muro da frente da casa do vizinho.

— Sua avó não vai ficar preocupada com você? — perguntei, depois dos cinco minutos mais emocionantes da minha vida.

— Duvido. Ela mora em Bournemouth — respondeu ele, e nós dois rimos, porque Bournemouth devia ficar a mais de cento e cinquenta quilômetros de distância.

E pronto, eu passei a ser a namorada do Freddie Hunter dali para sempre. No dia seguinte, ele escondeu um chocolate na minha mochila junto de um bilhete dizendo que ia me levar em casa. Vindo de outra pessoa, o gesto poderia ter soado possessivo; meu terno coração adolescente enxergou apenas como uma franqueza emocionante.

Eu o observo se movendo com propósito agora, indo até o banheiro para ligar o chuveiro, tirando uma camisa branca limpa do cabide.

— Não quero contar vantagem antes da hora, mas acho que esse cliente tá no papo — comenta, atendendo brevemente a uma ligação de trabalho, o celular encaixado no pescoço enquanto pega uma cueca na gaveta. Eu observo os seus movimentos rotineiros e ofereço a ele um sorriso trêmulo quando ele revira os olhos para mim, porque quer que a pessoa do outro lado da linha desligue logo.

Freddie entra no banheiro, e eu me sento e afasto a colcha ao ouvir a água caindo pelo seu corpo.

— O que está acontecendo comigo? — sussurro, levando os pés ao chão, sentada na beirada da cama feito uma paciente depois de uma cirurgia de coração aberto. É como me sinto. Como se alguém tivesse aberto o meu peito e massageado o meu coração para que ele voltasse a funcionar. — Não acredito em contos de fada, nem em feijões mágicos — murmuro, mordendo o trêmulo lábio inferior com força suficiente para sentir o gosto forte e metálico de sangue.

Freddie sai do banheiro sob uma nuvem de vapor, enfiando a camisa para dentro da calça e a abotoando.

— Tenho que ir — diz, pegando o celular. — Se eu ligar a chaleira elétrica, você prepara o chá? Se eu correr, ainda consigo pegar o trem.

Escolhemos esta casa exatamente por isso, para as manhãs em que estivéssemos atrasados, gratos por haver uma estação de trem bem na esquina. Ele já passa muito tempo no escritório, no centro de Birmingham, então quanto menos gastar com o trajeto, melhor. Já eu estou mais perto do trabalho, na prefeitura da cidade em que moramos; em dez minutos chego ao estacionamento. Mas adoro morar num prédio tombado, parece algo saído de uma história infantil. Acredita-se que a construção de enxaimel meio torta no fim da rua principal seja a estrutura mais antiga da cidade. A maioria dos prédios da rua sinuosa tem uma arquitetura semelhante; a nossa cidadezinha, no condado de Shropshire, é muito antiga e muito orgulhosa de ser mencionada no *Domesday Book*, um livro de recenseamento inglês datado da era medieval. Crescer numa comunidade tão unida é uma experiência e tanto. Muitas famílias estão aqui há gerações, do berço ao túmulo. É fácil descartar o valor disso, se sentir sufocado pelo fato de que todo mundo sabe da vida um do outro, mas há também uma riqueza e um conforto nisso, sobretudo quando alguém precisa de ajuda.

Não foi só a localização que nos deixou encantados pela casa. Nós a visitamos num fim de semana de primavera, bem cedo pela manhã, com o sol na altura perfeita para iluminar a pedra cor de mel e a grande janela em alcova. A casa é geminada de ambos os lados, e a decoração foi quase um pesadelo, porque o lugar não tem nem uma parede ou porta reta. Toda vez que o Freddie batia a cabeça na viga baixa e exposta da cozinha eu argumentava que isso só aumentava o charme do lugar. Gosto de pensar que a decoração lembra a casa de Kate Winslet em *O amor não tira férias*, com as tábuas expostas e uma desordem aconchegante. É um visual que construí cuidadosamente adquirindo itens em feiras de antiguidade e mercados de pulgas, às vezes refreado pela predileção do Freddie por coisas mais modernas. Ele sempre esteve disposto a perder essa batalha: sou como uma pega que adora colecionar coisas bonitas e que sabe usar o Pinterest como poucos.

Alguns dias atrás, depois que me obriguei a botar uma roupa e dar um pulo no mercadinho da esquina para comprar vinho, percebi que não queria voltar para casa. Foi a primeira vez que me senti assim desde a manhã em que recebemos as chaves, e mais um pedaço do meu coração se partiu ao perceber que o nosso lar não era mais um lar. Eu jamais poderia ter imaginado vender a casa, mas, naquele momento, me senti à deriva e caminhei no sentido contrário, e dei duas voltas no parquinho infantil antes de conseguir encarar a volta para casa. Então, curiosamente, uma vez dentro dela de novo, não queria mais sair. Sou um turbilhão de contradições — não é de admirar que a minha família esteja morrendo de preocupação comigo.

Era a nossa casa, e agora é a minha casa, embora haja pouco prazer em não ter mais que pagar o financiamento aos vinte e oito anos agora que também não tenho mais o Freddie ao meu lado. Na época, nós sentimos como se o consultor financeiro tivesse nos enrolado em relação ao seguro de vida; a ideia de que algo aconteceria a um de nós antes de terminarmos de pagar a casa parecia ridícula. Que sorte a nossa de termos nos sentido tão seguros. Afasto os pensamentos, percebendo que estou prestes a chorar de novo. Freddie está me olhando meio na dúvida.

— Você tá melhor? — pergunta ele, segurando o meu rosto e deslizando o polegar pela minha bochecha.

Afirmo com a cabeça, virando o rosto para pressionar meus lábios em sua palma, enquanto ele beija a minha cabeça.

— Assim que eu gosto — sussurra ele. — Te amo.

Por mais indigno que seja, minha vontade é de me agarrar a ele, implorar para que não me deixe de novo, mas não faço isso. Se esta vai ser a minha última memória de nós dois, quero que ela fique registrada em meu coração pelos melhores motivos. Então me levanto, seguro as lapelas do seu paletó e fito seus belos olhos azuis que conheço tão bem.

— Você é o amor da minha vida, Freddie Hunter — digo, fazendo as palavras soarem compreensíveis e verdadeiras.

Ele abaixa a cabeça e me beija.

— Eu te amo mais do que a Keira Knightley. — Ele ri baixinho, entrando na nossa brincadeira.

— Tanto assim, é? — provoco, arregalando os olhos, porque em geral a gente começa de baixo e vai escalando até chegar à Keira, no caso dele, e ao Ryan Reynolds, no meu.

— É — responde ele, soprando um beijo para mim ao sair do quarto.

O pânico sobe pela minha garganta, quente e nauseante, e retraio os dedos dos pés no piso de madeira para não correr atrás dele. Ouço seus passos na escada, o som da porta da frente se fechando, e corro até a janela do quarto para vê-lo caminhando numa quase corrida em direção à esquina. Abro a janela tarde demais, me atrapalhando com o trinco antigo, e grito o seu nome, mesmo sabendo que ele não vai me ouvir. Por que o deixei ir embora? E se eu nunca mais o encontrar de novo? Me agarro ao parapeito, os olhos colados nas costas dele. Quase espero que ele desapareça, mas isso não acontece. Ele apenas vira a esquina, perdido para o mundo, para algum cliente de empresa de café, para a garota na plataforma 4, para todos os lugares onde não posso estar.

Acordada

SEXTA-FEIRA, *11* DE MAIO

Acordo com o rosto molhado e um gosto de sangue na boca. Pego o celular e, após uma inspeção mais minuciosa, vejo que mordi feio o lábio inferior por dentro; dá para ver a marca dos dentes, e o lábio está inchado como se eu tivesse feito um preenchimento que deu errado. Não é a minha melhor aparência — o Freddie no mínimo teria achado graça do fato de eu estar parecendo um baiacu.

Freddie. Fecho os olhos, sem ar diante do hiper-realismo do sonho, ou o que quer que tenha sido aquilo. Só posso comparar a experiência com quando você entra numa loja de eletrônicos e vê a televisão mais moderna e chamativa, daquelas que custam uma pequena fortuna. As cores são mais vivas, a imagem, com mais resolução, e o som, mais nítido. Era um Technicolor límpido, igual a assistir a um filme num cinema IMAX. Não, foi mais como estar num filme num cinema IMAX. Era real demais para não ser verdade. Freddie estava vivo, tomando banho e atrasado para o trabalho, e fazendo piada com a Keira Knightley de novo.

Quebro a cabeça tentando resgatar alguma memória de Freddie mencionando um cliente de uma empresa de café antes de morrer. Tenho certeza de que não teve isso; é como se o Freddie estivesse vivendo os últimos cinquenta e sete dias atrás de um véu, cuidando da rotina sem a menor preocupação.

Sou tomada mais uma vez pela necessidade de tentar voltar a dormir, de ir atrás dele, numa vida em que o coração do Freddie continua batendo, mas, nesse mundo, ele já está de abotoadura nos punhos e com um sorriso no rosto, batalhando no universo da publicidade. Para quem nem queria ir para a cama na noite anterior, agora me vejo relutante em me levantar e enfrentar o novo dia. Preciso de uns bons quinze minutos para me convencer de que sair do quarto é ao menos uma boa ideia. No fim, faço um acordo comigo mesma: se eu me levantar e encarar esta sexta-feira, se tomar banho, comer e talvez até sair de casa um pouco, então vou poder tomar outro comprimido. Vou jantar cedo, ir para a cama e, talvez, quem sabe, consiga passar a noite com o meu amor.

Acordada

Sábado, 12 de maio

— Andei sonhando com o Freddie — digo, segurando a caneca de café com ambas as mãos, mais pelo conforto que pelo calor. Elle me observa do outro lado da mesa da cozinha e assente de leve.

— Às vezes eu sonho com ele também — comenta, mexendo o açúcar no café. — Pra falar a verdade, ficaria muito surpresa se você não estivesse sonhando com ele.

— Sério? — Eu a encaro com intensidade, fazendo-a me fitar de volta e prestar bastante atenção, porque isso é importante. — Até agora ainda não tinha acontecido. — Sinto a decepção revirando no estômago. O que está acontecendo comigo parece íntimo demais para ser algo comum.

Elle olha para o relógio da cozinha.

— Tá pronta?

Vamos tomar café da manhã na casa da minha mãe; é algo que começamos a fazer quase todo sábado antes de eu visitar o túmulo do Freddie, acho que é um jeito que ela arrumou de dar uma estrutura para o meu fim de semana. A Elle não faz nenhum comentário sobre o meu cabelo despenteado e sobre eu estar usando a mesma camiseta de ontem. A camiseta é do Freddie. O cabelo era para ele também; ele adorava cabelo comprido, então há anos que eu praticamente não corto mais que as pontas. Quer dizer, ele não chega à minha bunda nem nada do tipo, mas foi aos poucos se tornando uma das minhas características mais marcantes. Lydia, a namorada do Freddie, a do cabelo loiro comprido.

Se fosse semana passada, eu provavelmente teria usado a minha jaqueta jeans e prendido o cabelo com um elástico, sem escovar nem nada, e teria me considerado pronta. Mas não é semana passada. Se os meus encontros recentes com o Freddie me ensinaram alguma coisa é que estou viva, e as pessoas que estão vivas precisam, no mínimo, estar limpas. Até o Freddie, que tecnicamente não está vivo, tomou banho.

— Me dá dez minutinhos? — peço, lançando um mínimo sorriso para a Elle. — Acho que já tá na hora de passar uma maquiagem. — Desde o funeral que nem encosto na minha necessaire de maquiagem.

Ela me olha com uma cara estranha; dá pra ver que a peguei de surpresa.

— Bem, eu não ia falar nada, mas você tem andado com uma cara péssima ultimamente — comenta, fazendo graça.

A piada faz meu estômago revirar, porque sempre fomos muito chegadas feito, sei lá, duas coisas bem chegadas. Carne e unha? Não é bem isso, porque não vivemos grudadas uma na outra. Tão chegadas quanto duas irmãs também não funciona, porque tem irmãs por aí, como a Julia, do meu trabalho, que jura que a irmã mais velha, Marie, não pode ter os mesmos genes que ela, porque é uma vaca; ou como as gêmeas que estudaram comigo na época da escola, Alice e Ellen, que combinavam as roupas e terminavam as frases uma da outra, mas que eram capazes de jogar a outra debaixo de um ônibus para serem escolhidas como capitã no time de netball. Eu e a Elle somos... somos quem nem a Monica e a Rachel. A Carrie e a Miranda. Sempre fomos a defensora mais ferrenha uma da outra e o primeiro ombro amigo que procurávamos na hora de chorar, e só agora é que estou me dando conta do quanto me afastei dela. Sei que ela não se ressente nem um pouco e que também não me culpa por isso, mas deve ter sido difícil para ela; de certa forma, ela não perdeu só o Freddie, mas a irmã também. Faço uma nota mental de em algum momento, quando estiver melhor, dizer que às vezes, nos dias mais sombrios, ela era a única luz que eu conseguia enxergar.

— Não vou demorar — digo, arrastando a cadeira para trás, arranhando madeira contra madeira.

— Vou beber mais alguma coisa enquanto espero — avisa ela.

Deixo a Elle na cozinha, confortada pelo som da torneira e da minha irmã abrindo os armários. Ela sempre foi uma visita frequente e muito bem-vinda aqui. Não tão frequente quanto Jonah Jones, veja bem — ele passou quase tanto tempo aqui com o Freddie quanto eu, em geral jogado no sofá, assistindo a um filme que ninguém nunca tinha ouvido falar ou comendo pizza de uma caixa, porque nenhum dos dois era exatamente um Jamie Oliver na cozinha. Eu nunca falei isso pro Freddie, mas às vezes era como se o Jonah se ressentisse de ter de abrir mão do melhor amigo por mim. Acho que três é sempre demais.

— O David não veio hoje?

Minha mãe olha para além de nós ao abrir a porta da frente. Às vezes, acho que ela gosta mais do David que da gente. Era a mesma coisa com o Freddie; ela gosta de ficar paparicando os homens daquele jeito maternal.

— Só a gente hoje, desculpa — diz Elle, nem um pouco arrependida.

Mamãe solta um suspiro teatral.

— Acho que vou ter que me contentar com vocês. Mas eu ia pedir a ele para trocar o fusível do meu secador de cabelo... queimou de novo.

Elle me olha de relance enquanto mamãe está virada de costas, e sei exatamente o que está pensando. O David é péssimo em consertar coisas. Se eles precisam instalar uma prateleira ou querem decorar um quarto, ou até trocar um fusível, tudo isso é departamento da Elle, mas a minha mãe insiste em se apegar à noção ultrapassada de que o David é o homem da família e responsável por fazer todas as tarefas viris. Ela seria perfeitamente capaz de trocar o próprio fusível: criou as filhas sozinha e nós não morremos, e sabe muito bem diferenciar um fio terra de um fio fase. Ela parece achar que pedir a ajuda do David com um ou outro conserto o imbui de uma aura adicional de autoestima, mas ele se volta para nós com um olhar de pânico e súplica. O David não é capaz nem de subir numa escada sem ficar nervoso; há algumas semanas, tive de distrair a minha mãe na cozinha enquanto ele segurava a escada para a Elle limpar a calha do telhado. É um teatro em que todos nós representamos. O Freddie era quem fazia tudo isso para a família e, na ausência dele, o David foi involuntariamente promovido.

— Vou fazer omeletes de queijo com cebola — diz minha mãe enquanto a seguimos pelo corredor. — Pra testar uma panela nova. — Ela exibe uma frigideira cor-de-rosa para nós.

— Andou vendo o canal de compras de novo? — pergunta Elle, colocando a bolsa na mesa da cozinha.

Mamãe dá de ombros.

— Por acaso estava ligado nele. Você sabe que eu não costumo comprar produto da televisão, mas a Kathrin Magyar falou tão bem dessa frigideira, e a minha velha acabou de descolar a alça, então pareceu coisa do destino.

Contenho um riso, e Elle desvia o olhar. Nós duas sabemos que mamãe está com os armários da cozinha lotados de compras desnecessárias que a Kathrin Magyar, uma apresentadora glamourosa de televisão, a convenceu de que revolucionariam a vida dela.

— Quer que eu pique a cebola? — ofereço.

Minha mãe nega com a cabeça.

— Já está picada. Ali no miniprocessador.

Faço que sim, notando o miniprocessador na bancada da cozinha. Não pergunto se ele também veio do canal de compras, porque é óbvio que sim, junto do ralador elétrico que ela usou para ralar o queijo.

Em vez disso, passo um café, feliz de não precisar da ajuda de nenhuma engenhoca supérflua.

— Você tomou o remédio? — pergunta minha mãe enquanto quebra ovos numa tigela.

Confirmo, balançando a cabeça, e fico ofegante ao me lembrar do Freddie.

Ela revira o jarro com os utensílios de cozinha até encontrar um batedor.

— E?

— E funcionou. — Dou de ombros. — Dormi a noite toda.

— Na cama?

Suspiro, e Elle dá um sorrisinho para mim.

— É, na cama.

Minha mãe bate os ovos, as rugas na testa suavizadas pelo alívio.

— Que bom. Então chega de dormir no sofá, tá ouvindo? Não é bom para você.

— Tá, prometo.

Elle bota três lugares à mesa. A nossa família aumentou para cinco pessoas e agora foi reduzida a quatro, mas em sua forma mais pura sempre foi composta por nós três: mamãe, Elle e eu. Não conhecemos o nosso pai direito. Ele foi embora cinco dias antes do meu aniversário de um ano, e mamãe nunca o perdoou. A Elle, aos três anos, era uma menina agitada, eu era uma criança difícil, e o meu pai decidiu que morar com três mulheres não era a praia dele, então se mudou para a Cornualha para virar surfista. Esse é o meu pai. De vez em quando, depois de anos, ele manda notícia de onde está, e até chegou a aparecer em casa sem avisar uma vez ou outra, quando ainda estávamos na escola. Ele não é um cara mau, só é uma pessoa volátil. É bom saber que ele existe, mas nunca precisei dele na vida.

— Estou pensando em comprar uma mesa nova pra cozinha — comenta a minha mãe, servindo os pratos na mesa e se sentando.

Elle e eu a encaramos.

— Não faça isso — digo.

— De jeito nenhum — concorda Elle.

Minha mãe olha para o teto; ela obviamente imaginava que resistiríamos à ideia.

— Meninas, esta aqui está nas últimas.

Nós nos reunimos ao redor desta mesa de madeira velha e usada a vida inteira, sempre sentadas nos mesmos lugares. Ela foi testemunha dos nossos cafés da manhã antes da escola, dos sanduíches preferidos de fim de semana — bacon com beterraba — e das nossas brigas de família. A minha mãe em geral é uma pessoa presa aos hábitos; a casa dela não mudou muito com o tempo, e a Elle e eu passamos a contar que ela continuaria mais ou menos igual. Pensando bem, pode-se dizer o mesmo dela — não me lembro de tê-la visto com outro cabelo que não o corte curto e o tom de loiro claro. A Elle e eu herdamos o seu rosto em formato de coração e nós três temos as mesmas covinhas fundas quando rimos, como se alguém tivesse enfiado o dedo na nossa bochecha. Ela é a nossa rede de segurança, e esta casa é o nosso santuário.

— Nós fizemos dever de casa nesta mesa. — Elle pousa a mão sobre ela, num gesto protetor.

— Todas as minhas ceias de Natal foram nesta mesa — acrescento.

— Mas ela está toda rabiscada — arrisca a minha mãe.

— É — responde Elle. — Com os nossos nomes, de quando eu tinha cinco anos.

Ela entalhou os nossos nomes com uma esferográfica azul bem fundo na madeira, logo depois de aprender o alfabeto. Reza a lenda que ela ficou toda orgulhosa e mal podia esperar para mostrar à mamãe o que tinha feito; os nomes continuam visíveis, letras maiúsculas infantis sob nossos jogos americanos. Gwen. Elle. Lydia. E um passarinho magro depois de cada um.

— Quer levar pra sua casa? — oferece minha mãe, encarando Elle, que tem uma casa meticulosamente arrumada onde tudo combina ou se complementa, e não há nada velho ou usado.

— O lugar dela é aqui — rebate Elle, com firmeza.

Minha mãe se volta para mim.

— Lydia?

— Você sabe que eu não tenho espaço — respondo. — Mas, por favor, não se desfaz dela. Faz parte da família.

Minha mãe suspira, hesitando. Ela sabe que é verdade, dá para ver. Acho que também não quer perder a mesa.

— Vou pensar.

— A omelete tá uma delícia — elogia Elle.

Algo me vem à mente.

— Você comprou uma mesa de jantar nova com a Kathrin Magyar?

Minha mãe pega o seu café e dá alguns tapinhas na mesa, como se ela fosse uma velha amiga.

— Vou cancelar o pedido.

A Kathrin Magyar pode ser boa, mas nunca foi páreo para a família Bird.

Olho para o túmulo do Freddie, para o buquê de rosas embrulhadas em celofane junto da base da lápide, ostensivas diante do buquê murcho de margaridas e flores silvestres que deixei ali na semana passada. Alguém mais deve ter visitado o túmulo. Um colega de trabalho, ou quem sabe a Maggie, a mãe dele, embora ela não venha com tanta frequência — ela acha muito angustiante. O Freddie era o seu filho único querido, tanto que ela tinha dificuldade de me incluir em seu círculo amoroso. Não chegava a ser indelicada, era mais porque lá no fundo ela sentia um certo prazer em ter o Freddie só para si. Chegamos a nos encontrar algumas vezes desde que ele morreu, mas não sei se isso faz algum bem para nenhuma de nós. A dor dela é diferente, uma perda com a qual não consigo me identificar.

O fato de eu não achar que essas visitas são melancólicas me surpreendeu; gosto de ter um lugar para conversar com ele. Volto a fitar as rosas enquanto pego o buquê fresco que escolhi no florista a caminho do cemitério. Cravinas-do-poeta, frésias e umas folhas prateadas interessantes. Jamais nada tão óbvio quanto rosas. Rosa é flor para o Dia dos Namorados, a escolha romântica do amante sem imaginação. É só acrescentar um bichinho de pelúcia e pronto. O amor que eu compartilhava com o Freddie não tinha nada a ver com os clichês de papelaria e balões de coração. Era grande e verdadeiro, e agora eu me sinto como uma pessoa pela metade, como se um artista tivesse virado o lápis ao contrário e apagado metade de mim da página também.

— Quem veio te visitar, Freddie? — pergunto, me sentando na grama com a sacola aos meus pés. Tem algo de superdeprimente em ter uma sacola no porta-malas do carro com itens essenciais para a sua visita ao cemitério, não tem? Uma garrafa de água vazia que eu encho na torneira, uma tesoura para cortar as flores no tamanho certo, lenço umedecido, esse tipo de coisa.

Quando comecei a vir aqui, costumava tentar preparar na cabeça o que ia dizer. Não funcionou. Então agora eu fico em silêncio, fecho os olhos e imagino que estou em algum outro lugar bem diferente. Já conjurei todo tipo de lugar para a gente. Em casa, no sofá com os pés no colo dele; eu deitada do lado dele numa espreguiçadeira na Turquia, num hotel horroroso de um pacote de férias caído, numa viagem em que sobrevivemos basicamente graças aos intermináveis shots gratuitos de raki; e também já estivemos um de frente para o outro a uma mesa do Sheila's, um café pequeno e acolhedor na esquina da nossa casa onde tomávamos café da manhã inglês completo para curar a ressaca depois de uma noitada, com beterraba no meu, que a Sheila comprava especialmente para acrescentar ao meu pedido de sempre. Desta vez, não preciso de mais que uns poucos segundos para decidir aonde vamos. Estamos na segurança da nossa cama grande e quente do Savoy, deitados com a cabeça nos travesseiros, um de frente para o outro, com a colcha nos cobrindo até os ombros.

— Oi — digo, fechando os olhos, com um meio sorriso já nos lábios.
— Eu de novo.

Graças à noite de ontem, não tenho dificuldade para visualizar o rosto do Freddie, como às vezes acontece. Seus dedos se entrelaçam aos meus entre nosso corpo, quente e forte, e, na minha cabeça, ele sorri e diz:

— Já está de volta? Tá dando bandeira.

Deixo escapar uma risada.

— Eu não sei nem como dizer como foi bom te ver de novo — digo, quase num sussurro. — Senti muita saudade.

Ele estica a mão e acaricia meu rosto com as costas dos dedos.

— Eu também — diz, e ficamos em silêncio por alguns minutos. Apenas olho para ele, e ele para mim, de um jeito lento e meditativo que nunca teríamos tido tempo de fazer quando ele estava aqui. — Então, o que você conta de novidade? — pergunta ele depois de um tempo, enrolando uma mecha do meu cabelo no dedo.

— Nada de mais, na verdade — respondo, o que não é um eufemismo, considerando que mal tenho saído de casa ultimamente. — Tomei café da manhã com a mamãe e a Elle hoje. Omelete de queijo com cebola, porque a mamãe queria experimentar uma panela nova que comprou no canal de vendas da televisão. — Faço uma pausa, então continuo: — A tia June e o tio Bob resolveram praticar arco e flecha.

Freddie sempre se divertiu com a rapidez com que eles arrumam um novo hobby; é como se os dois estivessem completando toda a lista de aulas disponíveis para adultos, independentemente de habilidade inata. Mas tudo com muito bom humor, eles são gente muito boa e honesta, e a tia June tem sido um porto seguro para a mamãe desde que Freddie morreu. Acho que ela é quem mantém a mamãe de pé, para que ela consiga me manter de pé. Adoro a minha tia, ela se parece muito com a minha mãe. As duas têm a mesma gargalhada contagiante, um som que é certo de fazer todos em volta rirem também.

— A Dawn e a Julia, do trabalho, passaram lá em casa uma noite há alguns dias. Me deram um cartão e uma cestinha de uva. Uva! Como se eu estivesse doente ou alguma coisa assim. — Ouço o desprezo na minha voz e me sinto culpada. — Foi gentil da parte delas. Não tenho sido a melhor companhia ultimamente. — Faço uma pausa e depois rio baixinho. — E eu nem gosto de uva.

Mantenho os olhos fechados, tentando me lembrar de mais alguma notícia para contar.

— A Elle arrumou um emprego novo — comento, me lembrando da grande novidade na vida da minha irmã. — Ela vai trabalhar como gerente de eventos daquele hotel novo e chique na cidade. Segundo ela, deve envolver muito bolo grátis.

O que mais tenho para contar? Minha rotina muda muito pouco. Ele provavelmente iria gostar de saber alguma coisa de esporte, sobre futebol ou rúgbi, mas não entendo nada do assunto.

— O médico me passou um comprimido novo alguns dias atrás — comento, quase tímida, porque o Freddie era meio contra tomar remédio. — Só uma coisa para me ajudar a dormir. A minha mãe insistiu, você sabe como ela fica. — Eu sei que precisar de ajuda não é vergonha alguma, mas quero que ele se orgulhe de como estou lidando com a situação. Na minha cabeça, ele me pergunta se o remédio ajudou, e eu sorrio, hesitante. — Eu não achei que ia ajudar. Até outro dia, eu não tinha dormido na nossa cama ainda.

— E como foi? — pergunta ele.

— Eu não tinha percebido que você ainda estava aqui — sussurro, com o coração batendo acelerado. — Fiquei com tanto medo de dormir, que não percebi que você estava me esperando. — Eu meio que rio, feliz. — Estou me sentindo diferente hoje, Freddie — digo, baixinho, embora não haja ninguém por perto para me ouvir. — Desde o acidente, todo dia parece que estou atravessando uma névoa cinzenta ou algo assim, mas hoje tem uma fresta de luz. É como se, sei lá... — Dou de ombros e fico tentando arrumar um jeito de explicar. — É como se você estivesse piscando uma lanterna pra mim numa sequência complicada, de algum lugar muito distante, e eu estivesse me concentrando muito para entender o padrão. Para encontrar você. O que a gente está fazendo agora, aí onde você está? — Olho para o relógio. — Meio-dia de sábado. Aposto que está indo para o futebol com o Jonah.

Minha nossa, eu consigo ser grossa até com um morto. É que, às vezes, quando penso no Jonah e naquela cicatriz na sobrancelha dele, que a cada dia fica um pouco menos visível, eu fervo de raiva com a injustiça de tudo isso. Era para o Freddie ter ido direto para casa no meu aniversário, e não desviado para buscar o Jonah. Na maior parte do tempo, o meu cérebro racional entra em ação e me diz que é horrível depositar a mais ínfima partícula de culpa nas costas do Jonah, mas, às vezes, tarde da noite, não consigo deter esses pensamentos. Eu praticamente o evitei desde o enterro; não respondi às suas mensagens, não retornei suas ligações. Eu sei que ele não merece ser tratado assim, mas não consigo evitar agir dessa forma.

— Não seja tão dura com ele — pede Freddie.

Suspiro, porque para ele é fácil falar.

— Eu sei, eu sei. É só que… — Abro o pacote de lenços umedecidos enquanto faço uma pausa, porque pronunciar aquelas palavras é muito puxado. — É só que às vezes eu me pergunto se, só aquele dia, você tivesse deixado ele dirigir, se… — Eu bufo, limpando a lápide com um pouco de força demais enquanto termino a frase na minha mente.

— Ele era o meu melhor amigo — relembra Freddie. — E o seu amigo mais antigo também, lembra?

Coloco as flores mortas no saco de lixo, quebrando as hastes ressecadas e sacudindo a cabeça.

— Óbvio que eu lembro — confirmo. Conheço o Jonah há mais tempo do que o próprio Freddie. — Mas as coisas mudam. As pessoas mudam.

— Não o Jonah — rebate Freddie, e eu não digo a ele que ele está errado, embora esteja. Uma luz se apagou em Jonah no dia do acidente, e não sei se ele vai encontrar uma forma de reacendê-la. Suspiro e olho para o céu, ciente de que estou aumentando o fardo do Jonah ao me distanciar dele e me sentindo um lixo por isso.

— Vou tentar, tá legal? — prometo. — Vou me esforçar quando encontrar com ele de novo. — É um acordo que faço ciente de que o Jonah não é uma pessoa com quem eu esbarre muito. — Acho que eu tenho que ir — digo, colocando as coisas de volta na sacola. Inconscientemente, corro os olhos pelas letras douradas do nome do Freddie na lápide. Freddie Hunter. A mãe dele queria ter colocado Frederick (praticamente brigamos por causa disso). Eu bati o pé. Ele detestava ser chamado de Frederick, de jeito nenhum eu gravaria aquilo na lápide dele por toda a eternidade.

Eu me demoro junto da lápide, pronta, mas relutante em partir. É a pior parte de vir aqui: ter de ir embora. Tento não pensar muito nisso, na realidade do que resta dele debaixo da terra. Nas piores noites, logo depois do enterro, houve momentos em que contemplei de verdade pular o portão do cemitério e cavar a terra até os meus dedos se fecharem em volta da modesta urna preta que contém tanto a minha vida quanto a dele. Ainda bem que cremamos o Freddie antes de enterrar; não tenho como garantir que eu não viria com uma lanterna e uma pá para me enfiar debaixo da terra escura com ele.

Dou um suspiro profundo, me levanto do chão e desgrudo a sacola plástica úmida da calça jeans, então beijo a ponta dos dedos e toco a lápide em silêncio.

— Até mais tarde, espero eu — sussurro, cruzando os dedos de ambas as mãos enquanto me afasto e caminho para o estacionamento.

Guardo as sacolas no porta-malas e bato a porta, assustada com o celular vibrando no bolso traseiro da calça. Quando clico na tela, vejo o nome da Elle.

> *Me encontra no Prince of Wales por uma horinha? Já estou aqui, tô nervosa com o trabalho novo! Aposto que você também tá precisando de uma bebida...*

Olho para a mensagem com curiosidade, sem saber como responder. Desde o enterro do Freddie que não ponho os pés no pub da cidade. Ela sabe disso, lógico; toda vez que sugeriu que a gente saísse nas últimas semanas, eu disse que não. E não só para ir ao pub — recusei todos os convites de ir a qualquer lugar que fosse. Então penso na nossa manhã. A Elle no mínimo interpretou o fato de que penteei o cabelo e passei um pouco de maquiagem como um sinal de que estou progredindo do luto avassalador para seja qual for o estágio seguinte. Eu não sei qual é o nome: luto cinzento, talvez? Sei que os psicólogos deram nomes a cada um dos estágios, mas eu penso neles em termos de cor. Vermelho raivoso. Preto sem fim. E agora, aqui estou eu, numa vastidão cinzenta até perder de vista. Penso na sugestão da Elle. Será que consigo encarar o pub? Não tenho planos para hoje; meu sábado é uma página em branco, e sei como ela está nervosa com o trabalho novo. Ela fez muito por mim desde o acidente — talvez eu possa retribuir um pouco.

Tá bem

Digito depressa, antes que mude de ideia.

Te vejo em dez minutos.

Quando entro no pub, sinto como se todo mundo estivesse me olhando, como num daqueles bares do Velho Oeste onde todos param quando as portas vai e vem se abrem e observam o forasteiro que se atreveu a invadir o território deles. Acho que posso estar exagerando; quer dizer, com certeza estou exagerando, considerando que tem menos de vinte pessoas no pub e metade são aposentados com um copo de cerveja na mão e de olho no campeonato de sinuca que está passando numa televisão pequena do outro lado do salão.

O Prince of Wales é um típico pub inglês, com aquele carpete verde e marrom feio e porta-copos de cerveja dos anos 1970. Não há nada de comida requintada: com sorte, se for dia de jogo, o Ron, que fica por trás do balcão, compra uns salgadinhos de queijo crocantes e cebola em conserva. Mas é o nosso pub da esquina, nem um pouco interessante para o público hipster e amado pelos frequentadores assíduos exatamente por isso. Nunca me senti nervosa aqui, mas é assim que me sinto hoje. Para falar a verdade, estou morrendo de nervoso, e me sentindo sozinha, enquanto procuro minha irmã.

Eu a vejo antes de ela notar a minha presença. Está de pé com o David e mais algumas pessoas do lado do caça-níqueis, de costas para mim, segurando uma taça de vinho, aproximando-se do sujeito ao seu lado para ouvir o que ele está falando. Engulo em seco assim que reconheço os parceiros de copo do Freddie, gente que estudou na mesma escola que a gente, que sempre esteve à margem da minha vida. David me vê e levanta a mão, cutucando a Elle para ela saber que cheguei. Num piscar de olhos, minha irmã está ao meu lado pegando a minha mão.

— Muito bem — diz ela. Vindo de qualquer outra pessoa, o comentário teria soado como se eu fosse uma estúpida que precisa ser pega pela mão, mas não da Elle, porque sei que ela entende como isso tudo é difícil para mim, e também sei como ela sente falta das coisas que costumávamos fazer juntas. — Vamos pegar uma bebida pra você. — Ela aperta a minha mão, e aprecio o gesto sutil enquanto caminhamos até o balcão.

Mantenho os olhos fixos à minha frente, sem olhar para o grupo junto do caça-níqueis, mesmo sabendo que todos devem estar olhando para mim. Verdade seja dita, evitei ir a qualquer lugar onde as pessoas conhecessem o Freddie, porque não tenho sido capaz de enfrentar as perguntas sobre como estou, nem ouvir sobre o choque e a tristeza das pessoas. É egoísmo da minha parte? Eu simplesmente não consigo invocar os meios emocionais para me incomodar com os outros.

Ron, o dono do pub, sorri para a Elle e pega uma taça limpa.

— O mesmo de novo?

Ele olha para mim e leva alguns segundos para me identificar como a namorada do Freddie. Algo semelhante a pânico perpassa o seu rosto, até que ele se recupera.

Elle assente e olha para mim.

— E você, Lydia?

Por um momento, sinto como se esta fosse a primeira vez que pisei num pub, confusa e envergonhada, aos dezessete anos de novo, fingindo ter idade para beber. Meus olhos examinam as garrafas depressa e sinto o coração começar a bater acelerado.

— Quer uma taça de vinho? — sugere Ron, já pegando outra taça no suporte do alto, e o máximo que sou capaz de fazer é assentir, agradecida. Ele não pergunta qual vinho eu quero, só desliza uma taça grande com algo branco e gelado para mim, dá um tapinha rápido na minha mão e lança um olhar feroz para a Elle quando ela tenta pagar pelas bebidas.

— Por conta da casa — diz ele, com a voz tão rouca que mais parece um rosnado, enquanto pega o pano e esfrega o balcão, fazendo o possível para não parecer curioso.

Fito a Elle e percebo que ela está sem ação diante do gesto. Meus olhos estão se enchendo de lágrimas, e o Ron está prestes a abrir um buraco no balcão, então pego a minha taça com um sorrisinho agradecido e me encaminho para uma mesa no canto. Elle desvia por um momento para perto do David e do grupo junto ao caça-níqueis, e dou um gole no vinho, observando quem está ali. Os mesmos de sempre: Deckers e companhia, bebendo uma cervejinha antes do futebol — os velhos amigos do Freddie; Duffy, o contador careta, com uma camisa social azul-clara formal demais para um sábado; e Raj, um cara da época do colégio que hoje em dia tem uma empresa de construção, eu acho. Tem uns outros também: Barraca — não me pergunte por que o apelido, pois não tenho o menor interesse em saber — está martelando os botões do caça-níqueis; e Stu, acho, que vive na academia. Não faço contato visual com nenhum deles, e tenho certeza de que estão muito agradecidos por isso. A morte é uma maneira infalível de se tornar um pária social completo.

— Bebida de graça! — exclama Elle, se sentando no banquinho ao meu lado na pequena mesa redonda. — Pra tudo tem uma primeira vez.

Não deixa de ser verdade. Hoje em dia, tudo parece ser a primeira vez. A primeira vez que eu frito bacon sem ter o Freddie comendo direto da frigideira antes de eu conseguir botar no sanduíche. A primeira vez que durmo sozinha na nossa cama. A primeira vez que vou ao pub como a namorada daquele pobre rapaz que morreu. Nenhuma das primeiras vezes que eu teria imaginado ou desejado para esta fase da minha vida.

— Foi gentil da parte do Ron — murmuro, puxando a taça já pela metade para mais perto de mim. Eu deveria ir mais devagar.

Então a porta se abre, e Jonah Jones entra, de preto da cabeça aos pés como de costume, o cabelo escuro bagunçado como sempre. Não posso evitar sentir meu coração se partindo ao vê-lo sozinho — é como o Woody sem o Buzz. Ele para e conversa com os caras no caça-níqueis, colocando a mão no ombro de Deckers, e depois caminha até o balcão. Ele se vira para nós, batendo um porta-copos de cerveja na beirada do balcão enquanto o Ron serve uma cerveja para ele, um sorriso vazio no rosto, que logo desaparece assim que ele finalmente me vê. O Jonah no mínimo também sente um soco no estômago diante da ausência ao meu lado, seguido por um desconforto por causa do estado das coisas entre nós atualmente. A última vez que o vi foi no enterro, os dois mal conseguindo manter a compostura. Ele parece melhor hoje, os dedos instintivamente indo até a cicatriz acima da sobrancelha, enquanto sustenta o meu olhar. Não sei se eu deveria me levantar e dizer "oi", então fico colada ao meu banquinho, presa ali pela indecisão. Acho que ele também não sabe o que fazer, o que é ridículo, porque nos conhecemos desde os doze anos. Meia vida de amizade, e, no entanto, estamos nos encarando a distância num pub feito leões cautelosos que não sabem se ainda são parte da mesma alcateia.

Jonah pega a cerveja que o Ron coloca diante dele e vira quase um terço de uma vez, murmurando um agradecimento quando o Ron completa o copo sem comentar nada. Fico aliviada de ver que o David aparece e interrompe involuntariamente o momento, juntando-se a Jonah no balcão antes de trazê-lo para junto de nós. David se senta ao lado da esposa, enquanto o Jonah se abaixa para beijar primeiro a Elle e depois a mim, colocando a mão quente no meu ombro ao se aproximar do meu rosto.

— Oi — diz ele, pegando o banquinho do meu outro lado. O Jonah é mais alto que o Freddie, embora seja mais magro e não tenha o porte de jogador de rúgbi, uma pantera diante do leão que era o Freddie. — Quanto tempo.

Eu seria capaz de dizer com precisão quantos dias se passaram desde o enterro, mas em vez disso decido puxar uma lasca solta da mesa laminada, piorando a situação.

— É.

Ele dá outro longo gole na cerveja e coloca o copo na mesa.

— Como você tá?

— Tudo bem — respondo. Me faltam palavras. Na minha cabeça, o Jonah está tão conectado ao Freddie que não sei mais como ficar perto dele. David está mostrando alguma coisa para a Elle no celular, provavelmente para nos dar um pouco de privacidade.

— Eu tentei ligar.

Balanço a cabeça em afirmação, sem jeito.

— Eu sei. Eu andei sem... Não tenho conseguido...

— Tudo bem. — Ele se apressa em acrescentar. — Eu entendo.

Não digo a ele que ele não tem como entender, porque sei que ele é uma das pessoas que mais sente falta do Freddie. O Jonah não tem uma família, por assim dizer. O relacionamento mais significativo da mãe dele sempre foi com a bebida, e o pai era marido de outra. Não havia irmãos para dividir o fardo, nem os confortos de casa esperando por ele quando chegava da escola. Sei dos detalhes porque o Freddie me contava, e não pelo próprio Jonah — quando criança, ele inventava umas desculpas furadas para a ausência da mãe no dia da reunião de responsáveis e, depois de adulto, simplesmente não fala mais do pai nem da mãe. Acho que o Freddie e eu éramos o que ele tinha de mais próximo de uma família de verdade.

— Mas você tá conseguindo levar bem? — pergunta ele. Trocamos palavras não ditas enquanto ele ajeita o cabelo comprido para cobrir a cicatriz.

Dou de ombros.

— Tô. Mantendo a linha em público, o que... vai por mim... já é um progresso.

Ouço a pontada de "a minha dor é maior que a sua" na minha voz; não é justo, e eu sei disso. Ele olha para baixo e esfrega as coxas, inquieto, e, quando levanta o olhar sombrio e perturbado de novo para mim, tenho a impressão de que está se preparando para dizer alguma coisa, então eu o interrompo.

— Desculpa — peço, mexendo na haste da minha taça. — Acho que eu perdi a capacidade de jogar conversa fora. Não me leve a mal.

Ele suspira e balança a cabeça.

— Sem problema — diz.

Ai, que sofrimento, que situação mais desconfortável... Jonah bate com um porta-copos de cerveja na beirada da mesa, um gesto de nervosismo. Ele é uma pessoa muito musical, aprendeu a tocar piano sozinho e sabe se virar em sabe-se lá quantos outros instrumentos. Música sempre foi o negócio dele quando éramos crianças. O Freddie não tinha nada de musical, com exceção de um breve verão quando decidiu que ia ser uma estrela do rock. O plano se desfez tão depressa quanto surgiu, mas de vez em quando ele se deparava com a guitarra Fender velha no sótão e, por alguns minutos, achava que era o Brian May.

— Vou deixar vocês em paz — diz Jonah, decidido de repente, apertando meu ombro num gesto rápido ao se levantar. Quase estendo a mão para impedi-lo, porque sei que eu deveria dar o primeiro passo; não tem nem uma hora que falei para o Freddie que tentaria. Abro a boca para dizer alguma coisa, qualquer coisa, e então todos nós levantamos o olhar, distraídos, pois o Deckers está se aproximando da nossa mesa. Ele era um garoto problemático na época da escola, baixinho e invocado, provavelmente um pária entre os professores. Faz anos que não falo muito com ele, e ele parece desconfortável agora ao posicionar um copo na minha frente. Olho para ele, notando as bochechas vermelhas de vergonha, um contraste diante da sua habitual postura convencida. Então baixo o olhar para a bebida que ele colocou diante de mim: algum destilado, acho que vodca ou gim com gelo. Sem nenhum complemento. Não sei se é porque ele acha que preciso de algo forte ou se não imagina por que alguém iria querer misturar o álcool com alguma outra coisa por livre e espontânea vontade.

Ele não diz uma palavra e, por um momento horrível, parece prestes a chorar.

— Obrigada — sussurro, e ele assente uma única vez, com bastante ênfase, e volta para junto do caça-níqueis, girando os ombros.

— Mais bebida de graça! — exclama Elle, fazendo piada. — Você pode voltar aqui com a gente.

Esboço um sorriso trêmulo, e o Jonah aproveita a deixa para ir até o balcão.

Pego o copo e cheiro.

— Acho que é vodca.

Deckers nos observa da segurança do caça-níqueis, então faço a coisa educada de se fazer e viro metade do conteúdo para dentro. Meu Deus, como é forte, meus olhos estão ardendo.

Firmo o copo na mesa e olho para a Elle.

— Meus dentes ficaram dormentes — digo.

Ela meio que ri, meio que bufa.

— Não vai te fazer mal.

— Não é nem meio-dia, e estou bebendo vodca pura — murmuro.

Neste momento, o Barraca aparece na nossa mesa, magro e comprido. Uma cena muito semelhante se desenrola: ele me oferece uma bebida não identificada e um aceno de cabeça.

— Obrigada... hum... Barraca — digo, como se fosse a tia puritana de alguém.

David pega a cerveja e tenta esconder um risinho. Barraca dá um suspiro de alívio e parte em retirada.

— Qual é a graça? — pergunto em um murmúrio.

— Foi engraçado, você chamando ele de Barraca.

— E eu ia chamar de quê?

— De Pete? É como a maioria das pessoas chama ele hoje em dia.

Merda.

— Tenho certeza de que o Freddie sempre chamava ele de Barraca — rebato, sentindo o rosto quente.

— O apelido dele *é* esse. É só... Sei lá. É coisa de garoto. Quando a gente era criança, ele não conseguia se controlar perto das meninas e sempre ficava... — David faz uma pausa, como se estivesse tentando encontrar um jeito delicado de explicar.

— Já entendi — respondo, e nós dois fitamos os copos. Elle está vasculhando a bolsa em busca de alguma coisa para fazer, e o David é gentil demais para rir do meu constrangimento. — Não posso beber isso — digo, mudando de assunto, então contenho um gemido quando mais um amigo do Freddie aparece trazendo um copinho de shot. Duffy, o contador careta. O fato de ele ser tão careta torna, de alguma forma, o gesto ainda mais significativo.

— Meus pêsames — fala, com a formalidade de um diretor de funerária. Está aí uma frase que eu ficaria feliz de fazer uma petição para varrer do nosso repertório vocabular, mas sei que a intenção é boa.

— Obrigada, é muita gentileza — respondo, e ele desaparece após cumprir seu dever.

Eu entendo. Eles estão prestando solidariedade. Esses caras torciam junto com o Freddie no futebol e formaram uma guarda de honra não oficial do lado de fora da igreja, no dia do enterro. Essas bebidas são para o Freddie Hunter, e não para mim.

Alinho os copos um do lado do outro, me perguntando desesperada se seria uma ideia muito ruim juntar tudo num copo só e virar para dentro de uma vez. Quando ergo o rosto, vejo o Jonah do outro lado do pub, e ele sustenta o meu olhar por alguns segundos, por diversão ou compaixão, não sei dizer.

Ainda bem que a sucessão de bebidas gratuitas parece ter terminado; o pessoal do caça-níqueis provavelmente se deu conta de que toda mulher tem os seus limites, ou talvez estejam preocupados que eu fique emotiva demais e dê um show.

— Quer um refrigerante pra misturar? — pergunta Elle, se fingindo de solícita. — Uns dois litros de Coca-Cola, quem sabe.

— Você vai ter que beber uma pra mim — imploro, baixinho.

— Você sabe que eu não posso misturar bebida — devolve ela, rindo. — Fico doidinha.

David assente, defendendo a esposa, o medo evidente estampado nos olhos cinzentos, para sempre #TimeElle. Também não posso contar com a ajuda dele, o David nunca passa de três cervejas. Acho que nunca o vi bêbado. Mas ele não tem nada de sem graça: é capaz de me fazer chorar de tanto rir com o seu senso de humor sucinto, além de amar a minha irmã de paixão, o que faz dele um superstar aos meus olhos.

Pego o gim e me lembro de que a bebida ficou conhecida na Inglaterra como a salvação das mães. Ou será que era a ruína das mães? Vou de salvação, porque é disso que estou precisando: ser salva desta tristeza implacável. Volto o olhar para a janela e me pego observando um caminhãozinho de limpeza varrendo lentamente o meio-fio. Queria que ele pudesse varrer os cantos escuros da minha mente, os quartos empoeirados lá do fundo, cheios de memórias de férias, das manhãs passadas na cama e das noites já bem tarde bebendo Calvados à beira do lago, na França. Será que eu apagaria o Freddie da memória se pudesse? Meu Deus, não, óbvio que não. Só é difícil saber o que fazer com todas as coisas na minha cabeça agora que ele não está aqui. Talvez com o tempo essas memórias se tornem coisas preciosas, e eu consiga obter algum prazer ao expô-las lado a lado ao meu redor, como tapetes. Mas não por enquanto.

Vinho, vodca e gim. Não é a melhor mistura para tomar em rápida sucessão.

— Acho que eu preciso me deitar — digo.

— Você está completamente embriagada, moça. Tá na hora de ir para casa — avisa David, levantando-se. — A gente te acompanha.

Elle se assegura de que ninguém está olhando e vira o conhaque, estremecendo.

— As coisas que eu faço por você — murmura, baixinho.

Fico agradecida pelo gesto, porque teria sido muita falta de educação deixar qualquer uma das bebidas para trás na mesa.

Enquanto caminhamos até a porta, o Ron levanta a mão para mim, e os rapazes junto do caça-níqueis ficam em silêncio e baixam a cabeça ao me verem passar, como se eu fosse a rainha Vitória num luto eterno pelo príncipe Albert.

Piscamos ao sair sob o sol fraco do início de verão, e o David me segura pelo cotovelo para me guiar quando quase tropeço no meio-fio.

— Que dureza, hein — diz ele. — Você encarou bem, Lyds.

— Obrigada — agradeço, um tanto estupefata e muito chorosa.

Elle cruza o braço dela com o meu e seguimos para casa, cambaleando de leve, com o David um passo atrás, sem dúvida para ficar de olho na gente.

— Dá um trabalhão esse negócio de ficar de luto — comento.

— Acaba com a gente — concorda Elle.

— Você acha que vai ser assim pra sempre? — pergunto a ela.

Ela aperta meu braço junto à lateral do corpo dela.

— A sua vida continua sendo a sua vida, Lydia. Você continua aqui, respirando, vendo o sol se pôr e a lua nascer, apesar de achar que é muita cara de pau da parte dela dar as caras todo dia.

Ela me sustenta enquanto damos os últimos passos até a porta azul--turquesa da minha casa. Todas as casas da rua têm as portas pintadas de cores diferentes seguindo uma paleta de tons pastel para contribuir com o charme do lugar. A nossa já era azul-turquesa quando compramos a casa; uma vizinha muito organizada distribuiu um catálogo de cores e cada um escolheu a sua.

— Preciso dormir — murmuro.

David se aproxima, pega a chave da minha mão e abre a porta para mim.

— Quer que a gente fique um pouco com você? — pergunta Elle.

Olho de um para o outro, certa de que bastaria eu dizer que sim e eles ficariam comigo. Os dois entrariam e se assegurariam de que eu dormi, e de que acordei de novo, e de que comi alguma coisa, e, por mais tentador que seja deixar que cuidem de mim, balanço a cabeça em negativa. Algo mudou dentro de mim quando entrei naquele pub sozinha hoje. Talvez o meu encontro noturno com o Freddie tenha me fortalecido, ou quem sabe eu tenha descoberto um pequeno poço de bravura inexplorada em algum lugar lá no fundo, não sei. O que sei é que as pessoas que me amam estão segurando as minhas mãos com tanta força que ainda não precisei caminhar sozinha. Mais cedo ou mais tarde, no entanto, vou ter de fazer isso. Que seja hoje, então, agora.

— Podem ir. Mais tarde eu ligo — digo, dando um abraço rápido nos dois. — Preciso tomar um copo de água e dormir um pouco.

Elle chega a abrir a boca para me questionar, mas David coloca a mão em seu braço e fala antes dela.

— Tá bem — concorda ele. — Talvez fosse bom tomar um analgésico também, não?

Faço que sim, bato continência para ele e desencavo um sorriso do fundo das minhas botas.

— Boa ideia.

Eu os observo por alguns segundos enquanto seguem para casa, o David com o braço nos ombros da Elle. Mantenho em silêncio a parte de mim que quer chamá-los de volta e, em vez disso, entro em casa e fecho a porta.

Dormindo

Sábado, 12 de maio

— Lydia?

Sabe aquele tipo de sono em que você mergulha depois de uma bebedeira no meio do dia, um sono em que parece que você está dormindo no fundo do mar? Estou a muitas braças de profundidade quando ouço o Freddie chamar meu nome, e preciso usar toda a minha concentração para emergir, batendo as pernas vigorosamente para subir e alcançá-lo antes que ele se vá.

— Meu Deus, Lyds, parecia que você tinha morrido para o mundo. — Freddie está com a mão no meu ombro, me sacudindo de leve. — Você foi fazer compras com a Elle?

Eu me esforço para me erguer no canto do sofá, esfregando o pescoço com torcicolo por causa da posição em que dormi. Não dá para saber que horas são, se passei cinco minutos ou cinco horas apagada. Minha cabeça está latejando, e meu coração, pulando no peito diante da visão do Freddie.

— Você está me olhando com uma cara estranha.

Você também estaria se fosse eu, penso, mas não digo, apenas pigarreio.

— Pega um copo de água pra mim? — murmuro, com a voz rouca.

Ele franze a testa e me observa mais de perto, então ri.

— Vocês duas já começaram com o vinho? Caramba, Lyds, isso é um pouco demais até pra você.

Ele então volta com dois comprimidos e um copo de água.

— Aqui — oferece ele. — Toma isso.

Pego um comprimido de cada vez e engulo.

— Você tá parecendo uma figurante de *Todo mundo quase morto* — diz Freddie, sorrindo, enquanto coloca o meu cabelo atrás da orelha. — Você não andou chorando, andou?

Eu me concentro no relógio. São duas e pouco da tarde, não posso ter dormido muito. Penso no momento em que a Elle e o David me deixaram na porta de casa; a tentativa fracassada de dormir no sofá, mesmo com a dor de cabeça, e o último recurso da bela pílula cor-de-rosa para dormir, com álcool ainda circulando no meu organismo.

E agora isto. Estou completamente acordada durante o sono de novo, e o Freddie está aqui, me zoando por ter enchido a cara com a Elle. De nada adianta dizer que eu estava bebendo com o Jonah Jones também e que não conseguimos encontrar nada para falar um para o outro, porque ele não vai acreditar em uma palavra disso, e por que acreditaria? Na verdade, não sei o que fiz aqui neste mundo. Talvez eu *tenha* ido fazer compras com a Elle e tomado algumas taças de vinho na hora do almoço.

— Odeio dizer isso, Lyds, mas acho que você vai querer limpar o rímel do rosto. O Jonah tá chegando pra ver o jogo comigo daqui a... — Ele olha para o relógio. — ... dez minutos atrás. Atrasado, como sempre.

— Vamos fazer alguma coisa só a gente? — peço. — Me leva pra algum lugar. Qualquer lugar. Só eu e você.

— Cada dia que passa você soa mais como o Ed Sheeran — zomba ele, tirando o celular do bolso da calça jeans, com certeza para mandar uma mensagem para o Jonah. Mas assim que ouvimos a porta dos fundos se abrindo, ele guarda o telefone de novo. — Sempre atrasado. — Freddie sorri, enquanto o Jonah irrompe na sala com uma caixa de Budweiser debaixo do braço. — Pelo menos me diz que foi por causa de mulher.

Jonah olha para mim, e tenho certeza de que ele vai falar: "Foi, eu tava com a Lydia."

— Tá fazendo um teste pra *Noite dos mortos-vivos*, Lyds?

Eu o encaro, tentando entender se ele está disfarçando. Se estiver, não consigo pensar num comentário mais cruel que esse. Quer dizer, fala sério: *A noite dos mortos-vivos*?

— Babaca — murmuro, e ele dá uma conferida incerta em mim.

— Megera — rebate Jonah, então sorri.

— Ela acabou de acordar — explica Freddie, pegando a cerveja. — Precisa de uns cinco minutinhos para voltar a ser aquele docinho de pessoa. — E pisca para mim, rindo, a caminho da cozinha.

Jonah se senta na outra ponta do sofá e estende os braços ao longo do encosto. Ele não tinha nada de estar aqui; este é o *meu* sonho. Com certeza isso significa que tenho o direito de ter o Freddie só para mim. Faço uma experiência para ver se estou no comando e tento ejetar o Jonah mentalmente da sala, meio que esperando que ele se levante e vá embora de ré, como se alguém tivesse apertado o botão de retroceder num aparelho de DVD. Mas não. Ele continua ali, largado no sofá, daquele jeito descontraído dele, como se estivesse sempre numa praia com uma cerveja na mão e o pé enfiado na areia.

— O que você conta de novidade, Lyds?

Certo, então vai ser assim. Ele não pode parar de encenar agora que o Freddie saiu da sala?

— Você sabe — sussurro, me aproximando dele, testando-o. — O pub, hoje mais cedo? Vinho, gim, vodca e conhaque?

Ele me encara, impassível.

— Hoje? Caramba, Lyds, parece um pouco demais.

Eu o observo em silêncio, na dúvida, e percebo que não há o menor vestígio de compreensão em seus olhos castanho-claros. O que vejo é apenas perplexidade e, então, um quê de desconforto, à medida que o silêncio se prolonga. Constrangimento, até. Sinto um leve arrepio e volto para a minha ponta do sofá, ciente de que devo estar com um bafo de carpete de pub e com uma cara de quem precisa ter o coração perfurado por uma estaca de prata.

— Deixa pra lá — digo, cobrindo o rosto com uma almofada. — Finge que eu não tô aqui.

A ironia não me escapa. Eu não posso estar aqui.

— Quer que eu passe um café? Às vezes ajuda.

Luto contra o desejo irracional de mandar Jonah ir à merda por tentar ser prestativo. Tiro a almofada da cara, me ajeito no sofá e esfrego as bochechas, enquanto o Freddie volta e se senta na poltrona.

Freddie. Minha vontade é de subir em cima dele. De me encher com o seu cheiro, ser abraçada por ele e beijá-lo. Quero que o Jonah Jones vá embora no instante em que ele aceita a cerveja que o Freddie oferece do outro lado da mesa de centro e os dois começam a jogar conversa fora. Eu me recosto no sofá por mais alguns minutos, de olhos praticamente fechados, fingindo desinteresse e observando Freddie por entre os cílios. E então arregalo os olhos ao ouvir o que o Jonah diz:

— Vou comprar uma moto.

Fico surpresa; chocada. O Freddie sempre falava que ia comprar uma moto, eternamente apressado para ir mais longe, mais rápido, mas o Jonah nunca me pareceu ser do tipo que aspirasse a algo assim. Desde o acidente do Freddie, a ideia de alguém se colocar de forma proposital em perigo nas ruas me enche de pavor. Só de me sentar ao volante do carro de novo já foi uma vitória para mim.

— Queria só poder dar uma variada no Saab, às vezes — comenta ele, conversando de homem para homem. O Jonah tem um Saab conversível preto, com estofado de couro, uma lata velha sobre rodas que ele ama por motivo nenhum. — O Saab tá ficando meio ultrapassado, pensei em agitar um pouco as coisas.

— Não faça isso! — exclamo, meio alto demais, meio em pânico demais.

Os dois me encaram, assustados com a reação repentina.

— Foi uma coisa de momento. Tinha um anúncio no quadro de avisos na sala dos funcionários — explica ele, voltando-se lentamente de mim para o Freddie, optando por não me responder. Deve estar me achando uma louca. — Do Mão Pesada, quem diria.

Freddie dá uma gargalhada.

— Você vai comprar uma moto do Mão Pesada?

O Mão Pesada foi o nosso professor de matemática. O apelido veio do jeito como ele pegava as crianças pela gola da camisa para tirar da sala de aula; o Freddie era o que mais era expulso. É muito estranho ouvir o Jonah falando dos professores que nos aterrorizavam quando éramos crianças como colegas de trabalho hoje em dia.

— Você não vai nem acreditar na moto quando a vir. — Os olhos do Jonah brilham. — É um modelo clássico da Norton Manx. Ele comprou zerada e mal tirou da garagem.

Pelo que me lembro do Mão Pesada, ele não fazia exatamente o tipo que gosta de pegar a estrada e sentir o vento no cabelo.

— Ele andava sempre naquele Volvo branco, velho e acabado — lembra Freddie.

Jonah confirma com a cabeça.

— E continua com o mesmo carro, cara.

— Não brinca!

Jonah faz que sim de novo.

— Leva duas vezes por ano ao mecânico e cuida com todo o carinho. Feito para durar, que nem a esposa, segundo ele.

Não acredito que o Gripper ainda está vivo, quanto mais fazendo piadinha sobre a pobre da Sra. Mão Pesada como se ainda estivesse nos anos 1970. Ele já devia ter passado da idade de se aposentar quando ainda dava aula para a gente; que ainda esteja trabalhando, e ainda por cima dirigindo, é um espanto.

Freddie liga a televisão no aquecimento pré-jogo, os comentaristas na lateral do campo, cada um com um microfone maior que o outro, entrevistando quem quer que conseguissem fisgar. De repente, me sinto quente e como se fosse vomitar; uma ressaca e uma conversa com o seu noivo morto dão nisso. Fico de pé, murmuro alguma coisa sobre ir ao banheiro e corro até a escada.

Dez minutos depois, me agarrando à pia, me levanto do chão, feliz por ter esvaziado o estômago privada abaixo. Limpo a boca e encaro o meu reflexo na porta espelhada do armário em cima da pia. Meu Deus, estou horrorosa! As lágrimas recentes provocadas pelo vômito deixaram um rio pelo meu rosto já manchado de rímel. Só então eu noto que estou com o pingente de passarinho azul esmaltado que a minha mãe me deu no meu aniversário de dezoito anos. Eu não botei isso hoje. Nem poderia.

Perdi esse pingente há cinco anos.

— Tá se sentindo melhor? — pergunta Freddie, olhando para mim quando apareço de novo no andar de baixo.

Balanço a cabeça em afirmação, abrindo um sorriso cansado.

— Acho que preciso comer alguma coisa.

— Forra o estômago — concorda ele, já voltando a atenção ao jogo.

— Quer uma pizza? — oferece Jonah, apontando para a caixa aberta na mesa de centro.

Só de olhar para o queijo gelado, meu estômago revira novamente.

— Acho melhor fazer uma torrada — digo, segurando com firmeza o passarinho azul aninhado entre as minhas clavículas. Fiquei muito feliz de ver esse pingente de novo. Perdi numa boate; só dei falta dele no dia seguinte. Não era nada de valor para ninguém, só para mim, mas é lógico que ninguém devolveu. Meu cérebro está tentando entender o que significa o fato de que ainda tenho isso neste mundo.

Eu me sento à mesa da cozinha, descanso a cabeça nos braços cruzados e fico só escutando; os comentários animados do Freddie sobre o jogo, o Jonah rindo e mandando ele se acalmar antes que infarte, o tilintar de garrafas de cerveja sendo abertas e passadas pela mesa de vidro que o Freddie amava e eu nunca gostei muito, a vida que eu costumava dar como certa seguindo em frente, apesar de o Freddie ter morrido há cinquenta e oito dias.

Isso tudo é muito para o meu cérebro de ressaca. Não quero torrada, nem água, nem acordar e descobrir que ele não está mais aqui, então simplesmente volto para a sala, me sento no chão perto da poltrona do Freddie e encosto a cabeça no joelho dele. Ele acaricia o meu cabelo, faz uma piada sobre eu não dar conta da bebida e segue absorto demais na partida para notar a mancha úmida no joelho da própria calça jeans, onde minhas lágrimas se acumularam. Escondo o rosto no cabelo e fecho os olhos, muito cansada para fazer outra coisa que não me apoiar no seu corpo quente. Acho que não deve faltar mais muito tempo para o jogo acabar; tento ver que horas são no meu relógio, mas meus olhos estão marejados de lágrimas. Vai pra casa, Jonah Jones, penso. Vai pra casa, pra eu poder deitar no sofá do lado do Freddie e perguntar como foi o dia dele; preciso ouvir os barulhos do peito dele junto ao meu ouvido enquanto ele fala. Ele enrosca o meu cabelo em seus dedos, e faço uma força imensa para não pegar no sono, mas de nada adianta. Minhas pálpebras estão pesadas feito chumbo. Não consigo abri-las, por mais desesperada que esteja para me manter acordada, porque já estou com saudade dele.

Acordada

SÁBADO, 12 DE MAIO

Que coisa mais terrível. Acabo de acordar sozinha na sala de casa, com água em vez de cerveja na mesa de centro, sem a pizza gelada e sem o Freddie. É *isso*. É por isso que eu não durmo. Porque acordar e lembrar de novo que ele morreu é cruel demais, angustiante demais. O preço de sonhar com ele é mais alto do que eu seria capaz de imaginar; mais alto do que *qualquer um jamais* deveria pagar. Sem qualquer motivo lógico, enquanto permaneço deitada no sofá, tentando conjurar forças para me levantar, me vêm à mente alguns fragmentos do poema mais famoso do Tennyson, ainda gravado em meu cérebro desde a época da escola: "Melhor ter amado e perdido do que nunca ter amado" — esse aí, o único trechinho que todo mundo conhece. Bem, Tennyson, meu amigo, aposto que a sua mulher não deu de cara com uma árvore e te deixou sozinho no mundo, deixou? Porque se tivesse deixado, talvez você achasse mais prudente nunca ter amado. Suspiro, me sentindo um tanto cruel, pois também me lembro que o Tennyson escreveu o poema quando estava de luto pelo melhor amigo querido, então talvez o coração dele também tenha sofrido um pouco. Será que ele chorou tanto quanto eu? Às vezes, chorar é catártico, e, às vezes, é a coisa mais solitária do mundo, saber que ninguém vai me consolar com um abraço. Desta vez, não luto contra as lágrimas quando elas escorrem pelo meu rosto, pelo pobre e velho Tennyson, e pela pobre e velha eu.

Dormindo

SÁBADO, 12 DE MAIO

— Tá se sentindo melhor agora?

Eu não ia tomar outro comprimido. Consegui me arrastar até as oito da noite, mas então me entreguei, engolindo um e caindo na cama, para dormir cedo.

E agora acordei no sofá com a cabeça no colo do Freddie. Ele está fazendo um carinho distraído no meu cabelo enquanto assiste a algum seriado policial na televisão, e eu obviamente cochilei em meio à dor de cabeça.

Viro de barriga para cima.

— Acho que sim — respondo, segurando a sua mão.

— Você perdeu metade do episódio — diz ele. — Quer que eu volte?

Olho para a televisão, mas não tenho a menor ideia de que seriado está passando, então faço que não com a cabeça.

— Você tava roncando que nem um bicho, Lyds — diz Freddie, rindo baixinho. É uma piada recorrente: ele sempre diz que eu ronco alto, e eu sempre nego. Acho que eu não ronco nada, e ele só fala isso para me provocar.

— Aposto que a Keira Knightley ronca — provoco.

Ele arqueia as sobrancelhas.

— Não. Ela provavelmente ressona baixinho que nem...

— Que nem um estivador? — sugiro.

— Que nem um gatinho — rebate ele.

— Gatinhos não ressonam — retruco. — Gatinhos mordem os dedos do seu pé no meio da noite.

Freddie pensa no assunto por um instante.

— Eu gostei dessa ideia da Keira Knightley mordendo os meus dedos do pé.

— Ela teria dentes afiados — continuo. — Ia doer.

— Hum. — Ele franze a testa. — Você sabe que eu não lido bem com dor.

É verdade. Para um homem grande e competitivo, o Freddie é muito frouxo quando se machuca.

— Acho que é melhor eu ficar com você — continua ele. — Essa Keira tá parecendo que dá muito trabalho.

Ergo a mão dele e encosto a minha, palma com palma, reparando como a dele é maior.

— Mesmo comigo roncando que nem um porco?

Ele entrelaça os dedos nos meus.

— Mesmo com você roncando que nem um campo cheio de porcos.

Levo a mão dele até o meu rosto e beijo seus dedos.

— Isso não é muito romântico, sabia? — comento.

Ele pausa o seriado e olha para mim, um brilho divertido nos olhos azuis.

— E se eu dissesse que você é uma porquinha muito bonita?

Contraio os lábios, pensando, então balanço a cabeça em negativa.

— Continua não sendo romântico.

Ele assente lentamente com a cabeça.

— Tá bem — cede. — Então nada de porco?

— Tá melhorando — digo, esperando mais, tentando não sorrir enquanto me sento em seu colo e estico as pernas no sofá.

Freddie segura o meu queixo e me olha profundamente nos olhos.

— Se você é um porco, eu sou um porco.

Desato a gargalhar. Está na cara que o obriguei a assistir a *Diário de uma paixão* demais da conta, para ele soltar uma resposta dessas.

— Você não tem ideia do quanto eu te amo, Freddie Hunter — digo, e então provo o que acabei de dizer com um beijo e faço uma promessa a mim mesma. Este lugar, onde quer que seja e o que quer que seja, é lindo, e vou aproveitar cada instante ao máximo, pelo tempo que durar.

Acordada

Domingo, 20 de maio

Alguém está tocando a minha campainha. Olho para o relógio, irritada por ser interrompida quando não estou fazendo nada. Pois é, já deu meio-dia, e eu ainda estou de pijama, mas, ei, hoje é domingo. Além do mais, eu até tomei *banho*. Sendo bem sincera, a minha vontade é de ficar deitada aqui feito uma estátua até o sofá me digerir. E isso existe, vi num programa matinal de televisão: os produtos químicos do seu sofá comem você vivo se ficar muito tempo deitado nele. Eu me entrego a um devaneio nem de todo desagradável, no qual o sofá se abre como uma grande planta carnívora de pano e me engole por inteiro, mas não tenho o luxo de deixar isso acontecer; Elle está me olhando pela janela da frente e, pelo jeito como revira a bolsa, sei que está procurando a chave da minha casa. Eu não cheguei a dar uma cópia para a minha mãe nem para a Elle. Uma das duas deve ter pegado a chave reserva nos dias terríveis após o acidente e distribuído cópias para qualquer um poder entrar aqui e interromper o meu sofrimento quando bem entendesse.

Eu me sento no sofá e tento suavizar minha expressão melancólica enquanto a Elle coloca as bolsas no chão do hall de entrada e chama por mim.

— Tô aqui — aviso, tentando projetar na minha voz uma leveza que não sinto.

— Você não ouviu a campainha? — Elle passa a cabeça pela porta enquanto tira as botas. Só para constar, eu não exijo que ninguém tire o sapato quando entra na minha casa. É só um hábito que a minha mãe incutiu na gente desde que colocou um carpete creme na nossa casa de infância. — Toquei duas vezes.

— Eu estava cochilando — explico, ficando de pé e me sacudindo um pouco para acordar. — Você me pegou no flagra.

Elle me encara desanimada.

— Não dormiu bem essa noite?

— Mais ou menos — digo. A resposta certa seria que não dormi nada. Não quero tomar o remédio para dormir à noite, porque visitar a minha outra vida quando todo mundo está dormindo parece um desperdício. Fiz isso uma vez e, meu Deus, foi maravilhoso ver o Freddie dormindo, mas no geral quero passar o tempo com ele, ouvir as suas palavras e receber o seu amor quando ele está acordado. Virei um animal noturno, acordada com o Freddie quando deveria estar dormindo, tentando dormir quando deveria estar acordada. Não explico nada disso para a Elle; se contar que encontrei um atalho para um universo onde o Freddie não está morto, ela vai achar que eu enlouqueci de vez. Ou então que enchi a cara de vodca. De novo.

Ela me segue até a cozinha, pegando uma bolsa de compras de pano no hall de entrada.

— Comprei umas coisinhas que acho que você vai gostar — diz, colocando panquecas prontas e limões frescos em cima da mesa. Quando a gente era criança, sempre seguia a tradição de comer panqueca no Dia da Panqueca; ela é a chef da família e sempre gostou de se exibir, jogando as panquecas para cima como uma profissional. As minhas quase sempre acabavam no chão, já as dela ficavam redondinhas e perfeitas, servidas com açúcar e limão.

— Limão, pra botar no gim?

Ela não vê a menor graça na piadinha; apenas pega o saquinho rede com os limões e coloca enfaticamente em cima das panquecas. Não que eu seja uma grande apreciadora de gim, mas a minha irmã gosta de se preocupar, então tenho certeza de que ela conjura imagens mentais horríveis de mim bebendo sozinha à mesa da cozinha, no meio da noite. Em seguida aparecem os peitos de frango; um pacote com dois. Não pergunto a ela para quem é o outro. Não é culpa dela que o mundo seja feito para os casais e que agora eu esteja sozinha.

— Bolo — diz ela. — De café com nozes, seu preferido.

É como se ela achasse que eu teria esquecido. Olho para a embalagem chique de cera de abelha e balanço a cabeça em afirmação, obediente.

— É mesmo.

Ela então tira leite e suco da bolsa, e por fim pão, ovo e presunto.

— Você sabe que não precisa fazer isso, né? — digo, abrindo a geladeira para guardar as compras. O escasso conteúdo no interior me desmente; a maioria das coisas foi comprada ou preparada por outras pessoas: a sopa que mamãe colocou no pote, as uvas que as colegas do trabalho trouxeram, queijo e iogurte que a própria Elle guardou aqui no começo da semana. A única coisa que comprei para mim mesma foi o vinho e um queijo cremoso.

— Eu sei, mas eu gosto — responde ela, me passando um tablete de manteiga. — Quer um café?

Faço que sim, agradecida.

— A gente tinha combinado alguma coisa pra hoje? — pergunto, notando a quantidade de bolsas que a Elle deixou no hall de entrada. Espero não ter feito planos com ela e me esquecido.

Ela me olha esquisito por um instante, em silêncio, então nega com a cabeça.

— Dei um pulo no centro antes de vir para cá. Não achei que você fosse querer ir.

— Fica pra próxima — digo, descontraída.

Ela sorri, hesitante, provavelmente porque — tirando a ida ao pub na semana passada — esta é a primeira vez em semanas que insinuo que gostaria de fazer mais que apenas ficar assombrando a casa feito a Nicole Kidman em *Os outros*.

— Comprou alguma coisa legal? — pergunto. — Além de bolo de café com nozes? — Pego o bolo e sinto o cheiro dele, para demonstrar que apreciei o gesto.

— Só umas coisas para o trabalho. — Ela responde sem dar muita importância, muito embora mamãe tenha comentado que ela está que não se aguenta de empolgação com o trabalho novo no hotel.

— Posso ver?

Sinceramente, o olhar que ela me dispara me faz sentir a pior irmã do mundo. É um misto de esperança e desconfiança, meio como um gatinho cauteloso, como se eu pudesse mudar de ideia e tirar a tigelinha de leite se ela ficar animada demais. Envergonhada, demonstro gostar das roupas que ela comprou e, para falar a verdade, chego a sentir uma pontada real de inveja dos sapatos novos; não os sapatos em si, mas o que eles representam. Sapatos novos, emprego novo, vida nova. Espero que ela não arrume uma melhor amiga nova também.

— Está nervosa? — pergunto, observando-a dobrar o papel de seda cuidadosamente sobre os sapatos antes de fechar a tampa. Ela com certeza seria a Monica.

— Tô morrendo de nervoso — responde. — Com medo de ser a aluna nova da turma de que ninguém gosta.

Rio baixinho.

— Acho que não existe ninguém no mundo que te conheça e não goste de você.

Elle parece na dúvida.

— Você me acha sem graça?

— Não, sem graça não — respondo. — Nem um pouco. Você é gentil e divertida. — Torço o nariz. — E meio mandona às vezes — acrescento, mostrando o indicador e o polegar a um centímetro de distância. — Um tantinho assim.

Ela me fita de cima.

— Só porque às vezes você precisa de alguém pra te dar ordens.

— Ainda bem que é você.

— Podia ser pior. Podia ser a mamãe — argumenta ela, e nós duas assentimos, porque sabemos que é verdade.

— Você vai ter que mandar em alguém no trabalho?

— Vou ter dez funcionários.

— Ah, então você não vai ser a aluna nova — argumento. — Vai ser a professora nova. Todo mundo vai ficar tentando te impressionar, te dando maçã e coisas assim.

— Você acha? Se me derem maçã, vou trazer pra cá e te fazer comer. Você precisa das vitaminas mais do que eu.

— Está sendo mandona de novo.

— Tô treinando, pro trabalho.

— Você não precisa de treino.

Nós nos sentamos para tomar o café.

— Quer um pedaço de bolo? — ofereço.

— Se você comer, eu como — diz ela, uma frase recorrente em tantos momentos de nossa vida. Descer o morro atrás de casa nas manhãs de inverno, quando éramos crianças, sentadas nas bandejas de chá da mamãe: "Se você for, eu vou." Furar a orelha no salão suspeito do bairro, na adolescência: "Se você furar, eu furo." Pedir mais um drinque antes de o pub fechar, muito embora nós duas já tivéssemos bebido o suficiente: "Se você tomar, eu tomo." Continuar respirando, apesar do coração partido: "Se você continuar, eu continuo."

Pego o bolo e abro a embalagem bonita.

— Combinado — digo.

O bolo da tarde acaba se tornando uma sessão de cinema improvisada depois que a Elle liga a televisão e encontra *Dirty Dancing*, e passamos quase duas horas assistindo a um Patrick Swayze de olhar sério girando o quadril junto da Baby Houseman. Quebro a cabeça tentando lembrar a última vez que dancei, mas não consigo. É como se minha vida tivesse sido dividida em dois momentos: antes e depois do acidente. Às vezes, tenho dificuldade de relembrar detalhes da minha antiga vida, e sinto um pânico no peito pela possibilidade de me esquecer de nós, me esquecer do Freddie Hunter. Sei que sempre vou me lembrar das coisas principais — o rosto dele, o primeiro beijo, o pedido de casamento —, mas são as outras coisas: o cheiro do pescoço dele tarde da noite, a determinação corajosa em seus olhos quando ele resgatou um sapo minúsculo da rua principal da cidade e pedalou até o parque com ele enrolado na camiseta, o jeito como conseguia dobrar o dedo mindinho da mão esquerda mais para trás que o normal. São essas memórias que tenho medo de perder, as coisas menores, os acontecimentos que *fizeram* de nós quem somos. A última vez que dançamos, por exemplo. E então eu lembro, e o nó em meu peito se desfaz lentamente. Foi na véspera de Ano-Novo, primeiro no Prince of Wales, depois nas ruas congeladas e iluminadas a caminho de casa, Freddie me segurando, muito embora mal conseguisse se sustentar. Eu vim cambaleando pelo mesmo caminho na semana passada enquanto a Elle tomava o cuidado de não me deixar cair na sarjeta.

Certo, tarde de domingo, já deu. Minha irmã foi para casa, para o marido dela, e eu tenho outra pessoa para encontrar.

Dormindo

Segunda-feira, 21 de maio

Preciso de alguns segundos para me situar e entender que estamos no Sheila's, o pequeno café da outra rua, na esquina de casa, e a garçonete acaba de colocar dois cafés da manhã ingleses completos diante de nós, muito embora já tenha passado do meio-dia. Sempre pedimos a mesma coisa; Freddie gosta mais do que eu e sempre come metade do meu prato. Eu me sinto reconfortada pela familiaridade de voltar à antiga rotina.

— Melhor coisa do feriado. — Ele espeta uma salsicha do meu prato e transfere para o dele. — Café da manhã extra.

O lugar é do tipo que tem cadeiras de plástico e mesas de fórmica lascadas. Chá preto e café solúvel em canecas que não combinam uma com a outra. O letreiro lá fora está com a tinta desbotada e descascando, mas, mesmo com todos os defeitos, a comida é bem servida e ainda tem o atendimento caloroso da Sheila, cujo marido pintou o letreiro à mão quarenta anos atrás. Tem alguns anos que ele morreu enquanto fritava bacon na cozinha do café; exatamente do jeito que queria, é o que todos dizem. No funeral dele só havia lugar na igreja em pé. Eu me lembro de ficar esmagada entre o Freddie e um vizinho de uma casa mais abaixo na rua que se apoiou pesado em mim e chorou de soluçar, dizendo que nunca tinha conhecido alguém que soubesse fazer chouriço tão bem quanto ele. Juro que não estou inventando. Cruzo o olhar com a Sheila quando ela passa pela cortina de contas da cozinha, e ela me lança um sorriso. Freddie ganha uma piscadela e ergue o polegar em resposta.

— Bacon mais gostoso que o da minha mãe — elogia ele, rindo, deixando-a toda orgulhosa. — Só não conta pra ela.

Ele tem esse dom de fazer as pessoas acharem que são as preferidas dele. Já testemunhei isso uma infinidade de vezes ao longo dos anos, o jeito como coloca alguém momentaneamente no seu holofote.

— Vou só pegar o ketchup — aviso, sentindo necessidade de me explicar para a Sheila. Eu me levanto e, com cinco passos, chego ao balcão, o que não me dá tempo suficiente para organizar meus pensamentos e transformá-los em palavras.

— Está tudo bem, querida? — pergunta ela, notando meu café da manhã quase intocado. Sheila tem muito orgulho da sua comida, apesar do visual despretensioso do café.

Faço que sim, mordendo o lábio.

— Quer mais chá? — oferece ela, confusa.

Faço que não, me sentindo meio idiota.

— Só ketchup. — Faço uma pausa e então tropeço nas palavras: — E também dizer que sinto muito pelo Stan.

Eu a assustei; vejo algo familiar em seus olhos. Reconheço a crueza fugaz, a forma como ela inspira mais fundo antes de falar, do mesmo jeito que eu, quando alguém inesperadamente cita o nome do Freddie. Ela ainda não respondeu, então preencho o silêncio.

— É só que... Não me esqueci dele. Só isso.

Estou verbalizando meus medos, de que o mundo se esqueça do Freddie Hunter. Eu não vou esquecer, lógico, mas tem outra pessoa sentada na cadeira dele no escritório, outra usando o número dele no time de futebol das noites de segunda. Faz todo sentido o mundo continuar girando, mas, às vezes, só queria que as pessoas dissessem que elas se lembram, então digo isso agora para a Sheila, e na mesma hora sinto como se tivesse passado do limite.

— Quando você é nova, acha que tem todo o tempo do mundo — diz ela. — E aí, de repente, você olha e ficou velha, e um de vocês não está mais lá, e você se pergunta como os anos passaram tão depressa. — Ela acena para o Freddie e dá de ombros. — O tempo voa, não deixe de semear a terra enquanto há sol. É o que tenho a dizer.

É um clichê muito batido, mas mesmo assim não é mais para mim, porque é um jeito muito certeiro de resumir a minha vida acordada:

alguém desligou o meu sol. Pego o ketchup que a Sheila me oferece com um pequeno aceno de cabeça e volto para junto do Freddie.

— Vamos semear a terra hoje? — pergunto baixinho, passando a mão no ombro dele antes de me sentar.

— Semear a terra? — pergunta ele, perplexo. — Isso é código de mulher para fazer sexo? Porque se for, eu topo.

Sorrio, colocando na mesa o ketchup do qual na verdade não precisava. Para a sorte dele, o Freddie nunca vai saber o que quero dizer.

— Preciso te contar uma coisa — diz ele. — Promete que você não vai ficar brava.

— Não posso prometer isso — rebato. — Não até saber do que se trata.

Ele passa manteiga na torrada, negando com a cabeça.

— Nada disso. Promete primeiro.

Isso é muito o Freddie.

— Tá bem — acabo cedendo. — Prometo que não vou ficar brava.

Na mesma hora, ele abre um sorriso.

— Marquei a nossa lua de mel.

Meu coração se infla de alegria e depois afunda no meu peito, porque é perfeitamente possível que eu não possa voltar aqui no ano que vem; tudo isso pode acabar amanhã. Sinto o coração de fato afundando em câmera lenta no meu peito.

— Marcou?

Ele parece estar muito satisfeito consigo mesmo. Está doido para me contar.

— Você quer que seja surpresa?

Faço que não, sem confiar na minha voz. Espero que ele entenda as minhas lágrimas como de alegria.

— Pra onde a gente vai?

Freddie faz uma pausa, como se estivesse de fato considerando não me contar, mas então não consegue se conter.

— Nova York!

É lógico. Sempre quis ir a Nova York. Vi todos os episódios de *Friends*, quero ser a melhor amiga da Carrie Bradshaw e morro de vontade de caminhar descalça no Central Park. Nem brigo com ele por causa do preço, porque na minha cabeça já estamos na balsa para Staten Island. É tão ridícula e perfeitamente a nossa cara...

— Não tinha como você ter acertado mais — digo, esticando a mão para ele do outro lado da mesa. — Não fala mais nada. Deixa eu sonhar acordada um pouco.

Ele acaricia os meus dedos com o polegar.

— Você vai amar, Lyds.

Não tenho a menor dúvida. Sinto como se estivesse prestes a chorar, então mudo de assunto.

— E aí, o que a gente vai fazer hoje à tarde?

— Ah, então não era código de mulher para sexo? — Ele parece meio envergonhado, depois ri. — A gente vai ao cinema, lembra? — diz, me recordando de um plano do qual eu não tinha o menor conhecimento. — Eu vou te dar uns amassos na fileira do fundo.

— Amassos? — Rio. — Ninguém mais fala isso.

Ele traz o garfo até o meu prato e espeta a minha gema de ovo.

— Eu falo. Anda logo, o filme começa às 13h30.

— Cinema, então — digo.

Hoje é segunda-feira, feriado, estou com o Freddie, e está tudo bem. Melhor do que bem: somos o que costumávamos ser, ele e eu contra o mundo. Nem fico brava por causa da gema de ovo, muito embora ele só faça isso para me provocar. Vamos ao cinema dar uns amassos na fileira do fundo como se estivéssemos no colégio. Vamos semear a terra enquanto ainda há sol.

Acordada

Domingo, 27 de maio

Estou sentada no chão da cozinha, as costas encharcadas de suor contra o armário, segurando com força o frasco de remédio na mão ainda trêmula. Derrubei o frasco da bancada sem querer alguns minutos atrás e então corri para o chão feito uma viciada, para catar tudo antes que os comprimidos deslizassem pelas rachaduras. Ganhei uma farpa dolorida no indicador por causa disso, mas, naqueles segundos de pânico, só o que importava era garantir que cada um dos comprimidos restantes voltasse em segurança para onde deveria estar.

Visitei o Freddie nos últimos seis dias seguidos e estou completamente exausta, como se estivesse correndo maratonas durante o sono. Reconheço plenamente que isto não pode continuar assim. Não é só o empenho físico; há um sério preço mental a se pagar também. Minhas horas acordada viraram um tempo de espera, repleto de impaciência e expectativa, tomado pelo medo doentio de que isso pode não acontecer da próxima vez, de que posso nunca mais viver essa experiência. É impossível explicar como é estar lá. Alguns anos atrás, quando a Elle e eu fomos à National Gallery, havia um quadro, uma paisagem australiana de um pintor de cujo nome não me lembro. Não é uma das obras mais conhecidas nem a mais impressionante, mas havia algo na compreensibilidade das cores e na intensidade da luz que atraiu a minha atenção mais do que qualquer outro quadro. Meu mundo adormecido fica ali, entre as pinceladas e os pigmentos daquela pintura; vivo, ousado e fascinante. Viciante.

Coloco a cabeça entre as mãos, totalmente indefesa, pois o incidente com os comprimidos me forçou a reconhecer a verdade que estava à espreita nesses últimos dias: estou me colocando numa situação de perigo real aqui.

Todo dia, desde que o Freddie morreu, tenho de escalar uma montanha nova e, embora eu nunca tenha sido do tipo esportiva, de alguma forma, toda manhã encontrava forças para calçar as botas de caminhada e começar a escalada solitária de novo. Nos últimos dias, não tenho me dado o trabalho de amarrar as botas, porque não tem parecido muito importante se vou ficar com os pés cheios de bolhas ou não. Não estou tomando cuidado com os lugares onde piso nem pensando muito além da próxima curva, porque todos os caminhos levam à segurança do Freddie, esperando lá no alto por mim.

Mas, como todas as coisas, há um custo inevitável. É preciso fazer uma negociação, e a compreensão de que o preço pode ser a minha sanidade está penetrando os meus ossos feito água numa banheira fria.

Estou começando a me ressentir da minha vida acordada e de todo mundo nela também. Uns dois dias atrás, dei uma bronca na minha mãe pelo telefone, e Elle falou que eu estava com uma aparência horrível ontem pela manhã, quando passou aqui. Furei o café da manhã na mamãe com ela; estava beirando a falta de educação, porque só conseguia pensar no comprimido cor-de-rosa esperando por mim na bancada da cozinha. Ela foi embora depois de alguns minutos desconfortáveis, desanimada e cabisbaixa, e eu fiquei observando-a, me sentindo uma bruxa, mas sem vontade de chamá-la de volta, porque o canto de sereia do remédio era sedutor demais para ser ignorado. E aí é que está o problema: vejo o caminho que tenho pela frente, e ele está repleto dos sentimentos pisoteados dessas pessoas, à medida que me afasto cada vez mais delas em favor do outro lugar, em favor do Freddie.

Coloco o frasco de comprimidos no chão da cozinha ao meu lado e, depois de olhar para ele por alguns segundos difíceis e indecisos, me estico e o coloco além do meu alcance.

Será que consigo tomar um comprimido dia sim, dia não? De três em três dias, talvez? Uma vez por semana? Franzo a testa, lembrando que tomei dois no sábado, me empanturrando do Freddie feito uma criança gulosa. E é isso que mais me preocupa; que eu não tenha forças para resistir mergulhar tão profundamente nessa outra vida e acabe ficando mais lá do que aqui, imersa demais para voltar para casa em segurança outra vez.

Acordada

TERÇA-FEIRA, 29 DE MAIO

— Tô pensando em voltar a trabalhar.

Minha mãe tenta, sem sucesso, disfarçar a surpresa. Estamos na pequena e imaculada sala da casa dela, descalças, como sempre, em deferência ao carpete creme; e ela não instalou carpete só no hall de entrada, minha mãe adora uma promoção e cobriu todo o piso do andar de baixo. Considerando que estamos na sala, existem regras bastante rigorosas para se estar aqui. Vinho tinto é absolutamente proibido, assim como qualquer comida que não seja branca. Vinho branco, portanto, pode, e também purê de batata ou arroz-doce. Sem brincadeira. A Elle e eu enchíamos a cara de arroz-doce na adolescência e, embora o carpete tenha pelo menos quinze anos, parece novo. O sofá esconde a única mancha que nunca vai sair: numa manhã de Natal, uma Elle adolescente chegou em casa completamente bêbada de gim com groselha depois de passar menos de uma hora na casa do então namorado, que morava na mesma rua que a gente — um feito impressionante, até ela vomitar no tapete da mamãe e desmaiar no meio da ceia de Natal.

— Ah é? — pergunta minha mãe. Dá para ver que ela está ponderando o que dizer a seguir. Eu a imagino descartando um "já estava mais que na hora", e considerando um "graças a Deus", até que enfim se decide sobre o que deve sair da sua boca: — Tem certeza que você está pronta, querida?

Dou de ombros e meio que balanço a cabeça, embora esteja tentando assentir.

— Não posso ficar em casa sozinha por muito mais tempo sem perder um parafuso, mãe. Estou dormindo melhor agora, com os comprimidos.

O que eu não digo é que preciso ter alguma coisa para fazer; algo tangível em que me concentrar no mundo real. Meu trabalho como gerente de eventos na prefeitura não chega a ser um bicho de sete cabeças, é só trabalho de escritório, mas a equipe é boa e o salário é decente. Eles foram gentis e me deixaram tirar folga até agora como licença médica remunerada, mas isso não pode continuar indefinidamente.

Minha mãe se aproxima e se senta ao meu lado no sofá, com a mão no meu joelho.

— Você pode vir ficar comigo por um tempo. Se for ajudar...

Sinto o lábio inferior tremendo porque nós duas sabemos que ela odiaria isso, mas me ama o bastante para sugerir mesmo assim. Não é a primeira vez que me oferece a casa; ela me convida pelo menos uma vez por semana desde que o Freddie morreu. Eu também iria odiar. Quando estou sozinha, gosto de comer curry indiano, daqueles que deixam as piores manchas, na minha sala, num prato equilibrado nas pernas, e desmoronar.

— Eu sei — digo, cobrindo a mão dela com a minha e apertando. — Mas não é a coisa certa a se fazer, e você sabe disso. Eu tenho que "vivenciar o meu luto de forma consciente", e acho que isso não significa voltar pra casa da mamãe.

Ela dá uma risadinha; a frase está virando piada interna da família.

— Vou mandar o seu almoço, então. Só no primeiro ou no segundo dia.

Imagino que ela ainda tenha a lancheira cor-de-rosa que eu usava na época da escola.

— Tá bem — concordo. — Ia ajudar muito, mãe. — Embora eu imagine que isso vai ajudar mais a ela que a mim.

Ela assente, determinada.

— Vou comprar aqueles biscoitinhos de hortelã de que você gostava, os que vêm embalados num papel verde brilhoso.

Engulo o nó na garganta, me sentindo com quinze anos de novo, na época em que eu dormia no andar de cima desta casa, numa cama de solteiro no quarto que eu dividia com a Elle.

— Primeira segunda-feira de junho, então? — pergunta ela, e penso na data, me perguntando se vou conseguir. Estamos na última semana de maio agora; ela está me dando só mais uns poucos dias para me recompor. Imagino que esteja querendo surfar a onda do momento, para o caso de a onda seguinte me dar um caldo e eu mudar de ideia, e como não posso prometer que isso não vai acontecer, faço que sim lentamente.

— Primeira segunda-feira de junho, combinado.

— Ótimo. — Ela dá um tapinha no meu joelho e se levanta. — Vou só dar um pulinho na cozinha e botar os biscoitos na lista de compras.

Eu a observo se afastar, me perguntando se ela sabe que é uma das guardiãs da minha sanidade. O Freddie morria de rir da minha mãe e das listas dela — ele costumava acrescentar itens aleatórios, quando ela não estava olhando: mangueiras, casas de bonecas ou aparadores de pelos de nariz. A lembrança me faz sorrir e então me entristece, porque decidi, com muita relutância, limitar minhas visitas a Freddie e torná-las semanais, uma a cada fim de semana. É uma experiência boa demais, tão insustentável quanto comer açúcar a colheradas. O problema do vício é que, em algum momento, você tem de desistir do que tomou conta de você ou se entregar por completo. Não quero que nenhuma dessas coisas aconteça. Quero as minhas duas vidas, e para isso preciso de uma base segura aqui no mundo real. Está na hora de amarrar as minhas botas de caminhada.

Acordada

SÁBADO, 2 DE JUNHO

Imagino que não deveria ser uma surpresa o fato de que acho o cemitério um lugar tranquilo; quase posso ouvir o Freddie fazendo uma piada infame sobre os vizinhos ficarem todos na sua. Já estou com a bunda dormente de tanto tempo que passei sentada aqui e, ao olhar para a lápide do Freddie, noto um pingo branco no granito cinzento; pelo visto os pombos aqui não respeitam os mortos. Procuro os lenços na bolsa e, como não os encontro, suspiro irritada. Não posso deixar isso assim.

— Já volto — digo, pegando as flores velhas que tirei da lápide e o meu lixo para jogar na lixeira do estacionamento. — O lenço deve estar na mala do carro.

Dois minutos depois, confirmo que estava certa. Tranco o carro e caminho devagar sob o sol, pegando a trilha mais comprida porque o cemitério está todo florido, e preciso de uns minutinhos para recobrar o fôlego. É praticamente o único lugar onde consigo me sentir calma de verdade. Valorizo isso agora, mais do que nunca, uma chance de sair da minha dupla existência ilusionista.

Quando me aproximo do túmulo do Freddie de novo, percebo que outra pessoa está sentada no lugar que acabei de deixar. Jonah Jones, com os joelhos para cima diante de si enquanto fala. Eu me aproximo, tentando decidir o que dizer, e ele pigarreia e tosse, como se estivesse se preparando para fazer um discurso para a sua turma de inglês na escola secundarista da cidade.

— Vou tentar, mas não prometo nada — murmura ele.

Faço uma pausa, me perguntando o que ele falou para o Freddie que vai tentar fazer, sem saber se devo interromper, porque ele está de olhos fechados. Talvez esteja fazendo o mesmo que eu, imaginando que eles estão em outro lugar agora. No pub, talvez, ou esperando o jogo começar, com os pés na mesa de centro da nossa sala.

— Já é sábado de novo — comenta Jonah. — Esta semana foi estressante no trabalho. Tá tendo avaliação do governo, faltando pessoal, a mesma merda de sempre. Tive que dar uma aula de educação física na semana passada, e todo mundo sabe como sou um zero à esquerda quando o negócio é esporte. Você teria se mijado de tanto rir.

O Freddie e o Jonah estavam em pontas opostas do espectro esportivo; se houvesse a menor chance de ganhar alguma coisa, o Freddie se jogava de cabeça, com os braços estendidos para o troféu. O Jonah, por outro lado, até bate uma bola de vez em quando, mas não carrega esse fogo competitivo. Ele se contenta em ser um atleta de sofá, e encontrou a sua paixão na música e nos livros. Os dois eram diferentes em muitos aspectos. O Freddie era do tipo que fazia as coisas, o Jonah era mais um sonhador, um observador das estrelas. No seu aniversário de quinze anos, acampamos com um grupo no jardim da casa do Freddie, para tentar ver um cometa que estava previsto para passar, ou talvez fosse uma chuva de meteoros. Seja como for, o Freddie roncou o tempo todo, enquanto o Jonah e eu ficamos amontoados sob os cobertores, com os olhos grudados no céu, na esperança de presenciar um show astronômico.

— Uma cerveja com o meu parceiro ontem à noite teria caído bem — comenta Jonah. — Nada drástico, só os alunos me enchendo o saco e a politicagem de sala de aula torrando a minha paciência. Sem falar na bronca que o Harold me deu porque não fui de gravata para a assembleia escolar. — Ele ri, com os olhos ainda fechados. — Dá para acreditar? Tem dez anos que a gente saiu daquele lugar, e o velho Harold continua no meu pé. — Ele faz uma pausa, como se estivesse ouvindo a resposta do Freddie. — Ah, ganhei no dardo na quarta-feira. O Duffy ficou uma fera. Perdeu a aposta. Teve que pagar uma rodada, e você sabe como ele é mão de vaca. Todo mundo pediu shot de uísque com cerveja, só pra provocar.

Não consigo conter um sorriso diante da história. Ouvir o Jonah narrando as fanfarronices no Prince of Wales é estranho, mas meio acolhedor; sei que teria ouvido as mesmas histórias em primeira mão do Freddie se ele ainda estivesse aqui.

Jonah fica em silêncio, mexendo distraído no rasgo na altura do joelho da sua calça jeans cinza e desbotada, franzindo a testa, pensando no que mais poderia dizer, imagino. Ele então abre os olhos e suspira, inclinando-se para encostar no nome do Freddie no granito frio por alguns segundos silenciosos.

— Até semana que vem, cara.

É o mais perto que ele pode chegar de colocar a mão no ombro do amigo. Eu sei porque já abracei aquela porcaria de pedra afiada e já encostei a bochecha nas palavras gravadas em ouro. Mas não tantas vezes assim. Afinal de contas, somos ingleses; existe uma etiqueta de cemitério a se seguir que não inclui dar um escândalo toda vez que você aparece.

Assim como o Jonah fez antes, pigarreio. Ele olha para mim e pisca duas vezes, surpreso.

— Lydia — diz, e depois franze a testa. — Há quanto tempo você estava aí?

Odeio a ideia de alguém me ouvir conversando com o Freddie, então minto.

— Um segundo ou dois. — Faço uma pausa. — Posso voltar daqui a pouco, se você precisar de mais tempo...

Ele fica de pé, limpando a grama da calça jeans.

— Não, tudo bem. Já terminei.

Desde aquela tarde no pub, três semanas atrás, não vejo nem falo com o Jonah, e sei que tenho de resolver essa situação. O Jonah era o braço direito do Freddie, mas na verdade ele já era meu amigo antes de o Freddie entrar na minha órbita. O seu sarcasmo contido combinou com o meu quando fomos obrigados a fazer dupla num trabalho de química, aos doze anos; acho que o professor tinha vãs esperanças de que alguma parte da lógica do Jonah pudesse me contaminar. Não deu certo. Logo perdemos todas as esperanças de que eu pudesse aprender a tabela periódica, mas começamos a passar a hora do almoço juntos, recostados no tronco do antigo carvalho, observando as pessoas irem e virem pela escola, os romances passageiros, as explosões adolescentes ocasionais que estouravam entre os alunos mais velhos. A nossa amizade nasceu num momento em que eu estava precisando, quando a maioria das garotas da turma tinha decidido que eu não era descolada o bastante para sair com elas. Agradecida, mamãe às vezes mandava um biscoito de hortelã a mais para o Jonah. Ele sempre tentava recusar, por educação, mas eu sabia que gostava, e os biscoitos eram um complemento bem-vindo aos sanduíches secos de queijo que a mãe dele mandava todo dia. Esta não é uma história romântica, do mocinho que conhece a mocinha; a nossa amizade era genuína, do tipo "você é igual a mim", e não "você faz meu estômago revirar feito uma máquina de lavar". Eu gostava de saber que ele estaria esperando por mim na hora do almoço, que eu podia contar que ele iria me fazer rir, mesmo que eu estivesse tendo uma manhã de merda. Aí o Freddie entrou na escola e sentava do lado do Jonah, porque o nome deles ficava um depois do outro na lista de chamada; e, em duas semanas, dois viraram três na hora do almoço ao redor do carvalho. Freddie Hunter invadiu a minha vida e me carregou no seu carnaval de cor, riso e barulho. E, com ele, a minha posição entre os descolados da escola ascendeu, e eu já não precisava mais tanto das minhas conversas com Jonah na hora do almoço. O que foi bom, na verdade, porque, além de ser um número ímpar, três é demais, principalmente quando dois desses três estão envolvidos em um romance. Freddie provavelmente se viu dividido entre nós; ambos disputando a atenção dele e nos ressentindo um do outro quando não a recebíamos. Mas, de alguma forma, ao longo dos anos, conseguimos fazer a coisa funcionar, porque a nossa amizade era valiosa demais para ser perdida. E agora voltamos a ser só dois de novo, e, para ser sincera, não sei mais como vai ser a nossa dinâmica. Sempre vou ter carinho pelo Jonah — ele faz parte do meu mundo há tempo demais para não ser importante para mim. Mas o acidente pesou entre nós, esse fardo constante.

— Já vou indo, então. — Ele tira a chave do carro do bolso da calça.
— Até mais.

Eu o observo em silêncio, enquanto ele acena para a lápide do Freddie e se afasta ao longo da alameda de lápides. Mas quando estou prestes a me sentar, ele dá meia-volta e se aproxima.

— Vai ter um negócio amanhã na escola — comenta ele. — Você podia ir, sabe, se quiser...

Olho para ele, perplexa.

— Um negócio?

Ele dá de ombros.

— É, tipo um *workshop*.

— Você não está vendendo muito bem o evento — comento, meio que sorrindo, porque não sei como reagir.

— É um *workshop* sobre luto, tá legal? — Suas palavras saem apressadas, carregadas de desprezo, como se o fato de terem saído da sua boca o irritasse. — Técnica de *mindfulness*, esse tipo de coisa.

— Um *workshop* sobre luto? — Uso o mesmo tom que usaria se ele tivesse me convidado para pular de bungee-jump ou de paraquedas. O Jonah em geral não é do tipo que se concentra em seus chacras internos, ou sei lá o que se faz num *workshop* de *mindfulness*. Esse é o tipo de coisa que espero da Elle; vindo do Jonah, é uma surpresa.

— Vai ser no auditório principal. — Ele não conseguiria parecer menos à vontade mesmo se tentasse. — A Dee, uma das professoras substitutas novas, também dá aula de ioga e *mindfulness*. Ela se ofereceu para fazer uma sessão se houver um mínimo de pessoas interessadas.

Imagino Dee, de cabelos sedosos, corpo flexível e um sorriso sempre pronto que beira o piedoso. Eu me pego sendo indelicada sem qualquer motivo e me pergunto se é isso que eu sou agora, uma pessoa amarga como um café forte.

— Não sei se faz muito o meu estilo. — Tento amenizar a rejeição com um sorriso sem jeito.

— Eu também — diz ele, botando os óculos escuros. — Foi só uma ideia.

Faço que sim com a cabeça, e ele copia o gesto, e depois de um momento de silêncio desconfortável, ele se vira para ir embora novamente, mas para e volta uma segunda vez.

— É só que... eu acho que pode ajudar.

— Ajudar com o quê, exatamente? — pergunto devagar, embora suspeite que saiba o que ele quer dizer. Preferiria que ele tivesse ido embora, em vez de voltar uma segunda vez, porque prevejo essa conversa entrando em terreno perigoso.

Ele olha para o céu, pensando antes de falar.

— Com isso — responde, esticando o braço na direção da lápide do Freddie e além. — Ajudar a lidar com tudo isso.

— Estou lidando com isso do meu jeito, obrigada — rebato. A última coisa que quero é me sentar numa sala cheia de estranhos e falar do Freddie.

Jonah assente e engole em seco.

— Eu avisei — murmura ele, mas olhando para a lápide do Freddie, e não para mim. — Eu disse que ela ia recusar.

Ei, peraí.

— Você falou pro Freddie que eu iria recusar?

Jonah fica com as bochechas coradas.

— E eu estava errado? — O Jonah em geral não é do tipo que levanta a voz; ele é o mediador natural em qualquer discussão. — Eu disse a ele que iria porque achei que poderia ser bom pra mim e que iria chamar você pra ir comigo. Mas disse que você recusaria.

— Bem, então tá. — Ergo as mãos. — Você já cumpriu o seu papel, agora pode ir embora sem culpa. — Eu me arrependo das palavras assim que elas saem da minha boca.

— Sem culpa — repete ele. — Muito obrigado, Lydia. Obrigado pra caralho.

— Você conspira com o meu namorado morto contra mim e esperava o quê? — rebato.

— Não era uma conspiração contra você — argumenta ele, com mais comedimento que eu. — Só achei que talvez pudesse ser útil, mas eu entendo. Você tá ocupada, ou não tem interesse, ou tem medo, sei lá.

Eu bufo e balanço a cabeça, desviando o olhar para a fileira de lápides cinzentas.

— Medo? — murmuro, e ele dá de ombros para mim, sem o menor arrependimento.

— Fala que eu tô errado.

Bufo de novo e acrescento uma baforada, só para dar ênfase. Eu sei que ele está tentando me provocar, e estou caindo direto na armadilha.

— Medo? Você acha que eu tenho medo de uma porcaria de *workshop* de auditório de escola? Eu vou te falar o que é medo, Jonah Jones. Medo é uma viatura da polícia encostar na frente da sua casa e você ter que enterrar o homem que ama em vez de se casar com ele. Medo é parar no meio do mercadinho pensando em engolir tudo que é comprimido da prateleira de remédio, porque você acabou de se lembrar daquela briga idiota que teve no corredor ao lado por causa de uma merda de um biscoito, um *biscoito*, e isso te deixa sem ar. Fisicamente sem ar, bem aqui. — Bato dois dedos no peito, onde fica o coração, com força o bastante para deixar um hematoma. — Medo é saber que a vida parece infinitamente longa sem a pessoa com quem você planejou viver ao seu lado, e também saber como ela pode ser absurda e inesperadamente curta. É que nem aquele truque de tirar a toalha de mesa com um jogo de chá em cima, só que o que tá sendo quebrado são seres humanos, e não um monte de xícaras e... — Paro e engulo uma golfada de ar, porque perdi o fio da meada e estou chorando de raiva, e porque o Jonah está pálido e parece horrorizado.

— Lyds... — diz ele, tentando colocar a mão no meu ombro.

Eu o afasto.

— Nem vem.

— Desculpa, tá legal?

— Não. Não tá legal. Nada disso... — aponto para o cemitério à minha volta — ... jamais vai ficar legal.

— Eu sei. Não quis te chatear.

Não sei de onde veio esse turbilhão de raiva. É como se o Jonah tivesse movido uma pedra e causado uma avalanche, e agora ela está saindo de mim, incontrolável como lava.

— Ah, óbvio, você não quis me chatear! — exclamo, cuspindo, num tom horrível até para os meus ouvidos. — Usando um homem morto pra me alfinetar. Qual é, Jonah? Você precisa de reforço pra dizer pra professora substituta que tá a fim dela? — Ele parece confuso, o que é bem compreensível. — Escreve na merda do quadro da escola. Ou então chama ela pra sair. Uma coisa ou outra, tanto faz, mas eu não vou ficar segurando a sua mão. Eu não sou o seu parceiro. Eu não sou o Freddie.

Ficamos olhando um para o outro por um instante, e dou meia-volta e vou embora, furiosa.

Não posso contar para o Jonah qual é o problema de verdade: que meu corpo está esgotado e a minha mente, destruída com esse vaivém de viver a vida com e sem o Freddie. Passei a noite acordada ontem, tentando pensar em uma forma racional de explicar para alguém o que está acontecendo, mas é impossível. Como posso esperar que alguém entenda que às vezes fico com o Freddie quando durmo? Não estou delirando, e não estou fingindo que ele continua vivo na minha vida cotidiana. Mas tem outro... tem outro lugar onde ele e eu ainda estamos juntos, e parece que estou presa numa batalha eterna contra o seu canto de sereia. O que vai acontecer quando o remédio acabar? Afasto o pensamento. Não consigo nem imaginar.

Acordada

Domingo, 3 de junho

Não sei o que estou fazendo aqui. Nunca gostei muito da escola; é a primeira vez que piso aqui desde que me formei no ensino médio. Na verdade, sei o que estou fazendo aqui — porque me senti uma megera por ter estourado com o Jonah ontem e acabei mandando uma mensagem envergonhada pedindo desculpa e dizendo que talvez eu estivesse precisando de um pouco de *mindfulness*, no fim das contas. Ele respondeu que era isso ou terapia de controle da raiva, porque eu estava correndo o risco de virar o Hulk e rasgar a minha calça jeans, e falei que então era melhor tentar, já que verde não combina com o meu cabelo. E, assim, aqui estou eu, arrastando os pés pelo piso de concreto da entrada da escola, igualzinho a quando tinha catorze anos e não tinha feito o dever de casa. Estou atrasada, de propósito. Ele disse que o *workshop* seria de dez ao meio-dia, e já são onze. Meu plano é meio que entrar no fim e ficar lá no fundo, e depois contar uma mentirinha para o Jonah de que eu estava lá quase desde o início, para a gente poder deixar para trás o que aconteceu ontem. Podemos não nos ver mais todo dia, mas não quero romper com ele; parece muito desleal com o Freddie me voltar contra o seu melhor amigo.

Ao abrir a porta do auditório da escola, o cheiro nostálgico do chão encerado e do ar parado me transporta direto para a hora do discurso da diretora durante a assembleia. Quase posso sentir os joelhos doloridos de passar tanto tempo sentada de pernas cruzadas no chão, enquanto ela dava um sermão sobre bom comportamento, o Freddie afrouxando a gravata de um lado, o Jonah mexendo nos botões do relógio do outro.

Há pouquíssimas pessoas no auditório para esconder o meu atraso, umas vinte e poucas, no máximo, sentadas ao redor de algumas mesas com chá e bolo, e não em fileiras organizadas. A maioria olha para mim assim que entro, e eu paro, na dúvida, até que o Jonah levanta e caminha até mim.

— Achei que você tinha desistido — sussurra ele. — Tudo bem se não quiser ficar... eu não devia ter insistido ontem.

— Tudo bem. — Apreensiva, fito o grupo reunido. Mais mulheres que homens, um punhado de pessoas mais ou menos da minha idade, mas a maioria mais velha que eu. Um pensamento terrível me ocorre: e se a tia June e o tio Bob estiverem aqui? Eles adoram um *workshop*. Olho ao redor e suspiro aliviada por não ver nenhum sinal deles. — Como foi até agora?

Ele balança a cabeça.

— É, tudo bem. As pessoas são legais. Sinceramente, Lyds, você não precisa ficar, pode não ser mesmo pra você. — Ele torce o pescoço, algo que não o vejo fazer há anos. Jonah costumava fazer isso quando estava ansioso; em dia de prova, aqui nesta mesma sala, por exemplo. — Na verdade, vou só pegar o meu celular e sair com você.

Olho para ele, confusa.

— Você me pediu para vir.

Jonah abre a boca para dizer alguma coisa, mas uma mulher se aproxima de nós, estendendo a mão.

— Oi — cumprimenta ela. — Eu sou a Dee. Você deve ser a Lydia.

Ah. Então eu não estava tão errada assim a respeito da Dee. Ela tem cabelos castanhos e é um pouco mais baixa que eu, e seu rabo de cavalo balança ao apertar a minha mão. Não chega a ser terrivelmente magra, é mais curvilínea, por causa da ioga; dá para ver por que o Jonah poderia estar atraído por ela. Dee fixa os olhos castanhos simpáticos nos meus, e sei que já conhece a minha história triste. Ela aperta minhas mãos com as dela, um pouco calorosa demais.

— Bem-vinda.

— Oi — cumprimento, um pouco fria demais e de nariz meio em pé, me desvencilhando dela. Não sei o que deu em mim. Simplesmente odeio a ideia de uma completa desconhecida achar que sabe tudo a meu respeito.

— Infelizmente, você perdeu a parte do *mindfulness* — diz ela. — Mas chegou em tempo para o bolo, que pra mim é a melhor parte.

Guardo comigo o comentário indelicado de que bolo não vai me adiantar de muita coisa e opto por dizer:

— Talvez o Jonah possa me inteirar sobre a parte do *mindfulness*.

— Ou eu posso fazer uma sessão individual pra você em algum momento, se você achar que pode ajudar — oferece Dee, e embora eu saiba que está apenas sendo gentil, ela me irrita de novo. Estou irradiando sinais silenciosos de SOS, por acaso? Aqui estou eu, achando que estou mantendo a linha, e todo mundo vem me soterrar com ajuda. Estou começando a perceber que sou uma pessoa muito reservada; prefiro me esconder atrás de uma máscara e depois desmoronar quando ninguém está olhando.

— Vou pensar — digo, sem me comprometer. — Mas obrigada.

Dee e Jonah trocam um olhar silencioso por alguns segundos, só o suficiente para transmitir: "Mas a sua amiga é osso duro de roer, hein?" Ou quem sabe eu tenha me enganado, e ela esteja sendo muito mais Nova Era e filosófica e esteja enviando um: "A sua amiga nitidamente tem um caminho a percorrer em sua jornada de cura." Ou também pode ser só um olhar direto de: "Topa sair hoje à noite?", e eu estou apenas atrapalhando. Queria não ter vindo, mas agora é tarde demais, porque a Dee já está com a mão no meu cotovelo, me conduzindo até a mesa à que o Jonah estava sentado.

As pessoas se ajeitam para abrir um lugar para mim ao lado do Jonah, todas tentando não me encarar, determinadas a me deixar à vontade. Uma mulher do outro lado me serve um chá; Camilla, ela se apresenta ao colocar o chá na minha frente. Por sorte, ela não faz estardalhaço, me oferece um sorriso contido e um aceno simpático de cabeça.

— Esta é a Lydia — diz Jonah, sério.

Todos assentem para mim.

— Eu sou a Maud. — Uma senhora do outro lado do Jonah se debruça para a frente e meio que grita, mexendo no aparelho auditivo. Se tivesse de chutar a idade dela, diria que tem no mínimo uns noventa anos. — Meu marido, o Peter, caiu do telhado quando estava tentando consertar a antena da televisão, vinte e dois anos atrás.

— Ah — digo, espantada. — Sinto muito.

A julgar pela careta das pessoas ao redor da mesa, diria que não é a primeira vez que elas ouvem sobre o infortúnio do Peter.

— Não se preocupe, eu não fiquei triste. Tinha bem uns dez anos que ele estava pulando a cerca com a mulher do açougue.

Uau. Por essa eu não esperava.

— Aceita um pedaço de bolo?

Eu me volto para a senhora do outro lado, grata pela interrupção.

— É de maçã com tâmara. Fiz hoje de manhã. — Ela estica o prato para mim. — Eu sou a Nell.

— Obrigada — digo, pegando um prato descartável. Não sei bem se estou agradecendo a ela pelo bolo ou por me salvar da pressão de achar uma resposta adequada. Eu me sinto reconfortada por sua presença silenciosa. Ela me lembra um pouco da minha mãe, tanto em idade quanto em altura, e, pela aliança de casamento, é casada. Ou foi casada.

— Desculpa pela Maud — murmura ela, enquanto serve uma fatia de bolo no meu prato. — Imagina quanto ela ajudou durante a sessão de *mindfulness*.

Nosso olhar se encontra, e me sinto mais relaxada com o bom humor dela.

— Tem uns livros — diz Camilla. Ela ruboriza, como se falar fosse um esforço para ela. — Este aqui em especial foi muito útil pra mim. — Ela toca a capa de um entre muitos livros sobre perda espalhados pela mesa. — No começo, pelo menos.

— Não tenho conseguido ler ultimamente — comento. — Sempre amei livros, ainda mais ficção, mas minha cabeça não parece mais ser capaz de reter uma história. — Não sei por que me veio a necessidade de compartilhar isso, mas aí está.

— Vai voltar ao normal — responde ela. — Teve uma época em que eu só conseguia ler isso, mas depois fica mais fácil. — Ela corre os dedos pelas pérolas no pescoço. — De verdade.

Pego o livro que ela me recomendou, agradecida.

— E você, Jonah? — pergunta Nell. — Você lê?

— Leio — responde ele. — Sou professor de inglês, então não deixa de ser minha obrigação. — Ele engole em seco. — Tenho tido dificuldade com música.

Isso é novidade para mim. Música é o nome do meio do Jonah: tocar, ouvir, compor.

— Eu não conseguia ver televisão depois que o Peter morreu — grita Maud. — O salafrário quebrou a antena.

Fico dividida entre o riso e a vontade de estrangulá-la.

— É compreensível — diz Camilla, olhando para o Jonah. — Você no mínimo ainda associa a música ao acidente.

Não consigo fazer a conexão na minha cabeça. Não sei quanto o Jonah falou do Freddie para os outros aqui antes de eu chegar, então pego um pedaço da minha fatia do bolo e deixo a conversa correr à minha volta.

— É. — Jonah esfrega o rosto. — Não consigo mais ouvir rádio.

— Dê tempo ao tempo. — Nell deve ter notado que ele está com as mãos trêmulas, porque desliza uma fatia de bolo para ele.

— Por que você associa música ao acidente? — pergunto, os olhos fixos no Jonah.

— O amigo dele tava mudando a estação do rádio no carro — responde Maud, alto demais. — Tirou os olhos da estrada.

Luto para encontrar as palavras na minha garganta para perguntar a Jonah se é verdade.

— Mas, na investigação... — Paro de falar, porque de repente percebo que tem mais coisa acontecendo aqui do que eu imaginava.

Um silêncio desconfortável paira na mesa, e Jonah olha para cima para examinar a tinta descascando no teto do auditório.

— Eu achei que você não vinha mais — diz ele. — Você estava atrasada, eu achei que você não vinha mais. — E então ele se vira, me encara nos olhos, baixa a voz e fala só para mim: — Ele estava só mexendo no rádio, tentando encontrar uma coisa para cantar, Lyds. Você sabe como ele era.

Franzo a testa, embora saiba muito bem o que ele quer dizer. O Freddie dirigia da mesma forma que fazia tudo na vida: no 220. Ele tinha um carro esportivo daqueles que roncava alto e gostava de colocar a música nas alturas e cantar com mais entusiasmo que a voz dele permitia.

— Mas, na investigação, você falou que ele não fez nada errado. Eu me sentei lá e ouvi você dizer que ele não fez nada errado. — Ouço a minha voz oscilando para o agudo.

— Eu não queria... — vacila ele, tão baixinho que é difícil de ouvir. — Eu não queria que eles dissessem que ele morreu por negligência ou desatenção.

— Não tanta desatenção quanto cair do telhado — debocha Maud, pegando seu chá.

Lanço um olhar para ela, pronta para responder, mas fico quieta. Ela não é o verdadeiro motivo pelo qual o meu coração está batendo acelerado. Jonah e eu nos encaramos. Eu me pergunto o que mais ele não me contou.

— Você me chamou aqui hoje — digo, esfregando a testa. — Você me chamou aqui hoje, e aí você joga isso... essa bomba, sabendo exatamente o que isso vai fazer comigo.

Mesmo antes de eu terminar de falar, ele já está balançando a cabeça em negativa.

— Você não veio, Lydia. Eu fiquei te esperando, e você não veio, e estava todo mundo falando das pessoas que eles perderam e, nem sei por que, eu comecei a falar também. Me senti seguro, acho.

Olho para ele, escutando as palavras que estavam saindo da sua boca.

— Você não mencionou o rádio nenhuma vez na investigação...

Balanço a cabeça, porque, desde o acidente, tenho usado o breve relato do Jonah sobre o que aconteceu naquele carro para tentar entender os últimos momentos de vida do Freddie. Oficialmente, determinaram que foi morte acidental, um daqueles momentos estranhos que simplesmente não dá para prever. Falou-se em pista escorregadia devido às condições climáticas; teve uma frente fria particularmente intensa, e podia muito bem haver gelo na pista. Eu fiquei ouvindo, deixando que tudo se resumisse a uma coisa tão mundana quanto o clima, mas agora a cena que construí na minha mente está se desfazendo diante dos meus olhos.

— Você mentiu — afirmo. — Você mentiu para uma sala cheia de gente, Jonah. — Olho para Nell, ao meu lado. — Ele não falou do rádio. Não falou.

— Às vezes, as pessoas fazem coisas estranhas por bons motivos — diz ela. — Talvez o Jonah pudesse falar um pouco mais... — Ela fita Jonah com uma expressão condoída, e ele engole com força.

— Eu não menti — insiste ele. — Não menti. Podia muito bem ter gelo na pista e definitivamente estava chovendo. — Ele olha para mim. — Você sabe que é verdade, Lydia.

— Mas você nunca falou do rádio...

Todos na mesa estão quietos agora, até mesmo a Maud. Ao meu lado, Nell suspira e põe a mão sobre a minha por um segundo, apertando meus dedos. Não sei dizer se ela está oferecendo um consolo ou me pedindo para me acalmar.

Jonah solta um ruído gutural e frustrado e fecha a mão num punho cerrado sobre a mesa.

— Pra que eu ia fazer isso? Que diferença ia fazer? Só tinha o Freddie e eu na estrada, ninguém mais se machucou. De jeito nenhum eu deixaria que a última merda que alguém falasse sobre ele fosse que foi ele quem causou aquilo, que ele se descuidou por uma fração de segundo. — Jonah olha para as pessoas ao redor da mesa e balança a cabeça. — Desculpa — pede, com um suspiro. — Pelo palavrão. — Seus olhos brilham um pouco demais quando ele volta o olhar para mim; sei que está por um fio. — Não queria que saísse no jornal, que eles escrevessem que foi uma morte evitável, que usassem a história dele como exemplo moral para as pessoas tomarem mais cuidado.

Algo está acontecendo dentro de mim. É como se meu sangue fervilhasse.

— Mas você podia ter me contado — falo devagar. — Você *devia* ter me contado.

— Devia? — Ele levanta um pouco a voz, e a Camilla estremece diante da dor dele. — Por quê? Pra você ficar ainda mais angustiada do que já está, pra ficar maldizendo o Freddie por ele ser tão cabeça-dura, pra ficar repassando a imagem dele dirigindo um pouquinho acima do limite enquanto mexia no rádio?

E aí eu visualizo tudo perfeitamente. O Freddie com o pé no acelerador, os olhos fora da pista por um instante.

— Você quer dizer indo rápido demais para chegar no meu jantar de aniversário, é isso? Você também não falou que ele estava acima da velocidade.

Jonah olha pela janela para os portões da escola. Foram tantos anos entrando e saindo por aqueles portões, os três tranquilos e certos de que a vida iria durar para sempre. Quase posso ver a gente, ouvir o eco de nossos passos e nossas risadas.

— Nada disso importa de verdade — diz ele. — Isso não muda o fato de que ele se foi.

— Importa, sim — respondo, inflamada pela ignorância do Jonah a respeito dos meus sentimentos. — É importante pra mim. Você me deixou acreditar que ele morreu por causa do tempo e, de alguma forma, esse motivo trivial e cotidiano fez algum sentido. — Olho ao redor, tentando entender e articular os meus sentimentos em tempo real. — E agora você me diz que ele ainda estaria aqui se tivesse tomado mais cuidado, e que ele estava em alta velocidade? — Faço uma pausa, angustiada. — Nem vem me dizer que não importa, Jonah Jones. Ele deveria ter voltado direto para casa. Nada disso teria acontecido se ele tivesse voltado para casa.

— Você acha que eu não sei? — sussurra ele. — Você acha que isso não é a primeira coisa que eu penso todo santo dia?

Nós nos encaramos. Jonah morde o lábio para impedi-lo de tremer.

— Eu não queria que você soubesse disso — diz ele, emocionado, atraindo minha atenção para a sua cicatriz ao esfregar a testa. — Você estava atrasada... Eu achei que você não vinha mais.

— Antes não tivesse vindo — digo.

— Antes não tivesse — rebate ele, as mãos unidas com força diante de si.

O silêncio recai sobre a mesa. Acho que está na hora de eu sair daqui.

— Tem um ano que meu filho morreu. — Maud olha para o teto. — Fazia trinta e seis anos que ele não falava comigo. Tudo por causa de uma besteira.

Não respondo, mas as palavras entram na minha cabeça mesmo assim. Trinta e seis anos. Os dois estavam vivos e, no entanto, deixaram que uma questão trivial os afastasse tanto que nunca mais se falaram.

— Que triste, Maud. — Camilla estende a mão e dá um tapinha no antebraço da Maud.

Maud aperta os lábios numa linha fina, sem nenhuma respostinha irônica agora. Acho que ela não veio aqui hoje para falar do marido infiel. Não sei se ela contou do filho para me ajudar, mas me ajudou, mais ou menos, porque sei que se eu me levantar e sair daqui agora posso ficar trinta e seis anos sem ver o Jonah Jones, ou até mesmo para sempre.

Ficamos imóveis, sentados lado a lado, em silêncio.

— Eu devia ter te contado antes — diz ele, por fim, fitando os próprios pés.

— É — concordo. — Mas entendo por que você não contou.

Encontro o olhar choroso da Camilla do outro lado da mesa, e ela assente com a cabeça, um apoio silencioso que fico grata por receber. Preciso de muito esforço para colocar a mão sobre a dele, e ele faz o possível para não desmoronar.

— Esse bolo podia ter mais manteiga — diz Maud. — Sobrou algum?

Nell empurra a lata ao longo da mesa.

— Leva pra você, ninguém vai comer lá em casa.

Passo a mão nos olhos, bruscamente, então me levanto.

— Melhor eu ir — digo, olhando para as pessoas na mesa. — Foi um prazer conhecer vocês.

Jonah ergue o rosto para mim.

— A gente se vê? — pergunta.

— Sim — respondo, embora provavelmente vá levar um tempo para que eu o veja de novo. Não posso dizer que fiquei feliz de ter vindo, porque não é de todo verdade, mas foi uma catarse para nós dois sermos tão dolorosamente honestos. Mantenho a compostura até chegar ao carro e então desabo no banco do motorista com a cabeça apoiada nas mãos. Eu provavelmente não deveria dirigir, mas quero ir para casa. Quero estar com o Freddie.

Dormindo

Domingo, 3 de junho

Estamos no estacionamento do hospital. Freddie está carregando a Elle. Ela está com um dos pés calçados, e o outro sapato está na minha mão, enquanto caminho depressa ao lado deles.

— Acho que quebrou — diz Elle, o rosto contorcido de dor ao tentar mover o tornozelo. Ela caiu na escada da nossa casa há meia hora, dando um susto tremendo na gente. É estranho vê-la neste mundo abstrato também. Eu me acostumei a ser só eu e o Freddie, mas parece que a vida das outras pessoas também está seguindo aqui. E neste mundo, hoje, o Freddie é exatamente como quero me lembrar dele: no controle da situação e muito vivo.

— Provavelmente — arrisca ele. — Ainda bem que eu tô aqui para te carregar pra cima e pra baixo.

— Parece uma cena de *A força do destino* — comento, tentando não rir. Freddie parece satisfeito com a ideia.

— Só que eu sou mais bonito que o Richard Gere.

— Você ficaria bem fardado — opino.

— Eles vendem naquela loja de sacanagem no centro da cidade — diz ele. — Posso comprar, se você quiser.

— Ei, lembram de mim? — murmura Elle. — A mulher com um osso quebrado aqui. Dá pra deixar esse assunto para depois?

— Pode ser que não tenha quebrado — pondero, tentando ser otimista.

— Ai, tomara que não — responde ela. — Não posso aparecer de muleta no trabalho. — Se bem que, mesmo de muleta, a Elle ainda seria a mulher mais eficiente.

Ver que um de nós está sendo carregado até a emergência faz as pessoas abrirem caminho, e chegamos a um leito de atendimento muito mais rápido do que normalmente teríamos conseguido.

— Ainda bem que você estava em casa — digo a Freddie, me sentando na beirada da maca. O médico acha que a Elle não quebrou nada, mas decidiu fazer um raio-x para confirmar. — Acho que não teríamos sido atendidos tão depressa se ela tivesse entrado mancando.

— O charme do Freddie Hunter sempre funciona. — Ele sorri, e eu reviro os olhos. — Quer que eu te carregue até o andar de cima hoje mais tarde? — pergunta.

— Só se você comprar aquela farda — respondo.

Ele olha para o gancho com o jaleco pendurado atrás da porta.

— Eu posso roubar uma roupa de médico. Vale, também?

Deixo escapar uma risada contida.

— Quer saber? Acho que vale — digo, assim que o médico aparece trazendo a Elle de volta.

— Não quebrou nada — atesta ele, animado. — Só machucou feio, melhor ficar de repouso alguns dias.

Elle se atrapalha com as muletas que a enfermeira arrumou para ela, então o Freddie a levanta nos braços de novo e a carrega de volta pela emergência. Quando a porta do hospital se abre, começo a cantarolar "Love Lift Us Up Where We Belong", e a Elle me chuta no braço com o pé bom.

— Você foi ótimo com a Elle hoje — digo quando chegamos em casa.

— Fui mesmo, né? — responde ele, de brincadeira, e então balança a cabeça. — Ainda bem que foi só o tornozelo. Pelo jeito como ela rolou escada abaixo podia ter sido muito pior.

Estremeço, porque ele tem razão. Fiquei com o coração na boca enquanto corríamos para ver o que tinha acontecido; sei muito bem a velocidade como um dia normal pode virar um pesadelo.

— Nunca quebrei nenhum osso — comenta ele. — Você acredita?

Ai, meu amor, penso.

— Eu também não — digo. — Não, espera, mentira. Já quebrei... quebrei um dedo na festa de aniversário da Elle, quando a gente era criança.

Minha mãe convidou o Nicky, que morava do outro lado da rua, mesmo ele sendo uma peste, e ele fechou a minha mão na porta da frente.

Freddie estremece.

— De propósito?

Dou de ombros.

— Provavelmente. — Ergo a mão direita e toco meu indicador. — Bem aqui.

Freddie se aproxima e beija o local.

— Qual é o sobrenome dele? Vou encontrar esse Nicky e me vingar por você.

Entro na brincadeira.

— Ah, vai, é?

— Tem que ser alguma coisa com os dedos dele — continua Freddie.

— Você acha que eu deveria cortar um por um? Ou esmagar com um martelo, no estilo Thor?

A imponência física do Freddie faz parte da sua identidade — ele incorpora completamente a ideia de que é o meu protetor, quer eu precise de um protetor, quer não. Ele é bem tradicional nesse sentido. Gosta de usar uma chave de fenda quando as coisas quebram, e é possessivo com o cortador de grama, embora o nosso jardim seja pequeno. Não me importo com isso; sei que tem a ver com o fato de ter perdido o pai quando era criança. Ele teve de assumir esse papel, porque a mãe era uma mulher habituada a ter alguém que cuidasse dela. Freddie acolheu a família Bird sob seu guarda-chuva protetor com o maior prazer. Acho que tem uma década que a minha mãe não troca uma lâmpada.

— Você é o meu herói! — exclamo, rindo.

— Acho que já deixamos isso bem explícito hoje. — Ele se deixa cair na poltrona. — Acho que eu mereço um café, não?

— Com biscoito — respondo.

— E sexo? — arrisca ele, sempre disposto a tentar a sorte.

Eu o encaro.

— Só se você tiver roubado aquele jaleco.

Acordada

Segunda-feira, 4 de junho

Estou sentada no carro, no estacionamento do trabalho, com a antiga lancheira cor-de-rosa no banco do carona ao meu lado. Ela estava na porta da minha casa hoje de manhã com um bilhete de "boa sorte" colado na tampa. Vislumbro a embalagem metálica do biscoito de hortelã, que a minha mãe deve ter procurado no mínimo em três supermercados diferentes, e um suco de groselha de caixinha debaixo de um sanduíche misterioso embalado em papel-alumínio. Tem mais de dez anos que ela não prepara o meu almoço, mas retomou a tarefa como se eu ainda tivesse catorze anos. Eu enfio a caixa colorida na bolsa, logo por cima, me dando conta de como isso é reconfortante e tentando reunir coragem para entrar pela porta de funcionários da prefeitura da cidade pela primeira vez em mais de oitenta dias. Lógico que eles sabem que eu vou voltar hoje, e com certeza vão fazer de tudo para facilitar as coisas para mim, mas ainda assim estou me esforçando para manter a linha. Inspiro fundo como quem diz "seja o que Deus quiser" e salto do carro.

— Dona da situação — murmuro, erguendo o queixo e expandindo os ombros até as omoplatas quase se tocarem. — Dona da situação. — Estou canalizando uma personagem durona de um daqueles seriados americanos que eu adoro, alguém muito mais atrevida e prática que eu. Meghan Markle em *Suits*, talvez. Até hoje, poder vir para o trabalho de jeans e camiseta sempre foi uma vantagem, mas neste momento gostaria de me esconder atrás de um terninho poderoso, salto alto e um penteado elegante.

Fito o teclado da fechadura eletrônica e digito os botões prateados um tanto desanimada. É lógico que não funciona; eles sempre trocam o código depois de algumas semanas, só por força do hábito, porque não tem muito motivo para alguém invadir o prédio. O que iriam roubar? Os livros usados da biblioteca municipal no térreo? Somos provavelmente um dos últimos lugares que ainda carimba a carteirinha da biblioteca. Delia, a nossa bibliotecária octogenária, não daria conta de nenhum sistema que fosse um pouco mais moderno. O escritório no segundo andar também não é mais bem equipado em termos de tecnologia — dois computadores antigos e uma máquina de xerox é o melhor que temos. Tem gente que considera charmoso; já outros acham coisa do tempo da carochinha. Todos estão certos. Trabalhar aqui tem um clima antiquado agradável, mas é muito frustrante saber que as coisas só são trocadas quando estão literalmente se desfazendo. Esta merda de fechadura de segurança, por exemplo, com botões duros que você tem de esmurrar como se estivesse de mau humor. Eu não estou de mau humor, mas estou *ficando* meio na dúvida e pensando em voltar para o carro, quando um braço envolve meus ombros com firmeza. Sou puxada para um abraço torto, esmagada junto à lateral do corpo do Phil, meu chefe.

— Lydia, graças a Deus você voltou — diz ele, me apertando enquanto se aproxima e ataca as teclas com entusiasmo. — Este lugar ficou uma loucura sem você.

Era exatamente o que eu precisava ouvir. Nada de pompa e circunstância, nem de discurso de boas-vindas redigido com todo o cuidado. O Phil é daqueles chefes que todo mundo adora, bonachão e carismático, um homem que conquista as pessoas naturalmente — tanto que se ofereceu para acompanhar a Dawn no parto dela caso o noivo estivesse viajando a trabalho quando chegasse a hora. Por sorte, ela não precisou, mas todo mundo achou graça só de pensar no Phil lavando as mãos e os braços para ajudar lá embaixo. Também não duvido que ele teria cumprido o prometido, caso fosse necessário.

— Olha quem eu encontrei tentando arrombar a porta dos fundos — anuncia ele ao entrar comigo no escritório do segundo andar.

Não tem o menor sentido ficar nervosa, mas eu estou. Tem cinco anos que trabalho aqui: essas pessoas me conhecem; eu as conheço. Mas elas também conheciam o Freddie, e estão todas me olhando com olhos arregalados, e sei que estão pensando: "Merda, o que a gente diz pra ela, será que ela vai se acabar de chorar se eu tocar no nome dele, ou vai ficar ofendida se eu não falar nada? Acho que vou só fazer cara de ocupado, sorrir e ver o que acontece depois de um chá."

— Aceita um chá? — pergunta Dawn, como se estivesse lendo os meus pensamentos, e faço que sim agradecida enquanto ela dispara para a cozinha.

Minha mesa junto da janela parece ter virado um lixão, empilhada com folhetos e caixas, e minha cadeira sumiu. Não sei bem como me sentir — se aliviada de que ninguém tenha se apossado do meu lugar privilegiado junto da única janela da sala, ou triste que eles não tenham se preparado o suficiente para torná-lo acolhedor. Ryan, que com vinte e dois anos e aqueles cabelos pretos e a pele queimada de sol poderia muito bem ser um integrante do reality *Ilha do amor*, ergue o rosto e me dá uma piscadela, o telefone encaixado no pescoço. Meu rosto deve ter me entregado, pois ele segue o meu olhar, então desliga antes de seja lá quem for atender e se levanta.

— Lydia — cumprimenta ele com um sorriso de dentes artificiais, atravessando a pequena sala para me abraçar.

Não deixo de notar que meus dois colegas homens parecem mais emocionalmente preparados para lidar com o meu retorno que as mulheres. A Dawn praticamente desapareceu na minha frente, e a Julia levantou a mão de unhas feitas lá do fundo da sala para me cumprimentar sem se levantar da cadeira. Verdade seja dita, ela parece estar participando de uma videoconferência, mas ainda assim ela não chega a transmitir muito carisma. Não estou sendo justa. Tem alguns anos que trabalho com a Julia, e ela sempre pareceu um tanto fria, muito embora eu saiba que, no fundo, ela tem um coração de manteiga. Ela só prefere que ninguém saiba disso e usa as tranças glamourosas no cabelo e as longas unhas vermelhas para fazer as pessoas acharem que é uma capataz durona. É de longe a mais velha do grupo, em algum lugar entre os cinquenta e cinco e sessenta anos; e imagino que vai continuar nessa faixa até alguém a desafiar. O que não vai acontecer.

— Foi mal pela sua mesa — diz Ryan, me levando pela mão até ela. — Vamos resolver.

O que ele chama de "resolver" é botar tudo debaixo do braço e despejar em cima do armário de arquivos mais próximo, mas aprecio o gesto. Ele procura uma cadeira ao redor e, como não encontra nenhuma, traz a dele e faz uma pequena mesura para indicar que devo me sentar.

— Seu trono, *milady*.

Não discuto. Nem poderia, porque a simples gentileza me faz ficar com um nó na garganta. Ele percebe e, em seu favor, devo dizer que não entra em pânico. Apenas me dá um tapinha no ombro, pega um lenço e assente com sabedoria.

— Eu sei, Lyds — comenta Ryan. — Sou uma tragédia. Sempre tenho esse efeito sobre as mulheres.

Abafo uma gargalhada, feliz com o seu bom humor, e percebo que a Dawn está chegando com uma expressão de alívio e com o chá que me prometeu. Sem dúvida, está contente de me ver sorrindo e, na verdade, eu também estou. Sinto que estou me readaptando pouco a pouco ao ambiente, correndo os dedos pelos calombos e arranhões da antiga mesa de madeira. Tenho um lugar para mim.

— Sem açúcar e com muito leite — diz Dawn, como sempre. É uma sutileza, mas eu percebo. É um "Eu lembro como você gosta do seu chá", e um "Aqui você está entre amigos", e também "Pode contar com a gente".

Julia aparece também e coloca um vasinho de ervilhas-de-cheiro rosas e roxas na minha mesa.

— O perfume estava começando a me incomodar. — Ela funga, me avaliando com olhos perfeitamente maquiados, sem dúvida assimilando o fato de que emagreci e dizendo a si mesma para trazer um bolo amanhã e mentir, dizendo que comprou na prateleira de promoções.

Olho para meus colegas, de um para o outro, e engulo com força.

— Obrigada. É bom estar de volta.

— A gente ficou na dúvida se devia, sabe como é, dizer alguma coisa, sobre o... — começa Ryan, os lindos olhos escuros carregados de consternação. Mais uma vez, eu o admiro por ser o porta-voz não eleito de um grupo de pessoas com o dobro da sua idade, ainda que tenha tropeçado no último obstáculo.

— Sobre o Freddie — digo, pronunciando o nome com firmeza e sem lágrimas, para o Ryan não ter de fazer isso. — Pode falar o nome dele, não tem problema.

Todos assentem, esperando mais alguma coisa.

— Muito obrigada pela cadeira, o chá e as flores — digo. — Mas, mais do que tudo, fico muito feliz pela companhia. Não aguentava mais ficar em casa sozinha, estava morrendo de tédio.

— Avisa se precisar de alguma coisa — oferece Dawn, meio rápido demais, tentando impedir o lábio inferior de tremer. Ela procura um lenço de papel no bolso do cardigã largo. Todas as suas roupas ficam sobrando nela; a Dawn está há meses de dieta para o dia do casamento e não tinha dinheiro sobrando para investir num guarda-roupa novo. O cabelo castanho cresceu também; ela está com um ar de sapeca.

Julia lança um olhar fulminante para ela e tira os óculos de aro de tartaruga, deixando-os pendurados na corrente de ouro rosé em torno do pescoço.

— Montei uma lista de coisas pra você começar a fazer quando estiver pronta.

Ryan entrega um lenço de papel para a Dawn, e ela seca os olhos, pegando a minha lancheira da bolsa.

— Vou colocar na geladeira pra você.

— Que cor horrorosa — murmura Julia.

— Vou roubar o biscoito — diz Ryan, espiando através do plástico cor-de-rosa.

Eles se afastam, e solto um suspiro lento de alívio, feliz de ter vencido o obstáculo da volta ao trabalho. Agora está na hora de trabalhar.

Com Phil no comando, a nossa equipe de quatro pessoas administra a prefeitura. O Ryan é bom de papo, então cuida da revista da comunidade, o que basicamente significa vender espaço publicitário e fazer uma ou outra saída para fotografar uma abobrinha premiada ou algum morador com um hobby diferente. É tudo na base da tentativa e do erro; ele nunca se recuperou totalmente da visita a uma aula de pintura em que o professor de física aposentado estava trabalhando como modelo nu.

Julia cuida dos negócios, gerenciando as finanças, coagindo as empresas locais a contribuírem com a manutenção do prédio da prefeitura e com o fundo financeiro da cidade. Com isso, eu e a Dawn ficamos sob o termo genérico de "gestoras de eventos", que na verdade significa que planejamos tudo o que acontece em nossa prefeitura histórica, desde festivais de verão até feiras de Natal, shows, bailes e festas. Já ouvi o Phil se referindo a nós como suas animadoras comunitárias, o que acho uma descrição bem precisa. Nós agendamos reuniões para casais da terceira idade nas tardes de segunda e para mães e filhos nas manhãs de sexta-feira, e tudo mais que possa haver entre uma coisa e outra. É um daqueles trabalhos que você meio que pega como um quebra-galho e acaba ficando para sempre, porque a vida vai se acomodando ao redor dele, cimentando-o no lugar. Você acaba ficando amiga das pessoas, o prédio se torna a sua segunda casa, a cadeira se molda ao formato da sua bunda. No papel, somos um grupo díspar, mas de alguma forma, juntos, somos mais que a soma de nossas partes, então a prefeitura acabou virando um centro comunitário animado — um pequeno milagre, dado o orçamento apertado. Quando começo a atacar a lista de tarefas da Julia, percebo que ela vem cobrindo parte das minhas atribuições, e que a Dawn está trabalhando cinco dias na semana, em vez de três, como fazia antigamente, embora o Tyler ainda esteja na creche e ela tenha dificuldade para arrumar quem fique com ele. De alguma forma, eles deram conta, e ninguém reclamou comigo de estar sobrecarregado. Agora entendo por que a minha mesa não estava preparada para me receber; eles simplesmente não tiveram tempo. Estavam inundados de trabalho, só mantendo o meu posto em ordem para quando eu voltasse, me ancorando a distância sem que eu nem percebesse.

O luto é uma coisa estranha. É meu e ninguém pode enfrentá-lo por mim, mas havia todo um elenco de apoio de atores silenciosos ao meu redor, nos bastidores. Acrescento meus colegas à lista mental de pessoas que preciso agradecer direito em algum momento futuro. A minha mãe e a Elle estão em destaque, lá no topo, lógico, e todos os meus vizinhos, que apareceram para tomar um chá, e agora a Julia, a Dawn, o Ryan e o Phil. O ensopado que a família que mora três casas mais adiante na rua mandou; o cartão perguntando "Segurando as pontas, mocinha?", do senhor que mora do outro lado da rua e que perdeu a esposa não muito depois que nos mudamos. Até o Jonah e aquela porcaria de *workshop* sobre luto para o qual me arrastou.

— Eu estava falando sério sobre o biscoito — afirma Ryan, me entregando a lancheira cor-de-rosa quando seguimos até a cantina para almoçar. Há cinco cadeiras diferentes ao redor da mesa, e depois que estamos todos sentados, o Phil levanta sua caneca de chá.

— É bom não ter mais nenhuma cadeira vazia — desabafa ele, e todos assentem com a cabeça e levantam suas canecas. Lágrimas quentes ardem em meus olhos, e, para disfarçar, abro a lancheira e jogo o biscoito para o Ryan.

— Não conta pra minha mãe que eu te dei — digo, enfiando o canudinho no suco de caixinha. O gosto me transporta direto para a escola, para os almoços com o Freddie e o Jonah, e hoje escolho sorrir em vez de deixar as lágrimas escorrerem pelas minhas bochechas. Se sou a atriz principal, então o show tem de continuar.

Acordada

SÁBADO, 23 DE JUNHO

— Faz três semanas que voltei a trabalhar — digo, sentada de pernas cruzadas no cemitério, sobre a grama queimada pelo sol. Parece que o verão vai ser quente. Segundo os boatos, se o calor não der uma trégua, vão proibir o uso de mangueiras. — De certa forma, parece que nem parei de trabalhar. Nessas três semanas, o Ryan já teve três encontros, e a Julia continua arrancando o nosso couro.

O Freddie tinha uma relação de amor e ódio com a Julia. O jeito barulhento dele a irritava terrivelmente, e a postura linha-dura dela, de que tudo tem de ser para ontem, o deixava ensandecido — provavelmente porque, na verdade, ele era muito parecido. Por trás disso, no entanto, havia um afeto mútuo; ela o papariçava, e ele era todo charmoso com ela. O Freddie sempre achou que Julia era o tipo de mulher que gosta de domar os homens no quarto com uma coleira, e tenho de admitir que posso muito bem imaginar a cena.

— A minha mãe finalmente parou de mandar almoço pra mim — comento, rindo baixinho. — Ainda bem. Estava ficando viciada em suco de caixinha.

Hoje eu trouxe hortênsias roxas e rosas do jardim da Elle.

— O Phil me pediu para ser gerente do Ryan — conto, colocando uma flor no vaso. — Acho que é um jeito de fazer com que eu me sinta indispensável.

Estou nervosa com isso, mas continuo tentando canalizar a Meghan Markle. Talvez tenha de comprar um terninho com ombreiras.

— Cortei o cabelo na semana passada. — Tiro o elástico que prendia o cabelo e sacudo a cabeça, deixando-o cair em cascata nos meus ombros. — Só um pouquinho. Ninguém percebeu.

Não esperava que alguém notasse; só aparei as pontas, o mesmo de sempre. Mais que isso e eu teria uma crise de identidade.

— Não tenho visto o Jonah ultimamente — digo, porque me sinto obrigada a dar notícias do seu melhor amigo.

Tive algumas semanas para esmiuçar as revelações do Jonah no *workshop* sobre luto e avaliá-las de todos os ângulos possíveis, e entendo, meio a contragosto, por que ele fez o que fez. Ninguém mais se machucou ou se envolveu no acidente de alguma outra forma; a única coisa que ficaria permanentemente maculada pela verdade era a memória do Freddie. Leal até o fim, o Jonah não queria que o amigo partisse da vida de forma desonrosa.

— Deixei uma mensagem de voz para ele na semana passada, mas ele não respondeu.

O que não me surpreende, para falar a verdade. A mensagem que deixei no celular do Jonah foi curta, beirando a grosseria; eu simplesmente não consegui invocar as palavras certas para me expressar. Acho que pedi desculpas por não ter entrado em contato antes, e muito provavelmente falei alguma coisa ambígua sobre entender o que ele tinha feito. Na certa soei piedosa, como se achasse que ele precisava da minha absolvição ou algo assim, o que não era a minha intenção, mas não tive forças para apagar e gravar outra.

— Estou tão zangada com a estupidez de tudo isso, Freddie — sussurro.

Concluir que um descuido do próprio Freddie contribuiu para a morte dele é um ajuste mental enorme para mim. Ele não vai voltar, não importa de que ângulo eu olhe as coisas, mas havia algo quase reconfortante em culpar o clima.

— Não contei pra ninguém — digo. — Nem pra mamãe, nem pra Elle.

De que adiantaria? Não me senti melhor de saber a verdade, então por que colocar esse peso em cima delas também? Elas vão só se preocupar ainda mais comigo, e odeio a ideia de as duas pensarem um milionésimo a menos a respeito do Freddie. Então selei a revelação e a joguei nos oceanos da minha mente, uma mensagem numa garrafa que espero que nunca chegue à praia, para que jamais seja lida.

— Acho que é melhor eu ir — afirmo, jogando o restinho de água da minha garrafa na terra ressequida ao redor da lápide do Freddie. — Vou ao centro da cidade com a Elle hoje à tarde.

Sentada em silêncio, me pergunto o que estamos fazendo agora na minha outra vida. Acontece tanta coisa lá que eu não acompanho, e gasto parte das minhas visitas semanais tentando sutilmente entender o que perdi. Pouso a mão sobre o granito e fecho os olhos, evocando o rosto do Freddie, seu cheiro, seu sorriso. Imagino os braços dele ao meu redor, o beijo quente na parte de trás do meu pescoço.

— Até breve, meu amor.

Aqui dentro não está tanto calor. Na verdade, acho que podemos declarar de uma vez por todas que moramos num país quente agora. Somos praticamente uma Espanha, só que bebemos mais chá e jantamos mais cedo. Vamos abolir os casacos de inverno e as reclamações incessantes sobre o tempo, porque moramos num mundo de sol constante e roupas mínimas.

— O que você acha?

Elle levanta um top cor-de-rosa. Ele é enfeitado com cerejas vermelhas de lantejoulas brilhosas que refletem a luz da loja de departamentos.

— Bonito — respondo. — Se você tiver dezoito anos e estiver de férias em Ibiza.

— Eu não tenho dezoito anos nem vou de férias pra Ibiza — rebate ela, colocando o top de volta na arara. — Você acha que eu tenho cara de velha?

— Você tem trinta anos, Elle, não oitenta. — Balanço a cabeça. — Além do mais, você tem essa cara que não envelhece nunca.

Ela se olha num espelho perto de nós.

— Você acha mesmo? Me sinto com uns cem anos quando pego o primeiro turno no trabalho.

O emprego novo dela no hotel tem uma carga horária diferenciada; eles têm organizado um casamento atrás do outro, num verão longo e quente. Não a vi com tanta frequência nas últimas semanas. Tenho saudade dela entrando na minha casa e enchendo a geladeira com coisas que eu provavelmente vou me esquecer de comer. Tudo bem, eu entendo. No começo, todo mundo estava de olho na Lydia o tempo inteiro, mas tentar preencher o vazio deixado por Freddie na minha vida inevitavelmente criava buracos na vida deles. A Elle e o David estão casados há pouco tempo; suspeito que, com as visitas à minha casa e as exigências do trabalho, o David deve se lamentar de ver a esposa tão pouco. A ideia de ser um fardo pesa muito sobre os meus ombros.

— Você precisa comprar esse top. — Tiro o cabide da arara.

Ela me olha, confusa.

— Por quê?

— Na verdade, eu que vou comprar pra você.

— Deixa de ser idiota — diz ela, rindo.

— Eu não sou idiota — insisto. — Tô falando sério, Elle. Vou comprar esse top, e, hoje à noite, você vai usar com a sua calça jeans skinny e o salto agulha e deixar o David babando.

— Ah, vou, é? — Ela me olha na dúvida.

— Vai. Vai, sim, senhora.

Entramos na fila no caixa.

— Sai com a gente hoje — pede ela, cruzando seu braço com o meu.

Afasto a franja suada dos olhos, desejando muito que a loja tivesse ar condicionado.

— Ah, tá — rebato, impassível. — Deixa só eu dar uma olhada se tem outro top. Um com umas velas.

— Nunca diga isso — corrige ela depressa, franzindo. — Não é assim que vemos você.

Ela está sendo sincera, e o David faz parte da nossa família há tempo o suficiente para eu saber que ele diria a exata mesma coisa, mas não há como escapar do fato de que, às vezes, dois é um número mágico. Ninguém sabe disso melhor que eu.

Dormindo

Sábado, 8 de setembro

— Você vai me deixar maluco com esse vestido hoje.

Freddie alisa a minha coxa enquanto paro o carro no estacionamento do restaurante. Já viemos aqui algumas vezes, uma mistura de pub e restaurante moderno, com iluminação discreta e cadeiras ligeiramente desconfortáveis.

— Você comprou pro meu aniversário? — pergunta ele, segurando a minha mão enquanto seguimos a caminho da entrada.

Freddie fez vinte e nove anos alguns dias atrás. Marquei a data na minha vida acordada com uma visita ao túmulo dele depois do trabalho; na minha vida dormindo, decidi celebrar vindo ao restaurante preferido dele e, lógico, comprando um vestido azul novo.

— Óbvio — respondo, animada. Levo alguns minutos para me orientar, para ler os sinais e o cenário da minha segunda vida. Freddie está com uma camisa que comprei para ele nas férias do ano passado, e o cheiro da sua loção pós-barba se mistura ao meu perfume quando entramos no restaurante.

— Hunter, mesa para quatro — diz ele, sorrindo para a anfitriã. Ela confere a lista de reservas e assente, os olhos demorando-se no Freddie por alguns segundos a mais que o estritamente necessário. Não fico preocupada; acontece muito. Estou acostumada com as olhadelas de lado que dizem "sua sortuda". Caminhando por entre as mesas lotadas do restaurante, me dou conta das palavras do Freddie. Ele falou "mesa para quatro". Não tenho nem tempo de imaginar quem são os outros. Assim que nos aproximamos de uma mesa de canto, o Jonah se levanta e abraça o Freddie, rindo, num cumprimento viril de aniversário, cheio de tapas nas costas. Fico encoberta pelos dois momentaneamente; só quando se afastam um do outro é que vejo quem é a quarta pessoa à mesa. Dee. A professora de ioga.

Ela nota o meu olhar e sorri, depois dá a volta nos rapazes e me puxa pela mão para que eu me sente ao seu lado. Ela parece diferente hoje em comparação à última vez em que a vi, na minha vida acordada. Está com o cabelo escuro solto sobre os ombros, e o tubinho preto sem mangas realça os braços musculosos. Está na cara que aquela ioga toda está dando resultado.

— Eu sei que é aniversário do Freddie, mas você pode se sentar do meu lado? Você sabe como esses dois ficam quando estão juntos.

Sei, sim, bastante bem, porque, ao contrário de você, conheço esses dois por mais da metade da minha vida. Não é muita gentileza da minha parte, e espero não estar transmitindo no rosto tamanha insensibilidade ao me sentar na cadeira ao lado da dela. Estou meio perdida; não sei até que ponto nos conhecemos. Somos amigas? Duvido que a gente esteja fazendo festas do pijama e penteando o cabelo uma da outra, mas devemos nos conhecer um pouco, considerando que a convidei para o jantar de aniversário do meu noivo. Freddie se senta do meu outro lado na pequena mesa quadrada e aperta a minha mão.

— Ei, Dee, como está o alongamento?

Ela dá uma risada bonita.

— Ah, sabe como é. Toda aquela coisa holística que faz você rir de mim.

— Eu jamais riria de você — rebate ele, se fazendo de inocente.

Ela revira os olhos para mim, bem-humorada.

— Conta pra ele, Lydia, ioga pode ser tão difícil quanto futebol ou rúgbi.

Freddie espalma as mãos para o lado e sorri.

— Fala sério. Meia hora de alongamento para maiores de sessenta anos não se compara a noventa minutos de pura adrenalina em campo. Tô certo ou tô certo, Joe?

Freddie é a única pessoa no mundo que chama o Jonah de Joe.

Jonah, por sua vez, olha da Dee para o Freddie, ambos esperando que a sua relação com ele o influencie em sua resposta.

— Sou parcial demais para ser um juiz honesto. — Ele ri, animado, e bebe da garrafa de cerveja. — Sobrou pra você, Lyds.

Tem algo de diferente em Jonah hoje, e levo alguns segundos para perceber. Não é só porque ele está sem a cicatriz na linha do cabelo logo acima da sobrancelha e sem as olheiras sob os olhos escuros e tristes. Ele parece mais vivo, de alguma forma; com as bochechas ruborizadas, em vez de esquálidas. Mas não é só isso. Ele parece... Sei lá, mais relaxado? E então eu percebo: Jonah Jones está como era *antes*. Com o seu ar descontraído e a postura descansada, e só agora que o estou vendo aqui que percebo a saudade que sinto dele em minha vida acordada. Penso tudo isso enquanto eles me olham, esperando a minha resposta. Mal me lembro da pergunta.

— Qual vai ser? — insiste Freddie, batendo com o dedão em meus dedos sobre a mesa. — Ioga ou futebol?

Dee olha para a mão dele na minha e balança a cabeça.

— Você está tentando influenciar a resposta dela. Golpe baixo, Freddie Hunter.

— Não estou nada! — exclama ele, se fingindo de ofendido. — Só não consigo tirar as mãos dela.

Decido relaxar e aproveitar a noite.

— Bem, em primeiro lugar, vou defender a ioga e dizer que definitivamente ela é muito mais que só um alongamento suave, mas, porque hoje é seu aniversário, vou escolher o futebol.

— Nunca duvidei disso — diz Jonah, balançando a cabeça, enquanto a Dee ri e me dá um soquinho no bíceps.

— E a lealdade às amigas? — pergunta.

— Continua existindo em qualquer outro dia que não seja o aniversário dele — respondo, sorrindo e pegando a garrafa de vinho que eles já pediram.

— Então, como está a coisa do romance secreto?

Freddie olha para a Dee, enquanto termina a minha sobremesa. Eu ainda estava comendo, mas ele ganhou o restinho porque é aniversário dele.

Ela olha para o Jonah do outro lado da mesa com as sobrancelhas arqueadas, e juro que ele chega quase a corar.

— Acho que já estão suspeitando — responde Dee. — É muito difícil manter segredo por muito tempo numa escola. O lugar é um antro de fofoca.

— As pessoas gostam de falar. — Jonah dá de ombros. — Mas acho que não faz diferença pra ninguém.

Dee gira a taça de vinho e o fita com um olhar insinuante.

— Vou te falar que eu gosto dos encontros secretos, Sr. Jones.

— Ei! — Largando a colher no prato, Freddie esfrega as mãos, interessado. — Vocês andaram de sacanagem atrás do estacionamento de bicicleta?

Jonah revira os olhos e faz cara de quem preferiria mudar de assunto. Já a Dee, não.

— Não... — Ela me olha com um sorriso conspiratório, e depois se volta para o Jonah. — Bem, não *exatamente*.

— Deixa eu adivinhar! — exclama Freddie, adorando deixar o Jonah desconfortável. — No armário da faxina?

— Muito clichê — responde Dee. Então, depois de uma pausa rápida, ela diz: — No laboratório de química! — Ela levanta a voz animada, a língua solta por causa do vinho.

— Dee — adverte Jonah, alegre. Ele me olha do outro lado da mesa e faz uma cara de "foi mal". Não sei por quê; ele não precisa me pedir desculpas. Mas eu entendo. Na nossa dinâmica, sempre unimos força quando o Freddie começa com as provocações dele, que é o caso agora, involuntariamente ajudado pela Dee.

— Quer dizer, não é como se a gente estivesse *transando* nem nada assim, foram só umas brincadeiras — diz ela. — Afinal, eu ainda estava de...

— Então, vocês dois, como estão os preparativos para o casamento? — pergunta Jonah. Ele me lança um olhar de súplica, então faço um favor a ele e aceito a deixa.

— É, tudo certo — respondo, feliz por ter colhido algumas informações durante uma conversa com a Elle e a minha mãe, na última vez em que estive com elas aqui. — O celeiro onde vai ser a festa tá reservado, falta só confirmar, e as alianças estão escondidas no cofre da minha mãe.

Não me pergunte por que ela tem um cofre. É uma daquelas coisas escondidas num livro falso — do canal de compras, lógico. O pior de tudo é que ela nem tinha estante de livros; teve de comprar uma e mais um conjunto de enciclopédias, só para disfarçar o cofre.

— E o vestido? — pergunta Dee, os olhos brilhando.

Pego a minha taça de vinho, adiando a resposta. A verdade é que não sei nada do meu vestido de noiva. Sei que encontrei o que eu quero, e que a minha mãe insistiu em pagar por ele. Está tudo encomendado e deve levar uns meses para ficar pronto, outra coisa que aconteceu quando eu não estava aqui. Gostaria muito de ter vivido isso. Posso até ver a minha mãe aos prantos, e a Elle quase tão emocionada quanto ela. Aposto que a tia June veio também. A minha mãe e a irmã dela são como uma versão mais velha de mim e da Elle; ela estaria sentada ao lado da mamãe, passando os lenços de papel da sua melhor bolsa.

Faço que sim com a cabeça, sorrindo com gentileza.

— O vestido é surpresa.

— É bom ver o Jonah com uma pessoa que nem a Dee — comenta Freddie, abrindo a camisa no nosso banheiro, mais tarde.

— Humm... — Eu me sento na beirada da cama e tiro os brincos com cuidado.

— Como assim? — Ele faz uma pausa, ainda segurando os botões da camisa. — Achei que você gostava dela.

— Eu gosto, de verdade — digo, um pouco alto demais, para soar convincente.

— Não tá parecendo... — insiste ele. O Freddie me conhece muito bem, o que é bom e ruim, dependendo da circunstância. — Ela falou alguma coisa pra você no banheiro? Algum detalhe gráfico sobre trepar feito dois coelhos no laboratório de química? Se falou, me conta tudo.

— Não, óbvio que não — respondo, rindo, feliz que ele tenha errado tão feio. — Não, eles parecem bem juntos.

Ele joga a camisa na cadeira e me empurra de costas na cama, o peito quente fazendo uma pressão bem-vinda em cima de mim.

— Não tão bem quanto nós — diz, a boca na minha clavícula, enquanto a sua mão desliza por baixo do meu vestido.

— Ninguém é — sussurro, e ele ergue a cabeça e me beija, com ferocidade e ternura ao mesmo tempo. É uma combinação que sempre me pega de surpresa.

— Eu te amo mais do que a Naomi Campbell — afirma ele, e eu começo a rir, porque ela faria picadinho dele em dois tempos.

— Acho que você só escolheu a Naomi porque ela te lembra da Julia — comento.

— A Julia mete muito mais medo — rebate Freddie, os dedos no botãozinho de concha na parte de trás do meu vestido.

— Eu te amo mais do que o Dan Walker — revido, colocando o apresentador do jornal matinal da BBC na jogada.

— Esse é novo — aponta Freddie, pensativo.

— Ele apareceu na televisão outro dia, com um monte de filhotinhos de cachorro — explico, deslizando a mão pelos ombros dele. — Me pegou.

— Tá bem — diz ele. — Eu te amo mais do que... — Ele abriu o botão e está descendo o zíper pelas minhas costas. — Mais do que a Carol, a que apresenta a previsão do tempo.

— Você não pode escolher outra pessoa do jornal da manhã, tá roubando.

Ele ri, dando de ombros.

— Culpa sua, não tô conseguindo pensar direito. Vamos pular logo para a Keira e o Ryan, pra você poder tirar esse vestido — pede ele, se esquecendo completamente da Dee e do Jonah. — Gosto de você nesse vestido, mas ia gostar muito mais se você estivesse sem ele.

Eu o ajudo a puxar o vestido pela minha cabeça e fico aliviada quando ficamos nus, quando a pele dele aperta a minha. Nosso amor é grande demais para se esconder num armário de faxina ou atrás do estacionamento de bicicletas ou num laboratório de química. Podem me chamar de convencional, mas não tem nenhum outro lugar no mundo onde eu prefira estar do que aqui, na minha cama do Savoy, com o Freddie Hunter.

Acordada

Domingo, 16 de setembro

— Tem certeza?

São quase nove horas da manhã de domingo, e o Jonah e eu estamos na frente do abrigo de gatos da prefeitura, esperando a hora de abrir.

— Você não parece achar que isso é uma boa ideia.

O Phil e a Susan adotaram um gato deste mesmo abrigo alguns meses atrás, e o Phil não para de mostrar fotos e contar histórias engraçadas do gato fofinho de olhos azuis, tanto que me convenceu de que a minha vida vai ficar muito melhor se abrir espaço para um amigo felino. Arrastei o Jonah para me ajudar a escolher, mais para ter algo para fazer com ele que por outra coisa. Nós não temos passado tempo juntos desde o *workshop*. Trocamos algumas mensagens de vez em quando; ele finalmente me respondeu, quando já estava prestes a ficar ofendida, e depois me mandou uma mensagem mais ou menos um mês atrás, quando estava acompanhando a turma numa excursão a um parque de diversões. Ele não é muito fã de montanhas-russas e mandou uma foto sua no carrinho da frente, dizendo:

O Freddie ia se mijar de rir se pudesse me ver agora, as crianças me fizeram participar.

É verdade. Quando o negócio era montanha-russa, o Freddie era do tipo que acreditava que quanto maior, melhor, e ele achava hilariante quando conseguia convencer o Jonah de entrar numa com ele. Trocamos algumas mensagens naquele dia, mas depois paramos, até eu esbarrar nele no intervalo do almoço, na sexta-feira. Antes de me dar conta do que estava dizendo, pedi para que viesse comigo hoje, e ele não conseguiu arrumar um motivo para dizer que não; então aqui estamos, e alguém acaba de abrir a porta para nós.

— Você sabe o que está procurando? — Jonah me pergunta, enquanto preencho um formulário de inscrição.

Penso no gato do Phil.

— Um bichinho bonito, acho... Ou que se sente no meu colo quando eu estiver vendo televisão.

— Macho ou fêmea?

— Fêmea, provavelmente — digo. Não sei bem por quê. Só gosto da ideia de ter outra figura feminina na casa.

Seguimos em fila, atrás de uma moça de cabelos verdes que não pode ter mais que dezoito anos, até onde estão os gatos. A primeira gaiola tem uma ninhada de gatinhos pretos e brancos junto da mãe cansada. Passo direto; não tenho tempo nem energia para um filhote. Jonah para diante da gaiola e fica observando os gatinhos, rindo quando um deles se agarra à grade e morde o seu dedo.

A seguinte abriga dois gatos pretos adultos. Na frente, há uma observação num quadro branco avisando aos possíveis futuros donos que os irmãos precisam ficar juntos. Também não dá, então sigo adiante.

— Esses aqui também não? — Jonah os observa. — Sinto muito, parceiros.

— Não vou dar conta de dois — explico, olhando para a próxima gaiola. O quadro diz que se trata da Betty, uma gata marrom e preta de dois anos. — Oi, lindinha — murmuro, enfiando os dedos pela grade. — Tudo bem?

Ela se esfrega contra a grade, peluda e com enormes olhos verdes. Fico fascinada, e o Jonah também se encanta quando chega ao meu lado.

— Ah, essa aí é boa — diz ele. — Tática de venda agressiva.

— Tá funcionando — concordo, rindo quando ela dá uma cabeçada na minha mão.

Betty está cumprindo todos os requisitos.

— Freddie jamais adotaria um gato — comento. Ele não gostava nem um pouco. O Freddie era do tipo que se sentia obrigado a ter uma preferência entre cachorro ou gato, enquanto eu sempre fui meio imparcial. Se nada tivesse mudado, eu provavelmente teria escolhido um cachorro, mas agora um cachorro parece muita responsabilidade. Já um gato... eles têm certa independência que me atrai, mas ao mesmo tempo posso cuidar deles e ter outro batimento cardíaco na casa. É muito bom estar de volta ao trabalho, pois tenho como me manter ocupada, meus dias estão cheios, mas a rotina também ressalta quão silenciosa é a vida quando chego em casa. Estou tentando não pedir muito a Elle também; ela continua fazendo horas extras no hotel e já tem pouquíssimo tempo com o David por causa disso.

— A Betty me parece a campeã — declara Jonah. — Mas no mínimo você vai ter que espantar os vira-latas machos da rua com um cassetete.

— Acho que eu dou conta — digo. Sou capaz de defender Betty.

Já estou quase decidida, quando olho de relance para a última gaiola e fico cara a cara com um velhinho maltrapilho, esparramado no chão, branco e com uma mancha preta igual a um tapa-olho, o que acho que explica o nome em seu quadro branco. "Turpin, aprox. 12 anos, não aconselhável para adoção por famílias com criança ou outros animais (nem mesmo peixes), forte preferência por donas do sexo feminino."

Eu me agacho quase contra a minha vontade para vê-lo melhor, e o velho gato me encara com os olhos desanimados do Ió. "Não tem nada aqui pra você, mocinha", diz ele. "Já vi coisas demais e ouvi coisas demais na vida. Só me deixa aqui, chafurdando na minha tristeza, moça." E então cobre a cara com a pata e me dispensa.

— Este aqui — digo.

Jonah se agacha ao meu lado.

— Tem certeza?

Ele é educado demais para fazer um comentário maldoso, mas a dúvida fica evidente em sua pergunta.

— Doze anos — continua ele, enquanto o Turpin levanta a cabeça novamente para dar uma conferida no Jonah. — Isso é bem velho para um gato. A conta do veterinário pode ser um problema.

Agradeço a abordagem pragmática, e ele provavelmente tem razão. Turpin é um idoso.

— Meu chefe ia me matar se soubesse que falei isso — comenta a garota dos cabelos verdes, olhando para trás para ter certeza de que ninguém mais está ouvindo. — Mas tem um ano mais ou menos que o Turpin está aqui, e ele não é nada sociável. A Betty seria uma escolha mais certeira.

Jonah olha para mim, e então nós dois olhamos para o Turpin, que nos encara de volta com olhos castanho-escuros. Torço o nariz, prestes a deixar a minha cabeça mandar no meu coração, e então o velho gatinho solta um ronronar de vibrar os ossos, como quem diz: "Eu sabia."

— Eu também tenho sido bastante ultimamente — digo. — Acho que ele combina comigo.

Jonah esconde o sorriso atrás da mão. Ele teria feito a mesma coisa — é o sujeito mais coração mole que eu conheço.

A menina dos cabelos verdes dá de ombros como quem diz "você quem sabe" e leva a mão ao trinco da gaiola do Turpin.

Acho que foi o olhar cansado que decidiu por mim. Eu o reconheci. Estabeleci uma conexão com ele. Turpin disse: "Meu coração sombrio não tem nada para te oferecer", e a minha vontade foi de responder: "Tá bem, eu entendi, mas uma pessoa que eu amo me falou que, inconvenientemente, o sol vai continuar nascendo, então eu e você podemos muito bem assistir a esse espetáculo irritante. Tristeza adora companhia, e tudo mais." E agora aqui está ele, me olhando feio na sala aqui de casa, e estou começando a me perguntar se tive um momento de insanidade por não ter escolhido a gata fofinha, porque o Turpin não parece gostar nem um pouco de mim.

— Quer comer? — pergunto, porque sempre soube muito bem que o melhor jeito de conquistar o Freddie era com comida. O abrigo me forneceu um pouco da ração que ele normalmente come, para ajudar no começo, e só depois que os papéis estavam assinados e ele passou a ser meu oficialmente é que redobraram o aviso de que ele não se dá bem com outros animais.

— A ficha dele diz que mutilou um porquinho-da-índia, uma vez — avisa um dos funcionários.

— E atacou feio o nosso chefe logo que chegou aqui — diz outra. — Desde então, percebemos que ele é mais um gato de mulher. — O olhar em seu rosto sugere que isso é um eufemismo para "mantenham-no longe de homens a todo custo", embora o Turpin tenha parecido bem em cima do muro em relação ao Jonah. Também não deu muito trabalho na viagem de carro até em casa, ficou só deitado na caixa no meu colo, enquanto o Jonah tentava fazer as curvas com cuidado. Foi bom passar um tempo com ele — digo, com o Jonah. Vai demorar para curar as feridas profundas na nossa amizade. Eu o chamei para me acompanhar no casamento da Dawn, daqui a algumas semanas. Não quero recusar um convite dela, mas também não posso ir sozinha, e pelo menos o Jonah conhece a maioria dos meus colegas de trabalho, porque a escola sempre usa a prefeitura para eventos que eles organizam. Ele aceitou; outro curativo na ferida.

Turpin não me segue até a cozinha quando encho a sua tigela, e quando volto para ver se uma sacudida em sua caixa pode ajudar, descubro que ele fugiu para a poltrona do Freddie e virou a cara para o canto. Ele definitivamente está me dando as costas peludas. Parece um insulto felino.

— Acho que seria melhor você escolher outro lugar — digo, ciente de que o Freddie cuspiria fogo ao ver um gato em seu lugar preferido.

Nada. Zero reação. Só uma bunda teimosa.

— Turpin. — Experimento dizer o nome dele com uma autoridade tranquila, e ele me ignora por completo. — Ei, Turpin — chamo, mais animadinha. Nada ainda. Coloco a mão em suas costas, e ele faz uma coisa; não sei se está ronronando ou rosnando. Acho que é a primeira opção; tenho medo da outra. Suspiro e tento não pensar que cometi um erro. Ainda é muito cedo.

Dormindo

Domingo, 30 de setembro

Ai, *meu Deus*, o que a gente está fazendo numa *academia*? Esta é uma das áreas da vida em que o Freddie e eu discordamos absolutamente; ele adorava, e eu preferia furar os meus olhos a tentar ficar de pé numa esteira de corrida. Não é uma coisa que a gente fizesse junto; ele usava a academia do trabalho, e eu não ia a academia nenhuma, e pra mim a estratégia de não fazer exercício com ele nos convinha perfeitamente bem. Quem em sã consciência faz isso numa tarde de domingo?

— Tudo bem? — pergunta ele, a mão posta com firmeza na base das minhas costas.

Talvez eu pudesse sugerir que a gente faça outra coisa.

— Hum...

Ele ri.

— Você não pode mudar de ideia agora que a gente está aqui, Lyds, se quiser pode ficar só na esteira, como sempre faz. Você tá ficando quase boa nisso.

Sou tomada por uma pontada de irritação diante do tom de voz dele, junto com a compreensão de que tem um tempo que estou frequentando a academia. Isso é para o casamento? Ou será que eu gosto mesmo de academia neste mundo? Acho difícil acreditar. Engulo em seco e olho ao redor, tentando encontrar algo que não pareça ameaçador para fazer além da esteira, mas não tenho confiança para experimentar nada disso. Certo. Vou subir na porcaria da esteira e fingir que adoro isso. Suspiro aliviada quando consigo colocar o aparelho numa corrida tranquila, mantendo os olhos fixos nas costas do Freddie do outro lado da academia, enquanto encontro o meu ritmo.

— Tudo certo, Lydia?

Um cara que deve ter no máximo vinte anos para do meu lado. Fico feliz que ele esteja com um crachá que o identifica como Martin, instrutor.

— Tudo — respondo. — Só fazendo uns quilômetros.

O que eu estou falando? Só fazendo uns quilômetros? Acho que ele sufoca uma risada ao conferir os números no meu monitor. Vou ficar aqui por um tempo se quiser correr alguns quilômetros.

— Aquecendo um pouco, primeiro — murmuro, com as bochechas quentes.

— Certo — diz ele. — É sempre bom.

Ele se afasta e, depois de alguns pensamentos negativos, encontro um consolo estranho no fato de que as coisas podem ser menos que perfeitas aqui também. Eu e o Freddie não vivíamos o tempo inteiro às mil maravilhas, então por que tudo aqui deveria ser um mar de rosas? Uma coisa é certa: se este lugar *fosse* uma invenção da minha imaginação, não estaríamos passando a tarde de domingo numa droga de academia. Cerro os dentes e aumento a velocidade na esteira, esmagando a frustração e a confusão com a sola dos pés até começar a suar de um jeito que nunca me aconteceu antes por causa de exercício físico.

Uma coisa estranha acontece quando saímos da academia. Eu estava com as chaves do carro no bolso e, quando dou ré no estacionamento, o Freddie encosta a cabeça no assento do carro e vira o rosto para mim.

— O que eu fiz de errado, Lyds?

— Do que você está falando? — pergunto.

— Você estava bem no caminho até a academia, e aí, depois que chegou lá, ficou agindo como se fosse o último lugar onde quisesses estar. E agora isso. — Ele aponta para o volante.

— Isso o quê?

Ele deixa escapar um riso de desdém.

— Você. Fazendo questão de dirigir de volta pra casa.

Olho para ele, sentado no banco do carona, e de repente o Freddie parece absolutamente deslocado e confuso, e percebo que, para ele, devo ter tido um pequeno momento "o médico e o monstro" hoje à tarde.

Lembrete para visitas futuras: tire um tempinho para examinar a situação com mais cuidado, antes de mergulhar de cabeça.

— Desculpa se eu fiquei meio rabugenta hoje — digo. — Não foi de propósito... você sabe que eu não sou a maior fã de academia. — Tremo por dentro, com medo de ser uma rata de academia aqui, mas o Freddie não reage. Para falar a verdade, eu teria ficado mais surpresa se tivesse reagido.

— Eu que peço desculpa. Você sabe que eu não sou o melhor carona. — Ele estica o braço e liga a seta, e eu me seguro para não dar um tapa na mão dele.

Em casa, preparo chá para a gente, e o simples ato de pegar duas canecas de novo, em vez de uma, já me deixa sem fôlego. Estou percebendo que há um preço a ser pago por esses momentos; vou pagar por este na próxima vez em que fizer apenas uma caneca.

— A banheira tá cheia, sua rabugenta — avisa Freddie, me abraçando por trás.

Eu me recosto nele, sorrindo.

— O chá tá pronto, seu controlador.

— Eu sei do que eu gosto. — Ele ri, então enfia o rosto no meu pescoço. — E eu gosto de você.

— Sorte a minha — digo, e é verdade.

— E como...

Ele ganha uma cotovelada nas costelas pelo comentário.

— Me chama se precisar de mim pra ensaboar as suas costas — avisa ele. — Mas você vai ter que gritar, acho que vou assistir ao jogo.

Eu me viro de frente para ele, entrando na brincadeira.

— Quer dizer então que rúgbi é mais interessante que eu?

Ele torce a boca, pensando.

— É o jogo do Bath, gata.

— Quem perde é você — retruco, batendo nele com o pano de prato.

Ele segura a minha mão e me puxa para ele.

— Você sabe que eu tô brincando, né?

— Acho bom — digo, e ele me beija, rindo.

Também rio, e então paro, porque o nosso beijo muda de brincalhão para sério, de morno para escaldante, de "desculpa" para "preciso de você".

— A banheira... — murmuro quando os dedos dele alcançam o cós da minha calça jeans.

— Você vai ter que tirar essa roupa de qualquer jeito — diz ele, abrindo o botão. — A água estava bem quente, então acho que você vai precisar de um tempo pra esfriar.

— Ah, é? — pergunto, agarrando-o pela camiseta para puxá-lo para mim.

Ele baixa a minha calça e a ideia de tomar banho desaparece da minha cabeça.

Depois, quando enfim consigo tomar meu banho, penso na tarde que tive com o Freddie. Estou começando a entender que, mesmo no relativamente curto período após o acidente, já comecei a mudar lá no fundo. Para sobreviver, tive de tirar uma venda dos olhos, e a mulher que sou agora vê o mundo — *ambos* os meus mundos — de um jeito um pouco diferente de antes. Estou noventa e nove por cento habituada a esta vida — afinal, estou seguindo os meus passos —, mas, de alguma forma, é como se os meus sapatos não coubessem direito em mim. É nada e tudo, um leve incômodo no calcanhar, mas recentemente vi uma matéria (no jornal do dia, lógico) sobre uma mulher que ignorou uma bolha no calcanhar e acabou tendo uma infecção no sangue que quase acabou com ela. É muito difícil viver aqui nesta vida com o Freddie e, ao mesmo tempo, estar ciente da minha vida sem ele, então chego a uma decisão. Quando estiver aqui, vou tomar o cuidado de ignorar a minha outra vida. Não vou mais perder um tempo valioso questionando coisas com as quais a mulher que sou aqui simplesmente não se incomodaria.

Acordada

SÁBADO, 20 DE OUTUBRO

Estou sentada à mesa da cozinha, com um café ao meu lado. Turpin estava aqui quando eu desci; ele engoliu a comida e correu para a porta. O Turpin não tem nada de carente, mas eu não vou criticá-lo por isso. Podia ter escolhido a Betty, mas o jeitão "pegar ou largar" dele tocou fundo em mim.

Como de costume, me sinto como se estivesse de ressaca, um efeito colateral dos comprimidos e do tempo gasto com o Freddie no mundo invisível do outro lado. Eu me pergunto o que estou fazendo lá agora. É bem provável que nada muito diferente do que estou fazendo aqui: de bobeira, ainda de pijama.

É incrível, assustadora até, a rapidez com que meu cérebro se adaptou à vida entre mundos. Nas primeiras semanas, era difícil manter as duas linhas do tempo independentes, mas, como acontece com a maioria das coisas, você vai aprendendo com o tempo. Tem cinco meses ou mais que vou e volto e, a cada visita, fica mais fácil raciocinar e organizar os dois mundos.

O outro lugar não é uma cópia exata da minha vida aqui com o Freddie ainda vivo; é uma versão bem diferente. Mas sei que se ele ainda estivesse comigo, eu estaria indo à festa de casamento da Dawn com ele, e não com o Jonah. Vi o Jonah algumas vezes desde o dia em que buscamos o gato. Estabelecemos uma espécie de escala para visitar o túmulo do Freddie — ele vai cedo, no sábado; eu chego mais tarde, e, entre uma visita e outra, nos sentamos para conversar por alguns minutos sobre nada e sobre tudo. O que estamos fazendo de fato é consertar a nossa amizade, ou pelo menos tentando, porque somos importantes um para o outro, sempre fomos. Temos muitas memórias juntos. Muitas lembranças do Freddie. Quando éramos adolescentes, fizemos uma excursão com a escola para a Normandia, para ver a Tapeçaria de Bayeux, e a viagem se resumiu basicamente a muitas horas num ônibus, álcool contrabandeado e adolescentes fazendo besteira. Por sorte, a maior parte da viagem sumiu no nevoeiro da juventude, mas a minha única lembrança duradoura é a da visita à tapeçaria em si. Na época, ela pareceu absurdamente longa, com inúmeros heróis e vilões, conquistas sangrentas e batalhas perdidas, repleta de reis, rainhas, cavaleiros e soldados mortos em combate. A tapeçaria da minha vida está começando a parecer igualmente abarrotada: a minha mãe e a Elle, as heroínas; o Freddie, o soldado morto.

— Pronta?

O táxi acabou de nos deixar na frente do local da festa, e meus nervos estão tremendo mais que as pulseiras que a Elle me deu para combinar com o vestido verde que comprei quando fomos às compras no centro da cidade, algumas semanas atrás.

— Sendo bem sincera, não — digo. — Mas hoje é o grande dia da Dawn, e eu prometi que vinha.

Jonah assente, sem olhar direito nos meus olhos.

— O vestido é bonito. — Ele soa pouco à vontade, e eu percebo. Mas sei que está só tentando aumentar a minha confiança, então tento abrir um sorriso.

— Obrigada por vir todo arrumado também — agradeço, reconhecendo a camisa social de tom escuro do Jonah e o jeito como tentou domar o cabelo. Ele prefere muito mais uma calça jeans e uma camiseta surrada, então é inusitado vê-lo arrumado. Jonah assente, então coloca uma das mãos nas minhas costas e abre a porta.

— Vamos. A gente consegue.

— Você está linda — digo, tomando o cuidado de não deixar uma marca de batom na bochecha da Dawn, ao cumprimentá-la.

Ela olha para o Jonah ao meu lado, então aperta as minhas mãos.

— Obrigada por ter vindo. Sei que não deve estar sendo fácil pra você.

Ela diz isso porque começamos a planejar o nosso casamento na mesma época, folheando revistas de noiva no intervalo do almoço, animadas. Mascaro um sorriso decidido e aperto as mãos dela de volta.

— Eu não perderia por nada no mundo — digo, e é verdade. A vida da Dawn não foi fácil; ela perdeu a mãe quando era criança, e o restante da família não tinha dinheiro para vir de Plymouth. A sogra também não facilita, sempre criticando a maneira como ela cria o filho.

— Está todo mundo lá naquele canto — diz ela, apontando para o pessoal do trabalho. Eles parecem diferentes nas roupas de festa e com os companheiros do lado. O Ryan é o primeiro a me ver, e pega duas cadeiras vazias de uma mesa próxima. Ele é mesmo o menino mais gentil do mundo; ainda não consigo enxergá-lo como um homem, o Ryan ainda mora com os pais e passa tanto tempo jogando videogame quanto saindo com mulheres diferentes.

— Ela chegou! — exclama Phil, com a gravata-borboleta vermelha apertada no pescoço, levantando-se para dar um beijo na minha bochecha. — Jonah — cumprimenta ele, apertando a mão do Jonah com muito entusiasmo. Eles se conhecem das muitas vezes em que a escola usou o prédio da prefeitura, e lógico que o Phil sabe da conexão dele com o Freddie. Faz parte da vida de quem mora em cidade pequena e pacata; a maioria das pessoas aqui se conhece pelo menos pela fisionomia, se não pelo nome. O Freddie gostaria de ter se mudado para um apartamento moderno na cidade, como seus colegas mais cosmopolitas, mas compramos a casa porque eu queria ficar perto da minha mãe e da Elle.

Julia, num traje preto e branco suntuoso, sorri quando nos juntamos ao grupo, e Bruce, seu marido absurdamente tímido, me fita nos olhos e desvia o olhar depressa.

— Aceita uma bebida? — murmura Jonah ao meu lado, e faço que sim com a cabeça, agradecida. Como de costume, ele oferece uma rodada para todos na mesa, e Ryan se apressa em ajudá-lo no balcão do bar. Só então ele me olha e apresenta a moça que trouxe ao casamento.

— Lydia, Olivia. — Ele gesticula de mim para ela e sorri. — Olivia, Lydia. — Posso estar errada, mas acho que ele fez uma leve pausa antes de dizer o nome dela, como se estivesse conferindo mentalmente se era isso mesmo.

Eu me sento do lado da estonteante Olivia e elogio suas unhas perfeitas e compridas, com um esmalte azul-claro para combinar com o vestido minúsculo.

— Você conhece o Ryan há muito tempo? — pergunto, puxando papo.

— Não muito — responde ela, dando um gole no drinque pelo canudinho. — A gente foi a uma festa de espuma.

Não sei como responder a isso. Nunca fui a uma festa de espuma; nem sabia que existia isso fora das ilhas Baleares.

— Legal — digo, afinal, e ela assente, movendo os cubos de gelo, que tilintam dentro do copo.

— E você, como conheceu o seu? — pergunta ela, observando o Jonah no balcão do bar.

Sou pega de surpresa.

— O Jonah?

Ainda estou tentando imaginar como explicar o que o Jonah é para mim, quando ela fala de novo.

— Bunda bonita — comenta, então ri. — Desculpa.

Balanço a cabeça em negativa.

— A gente não está junto — explico. — Ele é só meu amigo.

Olivia me olha como se eu estivesse mentindo.

— Amigo, sei.

— É sério. Ele tem namorada, e eu... — Faço uma careta, porque não quero entrar nesse assunto. O Jonah tem saído com a Dee há um tempo já, nada muito sério, mas eles estão juntos. Por sorte, a Olivia perdeu o interesse.

— Então tá.

Não sei se ela acreditou em mim. Não insisto porque iria piorar as coisas, e também não preciso me justificar. Também posso ter entendido errado; já não tenho mais as mesmas habilidades sociais de antes, outra consequência de passar muito tempo sozinha. Sentada do outro lado da Olivia, Susan, a esposa do Phil, ouviu a conversa e me salva de ter de responder.

— A Dawn parece saída de uma foto, vocês não acham? — comenta ela, aproximando-se de nós. Tento mandar um "obrigada" telepático para ela. Susan aparece no escritório no mínimo uma vez por semana, quase sempre levando um bolo ou alguma coisa que comprou para o Phil dividir com os colegas. Todo mundo no trabalho a ama de paixão; e eu mais que nunca neste momento. A mudança sutil de assunto é o suficiente para dar continuidade até o Jonah e o Ryan voltarem com bandejas cheias de bebidas. Faço questão de me levantar para deixar o Ryan se sentar ao lado da Olivia, afinal, não quero separar o jovem casal. Ele insiste para eu ficar, e, por um momento, nossos olhares se cruzam e nós dois percebemos uma coisa: nenhum de nós está muito interessado em se sentar ao lado do par dele. Imagino que a Olivia esteja com os dias contados e, dado que ela estava de olho no Jonah, em vez do Ryan, quando os dois foram até o balcão do bar, acho que nenhum deles vai ficar muito triste. Ainda assim, foi o Ryan quem a convidou, então ele pode muito bem se sentar do lado dela.

— Tudo certo? — pergunta Jonah, baixinho, enquanto nos sentamos. Ele repousa o braço descontraído no encosto da minha cadeira, e fico grata pela sua presença. O Jonah é como um camaleão, capaz de se enturmar com qualquer grupo, boa companhia e interessado de verdade no que os outros têm a dizer. Deve ser isso que faz dele um bom professor. Ele, de fato, ouve quando as pessoas falam, sem ficar desviando o olhar constantemente ou procurar um jeito de trazer a conversa de volta para si.

— Acho que sim. — Dou um gole no Sauvignon gelado.

— O que você achou da Olivia? — pergunta ele.

— Por quê? — Olho para ele, curiosa.

Ele ri baixinho olhando para a própria cerveja.

— O Ryan acabou de falar que já tentou terminar com ela duas vezes esta semana, mas que ela não deixa. Ele morre de medo da mulher.

— E com razão — digo, olhando para os dois. A Olivia está deslizando as unhas pelo pescoço dele, num gesto lento e possessivo.

Quando o Ryan percebe que estamos olhando, ele pede "Socorro!" em silêncio para nós, por trás da Olivia, e eu me pego rindo. Jonah levanta o copo num brinde, e eu dou de ombros, sem poder ajudar. Essa é uma lição que ele vai ter de aprender sozinho.

A banda começa a tocar rock, e é como se alguém tivesse apertado um botão de ligar no Bruce. Num momento ele estava quieto, segurando um copo de cerveja, no outro virou um Buddy Holly, arrastando a Julia atrás de si de um jeito que não admite "não" como resposta. Ficamos todos atônitos, olhando para os dois na pista de dança. Bruce a conduz com firmeza, deslizando-a por entre as pernas abertas com uma confiança inesperada e jamais exibida em eventos anteriores. Ele nunca falou mais que dez palavras com ninguém nas festas de Natal e nos encontros do pessoal do trabalho, o que explica por que estamos todos boquiabertos, enquanto eles voam pela pista, superando qualquer casal aspirante a reis do rock. As pessoas chegam a abrir espaço para eles, e, enquanto os observo, me dou conta de que também nunca vi esse lado da Julia. Ela está adorando cada segundo. Às vezes eu me perguntava como os dois tinham virado um casal, mas ao vê-los agora está evidente que tem algo de especial na relação deles que a gente não sabia. Ela é uma mulher diferente quando está com ele — ou talvez ela seja ela mesma quando está com o marido, de uma forma que não é com mais ninguém.

Bebi demais. Todos nós bebemos. As doses aqui são enormes, e parece que o menino pode até sair da festa de espuma, mas a festa de espuma nunca sai do menino: o Ryan botou todo mundo para virar shots de Red Bull com Jägermeister. A Julia e o Bruce nunca tinha tomado isso antes, e acho que o Phil e a Susan também não. Eu não sou muito fã, nem o Jonah, mas como o Ryan chegou com uma bandeja e oito copinhos, e a Olivia estava com um brilho de desafio nos olhos, todos nós viramos os copos num brinde de lacrimejar os olhos.

Verdade seja dita, me diverti muito mais do que esperava hoje, tanto que me sinto quase culpada. Nossa, como eu ri. E o Jonah também, os dois eufóricos com o álcool, tontos com a companhia, levados pela música. Sinto uma leveza à qual quero me agarrar como se fosse um bote salva-vidas num oceano escuro, uma lembrança da mulher livre e desimpedida que fui um dia. É muito desleal da minha parte dizer que é como se tivesse tirado folga da minha vida? Acho que não; na verdade, acho que é preciso encontrar uma válvula de escape de vez em quando para não explodir.

— Vem dançar! — Ryan agarra a minha mão. O DJ está tocando "Come on Eileen", fazendo de tudo para manter o temido clichê do DJ de casamento vivo e forte. Nego, rindo.

— De jeito nenhum — respondo, me segurando com ambas as mãos numa cadeira. — É capaz de eu cair.

Ryan então tenta convencer a Susan, e Jonah olha para mim, sorrindo.

— Você adora dançar — diz ele. — Deveria ir.

Ele tem razão. Adoro dançar. Sempre gostei. A Elle e eu puxamos isso da mamãe, que é sempre a primeira em qualquer pista de dança. Dou de ombros, evasiva, enquanto ficamos olhando o Ryan e a Susan sacudindo os braços no ar. Estamos sentados lado a lado, de frente para a pista, ele com o braço quente no encosto da minha cadeira.

— Estamos igual a um painel de jurados num programa de TV — comenta ele.

Avalio as pessoas reunidas na pista.

— Em quem você vota?

O DJ baixa o volume e chama a Dawn e o marido para a pista, colocando a música lenta que eles pediram. Como milhões de casais no mundo este ano, eles escolheram Ed Sheeran para conduzi-los ao mundo da felicidade conjugal, e quando soam os acordes de abertura, o DJ convida todos a se juntarem ao casal. Logo, o Jonah e eu somos praticamente os únicos ainda sentados; até o Ryan e a Olivia estão dançando. Ele no mínimo vai se arrepender disso amanhã, mas neste momento parece ter jogado a cautela para os ares, porque ela está com a língua tão fundo em sua garganta que consegue saber até se ele já teve de operar as amígdalas.

Phil faz um carinho em meu cabelo ao passar com a Susan para se juntar aos demais, um simples gesto paternal que diz mais que qualquer palavra poderia. Eu os observo por um instante, e o carinho que tenho por eles me deixa com um nó na garganta.

Jonah olha para mim e certamente é capaz de ver a batalha acontecendo na minha cabeça. Não sei o que é pior: a ideia de dançar ou de sermos as únicas pessoas no salão que *não* estão dançando.

— Vamos lá — chama ele por fim, me ajudando a levantar.

Ele me abraça de leve, entrelaçando os dedos nos meus, com a outra mão nas minhas costas.

— É só dançar — sussurra ele, com uma sombra de sorriso nos lábios.

Ficamos em silêncio, movendo-nos lentamente entre os outros casais. Vejo a Dawn e o seu mais novo marido orgulhoso, completamente alheios às pessoas a sua volta, o filho deles dormindo no colo do pai. Sou obrigada a desviar o olhar, é difícil demais.

— Ei — diz Jonah, quando engulo as lágrimas, trêmula, ele com a boca bem perto do meu ouvido, me segurando contra ele. — Eu sei, Lyds. Eu sei.

Estou tentando não chorar, mas não estou me saindo muito bem. É injusto para cacete.

— Meu Deus, Jonah — engasgo, enterrando o rosto na sua camisa. Ele é fisicamente muito diferente do Freddie; mais alto, mais magro. Minha cabeça se encaixa facilmente sob seu queixo, mesmo de salto alto, e o cheiro conhecido e discreto do seu perfume me tranquiliza. — Sinto tanta saudade do Freddie, tanta saudade de dançar, tanta saudade do amor…

Ele não diz nada, porque não tem muito como responder a uma coisa dessas. Quase nem fingimos mais dançar. Ficamos parados, nos abraçando ali, enquanto os outros se movem à nossa volta. Ele me acalma, murmurando palavras ininteligíveis enquanto acaricia o meu cabelo, e eu tento oferecer a ele um conforto semelhante, porque me lembro da sua aparência na minha outra vida: alegre, livre da culpa, sem olheiras. Aqui, na minha vida acordada, ele parece ter o rosto tão úmido e sofrido quanto o meu, perdido e necessitado de um ombro amigo tanto quanto eu. Aperto-o para mim e torço para que a gente consiga ajudar um ao outro a encontrar o caminho de casa.

Dormindo

SÁBADO, 17 DE NOVEMBRO

— Aqui é o celeiro — fala Victoria, abrindo duas portas enormes de madeira com um floreio.

Victoria é a cerimonialista do lugar que escolhemos para nos casar, uma pousada rústica com um celeiro convertido em salão de festas. Estamos na porta do celeiro agora. O sol fraco do inverno entra pelas janelas altas, refletindo nos flocos minúsculos de poeira que pairam no ar. Meu coração romântico vê purpurina.

— Já está arrumado para o casamento de amanhã — diz Victoria, referindo-se às grossas guirlandas vermelhas e douradas enroladas nas vigas antigas e desbotadas. — É um tema de inverno, óbvio. No mês que vem, estamos lotados de casamentos com tema de Natal, mas o verão é a melhor época. Nós enchemos o celeiro com arranjos de flores silvestres e luzinhas brancas, fica realmente um sonho de uma noite de verão.

— Amei! — exclamo. Já devo ter vindo aqui antes nesta vida, pois imagino que tenhamos visitado vários salões antes de decidir que este é o lugar perfeito para o nosso casamento. Eu me parabenizo em silêncio. Não consigo imaginar um lugar mais parecido com a gente. — Sinceramente, não poderia ser mais perfeito.

Freddie aperta meus ombros.

— A cerimônia vai ser aqui também?

— Sim e não. — Victoria caminha até uma porta do outro lado do celeiro. — A cerimônia de vocês vai ser aqui.

Na lateral do celeiro há uma sala menor de tijolos cinza-claros que parecem ter sido talhados à mão antes que fossem inventadas máquinas para isso. Ela foi cuidadosamente restaurada para manter o charme de uma construção em ruínas; na mesma hora me lembro da capela onde o Ross se casou com a Emily, em *Friends*. Candelabros de ferro fundido pendem dos lintéis. Não estão acesos hoje, mas visualizo na minha cabeça como vai ficar bonito, e o cheiro das madressilvas, e o Freddie esperando por mim lá na frente.

— Continua gostando? — pergunta ele, apertando a minha mão.

Muito, penso. Eu me viro para a Victoria.

— Tudo bem se a gente ficar sozinho um pouco aqui?

Ela abre os braços. Sabe muito bem que estou encantada.

— É um lugar muito especial, não é? Fiquem o tempo que for preciso. Quando terminarem, podem me encontrar lá no balcão do bar.

Assim que a porta se fecha, Freddie e eu caminhamos até o altar.

— Na próxima vez que você caminhar aqui, vai estar vestida de noiva — diz ele.

— E você vai estar me esperando ali de terno — acrescento. — Vai ficar nervoso?

Ele começa a rir.

— Hum, não! A menos que você esteja mudando de ideia e pensando em me abandonar no altar.

— Juro que não — respondo. E estou sendo mais sincera do que ele jamais poderia imaginar, porque sei muito bem o que é ser a pessoa deixada para trás.

— E você, vai ficar nervosa? — pergunta ele.

Faço que sim.

— Vou ficar nervosa com um milhão de coisas. Será que o vestido está bom? Será que a Elle vai inventar de ensinar pra Victoria como fazer o trabalho dela? Será que o Jonah esqueceu as alianças?

Chegamos ao altar agora, o lugar onde inúmeros casais ficaram de pé e recitaram os seus votos um para o outro.

— O Jonah não vai esquecer as alianças, eu não vou deixar — diz ele. — E a Elle vai relaxar se tomar umas tacinhas de champanhe de manhã. Vai gostar de ter uma folga.

Freddie tem razão, óbvio, são detalhes muito insignificantes no macro. É a cara dele não se incomodar com coisas pequenas. Ele sempre insistiu, desde o primeiro dia, que ia cuidar da lua de mel, mas que o restante era comigo. E nunca me importei com o combinado, mas teria sido bom se ele ao menos tivesse fingido interesse nos brindes da festa e nos enfeites de mesa. A Dawn e eu costumávamos encaminhar links uma para a outra com coisas que víamos na internet, citações para o discurso de casamento e por aí vai. Tem algo de muito prazeroso no desgaste que é planejar um casamento; é uma alegria, uma promessa de esperança, um limbo maravilhoso. Queria ter vivido isso aqui — tem muita coisa sobre a nossa cerimônia que não sei. É estranho pensar no casamento da Dawn agora e me lembrar daquela última dança comovente com o Jonah enquanto estou aqui assim com o Freddie.

Ele me abraça.

— Você vai ficar a mulher mais linda do mundo vestida de noiva. Eu me casaria com você aqui, agora, de calça jeans, Lydia Bird. Só que não estou com a minha cueca da sorte.

— Você é muito bobo — digo, rindo, até porque ele não tem uma cueca da sorte.

— O *seu* bobo — rebate ele.

— Isso mesmo — respondo, ficando na ponta dos pés para beijá-lo. Estou com o nariz gelado por causa do frio, mas todas as outras partes do meu corpo estão quentes. Freddie me abraça pela bunda e me levanta do chão.

— Acho que você tinha que me beijar assim no dia do casamento — diz ele.

— Vai ser meio difícil, com o vestido — comento, encaixando as pernas na cintura dele. Ele me segura no colo e me encara, rindo.

— Você deveria se envergonhar, me deixando doido num lugar destes.

Eu o abraço, muito, muito apertado. Ele me abraça de volta e, por um minuto maravilhoso, me sinto cem por cento feliz.

Acordada

Terça-feira, 25 de dezembro

— Gin tônica. — Elle me entrega uma bebida. — Carregada no gim.

Ela brinda a taça na minha, mais por solidariedade que por celebração. Todos nós sabíamos que o dia de hoje seria difícil; passei uns dois dias na semana passada planejando nem vir à casa da mamãe. Freddie e eu nunca tivemos aquela briga chata de alternar a família com quem passamos o Natal, porque tem uns dez anos pelo menos que a mãe dele viaja para a Espanha durante as festas de fim de ano. O que torna o dia de hoje ainda mais difícil. Tive uma espécie de crise, verdade seja dita. O Natal é um evento tão onipresente, né? Está no rádio, nas lojas, na boca de todo mundo. A pior parte é que eu adoro Natal. Adoro os filmes, os enfeites, a comida. Começo a comemorar já em outubro, planejando que filmes vou ver, escrevendo e refazendo listas de presente para comprar e de receitas para experimentar.

E o Freddie se jogava nas tradições natalinas, talvez porque fosse uma criança grande, e ele carregava todo mundo junto. Hoje de manhã, o Jonah me mandou uma foto de quando eles eram adolescentes e o Freddie comprou dois chapéus de Natal ridículos com bolas vermelhas que acendiam. É uma cena boba e alegre, o vínculo fraterno dos dois brilhando mais que os chapéus. Eles eram filhos únicos, mas encontraram um irmão um no outro. Liguei para ele rapidinho e foi bom ouvir a sua voz e podermos falar sobre a falta que o Freddie nos faz hoje. Chorei as primeiras lágrimas do dia quando ele disse que também estava com saudade de mim; ele sempre aparecia na manhã do Natal na nossa casa, para comer sanduíche de bacon. Este ano, o Jonah foi ao País de Gales, visitar a família da Dee. Acho que não deixa de ser uma fuga também, mas eu entendo. Mandei para ele uma foto da bicicleta que o Freddie comprou para mim num Natal, porque uma vez falei para ele que eu sempre ficava com as bicicletas usadas da Elle, quando era criança. Ele escondeu no jardim, com um laçarote vermelho em cima. Eu me senti com oito anos. E eu parecia mesmo uma criança, experimentando, animada, a bicicleta nova para cima e para baixo pela rua, com outros dois vizinhos também donos de bicicletas novinhas em folha, os dois com menos de dez anos. Acho que eu fui a que gritou mais alto.

O dia de hoje não tem nada dessa alegria fácil; estamos todos contidos, frágeis, sorrindo porque precisamos, e não porque queremos. Eu me sinto mal que o Natal da minha família também esteja sendo ofuscado. É como se um corvo enorme tivesse pousado no telhado e coberto as janelas com as asas, reduzindo as luzes da árvore e ressaltando o dia com melancolia. Mas pelo menos somos só nós. A tia June fez de tudo para passarmos o Natal com ela, para dar uma mudada na rotina, o que foi muito gentil da parte dela, mas acabamos achando melhor ficar em casa. Ir para outro lugar não teria diminuído o impacto da ausência do Freddie, e pelo menos aqui eu posso chorar no peru de Natal, se precisar. Mas estou me sentindo meio mal pela tia June, sei que ela iria adorar que a gente fosse, ainda que só para diluir o efeito mordaz da presença da minha prima Lucy.

— A sua mãe está entrando em parafuso, se esqueceu de botar as batatas no forno — diz David, vindo da cozinha com o tradicional suéter de Natal.

Ele e Freddie costumavam fazer uma competição de suéter de Natal, cada um mais esdrúxulo que o anterior. Há uma ou duas semanas mais ou menos, a Elle me falou que o David não iria usar este ano, o que me fez comprar um na internet na mesma hora, para contornar a situação. Escolhi um com uma rena enorme de óculos escuros e chifres que piscam — acho que o Freddie teria escolhido este se estivesse aqui. Acabei de dar ao David, e ele mal conseguiu esconder a emoção enquanto vestia. A seriedade no rosto dele é um estranho contraste com o sorriso maluco do Rudolph. Olho para ele e suspiro e sorrio ao mesmo tempo.

É como se alguém tivesse jogado uma pedra no meio de uma lagoa; uma ondinha depois da outra, em círculos concêntricos, a dor se espalhando para fora. O Freddie era a pedra. Eu sou o círculo mais próximo dele, depois a mãe dele e o Jonah, e depois, do lado de fora, todos os outros que o amavam: a minha família e a dele, Deckers e os companheiros do pub, os colegas de trabalho e os amigos. Todas essas ondinhas, todas as pessoas que podem estar pensando nele hoje.

Enfim. Tento me afastar dos pensamentos e me concentrar na tarefa que tenho pela frente: encarar o almoço com a minha família. Depois posso voltar para casa e passar o meu Natal de verdade com o Freddie.

— Quer dizer que não vai ter batata assada? — Franzo a testa. A minha mãe é insuportável quando se gaba das suas batatas e, justiça seja feita, ela tem direito. — Não é possível.

Entro na cozinha e encontro minha mãe mergulhada de bruços no freezer, com a bunda pra cima.

— Que história é essa?

Ela se endireita e se vira para mim, com o arco de pompom vermelho piscando na cabeça e lágrimas escorrendo pelo rosto.

— Não olha pra mim, Lydia, estou dando uma de velha boba que chora nas ervilhas congeladas. É essa porcaria de menopausa, estou com uma memória de peixinho dourado. Não, pior, de peixinho barrigudinho. Só queria que ficasse perfeito, e aí eu me esqueci das malditas batatas, e agora estraguei tudo — desabafa ela. — Achei que podia ter um pacote daquelas batatas congeladas horrorosas perdido por aí, mas nem essa porcaria eu tenho.

Sinto um sorriso fazendo meus lábios tremerem.

— Quer que eu ligue pra emergência? — pergunto, colocando as mãos nos ombros dela. — Declarar um desastre batatal?

Ela funga.

— Sem piada. Não tem graça.

— Tá bem. Em vez de batata assada, eu posso botar uma tigela com batata de saquinho sabor frango assado, que tal? Ninguém vai reparar depois que servir o molho.

Ela revira os olhos, e eu rasgo uma folha de papel-toalha e entrego a ela.

— Não tem problema, mãe — digo, sem mais piadas. — Sério, não tem o menor problema.

Ela não parece convencida, mas assente.

— Mas nada de batata de saquinho — afirma. — Isso aqui não é uma república de estudantes.

— Nada de batata de saquinho — concordo. — E couve-de-bruxelas?

É uma piada interna da família; ela sempre esconde couve-de-bruxelas debaixo das outras comidas no meu prato e no da Elle, porque sabe que a gente odeia.

Ela ri, sem muita convicção.

— Me ajuda a levar as coisas pra mesa.

Levo o peru até a sala de jantar e o coloco em destaque, avaliando a bela decoração da minha mãe. É sempre a mesma coisa: arranjos de flores, as melhores taças de cristal e um enfeite de tronco de madeira que fiz com a Elle na escola primária. Não é grande coisa, só um galho serrado pintado com tinta spray branca para fazer a neve e um passarinho puído colado em cima, com pés de arame. Mamãe enfeitou com uma guirlanda nova e uma vela creme larga, como sempre faz, tirando leite de pedra. Acho nostálgico e reconfortante. Muitas coisas na minha vida mudaram, mas algumas vão continuar sempre as mesmas.

Meia hora depois, a comida está na mesa e estamos todos reunidos ao redor dela, quando chegamos ao nosso próximo obstáculo: quem vai cortar o peru.

Minha mãe pega a faca de trinchar, a dúvida encobrindo suas feições. Cortar o frango sempre foi função do Freddie.

— Deixa que eu faço — oferece David, limpando a garganta e ficando de pé. Ele parece tão nervoso quanto logo antes de fazer o discurso no dia do seu casamento.

Nós todos amamos o David, mas ele é o homem menos prático do mundo, além de famoso por ser desastrado. Mamãe arregala os olhos de leve, como se não fosse capaz de entregar o garfo e a faca, com medo de que ele possa deixar cair e que alguém acabe na emergência.

— Ele andou treinando com vídeos no YouTube — explica Elle, baixinho.

Minha mãe me olha, e confirmo, porque tem algo de muito tocante no fato de o David ter estudado como destrinchar um peru no YouTube.

Ficamos assistindo, enquanto ele tenta não passar vergonha, cutucando o peru com o garfo antes de começar, os dentes fincados no lábio inferior de concentração. Não é um desastre completo; eu daria nota três para a técnica e dez pelo esforço, o que mais que compensa os pedaços de osso no meu prato.

— Passa a batata? — Elle lança um olhar zombeteiro para a mamãe. Dá pra ver como ela está tentando manter o clima descontraído.

Sem titubear, minha mãe passa a travessa de couve-de-bruxelas.

Elle enfia dois dedos na boca e finge que está engasgando, enquanto minha mãe coloca a tigela na mesa.

— É bom pra você — diz mamãe. — Você tá precisando de uma corzinha nas bochechas, tá com uma cara tão abatida.

Estranhamente, o comentário faz as bochechas da Elle ficarem coradas na mesma hora. Acho que estamos todos meio sensíveis hoje.

Pego a garrafa de vinho e sirvo minha mãe primeiro, e então Elle. Quem entrega o jogo é o David.

— Você não... hum... tinha decidido não beber hoje, Elle? — pergunta ele, e ela o fulmina com os olhos.

David fica mais vermelho que o repolho da mamãe e passa a cortar fatias ainda mais irregulares de peru, com bastante espalhafato, para disfarçar.

— É, sabe, por causa daquela dieta que você resolveu fazer...

Fito os olhos aterrorizados da Elle, do outro lado da mesa; ela nunca fez um dia de dieta na vida, e eu entendo na mesma hora. Mamãe também percebe; ela larga os talheres e leva a mão trêmula à base do pescoço.

— Elle — sussurra ela. — Isso significa...? — Ela faz uma pausa. — Você...?

— Desculpa — pede David, segurando a mão da Elle sobre a mesa. — Acabamos de descobrir. — Ele parece arrasado.

Ficamos todos em silêncio por um instante, olhando de um para o outro. Elle é a primeira a falar.

— A gente não ia contar nada hoje — diz ela. — Descobrimos há poucos dias.

— Querida — arfa a minha mãe, e pela segunda vez ela chora hoje. E então eu também estou chorando, e a Elle também. Nós nos reunimos ao redor da mesa, Elle à minha esquerda, minha mãe à minha direita, David na minha frente, e todos seguramos com força as mãos uns dos outros. Ficamos sentados alguns minutos, meio chorando, meio sorrindo, sem querer soltar nossas mãos.

— Acho que então é melhor eu beber por duas. — Eu rio um pouco, enchendo a minha taça até a boca.

Elle assente, avaliando meu rosto com olhos preocupados, tentando identificar se estou fingindo. Mas não estou, e estou.

Não estou fingindo, porque de fato estou feliz da unha do pé à pontinha do cabelo; desde que éramos crianças, empurrando nossas bonecas num carrinho, no jardim de casa, que ela queria ser mãe. Mesmo naquela época, a Elle já era muito mais maternal que eu; suas bonecas estavam sempre impecáveis, com os cabelos escovados, enquanto as minhas geralmente estavam sem um braço e com a cara pintada de canetinha. Eu entendo por que ela não queria contar nada hoje, mas fico feliz de saber. Não quero que ela e o David tenham de esconder notícias sobre grandes acontecimentos da vida por medo de me chatear.

Mas *estou* fingindo, porque é um susto, além de algo tão estranhamente positivo: um neném. Uma vida nova, um lembrete pungente de que o Freddie e eu nunca vamos conhecer a alegria de ter um filho nosso.

Ergo a minha taça.

— A vocês dois — digo, secando os olhos, porque este é um dos momentos mais maravilhosos da vida.

— Três — corrige minha mãe, com uma voz esganiçada.

Nós brindamos, e eu aperto mais uma vez a mão da Elle. É uma boa novidade.

Dormindo

Terça-feira, 25 de dezembro

— A sua mãe é oficialmente a rainha do almoço de Natal. Não preciso mais comer até o ano que vem. — Freddie geme ao meu lado, no sofá.

— Acho que nós dois sabemos muito bem que vamos estar doidos por um sanduíche de peru às oito da noite — digo. Imagino que, como em todos os outros anos, voltamos para casa com sobras o suficiente para fazer sanduíche, sopa, curry e hambúrguer de peru até pelo menos o meio de fevereiro. Tento afastar da cabeça a lembrança do almoço de Natal que tive de engolir forçada.

— Não acredito que a Elle vai ter neném — comenta Freddie.

Então isso também está acontecendo aqui.

— Pois é — respondo, com um suspiro.

— O que significa que vamos ter uma madrinha grávida. — Ele faz um gesto de uma barriga enorme. Parece mais o Sr. Guloso que uma mulher grávida, mas sorrio mesmo assim.

— Pois é.

Na verdade, eu bem que gosto da minha irmã grávida e maravilhosa nas fotos do casamento. Um casamento, e agora um bebê. Tantas mudanças... Por sorte, tem coisas que *não* mudam — no Natal, sempre nos reunimos à mesa da mamãe. No ano que vem, vamos só nos espremer um pouquinho para abrir um espaço para uma cadeirinha de criança. É lógico que eu sei que ele ou ela provavelmente ainda não vai estar usando uma cadeirinha no Natal. Estou apenas sonhando, daquele jeito profundo e significativo que uma tia ligeiramente embriagada tem todo o direito de fazer.

— Você acha que um dia a gente vai ter um filho? — pergunto, melancólica por causa do champanhe, enquanto descanso os pés no colo do Freddie. Na verdade, é uma ideia insuportavelmente difícil de encarar.

Ele liga a televisão e vai mudando de canal.

— *Doctor Who*?

Não respondo. Freddie está evitando a minha pergunta? Não acho que esteja; já falamos por alto muitas vezes sobre ter filhos, e está meio que evidente que esse é o futuro. Não está? Ou será que entendi errado? Digo a mim mesma que estou sendo boba. A paranoia pós-almoço de Natal se instala.

Alheio ao meu desagrado, ele se estica e pega a lata de bombom na mesa de centro.

— Você não estava empanturrado? — pergunto.

— Sempre cabe mais um caramelo — retruca ele. O que é uma das muitas razões pelas quais combinamos tão bem: ele come os caramelos, eu como os bombons recheados. Acho que não poderia viver com uma pessoa que disputa o bombom de laranja comigo, eu passaria o período de festas inteirinho fervilhando de raiva.

Nego quando ele me oferece a lata.

— Anda — insiste ele. — Você sabe que não consegue recusar um bombom de morango.

— Depois, quem sabe — respondo, e ele sacode a lata na minha frente.

— Ei, Lydia! — Ele me chama, fazendo uma vozinha engraçada. — Aqui embaixo! Me coma! Você sabe que quer me comer!

— Que imitação horrível de bombom de morango — comento, mas rindo mesmo assim.

— Era o de laranja, e você me magoou — diz Freddie, muito sério.

Reviro os olhos.

— Tá bem — cedo. — Passa pra cá.

Ele sacode a lata de novo, para me ajudar a escolher, e quando olho para baixo, finalmente entendo por que ele está insistindo tanto.

— Freddie! — exclamo, com um suspiro, puxando o presente do meio dos bombons embalados em papel celofane colorido. — O que é isso?

Ele dá de ombros.

— Papai Noel deve ter deixado pra você.

Combinamos de não gastar muito dinheiro um com o outro este ano; a conta do casamento não para de subir, e ainda tem o financiamento da casa e o carro... Parece que não vai ter fim. Ainda assim, acho que ele adorou as abotoaduras que comprei no brechó da rua principal. Ele gosta de ser o homem mais bem vestido quando está numa reunião — sempre diz que assim sai na vantagem antes mesmo de qualquer um abrir a boca. Ele também gosta de ser o primeiro a chegar, uma dica que aprendeu num documentário sobre o Barack Obama. Freddie não esconde o fato de que é ambicioso, mas, ao contrário de muitos colegas, não é tão implacável com isso — o que na verdade só o torna mais ameaçador.

O presente está muito bem embrulhado num papel com desenhos da Torre Eiffel e uma fita azul-marinho.

— Então, abre — diz ele, me observando, obviamente desesperado para eu rasgar o papel.

— Você que embalou?

— É lógico — responde ele, mas com um sorrisinho na cara, porque nós dois sabemos que ele pediu a alguém para fazer para ele. Alguém do trabalho, provavelmente, pelo que conheço do Freddie.

Não posso mentir, estou empolgada.

— Você não devia ter feito isso — digo, desfazendo o laço.

— Devia, sim — rebate ele.

— Mas eu não tenho mais nada pra você.

— Você pode me recompensar de outro jeito — brinca ele, com um sorriso, mas sei que está impaciente para eu ver o que tem dentro.

Sou daquele tipo de pessoa que gosta de abrir presentes bem devagar, puxando a fita adesiva e alisando o papel amassado, sem espiar para ver se consigo adivinhar o que é. Freddie é o oposto: ele sente o presente um pouco, diz que é um livro, ou uma camiseta, ou chocolate, depois rasga o papel feito uma criança de cinco anos. Fica ensandecido comigo. E está ficando bem agora, mas gosto demais desta parte para apressar as coisas.

— Vai tentar adivinhar o que é? — pergunta ele, ansioso para eu seguir adiante.

É uma caixa comprida, fina e estreita, do tamanho de uma barra de chocolate grande.

— Uma câmera? Um aparelho de jantar? É melhor não ser um aparelho de jantar.

— Tenta de novo.

Tiro a fita com cuidado.

— Um cachorrinho?

Abro o papel bonito e encontro uma caixa cinza e lisa, então faço uma pausa, movendo os dedos bem devagar para puxar a tampa. Estou louca para ver o que tem dentro, mas mesmo assim continuo provocando.

— Abre logo essa coisa! — Ele meio que grita, debruçando-se para a frente como se já não soubesse o que está na caixa.

Eu também me debruço, e então olho para ele, sem entender.

— Freddie — sussurro. Ele conseguiu me tirar o fôlego. — A gente não tem dinheiro para ir pra Paris.

Ele dá de ombros.

— Vendi a minha guitarra.

— Não! — A palavra pula da minha boca. Ele tinha a Fender desde antes de me conhecer.

— Qual foi a última vez que toquei guitarra? — pergunta. — Estava só acumulando poeira no sótão.

— Mas você amava aquela guitarra — digo, ainda chocada.

— Eu te amo mais.

E lá vai ele de novo, acendendo os holofotes em cima de mim. Sinto um aperto no coração ao pensar que ele nunca mais vai tocar a sua Fender, mas meu coração se infla também, de saber que ele venderia a guitarra para me surpreender. Devo ter falado em Paris um milhão de vezes, mas nunca esperava por isso.

Olho para ele e tudo o que vejo é um amor resplandecente.

— Você me pegou mesmo de surpresa, Freddie.

— Só estou fazendo o meu trabalho. — Ele segura as minhas mãos e beija a pontinha dos dedos.

Viro a mão e seguro seu queixo.

— Seu trabalho, é?

Ele beija a minha palma.

— Fazer você feliz.

— Você não precisa pagar viagens caras pra isso.

— Você sabe como eu sou, gosto de coisas caras. — Ele sorri, depois olha para mim, sério. — Queria te dar algo especial, só isso.

— Bem, você conseguiu — digo. — Você sempre faz eu me sentir muito especial, Freddie.

— Ótimo. — Ele dá um tapinha no meu nariz. — Agora a gente pode ver *Doctor Who*?

Vemos *Doctor Who* e o filme que entra depois, com um prato de sanduíche de peru equilibrado no sofá entre nós.

— Você que fez esse picles de cebola? — pergunta ele, quase chorando com a conserva, que está com uma intensidade capaz de amarrar a boca.

— Foi — minto. Na verdade, foi a Susan quem fez; o Phil levou uma caixa para o trabalho cheia de potes e implorou para a gente levar alguns.

— Com o ácido da bateria?

— Que falta de educação — murmuro, tentando não estremecer ao dar uma mordida. Ficou muito, muito forte.

— Ainda bem que não vou me casar com você por causa do seu tempero — comenta ele.

— Ou da minha habilidade para passar roupa — acrescento. Quase nenhuma roupa nesta casa vê um ferro de passar, e as pouquíssimas vezes em que isso acontece, é o Freddie quem usa.

— Sou um homem iluminado — diz ele.

— *E* que dá presentes maravilhosos.

— Cara, você tem muita sorte — continua ele, colocando o prato vazio na mesa.

Eu me deito com a cabeça no colo dele.

— Verdade. — Fecho os olhos, sorrindo. — Muita sorte.

Fico cochilando, naquele estado de felicidade que só é alcançado no fim de dias especiais com pessoas especiais. Freddie fica brincando distraído com o meu cabelo, torcendo os longos fios nos dedos como uma cama de gato.

— Só pra você saber, Lyds, a resposta é "sim" — sussurra ele. — Um dia a gente vai ter filhos. Muitos. Uma ninhada inteira, uns vão ser inteligentes que nem você, e outros linguarudos que nem eu, e a gente vai ter que defender os coitados na escola, quando criarem problema.

Por alguns segundos maravilhosos, quase consigo vê-los, quase ouço seus passos na escada. Meu Deus, Freddie Hunter, eu penso, mais adormecida que acordada. Meu coração pulsa por você.

Acordada

Segunda-feira, 31 de dezembro

Mesmo no mais feliz dos anos, sempre tem algo de terrível na véspera de Ano-Novo, não é mesmo? Toda aquela alegria forçada, os abraços e os tapinhas nas costas, seguidos pelas inevitáveis lágrimas provocadas pelo álcool. Resisti a todas as tentativas de me tirarem de casa hoje — estou decidida a fazer o possível para esquecer que hoje é véspera de Ano-Novo. Não vou ver o Jools Holland tocando "Auld Lang Syne" no piano com outras celebridades, não vou ouvir o Big Ben soar à meia-noite, ladeado por fogos de artifício e repórteres, e o Freddie não vai ser a primeira pessoa que vou beijar na virada do ano. A minha família está muito infeliz com a minha insistência em ficar sozinha à meia-noite, tanto que concordei passar o meio-dia com eles, por isso estou neste momento arrastando os pés a caminho da porta vermelha e alegre da casa da minha mãe. Não quero aceitar que já seja Ano-Novo, porque embora o ano tenha sido um teste de resistência, amanhã vou ter de dizer que o Freddie morreu no ano *passado*. Isso o distancia de mim de um jeito absolutamente inaceitável e me deixa chorosa e com muita raiva. Desde o nosso Natal juntos, tenho me sentido mais desanimada que a média. A vida acordada simplesmente não é capaz de competir com a minha outra vida.

— Querida — diz minha mãe, abrindo a porta antes de eu bater. — Que bom que você veio!

A calçada na frente da casa está coberta pela geada, mas quando passo para o hall de entrada da minha mãe, a casa está quente e agradável.

— Cuidado com o carpete — alerta ela, olhando para as minhas botas de inverno de um jeito que sei que significa que é para eu tirar agora, antes de dar mais um passo. Gosto bastante do fato de que ela ainda sente a necessidade de me alertar, embora o hábito esteja tão enraizado em mim quanto os dias da semana. É uma das coisas nas quais ainda posso confiar. Ela sorri para as minhas meias coloridas com um passarinho de Natal, enquanto arrumo as minhas botas com cuidado ao lado das dela, no banco baixo de madeira colocado ali justo para isso. Calcei as meias pela manhã especialmente para ela; minha mãe bota muito peso nas pequenas coisas, fica me observando em busca de sinais de que estou fazendo mais que só cumprir tabela. Estou só cumprindo tabela, lógico, mas tento fingir por ela; é como dizem, finja até que se torne real. Mas e se isso nunca acontecer? Vou continuar fingindo para sempre, até me tornar uma pessoa completamente falsa?

Quando entro na cozinha, a Elle e o David já estão sentados à mesa.

— Fiz chocolate quente pra você — informa Elle, apontando para a caneca comprida de boneco de neve na mesa. Está cheio de creme, marshmallows e raspas de chocolate, o tipo de coisa pelo qual você pagaria o olho da cara num café na rua principal.

— É isso que a gente faz agora que você não pode beber? — arrisco uma piada.

Ela faz uma careta.

— Nem me lembre. Seria capaz de matar por um gin tônica.

— Tá frio lá fora — afirmo, esfregando as mãos. — Isto está perfeito.

— Pode acrescentar conhaque, se quiser — diz ela, a contragosto.

Dou um gole. Está doce e quente, ótimo tal como está. Além do mais, eu me conheço bem o suficiente para saber que vou tomar umas taças de vinho antes de dormir hoje. Se começar a beber tão cedo, posso não parar até o ano que vem e acabar toda desgrenhada, chorando no chão do meu banheiro, abraçada aos joelhos.

— Mamãe cozinhou? — pergunto, aproveitando que ela não me seguiu até a cozinha para tentar avaliar quanto tempo vai durar este evento. Não é maldade minha; só quero ficar sozinha em casa hoje.

Elle faz que não com a cabeça.

— Só sanduíches, acho.

Isso é bom.

— Tem certeza de que não quer vir com a gente hoje? — pergunta David, envolvendo a caneca com ambas as mãos. — Ainda tenho um ingresso sobrando, por via das dúvidas.

— Não vamos ficar até tarde — acrescenta Elle. — Você pode dormir lá em casa.

Os dois me olham com cautela, na esperança de que eu possa mudar de ideia de última hora e vá com eles ao Prince of Wales. Passamos os últimos Réveillons lá e é sempre a mesma coisa. Casa lotada, todo mundo arrumado demais para um pub de esquina, uma névoa de rostos conhecidos e bebidas duvidosas enfiadas na sua mão, um clima de ansiedade mal contida que contagia todos à medida que a meia-noite vai chegando, e um mar de rolhas de champanhe e confete. Não consigo pensar em nenhum lugar onde eu gostaria de estar menos hoje.

— Vou deixar passar — digo, fazendo cara de quem pede desculpas.

Eles não insistem; acho que sabem que não vou mudar de ideia.

Assim que ouvimos os passos da mamãe descendo a escada, olhamos para a porta, e ela aparece com uma caixa de papelão listrada de azul e branco nas mãos. Elle sorri para ela, um daqueles sorrisinhos conspiratórios que me diz na mesma hora que ela participou do que quer que haja dentro da caixa.

— O que é isso? — pergunto, sorrindo para disfarçar o desconforto. — Sapato novo?

Elas trocam olhares nervosos, enquanto minha mãe se senta, as duas obviamente esperando a outra falar primeiro.

Minha mãe coloca a mão na tampa da caixa e engole em seco.

— Como é véspera de Ano-Novo, queríamos que você soubesse que nenhum de nós jamais vai se esquecer do Freddie também — diz ela, e já posso ouvir o efeito das lágrimas engrossando a sua voz. — Nós escolhemos algumas das nossas fotos preferidas e umas outras coisinhas que nos fazem lembrar dele e colocamos tudo nesta caixa, para você guardar.

Ah. Fito as profundezas do meu chocolate quente bebido pela metade e faço de tudo para não chorar.

— Você não precisa olhar agora se não quiser. — Elle se apressa em dizer. — Só não podíamos deixar o dia passar em branco.

Quando acordei hoje, deixar o dia passar em branco era a minha única intenção. Agora não sei muito bem como me sentir.

— Eu quero ver — insisto.

Minha mãe assente e abre a tampa. Na mesma hora reconheço algumas coisas: fotos e lembranças de férias em família sem nenhum valor material, mas que se tornaram inestimáveis por causa da ausência.

Mamãe pega uma fotografia e a coloca na mesa, alisando distraída uma orelha no canto do papel.

— Acho que é a primeira que eu tenho de vocês dois juntos — confessa ela. — Você devia ter uns quinze anos.

— Catorze — corrijo, baixinho. — Eu tinha catorze.

Ela assente, os olhos fixos na foto.

— No começo fiquei preocupada que ele fosse muito garotão — continua ela, rindo um pouco, meio trêmula. — Que iria partir seu coração.

Não me lembro do momento em que a foto foi tirada, mas me recordo vividamente das nossas primeiras férias da escola juntos, um verão longo e cheio de sol. Eu passava os dias num delicioso fio de navalha, embriagada do vertiginoso coquetel do primeiro amor. Fito meus olhos na foto quando minha mãe a desliza pela mesa para mim e me pergunto por um instante se não teria sido melhor se ela tivesse acertado sobre o Freddie, se ele tivesse partido o meu coração naquele verão, em vez de catorze anos depois. Não é uma dúvida sincera. Não consigo imaginar como teria sido a minha vida sem ele. Mais fria, com certeza, e também mais maçante. Menos... menos tudo. Só menos.

— Olha o cabelo do Jonah — comenta Elle, rindo, e fico agradecida que ela esteja tentando aliviar o clima.

— Era moda fazer permanente no cabelo, naquela época — diz David, em defesa do Jonah, passando a mão pelos já raros cabelos. Não me lembro do David com cabelo; mas ele é loiro, então a transição do corte com máquina para a cabeça careca não foi muito gritante.

— Isso aqui não é permanente — digo, deixando escapar uma risadinha. — O cabelo do Jonah é assim.

— Cacete — murmura David para a própria caneca.

Na foto, o Freddie está com o braço ao redor dos meus ombros, e o Jonah também está lá, olhando para o lado, distraído com alguma coisa fora da visão da câmera.

Olho para a imagem, enternecida por lembranças vagas da época do colégio. Jonah com os grandes cachos escuros, eu com o meu cabelo loiro desgrenhado, e Freddie sorrindo no meio, já, aos catorze anos, o líder carismático do grupo.

— Você se lembra de quando ele me deu isso? — Minha mãe me entrega um leque frágil. É bem vermelho, feito de osso esculpido intricadamente e papel.

— Ele escolheu especialmente pra você — comento, me lembrando de Freddie rindo sozinho enquanto repassava leques de várias cores numa barraca à beira-mar, em Creta. — Para as suas ondas de calor — digo, ao mesmo tempo que ela.

— Para as minhas ondas de calor. — Ela balança a cabeça e limpa uma lágrima atrevida. — Muito abusado.

Tem uma foto da mesma viagem, Freddie de calção de banho verde neon e boné, eu com os ombros queimados num vestido de verão azul-claro que ainda tenho em algum lugar no sótão, porque me lembra da nossa primeira viagem juntos para o exterior.

Elle puxa a caixa azul e branca.

— Isto aqui é meu — diz, pegando um cartão de aniversário. Lembro muito bem; foi de quando ela fez trinta anos, em fevereiro do ano passado. Fiquei uma vida procurando o cartão perfeito para a minha irmã, e, ao abri-lo agora, me arrepio lendo a mensagem confusa que escrevi depois de uma noite no pub. Mas não é o que eu escrevi que faz do cartão algo digno de ir para a caixa, é a mensagem do Freddie, redigida em canetinha vermelha.

— Parabéns, sua xexelenta, minha irmã postiça preferida! Nem parece que já chegou nos quarenta!

— Irmã postiça — sussurra ela, então suspira, trêmula e demoradamente. — Desculpa.

— Não precisa pedir desculpa — digo, fechando o cartão lentamente. A Elle e eu sempre nos contentamos de ser só nós duas, mas ao longo dos anos o Freddie chegou bem perto de ser um irmão para ela, assim como o David tem sido para mim. Ele puxa a caixa em seguida e pega uma foto sua com o Freddie, os dois com uns suéteres de Natal horríveis.

— Esta é do ano em que eu fui o campeão indiscutível — diz ele, incapaz de disfarçar o orgulho na voz.

E realmente não tem discussão; ele está com um suéter de tricô, verde e amarelo berrante, que bate logo abaixo do joelho e decorado com todo tipo de enfeite tridimensional de lã colorida: trenó, Papai Noel, caixa de presente, rena. É a coisa mais hedionda, tanto em tamanho quanto em estilo. David mandou fazer especialmente para a ocasião, mandou até bordar o nome de cada um de nós nas bolas de Natal. O suéter logo virou uma espécie de lenda na nossa família. Então David enfia a mão na caixa de novo e me entrega a bola com o nome do Freddie.

— Tirei do suéter hoje de manhã. — Ele morde o lábio. — Queria colocar na caixa.

Envolvo a bola de lã nas mãos, e um soluço me sobe bruscamente pela garganta, urgente e incapaz de ser contido, e percebo que não vou ser capaz de fazer cara de forte depois disso.

— Ah, querida — diz minha mãe, me abraçando por trás. Ela se abaixa para beijar a minha bochecha. — Nós não queríamos que você ficasse chateada.

— Eu sei. — As palavras engasgam na minha respiração entrecortada.

— Erramos em fazer isso?

— Não — respondo, porque mesmo que tenham errado foi com a melhor das intenções. — Sim, talvez. Ah, nem sei. — Choro porque não consigo não chorar, e ninguém diz nada. Elle segura a minha mão, as lágrimas escorrendo silenciosamente pelas bochechas também. Ela é do tipo que conserta as coisas; e sei que é uma decepção imensa que não possa consertar isso para mim.

David coloca as coisas de volta na caixa e fecha a tampa.

— Outro dia, quem sabe — sugere ele.

Eu confirmo com a cabeça, mas não respondo, porque só consigo pensar que às vezes não temos esse luxo, e fervilho com uma raiva interior que não tenho como extinguir. Que está sempre comigo ultimamente, em maior ou menor grau. Neste momento, está me consumindo, então peço desculpas e vou embora o mais rápido que posso.

São onze horas da noite, e bebi mais da metade de uma garrafa de vinho e assisti a um filme mais ou menos na televisão, evitando com sucesso todos os especiais de Ano-Novo ao vivo. Até o Turpin resolveu ficar comigo hoje; desde que o adotei, alguns meses atrás, posso contar nos dedos da mão as noites que ele passou dentro de casa. Às vezes ele aparece para comer, quando chega do trabalho, mas, até onde sei, ele gostou da Agnes, a vizinha que mora mais adiante aqui na rua. Tenho certeza de que ela dá comida para ele, eu a vi comprando ração de gato na loja da esquina, e ela não tem gato. Também já o vi dormindo no parapeito da janela da frente da casa dela — pelo lado de dentro. Não fico ofendida. Ele não me prometeu nada no abrigo, na verdade deixou tudo bem definido. Mas hoje é como se ele soubesse que preciso de um amigo. Ainda que um amigo sarnento e que não liga muito para mim.

No geral, estou muito orgulhosa de como me portei hoje. Acordei pela manhã com um nó de pavor doentio no estômago, mas estou terminando a noite com um humor tranquilo e reflexivo. Não vou tomar o comprido cor-de-rosa hoje. Remoí muito tudo isso nas últimas duas semanas, e por mais que uma grande parte de mim fosse gostar, acho que não estou emocionalmente à altura disso — é muito para pedir do meu coração frágil e, ainda que relutante, estou ciente da necessidade de cuidar da minha saúde mental. Além do mais, a virada de ano é o que você quiser que seja: uma passagem importante de um ano velho para um novo, ou só mais uma noite. Aperto o roupão em torno de mim, enquanto apago as luzes e caminho para a escada. É só mais uma noite.

Tem apenas dez minutos que estou deitada na cama, quando alguém bate na porta da frente da minha casa. Não tomei o remédio para dormir, mas o vinho me relaxou o suficiente para me fazer questionar por um momento se de alguma forma deslizei de um mundo para o outro mesmo assim. Acendo o abajur, e está tudo igualzinho como estava quando fechei os olhos. O quarto não tem nada da desordem do Freddie, ainda não passou de meia-noite e definitivamente tem alguém batendo à minha porta. Um pânico se instala dentro de mim. Elle? Aconteceu alguma coisa com o bebê? Minha mãe? Estou ofegante, correndo até a porta, com medo de abrir, muito embora esteja gritando para quem quer que esteja do outro lado para esperar, que já estou chegando.

— Por favor, diz que está tudo bem com o bebê. Por favor, que nada tenha acontecido com a minha irmã. — Mal registro que estou falando essas palavras em voz alta. — Por favor, que não tenha acontecido nada com a minha mãe.

Não posso perder mais ninguém. Puxo o trinco com os dedos atrapalhados e abro a porta de supetão.

— Jonah?

Jonah Jones está recostado no batente da porta, segurando uma garrafa de Jack Daniels pela metade — ou talvez fosse mais correto dizer que o batente o está segurando.

— O que foi? É a Elle? — gaguejo, olhando para ele, apertando as lapelas do roupão.

Jonah parece confuso, quase como se estivesse sentindo dor, enquanto tenta decifrar as minhas palavras. E então ele entende, e a sua expressão muda para autoaversão.

— Que merda, Lyds — diz ele, esfregando o rosto. — Não. Não é nada disso. A Elle e o David estão bem, tá todo mundo bem, eu vi os dois no pub agora mesmo. Caramba, desculpa. Que babaca aparecer na sua casa assim, logo hoje.

Ele parece derrotado na minha porta, e agora que meu batimento cardíaco voltou ao normal, consigo falar sem ofegar.

— O que você está fazendo aqui, Jonah?

Ele se encosta na parede e olha para o céu.

— Não tenho a menor ideia — responde, e uma única lágrima escorre pelo rosto dele.

— Entra — convido, mas ele nega com a cabeça e permanece fixo no lugar.

— Não posso — diz, o rosto contorcido numa expressão de tormento. — Tem muito do Freddie aí pra mim hoje. Vim aqui por causa dele, e agora sou covarde demais para entrar, porque ele está em todos os cantos daí de dentro. — Ele gira a garrafa, apontando para a porta.

— Jonah, você já entrou aqui uma porção de vezes desde o acidente. — Mantenho a voz baixa e firme, porque vejo quão angustiado ele está. — Está tudo bem. Entra, deixa eu passar um café pra você.

— Mas é Réveillon. — Ele levanta um dos cantos da boca, no sorriso mais triste do mundo. — Não se bebe café no Réveillon, Lydia, é proibido.

— Ele está enrolando um pouco a língua, bêbado o suficiente para não conseguir impedir as palavras de saírem, mas não tão bêbado a ponto de não saber o que está dizendo. — Não posso ficar sentado na casa dele, no sofá dele, com a namorada dele. Hoje não. Eu não.

Eu posso ter optado por encarar a virada de ano como só mais uma noite qualquer, mas o Jonah nitidamente não fez esse favor a si mesmo.

Ele me encara e então diz afinal o que realmente veio dizer.

— Eu... Eu sinto muito pelo que eu fiz — sussurra ele, desolado. — Deveria ter sido eu. — Ele cobre o rosto com a mão espalmada e desliza pela parede até se sentar no chão. — Queria que tivesse sido eu.

Suspiro profundamente. Está na cara que ele não vai entrar, então solto a trava da porta e me sento ao lado dele no degrau frio. Uma casa iluminada do outro lado da rua emite vários barulhos.

— Não fala isso. — Pego uma de suas mãos geladas entre as minhas. — Nunca mais diga isso.

— É isso que você pensa — desabafa ele.

Eu o encaro, ofendida.

— Jonah, não penso, não, sério. Não tem um dia na minha vida em que eu não deseje que o Freddie ainda estivesse aqui, mas juro por Deus que nunca desejei que tivesse sido você.

Não estou mentindo. Desejei centenas de vezes que o Freddie não tivesse desviado a rota para buscar o Jonah, mas não é a mesma coisa.

Ele dá um gole na garrafa e passa o dedo trêmulo na cicatriz acima da sobrancelha.

— Só isso. Eu fiquei com essa merda, e o coração dele parou de bater.

Ele me oferece a garrafa, e eu aceito e dou um bom gole, sentindo o líquido queimar a garganta. O calor é bom; está frio aqui fora. Não sei o que dizer para que o Jonah não fique tão triste. Então penso em uma coisa.

— A Elle e a minha mãe me deram uma caixa de lembranças hoje. Com coisas que as fazem se lembrar do Freddie.

— Como se algum de nós pudesse se esquecer dele. — Jonah apoia os cotovelos nos joelhos, com as pernas abertas.

— Tinha uma foto da época da escola — continuo. — Eu, você e o Freddie. A gente devia ter uns catorze anos. Os três com cara de criança.

Ele fita o chão e ri baixinho.

— Catorze. Caramba. A idade dos meus alunos hoje.
— Nós todos crescemos.
— E estamos todos envelhecendo... menos o Freddie — diz Jonah.
— Não consigo pensar nele como um velho.
Balanço a cabeça em negativa.
— Nem eu. — Dou outro gole no Jack Daniels. É um negócio forte; dá pra sentir o uísque se misturando com o vinho já no meu sistema, afrouxando a minha língua e me acalmando. — Você continua igualzinho — digo. — Tirando por aquele cabelo maluco que você tinha.
Ele olha para mim, e gesticulo, imitando um cabelão em volta da cabeça. Ele deixa escapar uma risada.
— É, bem, eu nunca tinha dinheiro para cortar, e ainda não tinham inventado o coque samurai.
Quando era criança, nunca tive muita consciência de que a família do Jonah não tinha muito dinheiro, ele sempre escondeu isso de mim. E não foi só isso, ele escondeu muitas coisas naquela época; só recentemente descobri pelo Freddie como a infância do Jonah estava longe de ser perfeita.
— Você era o melhor amigo dele. — Quero dizer alguma coisa que o faça se sentir melhor. — Você o tirou de muitas roubadas quando era garoto.
Jonah encosta a cabeça na parede.
— Nossa, que sujeito pra arrumar problema... — comenta ele. — A única vez que briguei na escola foi por culpa dele.
Agora fiquei curiosa; não me lembro do Jonah brigando com ninguém.
— Com quem você brigou?
Ele faz uma pausa, batendo a cabeça de leve contra os tijolos, enquanto pensa.
— Ah, não me lembro mais. Algum garoto com quem o Freddie devia saber que era melhor não se meter.
— Ele não sabia parar — concordo, porque essa era a natureza dele.
— Não tinha medo de nada.
— O que nem sempre é uma coisa boa — comento, fazendo um leve contraponto à sua idolatria induzida pelo álcool.
— Melhor que ser um covarde — rebate ele, sombrio, mirando as profundezas da garrafa de novo.

— Como estão as coisas com a Dee? — pergunto, mais para mudar de assunto que por interesse.

Ele gira a cabeça de lado na parede, para olhar para mim.

— A gente vai e vem.

— Isso é um eufemismo? — Olha só para mim, fazendo piada, por pior que seja.

— Muito engraçado — diz ele, sem rir. — Para ser sincero, não sei se vai dar em alguma coisa. Acho que ela não gosta tanto assim de mim.

Pego a garrafa da mão dele e dou outro gole.

— Acho difícil de acreditar.

— Ela acha que eu não tô com a cabeça no lugar.

— O quê?! — Fico com raiva por ele na mesma hora. — Você perdeu o seu melhor amigo no início do ano. Que tipo de pessoa não consegue entender isso?

Ele fica em silêncio.

— Ela não tá preocupada só com o Freddie — diz ele, por fim. — É com você também.

— Comigo? — Encontrei com ela pouquíssimas vezes desde o *workshop* na escola, uma ou duas vezes, de passagem, acompanhada do Jonah.

Ele olha para mim e, por um momento, acho que preferia não ter dito nada. Jonah então suspira e dá de ombros.

— Ela não entende — continua, tentando explicar. — Que você era minha amiga desde antes... antes de você e o Fred começarem a namorar. Quer dizer, amigos platônicos.

— Plantônicos — rebato, e uma gargalhada impertinente escapa, porque também não consigo dizer a palavra. Meu Deus, estou furiosa e animada ao mesmo tempo e, de repente, os fogos de artifício começam a estourar no céu acima de nós.

— Já deve ser meia-noite — sussurra Jonah, levantando-se meio desequilibrado e me erguendo junto.

Ficamos ali, lado a lado, no degrau da porta da minha casa, olhando para o céu noturno explodindo em vida, cor e luz, enquanto a melodia pungente de "Auld Lang Syne" emerge pela janela aberta na festa da casa da frente.

Should old acquaintance be forgot — "Devemos esquecer velhos conhecidos..." Ouço as célebres palavras, e as lágrimas escorrem pelo meu rosto. *And never brought to mind?* — "E nunca trazê-los à mente?" Freddie está sempre na minha mente, penso, sentindo-me prestes a desmoronar. É exatamente por isso que eu não queria sair hoje. Não queria ouvir essa música. Não queria sentir isso. E agora estou aqui sentindo isso, e é tão triste quanto sabia que seria.

Jonah e eu nos recostamos um no outro, chorando em silêncio, até que a música triste termina e os gritos de Feliz Ano-Novo abrem o ano de 2019.

— Não consigo desejar isso, Lyds — diz Jonah, infeliz. Ouço o tremor em sua voz, e meu coração se parte novamente pela primeira vez este ano.

Mordo o lábio trêmulo. Também não consigo dizer as palavras carregadas de esperança.

— Vou passar um café. Não quer entrar?

— Eu não devia ter vindo. — Ele passa as mãos nos olhos e nega com a cabeça. — Isso não tá ajudando a gente, Lyds.

Fico arrasada. Depois do acidente, a nossa amizade virou um barquinho de madeira, arremessado pelas ondas de uma tempestade, assaltado de tempos em tempos por uma raiva, uma tristeza e uma frustração implacáveis. Às vezes, vencemos a onda, agarrando-nos desesperadamente às mãos um do outro, às vezes somos arremessados nas profundezas e ficamos nos perguntando se para sobreviver temos de jogar o outro no mar, para aliviar a carga. Parece que hoje o Jonah finalmente fez a sua escolha: este barco não vai voltar para casa em segurança com os dois a bordo.

— Desculpa — diz ele. Acho que ele sabe que foi uma coisa difícil de ouvir.

— Você deve ter razão — respondo, com um suspiro, apertando o roupão em torno do corpo gelado. Do outro lado da rua, as pessoas saem da festa para a calçada, um borrão de luzes, cantos e risadas estridentes, e o gato aproveita a oportunidade para correr até a sua casa preferida, algumas portas adiante.

— Tenho que ir — sussurra Jonah, com os olhos fundos. Ele parece enjoado, como se fosse vomitar. E então desaparece, andando depressa primeiro e depois correndo, colocando o máximo de distância possível **entre** nós dois e a nossa tristeza.

Volto para a escuridão da minha casa, para o hall de entrada silencioso e solitário, e me sento no primeiro degrau da escada, encostando a cabeça na parede. Já tem nove meses desde que o Freddie morreu. Em nove meses, eu poderia ter me tornado um ser humano completamente novo. Mas não; perdi a minha pessoa preferida no mundo, e agora, inevitavelmente, perdi um dos meus amigos mais antigos também.

2019

Acordada

Quinta-feira, 3 de janeiro

Eu me escondi em casa e inventei para a minha família que peguei alguma doença chata e uma diarreia, para ninguém vir me visitar. Em geral, isso não bastaria para impedir as visitas, mas a Elle está tomando cuidado por causa do neném, e a minha mãe foi passar o fim de semana com a tia June, num spa, como elas sempre fazem no começo do ano. As duas tentaram me convencer a ir junto, por isso inventei a doença que não quero espalhar por aí feito um presente atrasado de Natal.

Senti uma falta imensa do Freddie nos últimos dias. Os momentos em que estou com ele são mágicos, mas sinto muita saudade nas longas horas de vigília. Olho para o relógio. Faz algumas horas que acordei, mas ainda são 8h30, o sol de inverno mal apareceu lá fora. Vou me obrigar a cuidar um pouco de mim daqui a pouco: tomar um banho, esquentar uma sopa, assistir a algum programa de Natal. Desde o Réveillon que estou chafurdando, incapaz ou indisposta a tomar jeito. Sou gentil o suficiente comigo mesma para reconhecer que talvez precise disso, uma reação inevitável às altas emoções do período de festas, mas não posso continuar assim. Na segunda-feira, vou ter de dar as caras no trabalho, voltar à vida, então preciso me arrumar, comer alguma coisa, talvez até botar a roupa para lavar e passar um aspirador na casa. Tentei ligar para a Elle agora. Ela não atendeu; tem uns dois dias que começou a enjoar, então deve estar dormindo.

Eu me sento no canto do sofá e aperto os joelhos junto ao peito. Não me atrevo a ligar para o Jonah, não depois de como ele foi embora na noite de Ano-Novo. Eu sei que ele tem razão — ficar perto um do outro não está nos ajudando. Sendo bem sincera, não sei se isso um dia vai mudar, um pensamento que me faz apoiar o queixo nos joelhos, cansada. Não tem como fugir disso. Estou profundamente solitária. Fixo os olhos no frasco de remédios na prateleira da lareira, e a determinação de passar o dia fazendo coisas produtivas vai para o espaço, porque tem um lugar aonde posso ir onde não vou me sentir tão sozinha.

Dormindo

Quinta-feira, 3 de janeiro

Esta não é a nossa cama. Este não é o nosso quarto. Fico deitada, absolutamente imóvel à meia-luz cinzenta da manhã, correndo os olhos pelas rosas ornamentadas de gesso no teto alto acima de nós e pelas cortinas de seda compridas nas janelas. Freddie está esparramado nos travesseiros ao meu lado, um braço cobrindo o rosto, como costuma fazer quando dorme. Eu o observo por um momento à meia-luz; está completamente apagado, a boca meio aberta, os olhos tremendo sob as pálpebras como se estivesse sonhando.

Onde estamos? Nunca vi este quarto elegante. É chique demais para ser o quarto de hóspedes de qualquer pessoa que a gente conheça; não tem nenhum móvel da Ikea, para começo de conversa. É um hotel, disso eu tenho certeza.

Desço da cama, e meus pés afundam no carpete, enquanto caminho até a janela para olhar por trás da cortina, para o lado de fora. E então entro de corpo inteiro, de pijama, atrás dela, para ver melhor, e deixo um suspiro escapar baixinho, atônita. Está nevando lá fora, uns flocos brancos e grossos de conto de fadas, e concluo que definitivamente estamos em Paris. Óbvio que estamos. Nossa, parece coisa de livro. Minha respiração embaça o vidro frio da janela, enquanto uma fila vai se formando na porta de uma pequena boulangerie lá embaixo, e sem pensar duas vezes, corro pelo quarto e me visto, para me juntar à fila. Está na cara que vim preparada para o inverno: as minhas botas e o meu casaco mais grosso estão juntos da porta, e enrolo o cachecol de Freddie no pescoço antes de sair do quarto em silêncio. O cheiro dele me envolve quando afundo o rosto na lã macia e, por um instante, fico parada no corredor, só inspirando a essência. O cheiro desapareceu de quase tudo que tenho no meu mundo acordada, mas este cachecol está repleto dos aromas do sabonete líquido e da loção pós-barba dele, como se o Freddie estivesse de pé ao meu lado. Isso quase acaba comigo. Tenho de forçar os pés na direção oposta, porque eles querem me levar de volta para dentro do quarto, de volta para ele. Digo a mim mesma que o Freddie ainda vai estar lá quando eu voltar. Já aprendi como funciona. Tenho até o momento em que adormecer de novo, e já que estamos em Paris, vou arrancar prazer de todos os instantes possíveis.

O hotel é pequeno e elegante, e parece ter sido adaptado a partir de duas casas altas. Desço a escada em espiral no centro do edifício até a recepção tranquila e sorrio de volta para a recepcionista, que obviamente me reconhece. Lá fora, paro por alguns segundos nos degraus de pedra e absorvo o mundo ao meu redor. Deve ter acabado de começar a nevar. A camada no chão não passa de um ou dois centímetros, mas é o suficiente para tornar a cena mágica. Estamos numa rua lateral, e, de pé aqui nestes degraus, sou tomada por uma sensação vertiginosa e crescente de euforia. Estou em Paris, com Freddie Hunter, e está nevando. Atravesso a rua sorrindo, os flocos de neve acertando o meu rosto enquanto me junto à fila na porta da padaria. O cheiro é delicioso e absolutamente francês; uma combinação fatal de croissants frescos e café quente que não dá para recriar em casa, não importa quão sofisticada seja a sua cafeteira. Entro na lojinha, admirando o agito e o burburinho à minha volta, enquanto as pessoas fazem os seus pedidos, todos nós empacotados em casacos cobertos de neve. Só quando chega a minha vez é que percebo que vou ter de tentar pedir o que quero em francês; desde que fiz a minha última prova oral de francês, na escola, que não falo muito mais que *oui* ou *non*. E nem me saí tão bem assim. Quando a mulher atrás do balcão enfim me fita com seus olhos escuros, esperando por mim, sinto a garganta se fechar de nervoso.

— *Deux cafés et deux croissants, s'il vous plaît?* — digo, ou pelo menos é o que acho que digo, num francês colegial hesitante. Graças a Deus minhas bochechas já estão ruborizadas por causa do frio, pois tenho certeza de que estou corando. Por sorte, ela está acostumada com as pessoas maltratando a sua bela língua e coloca dois croissants num saco de papel azul-claro, sem exigir mais do meu francês rudimentar. Tenho um lampejo de pânico quando ela me pede dinheiro, mas encontro umas notas de euro nos bolsos do casaco. Agradeço em silêncio à minha outra eu, por ser mais organizada que de costume, e me espremo para sair pela porta da loja, passando por uma fila que não para de crescer. Na rua, uma moça na outra calçada desliza na neve, rindo, e o homem ao seu lado a segura para lhe dar um beijo demorado. É um beijo bem intenso, e fico dividida entre censurar o gesto, seguindo a minha voz interior muito britânica, e suspirar de tão francesa que é a cena. E então olho para a janela do quarto de hotel onde um homem espera por mim, um homem que também vai *me* erguer do chão em Paris, e sorrio feito uma boba, desviando do casal ainda abraçado e me apressando rumo ao hotel.

— Você é a mulher dos meus sonhos — diz Freddie, colocando o celular na mesa de cabeceira assim que entro no quarto. Ele ainda está na cama, mas está bem acordado e recostado nos travesseiros.

— Só porque eu trouxe café?

Ele faz que sim.

— E croissant. Achei que você estava de brincadeira ontem à noite quando falou que ia comprar o café da manhã.

Meu Deus. E eu achando que tinha ido parar do outro lado da rua por impulso, sendo que já tinha planejado aquilo doze horas antes. Entrego a sacola de papel para o Freddie.

— Pode escolher.

Ele olha para dentro.

— Os dois?

Respondo com um olhar de "nem pensar" e entrego o café dele, tocando a mão gelada em sua bochecha.

— Está congelando lá fora. Olha, sente aqui.

Ele estremece.

— Quer voltar pra cama?

É tentador. Nossa, e como. Mas… Paris.

— Já estou de roupa — digo, tirando o casaco úmido. — Vamos sair e passear pela cidade.

Freddie me entrega o saco de papel, enquanto me sento na beirada da cama, segurando o café.

— Você tá chateada porque perdeu no par ou ímpar? — pergunta ele.

Não tenho a menor ideia do que ele está falando, então pego um croissant da sacola e mastigo lentamente.

— Não vou ficar chateado se você estiver decidida a ver a *Mona Lisa* — continua ele.

Deito a cabeça de lado, tentando parecer interessada e divertida, forçando-o a me dar mais informação. Nossa, que croissant *maravilhoso*.

— Você me conhece — diz ele. — Não sou fã de museu.

Conheço mesmo, e não, ele não é nada fã de museu. Freddie não liga nem um pouco para história, e embora passear de mãos dadas com ele pelo Louvre, admirando a arte, fosse algo que eu adoraria fazer, sei que isso não tocaria a sua alma tanto quanto a minha. E tudo bem; ele não é ignorante, é só um cara que sabe do que gosta. Eu me pergunto qual era a outra opção.

— Esse café tá uma delícia — murmuro, porque está mesmo. Quente e amargo feito tabaco.

Ele assente.

— Quase tão bom quanto o café da PodGods — diz ele.

— Quanta lealdade — rebato, rindo.

— Tem certeza de que não se importa de sair na neve? — pergunta ele.

Pisco algumas vezes, pensando, e aí entendo. Eu sei o que vamos fazer. Freddie e eu já fizemos isso antes em Londres; ele gosta de jogar fora os guias de viagem e só seguir o próprio faro, descobrir a sua versão da capital, ou de Paris, ou de onde quer que esteja. Em Londres, descobrimos um jardinzinho escondido e ficamos deitados de barriga para cima, sob o sol, e almoçamos numa ruela, num pub que ainda tinha os mesmos azulejos na parede desde que a rainha Vitória ocupava o trono, e ele comprou uma pulseira de prata com ágata azul para mim, porque era da cor dos meus olhos. Descobrimos a nossa Londres, e hoje estamos prestes a descobrir a nossa Paris.

— Deixa eu pensar um pouco — digo, colocando o meu café na mesa de cabeceira do lado do celular dele. — Será que eu me importo de caminhar pela cidade mais romântica do mundo, na neve, com você? — Levanto as cobertas e me jogo em seus braços, enquanto ele se estica para deixar o café junto do meu. — Você promete me comprar um chocolate quente?

— Prometo qualquer coisa se você tirar a roupa — responde ele, sorrindo para mim.

Aperto o rosto contra o seu peito para não pedir que ele me prometa continuar vivo. Freddie beija o topo da minha cabeça, e ficamos assim por um tempo, o calor dele me infiltrando.

— Não estou mais sentindo os pés.

Freddie e eu estamos sentados num banco na beira do Sena. Tivemos a manhã mais maravilhosa de todas, trilhando nossos passos por ruas sinuosas e jardins públicos, tudo isso acompanhado de neve constante. A Torre Eiffel é uma sombra alta envolta em névoa, mas mesmo breves vislumbres do seu contorno característico são suficientes para me deixar absurdamente feliz. Estamos em Paris. Já estive aqui uma vez, em uma viagem de alguns dias com a escola, e as principais lembranças que tenho são de andar em bando pela cidade, e de visitar uma Notre-Dame lotada. Certamente nunca imaginei que voltaria e caminharia pela mesma cidade numa tempestade de neve com o Freddie Hunter; a gente nem namorava na época. É estranho pensar nisso. Mal me lembro de uma época da vida em que o nome dele e o meu não estavam inextricavelmente relacionados.

— Está com fome? — pergunta ele, e eu rio, porque sei que ele está louco para que eu diga que sim: Freddie tem o apetite de uma manada de cavalos selvagens.

Confirmo com a cabeça, e ele faz eu me levantar com os meus pés congelados.

— Vamos achar um lugar quentinho?

Ele puxa o meu gorro e cobre as minhas orelhas.

— Vamos.

Seu celular vibra no bolso do casaco, mas ele ignora.

— Você não tem que atender? — pergunto, porque o trabalho dele não parou de ligar a manhã inteira.

— Não — responde ele. — Dane-se quem tá me ligando. Estou em Paris com a minha mulher preferida.

Sorrio, porque é uma coisa linda de se dizer, mas sinto um arrepio também. Talvez tenham sido os flocos de neve tocando a pele exposta da minha nuca, ou talvez porque o Freddie que eu conhecia nunca teria resistido a confirmar se não era nada urgente. Embora as coisas nesta vida muitas vezes pareçam exatamente iguais, elas são diferentes de um jeito muito sutil. É inquietante.

Toda rua que olhamos parece ter um monumento de tirar o fôlego na outra ponta, todos eles nos convidando a nos aproximar para comentar a sua beleza. É uma cidade construída para ser admirada, ainda mais hoje, com a neve tornando o cenário mais dramático com a sua escala de cinza. É como se estivéssemos estrelando o nosso filme em preto e branco. Os parisienses passam por nós, imersos uns nos outros ou de cabeça baixa, apressados para chegar aonde quer que seja; no inverno, a cidade pertence a eles, antes da invasão das hordas de turistas assim que o clima começa a esquentar. Hoje o dia é deles e, milagrosamente, nosso também.

— Uau — exclamo, diminuindo o passo diante de um edifício colossal cercado por colunas altas de pedra. Segundo o meu mapa, se trata de La Madeleine, uma igreja. — Parece até uma construção romana, né? — Coloco a mão numa das colunas, subindo os largos degraus, irresistivelmente atraída para o interior pelo simples tamanho e grandeza. Freddie se junta a mim, e caminhamos devagar de mãos dadas pelo chão de mármore, impressionados com a magnitude e a beleza do lugar. É de tirar o fôlego; os candelabros rebuscados lançam um brilho cálido nos afrescos da abóbada, e há uma sensação avassaladora de paz e reverência, um oásis no coração da cidade. Não somos pessoas religiosas, o Freddie e eu, e ainda assim me emociono com a história e a atmosfera de reflexão. Chegamos a um altar de velas brancas que os visitantes acenderam em memória de entes queridos perdidos, e, quando olho para o Freddie, ele está procurando por uma moeda no bolso. Ele coloca algumas na caixa de doação e pega duas velas, e não consigo nem pensar no que dizer. Freddie quase nunca fala do pai que perdeu quando era criança; ele era novo demais para ter muitas lembranças, a ausência, no entanto, foi muito sentida. É uma das coisas que mais me incomodava, o fato de que ele não se abria comigo sobre isso. Mas ele foi criado assim. A mãe é do tipo que "vive o agora". Às vezes acho que parece egoísta, mas ela própria deve ser um produto da criação que teve também. Ela foi miss quando era nova, muito adorada e protegida pelos pais e depois pelo marido. E então pelo Freddie.

Não sei bem por que ele me entrega uma vela; para os meus avós, talvez, ou por educação. Eu o observo suspirar enquanto escolhe um lugar para o seu ato de lembrança entre as demais velas. Algumas estão altas, outras já quase queimaram por completo. E então ele vira e acende o pavio da minha vela, e nunca vou esquecer o olhar em seus olhos — é como se ele soubesse. Ele sustenta o meu olhar, e, por um tempo, ficamos de pé nos encarando. E pronto. Isto é para todos os nossos amanhãs, todos os dias do nosso amor, concentrados numa pequena chama que se extinguirá cedo demais. Minha mão treme enquanto tento decidir onde colocar a minha vela. No fim, escolho um lugar ao lado da do Freddie.

— Vamos — diz ele, com o braço em torno do meu ombro. Dou uma longa e última olhada nas velas por sobre o ombro quando chegamos à porta. Dois cenotáfios altos e brancos. Um para um pai que fez muita falta, outro para o seu filho querido.

— Aqui?

Estamos de pé diante de um café minúsculo de esquina, os toldos com listras douradas e verde-esmeralda pesados pela neve. Está cheio, mas as mesas externas estão protegidas da neve, então faço que sim e me encaminho para uma que fica próxima de um aquecedor ligado. Freddie pede mexilhão com batata frita, mas para mim tem de ser chocolate quente com um folhado de canela. Eu sei, croissants no café da manhã e folhado no almoço, mas estou em Paris, afinal de contas. Ficamos nos aquecendo por alguns minutos, olhando a cidade passar, absorvendo tudo. O trânsito se arrasta por causa do mau tempo, e as pessoas que passam por nós estão encurvadas sob o peso dos casacos e cachecóis, enfrentando a neve que flutua no ar.

Desvio os olhos da paisagem e me volto para o sorriso agradecido do Freddie quando o garçom traz o seu almoço. Os olhos dele brilham ao ver a comida, o aroma intenso de vinho e alho no ar. Como eu queria poder nos preservar, do jeitinho que estamos agora, dentro de um globo de neve, dois amantes em miniatura almoçando sob o toldo listrado de um café parisiense. É um daqueles momentos para se guardar para a eternidade, uma perfeição inesperada que você só experimenta um punhado de vezes, e, porque ninguém sabe apreciar momentos assim mais do que eu, eu o aprecio. Gravo a imagem na memória em todos os detalhes. O padrão exato das cadeiras de treliça de metal, o tom específico de azul do cachecol do Freddie, o minúsculo motivo floral de cerâmica nos pesados talheres de prata, a camada de açúcar caramelado no meu folhado. E então, como que para me lembrar de que não existe perfeição, meu celular vibra na mesa e exibe uma mensagem do David.

Oi, Lydia, desculpa incomodar no meio da viagem, mas achei que você ia querer saber disso imediatamente. Elle perdeu o bebê. Ela está bem... quer dizer, dentro do possível, está dormindo agora. Me liga quando puder. Bj

Acordada

Quinta-feira, 3 de janeiro

Eu me sento de repente no sofá, o coração acelerado demais para ser considerado um ritmo saudável, sem fôlego, como se tivesse corrido para alcançar o último trem. Pego o celular e confiro depressa, mas não tem nenhuma ligação nem mensagem perdida. Arrisco o Facebook e vejo o pontinho verde do lado do nome da Elle, que indica que está on-line, então mando uma mensagem rápida para ver se ela está bem, do jeito mais vago possível. Ela responde quase que de imediato: ela sabe que ainda está cedo, mas será que eu não quero comprar o carrinho de bebê com ela no fim de semana que vem?

Que alívio. Desabo de novo nas almofadas. Até este momento, minhas visitas durante o sono têm sido a minha salvação, a minha cura, a minha sanidade e o meu santuário. Mas isso... a Elle. Eu não tinha imaginado que coisas ruins, coisas ruins *de verdade*, podiam acontecer lá também.

Dormindo

Domingo, 6 de janeiro

— Como ela está? — pergunto, passando um café para o David, porque ele parece exausto. Elle está tomando banho, então aproveito para descobrir como ela está de verdade, antes que me diga que está bem.

Ele está sentado à mesa da cozinha e esfrega os olhos.

— No geral, até que não está mal — responde David. — Hoje de manhã ficou chateada, mas aí comeu um pouco da sopa que a sua mãe trouxe.

Sei que decidi tomar o comprimido cor-de-rosa com menos frequência, mas não consegui ficar longe, sabendo o que a minha irmã está passando. Falei com a mamãe rapidinho enquanto estava a caminho da casa da Elle, e ela está morrendo de preocupação com os dois. Estavam tão felizes no Natal, e agora isso. É tão cruel...

— E você? — pergunto, abraçando os ombros do David.

— Eu queria que ele se chamasse Jack, em homenagem ao meu pai — diz ele. — Se fosse menino.

David deita a cabeça na curva do meu braço e, para minha aflição, chora. Ficamos assim por alguns minutos, e então ele pega o pano de prato e seca os olhos.

— Desculpa — pede ele. — Eu não esperava por essa.

Aperto seu ombro.

— Não fica achando que você tem sempre que ser o mais forte — digo, porque sei que ele está segurando as pontas pela Elle.

Ao ouvir minha irmã descendo a escada, nos viramos para ela. Elle está com um pijama de algodão azul-marinho e com o cabelo molhado e escovado para trás, expondo o rosto pálido. Parece ter uns catorze anos.

— Oi — cumprimenta ela, sorrindo. — Você não precisava ter vindo, falei pra não se preocupar. Mamãe já passou aqui e a mãe do David também veio hoje de manhã.

— Eu sei — digo. Quero abraçá-la ou algo assim, mas ela está pulando de uma tarefa para a outra, arrumando os copos, trocando o rolo de papel-toalha, esvaziando a lava-louça. Não forço porque já estive na mesma situação: frágil por conta do coração partido, desejando que ninguém me toque para eu não perder o controle. — Não vou demorar.

— Por que vocês não vão lá pra sala, ver um pouco de televisão? — sugere David. — Eu levo um chá pra vocês. — Ele me olha em busca de ajuda.

Faço que sim.

— Boa ideia.

Elle me segue até a sala. Na época em que decorou o cômodo, ela estava passando por uma fase náutica, tudo em tons de creme e listras azul-claras, com detalhes em tons de laranja. A Elle tem o gosto parecido com o da mamãe para decoração, já eu amo um estilo mais boêmio. Eu me sento no canto do sofá, e ela fica de pé por um instante em cima do tapete no meio da sala, um dos pés descalços encaixado atrás do tornozelo, sem saber o que fazer. Abro os braços, e na mesma hora ela contorce o rosto de dor e se aninha ao meu lado no sofá, aos prantos. Meus olhos se enchem de lágrimas quentes, e eu a aperto com força, desejando que ela se sinta menos frágil, enquanto ela treme, completamente sem chão. Não há nada que eu possa dizer que vá ajudá-la agora, então não tento encontrar palavras. Só abraço a minha irmã querida junto de mim enquanto ela soluça.

Acordada

Quinta-feira, 17 de janeiro

— Alguém ainda vai em evento de *speed dating*? — pergunto. A mesa do almoço na nossa frente parece um catálogo de tupperware; continuo usando a minha antiga lancheira cor-de-rosa porque acho reconfortante, embora a Julia tenha me dado uma transparente nova de Natal, para nunca mais ter de olhar para esta. É um alívio estar de volta ao trabalho, longe da confusão e da tristeza do meu outro mundo. Ver a Elle tão triste pesa em meu coração; eu me peguei conferindo ainda mais vezes se ela e o bebê estão bem neste mundo.

— Ah, mas não é um *speed dating* normal — responde Ryan, sorrindo. Ele tira a tampa de plástico do iogurte e lambe.

— Deixa eu adivinhar — pede Dawn. — É *speed dating* pelado?

Todos nós rimos, e eu realmente espero que ela esteja errada. Ryan revira os olhos.

— Até parece — responde ele. — Não posso exibir essas belezuras em público, ia ter guerra. — Ele beija o bíceps e dá uma piscadinha, fazendo todo mundo soltar um gemido.

— Fala logo — imploro. — O que tem de tão especial?

— É tudo em silêncio.

Dawn franze a testa e abre um pacote de Oreo. Agora que já passou o casamento, ela voltou a comer biscoito.

— Então, como você sabe se gosta ou não da pessoa?

— Eu me apaixonei pela voz do Bruce antes de me apaixonar pela cara dele — comenta Julia. Ninguém ri, porque é a Julia, e ninguém questiona também, pelo mesmo motivo.

— Você não precisa, sei lá, tocar a pessoa em vez de conversar com ela, precisa? — pergunto, preocupada com o ambiente onde ele está se metendo.

— Quando eu era novo, chamavam isso de orgia — comenta Phil, desembrulhando um sanduíche enorme. Ele sempre traz o almoço mais bonito.

Ryan faz uma careta que sugere que estamos todos por fora.

— Qual é, gente? O que vocês pensam de mim? Você meio que fica olhando para a pessoa na sua frente por alguns minutos e depois passa pra mesa do lado, para olhar pra outra pessoa.

Dawn não parece convencida.

— E você não pode perguntar nada?

— Pode fazer gestos com as mãos.

— Porque *isso* não é passível de ser mal interpretado — comenta Julia, sarcástica.

— Eu ia me dar bem — diz Phil, fazendo um gesto de quem está tomando uma cerveja.

— Espero que ninguém fique balançando o quadril tipo o Elvis. — Dawn começa a rir.

Ficamos em silêncio por um tempo, comendo nossos sanduíches e pensando na ideia. Devo ser a menos entusiasmada com o almoço. Tentando economizar, fiz um sanduíche de atum, mas acho que exagerei na maionese, porque está bem empapado.

— E onde é esse tal de *speed dating*? — pergunta Phil.

Todos nós o encaramos, porque somos apaixonados pela Susan.

— Longe pra cacete — responde Ryan. — E está na minha vez de dirigir, então não posso nem beber.

— Não parece o programa mais divertido do mundo — digo. — Sem poder falar, sem poder beber...

Ele solta um gemido, e eu dou um tapinha em seu ombro encurvado.

— Parece o tipo de evento que a gente poderia organizar aqui no auditório — comenta Phil, e percebo com alívio que seu interesse era profissional, e não pessoal. E então me dou conta de que ele está olhando para mim como quem quer a minha opinião, pois sou a responsável pelo nosso programa de eventos. Estamos ficando meio sem ideias ultimamente, então penso com carinho na possibilidade, e não respondo que preferiria organizar uma conferência sobre fungo nas unhas dos pés a passar meus dias pensando em namoro e romance.

— Pode ser — digo, sem me comprometer. — Vou pesquisar.

— Você pode vir com a gente se quiser, pra ter uma noção de como é — sugere Ryan, fazendo uma careta antes mesmo de terminar a frase, pois percebe que no mínimo não pega bem se oferecer para me levar a um evento de namoro.

Dawn desvia o olhar, Phil parece desconfortável, e Julia suspira e faz um gesto obsceno com a mão direita. É tão fora do comum para ela que todo mundo ri.

Ryan desliza lentamente para mim o queijo Babybel que a mãe dele sempre manda na sua lancheira. Ele adora esse queijo. Dou um tapinha em sua mão e a empurro, com um sorrisinho. Ele vai se sair bem hoje. É um mestre nessa coisa de comunicação não verbal.

Acordada

QUARTA-FEIRA, 13 DE MARÇO

Amanhã é meu aniversário.

Amanhã vai fazer um ano que o Freddie morreu.

Tenho andado cada vez mais inquieta; de certa forma, quase nada mudou, porque sinto falta dele todos os dias, mas comecei a conferir o relógio obsessivamente e a pensar no que eu devia estar fazendo a esta hora no ano passado, ou a fazer as contas de quantas horas ainda me restavam da minha antiga vida. Nossa, sinto uma dor no coração pela mulher que eu era e pelo que estava prestes a enfrentar. O que eu não daria para voltar no tempo e insistir para o Freddie voltar direto para casa, em vez de buscar o Jonah...

A Elle e a minha mãe querem me levar para jantar amanhã, mas eu não vou conseguir. Não quero comemorar o dia, pelo menos não como o meu aniversário. Tenho plena noção de que o meu aniversário vai ficar para sempre marcado, nunca realmente propício para celebrações. O Freddie ficaria furioso com ele mesmo se soubesse, ele sempre fazia questão de comemorar a data — teve um ano que chegou até a mandar um cartão para a minha mãe, no dia do meu aniversário, para agradecer por ter me dado à luz, o bobo. Minha mãe me lembrou disso outro dia, quando estávamos conversando sobre o que fazer. Acho que estava tentando fazer eu me sentir obrigada a sair de casa pelo Freddie, uma espécie de chantagem emocional bem intencionada para que eu não ficasse deprimida pelos cantos. Estou bem, disse a ela, não vou ficar deprimida pelos cantos.

E eu estava falando sério. Vou para o trabalho, pelo menos de manhã. Pedi folga na parte da tarde, para passar um tempo no cemitério. Vou bater um papo com o Freddie e depois vou voltar para casa e dormir cedo. Desde janeiro que não tomo um comprimido cor-de-rosa. Eu disse a mim mesma que é porque estou economizando, mas, para falar a verdade, acho que é mais porque minha irmã perdeu o bebê lá. A gravidez dela é uma parte muito forte da minha vida aqui, no meu mundo acordado; a Elle continua enjoando muito, e trocar sugestões de nomes virou o nosso assunto principal. Ela já está com uma barriguinha linda. Em poucos meses vai haver um ser humano novo aqui que não vai existir no meu outro mundo; parece um tique-taque de relógio, ou talvez seja de uma bomba-relógio.

Acordada

Quinta-feira, *14* de março

É estranho fazer um piquenique no cemitério? Deve ser, mas hoje é o meu aniversário, e eu posso tudo. Não chega a ser bem um piquenique, para falar a verdade; só peguei a toalha na mala do carro para me sentar, porque o chão está frio, e um copo de café. Também trouxe um pedaço de bolo; antes de eu sair do trabalho, foram todos cantar parabéns na minha mesa, ligeiramente desafinados, enquanto jogavam um balão de gás para mim com um brilho de preocupação e esperança nos olhos. Eles me deram flores e uma garrafa de espumante. Foi muita gentileza. Deixei o balão e a garrafa no carro, uma festa no banco do carona, pois não combinaria com o silêncio das lápides. Trouxe as flores para dar ao Freddie. Eu ia passar no florista, mas o buquê foi um presente para mim, então agora é o meu presente para ele. É estranho dizer que parece que estou dividindo um pouquinho do meu aniversário com ele? Aprendi, no entanto, a não questionar muito as minhas ações e pensamentos, às vezes você só tem de seguir o fluxo.

— Oi, Freddie. — Abraço os joelhos. — Eu de novo.

Fecho os olhos e fico em silêncio para imaginá-lo se sentando na toalha ao meu lado. Sinto o peso de seu braço em meus ombros e sorrio quando ele enterra o rosto no meu pescoço e me deseja feliz aniversário. É uma tarde clara e fria; quase posso sentir o calor do corpo dele contra o meu.

— O que você acha que a gente estaria fazendo hoje? — pergunto.

Ele me diz que é segredo, e lágrimas lentas descem pelo meu rosto, porque posso até ouvir o seu riso baixo no silêncio da tarde.

— Nossa, que saudade... — É um eufemismo muito grande. — Fico bem a maior parte do tempo. Estou segurando as pontas, Freddie, de verdade. Mas hoje... — Paro, incapaz de encontrar as palavras certas.

— É tão difícil, sabe? — Cubro o rosto com as mãos e, na minha cabeça, ele me abraça e me diz que para ele é a mesma coisa, que cada dia longe de mim é muito difícil para ele também.

— Oi.

Levo um susto ao sentir a mão de alguém tocar meu ombro. Alguém de verdade. Olho para cima e vejo Jonah. Ele se agacha ao meu lado e me fita com olhos escuros e meigos.

— Tá precisando de companhia?

Desde que ele foi embora da minha casa, no Réveillon, não nos vemos. Cheguei a escrever uma ou duas mensagens para ele, mas apaguei antes de mandar, e o Jonah não é uma pessoa com quem eu esbarre na minha rotina. Com exceção do cemitério, aparentemente.

— Tudo bem — digo, secando os olhos e chegando para o lado, para dar espaço na toalha.

Jonah não fala nada por um tempo, apenas mantém os olhos fixos no nome dourado do Freddie.

— Um ano — afirma, afinal.

— É. — Engulo em seco. — Um ano inteiro sem ele.

— Como você está? — pergunta ele. Posso ouvir em seu tom baixo e inseguro que está se referindo às longas e frias semanas desde o Ano-Novo.

Confirmo com a cabeça.

— Bem, no geral — respondo. — O trabalho me ocupa, e, com a gravidez, a Elle está sempre precisando de ajuda, então passo muito tempo por lá também.

Não é mentira. A Elle tem passado por maus bocados, e passo na casa dela depois do trabalho quase todo dia, para ficar com ela até o David chegar. Sei que não era isso que o Jonah estava realmente perguntando, mas a logística da minha vida é tudo o que tenho a oferecer.

— E você? — pergunto. — Como você está?

Ele meio que dá de ombros.

— É, sabe como é. Tem a escola... o de sempre.

Dou um gole no café.

— E a Dee?

Jonah puxa algumas folhas de grama do chão duro, uma por uma. Observo o movimento, pequenos puxões secos e deliberados, enquanto ele considera o que responder.

— A gente se vê às vezes — revela. — Estamos indo devagar, vendo onde vai dar. Eu gosto da risada dela.

Nosso silêncio contém mais do que as palavras que pronunciamos. Ele não quer me dizer que as coisas estão indo bem com a Dee, porque sabe que estou numa situação muito diferente na minha vida.

Jonah copia a minha posição na toalha, com os joelhos junto ao peito. Ele está de preto, provavelmente porque é o que costuma usar, e não uma escolha conscientemente fúnebre para o dia. Também está com um gorro de tricô azul-marinho, que tira e enfia no bolso do casaco.

— Desculpa, Lyds — diz, desolado, olhando para a frente. — Pelo Ano-Novo. Não sei o que eu falei. Não quis dizer nada daquilo.

Estudo seu perfil familiar. Está pálido por causa do inverno e, embora as suas maçãs do rosto proeminentes sempre tenham proporcionado a ele uma magreza clássica, ele parece ainda mais esquálido hoje. O cabelo está mais bagunçado que nunca, os cílios, escuros e compridos sobre a bochecha, enquanto ele fita a lápide do Freddie e suspira fundo. Acho que nunca o vi tão abatido.

— Eu tentei escrever pra você. Algumas vezes, na verdade, mas as palavras simplesmente saíam erradas, então apaguei tudo — digo.

— Eu também. — Ele assente com a cabeça antes de explicar. — Tentei, porque sinto muito mesmo. Por ter aparecido na sua casa feito um idiota desmiolado e por não ter entrado quando você me convidou e por ter deixado você chorando sozinha na noite de Ano-Novo. Pronto. Tá dito. Desculpa por tudo isso, Lyds. Por tudo.

— Você acha mesmo que ficar perto de mim piora as coisas?

Ele enruga o nariz.

— Meu Deus, não. Ficar perto de você me faz lembrar dele. — Jonah olha para a lápide do Freddie. — E às vezes é difícil, mas é um consolo também, sabe? Isso, a gente. É uma coisa boa.

Ofereço meu café a ele. Jonah aquece as mãos antes de dar um gole, então solta um riso sarcástico.

— Ano que vem eu vou viajar no Réveillon, pra ter certeza de que não vou aparecer na porta da sua casa. Algum lugar bem longe. Deitar numa praia e esquecer até que é Ano-Novo.

— Tá bem. — Quando ele olha para mim, ofereço um sorriso triste. — Combinado. — Seus ombros relaxam de alívio. A virada de ano pesou mais do que eu imaginava para nós dois.

Jonah caminha comigo até o estacionamento e segura a toalha, enquanto destranco o carro. O Saab está parado do lado do meu carro.

— Caramba, é seu aniversário, lógico — observa ele, envergonhado, ao notar o balão vermelho flutuando no carro, do lado da garrafa de espumante e do restante do bolo. — Nem lembrei.

— Não estou em clima de aniversário, pra falar a verdade — digo, distraída, deixando o café cair quando abro a porta. Abaixo para pegar antes que o copo role para debaixo do carro e, na confusão, o balão acaba escapando. Nós dois tentamos segurar a fita metálica, mas o vento não nos dá a mínima chance. — Merda! — exclamo, chateada comigo mais do que qualquer outra coisa.

Não que eu quisesse o balão, é só que este era o último lugar em que era para uma coisa dessas acontecer. Ficamos olhando a subida silenciosa dele, uma mancha vermelha contra o céu cinzento, e então, de repente, na verdade, aquilo parece a coisa mais certa. Não sou uma pessoa assim *tão* ligada no simbolismo de soltar um balão no céu, mas ao que parece sou *sim* do tipo que enxerga o simbolismo de um balão solto por acidente. Ficamos olhando até ele desaparecer, perdido na névoa baixa.

Continuamos em silêncio por alguns instantes, e quando olho para o Jonah, seus olhos estão fixos nos meus.

— Você vai ser sempre muito importante para mim, Lydia — afirma ele. — Não vamos perder a nossa amizade de novo. Já perdemos coisas demais.

Faço que sim, à beira das lágrimas de novo, porque isso é o que devia ter acontecido na noite de Ano-Novo. Essa reconciliação entre dois velhos amigos, e não aquela coisa destrutiva que magoou a nós dois.

— Você também sempre vai ser muito importante para mim, Jonah Jones — digo, e fico na ponta dos pés para beijar o seu rosto gelado.

Ele coloca a mão na porta do carro, enquanto eu entro.

— Feliz aniversário — diz, baixinho, esperando eu passar o cinto para então fechar a porta. — Dirija com cuidado.

Confirmo com a cabeça e ergo a mão, procurando um último vislumbre fugaz do balão lá no céu, ao sair do estacionamento. Sumiu completamente.

Estou na metade do caminho até a minha casa quando paro, esperando uma senhora atravessar na faixa de pedestres. Ela avança devagar na frente do carro, e me dou conta de que é a Maud, do *workshop*. Está com os ombros curvados e puxando um carrinho de feira.

Olho para o bolo de chocolate no banco do carona e não sei bem o que dá em mim, mas baixo o vidro e chamo o seu nome quando ela chega à calçada.

— Ei, Maud — chamo, bem alto, encostando o carro perto dela. — Que bom te ver de novo.

Ela me olha dentro do carro.

— Nunca te vi na vida — ruge.

— Viu, sim — rebato. — A gente se conheceu naquele *workshop* sobre luto, lembra, na escola, no verão do ano passado?

Ela move a mandíbula de um lado para o outro algumas vezes, tentando lembrar.

— Um monte de baboseira.

— Hum. Eu também não achei a coisa mais divertida do mundo, pra falar a verdade.

Ela me encara em silêncio, sem fazer o menor esforço para continuar a conversa.

— Enfim — prossigo, me sentindo meio ridícula. — Hoje é o meu aniversário, e eu...

— Tá precisando tanto assim de um amigo que resolveu encher o saco de desconhecidos na rua? — pergunta ela. — Pois escolheu a pessoa errada. Odeio aniversários.

— Bem, que pena — respondo. — Porque eu lembrei que você gosta de bolo e achei que talvez fosse gostar deste. — Aponto para o bolo de chocolate no banco do carona.

Ela olha para o bolo e torce o nariz.

— Chocolate não é o meu preferido — esnoba.

— Ah, tudo bem — digo. — Deixa pra outra.

— Mas acho que posso abrir uma exceção — continua ela, já levantando a tampa do carrinho de feira. — Se tiver alguma coisa pra beber também.

Ela fita a garrafa de espumante no banco, ao lado do bolo, e tenho de rir diante da audácia dela. Entrego o bolo e o espumante e fico esperando, enquanto ela guarda no carrinho.

— Se quiser, posso te ajudar a dar conta do bolo — sugiro, me oferecendo com gentileza, para o caso de ela estar se sentindo sozinha.

— Vai procurar a sua turma — rebate ela, ajeitando os ombros. — É proibido parar aqui, sabia? Você não deveria demorar.

E pronto. Ela vai embora puxando o carrinho de feira e nem me olha na cara quando me afasto, gritando:

— Tchau, Maud!

Aposto que ela não iria gostar de saber que animou infinitamente o meu dia.

Dormindo

Quinta-feira, 14 de março

— Feliz aniversário, linda.

Estamos no Alfredo. *É lógico*.

— Eu sei que a gente veio aqui no seu aniversário ano passado, mas desta vez é só a gente — diz Freddie. — A menos que você queira a sua mãe aqui, reclamando de novo que o frango dela veio frio. — Ele começa a rir. — Você sabe que eu adoro a sua mãe, mas naquele dia achei que o Alfredo ia tirar ela daqui pelos cabelos.

Então foi isso que aconteceu no meu aniversário nesta vida. Jantamos neste mesmo restaurante, e a lembrança que ficou do dia foi a da minha mãe reclamando que o prato dela estava frio. Engulo em seco e tento sorrir com a história da qual não me lembro, quase irritada por algo tão bobo ser a primeira coisa de que ele se lembre do dia em que a minha vida mudou para sempre.

Paramos para fazer o pedido. Freddie, como sempre, escolhe a bisteca bovina; eu decido variar um pouco e peço o salmão do dia. Costumo comer frango aqui, mas não quero arriscar mais comparações ou semelhanças com o ano passado.

— Como estava a Elle hoje? — pergunta Freddie, servindo vinho na minha taça.

Lógico que eu não sei como a Elle está, então dou uma resposta vaga.

— Acho que está bem — respondo. Quero perguntar mais, mas não sei como me expressar sem ficar estranho.

— Quer ouvir uma coisa mais feliz? — pergunta ele, e ficamos em silêncio por um instante, enquanto o garçom serve a nossa comida.

— Por favor — peço, assim que o garçom se afasta, dando mais um gole no vinho, feliz por existir um lugar onde a barriga da Elle está crescendo com um filho saudável e o coração da minha irmã segue intacto.

— O Jonah vai morar com a Dee — diz Freddie. — O aluguel dele está perto de vencer, então eles resolveram morar juntos de vez. Ela tem uma casa de dois quartos naquele bloco novo perto do parque, lembra?

Sim, eu lembro. Fomos olhar uma casa lá quando estávamos procurando e descartamos quando vimos que, se abrisse os braços, o Freddie conseguia tocar a cerca de ambos os lados do jardim ao mesmo tempo.

Para mim é uma surpresa, para dizer o mínimo. Jonah adora o apartamento dele. Ele mora no térreo de uma casa eduardiana antiga e bonita, perto da escola. E paga mais do que pode todo mês só por causa da janela em alcova, que é grande o suficiente para caber o piano.

— Vai caber o piano? — pergunto, e Freddie me olha do jeito mais estranho.

— Sei lá — diz. — Duvido que ele esteja muito preocupado com isso.

Preciso pegar leve no vinho, mas isto está longe de ser o aniversário que eu esperava. Preferiria estar literalmente em qualquer outro lugar que não o Alfredo — verdade seja dita, o Freddie sempre gostou daqui mais do que eu.

— Eles vão dar uma festa no fim de semana que vem, para comemorar. A gente não tem nada, né?

Faço que não com a cabeça e tento me lembrar de não tomar o remédio para dormir no sábado que vem.

— Alguma novidade no trabalho? — pergunto, pegando a garrafa de vinho para encher as nossas taças. Ainda não me aperfeiçoei na arte de fazer perguntas casuais, mas gosto de tentar descobrir como ele tem passado desde a última vez em que estive aqui. Se a pergunta soa ligeiramente forçada, ele deixa passar.

— Nada de concreto — responde ele. — Os PodGods estão estudando a possibilidade de expandir para o Brasil, mas tá muito no começo ainda.

— Uau, seria um passo grande — comento.

Aparentemente, os PodGods monopolizam muito do tempo do Freddie no trabalho; ele vem trabalhando numa campanha publicitária agressiva para expandir a marca no mundo todo. Sua ambição sempre foi uma faca de dois gumes. Ótima para os chefes, mas de vez em quando o trabalho toma tanto tempo dele que a vida pessoal fica prejudicada. Já aconteceu algumas vezes com outros clientes, e estou começando a sentir uma pequena pontada de ressentimento sempre que ele fala neles. Movo a comida no prato, ouvindo o Freddie, me concentrando mais nele que no salmão. Observo sua boca formar as palavras, a maneira como seus ombros se movem sob a camisa enquanto ele corta o bife, o bíceps definido quando ele ergue a taça. Ele cortou o cabelo um pouco mais curto que o normal; não sei se gostei. Ou talvez eu simplesmente não goste que ele seja diferente aqui. Volto a me concentrar nas palavras dele.

— Pelo menos ele aprovou as minhas férias antes de infartar. Três semanas inteiras.

Só posso supor que está falando do chefe, Vince.

— E ele tá bem?

— Vai ficar, se conseguir parar de comer hambúrguer.

Pelo menos isso. Vince não é a minha pessoa preferida no mundo, mas não quero que ele tenha um troço.

— Três semanas, hein?

— Vou trabalhar até o dia 12 de julho e, quando voltar, serei um homem casado. — Freddie levanta a taça para mim. Sorrio e brindo com ele, mas meu coração está com a minha irmã esta noite. Minha vida aqui é cor-de-rosa, enquanto a dela está caindo aos pedaços. Não consigo afastar a sensação de que a felicidade dela é o preço que estou pagando pela minha.

Acordada

Sexta-feira, 17 de maio

— E se ninguém aparecer?

Ryan confere o cabelo na câmera do celular.

— Vão aparecer. Vendemos trinta ingressos com direito a uma bebida grátis. Eles vão vir nem que seja por isso.

Sempre fico nervosa nos eventos que organizo, mas a verdade é que não precisei fazer quase nada desta vez. A empresa que produz o *speed dating* vai estar aqui hoje, para ajudar. Só tive de vender os ingressos, gerenciar o pessoal do bar, arrumar o auditório, esse tipo de coisa. Tomei o cuidado de vender um mesmo número de ingressos para homens e mulheres, mas, tirando isso, não sei bem o que vai acontecer hoje.

— Eu tô parecendo pegável? — pergunta Ryan, colocando a mão no quadril da calça justa e olhando ao longe, o olhar sério, praticamente saído de uma capa da *GQ*. Ele está animado com o evento, sempre procurando o próximo grande amor da vida dele. Às vezes me pergunto se eu não deveria aconselhá-lo a não expor tanto o coração, mas acho que essa é uma lição que a gente só aprende sofrendo na pele.

— Elas vão ficar todas te mandando beijos do outro lado da mesa — digo.

— Espero que eu não conheça ninguém — comenta, preocupado. — Seria esquisito ter que ficar olhando para alguém em quem dei *ghosting*.

— *Ghosting*?

Ele franze a testa, procurando as palavras para explicar.

— É, sabe como é, quando você não tem coragem de dizer pra alguém que acabou, aí simplesmente desaparece. Não atende quando a pessoa liga, nunca responde. Só some da vida dela.

— Ah — digo. Sei que ele está sendo descontraído, mas não posso deixar de me sentir mal por todas as pessoas que levaram um *ghosting* de alguém que amam. O Freddie não me deu um *ghosting*, mas sei como é quando alguém desaparece da sua vida sem aviso. É uma coisa horrível de se fazer com alguém de propósito.

— Só tive que fazer isso uma vez — defende-se ele, e percebo que, pela minha cara, deve ser óbvio o que estou pensando. — E só porque ela era totalmente *stalker*. Passei um mês dormindo com as luzes acesas depois dela.

— Enfim — interrompo, bruscamente —, você vai se sair bem, com certeza.

Ryan é o único funcionário que vai participar do evento hoje. Os outros são todos casados ou eu.

Quando o pessoal da empresa que organiza o evento chega, o auditório fica pronto num instante. Quinze mesas para duas pessoas arrumadas num circuito que deixaria os montadores da Ikea morrendo de inveja, quinze toalhas de mesa vermelho-escuras e quinze vasos decorados com peônias falsas, tudo no tempo que eu levo para passar um café para eles.

— Há quanto tempo você faz isso? — pergunto a Kate, a chefe, enquanto lhe entrego uma das nossas canecas "só para clientes". Branca e lisa, com um aro dourado na beirada, em vez das canecas que usamos no escritório, lascadas e com os dizeres "Melhor Tia do Mundo" ou com um logo de empresa.

Ela se recosta no aquecedor antigo e joga o cabelo preto para trás. É igualzinho ao da Uma Thurman em *Pulp Fiction*, e ela passou um delineador preto para combinar. O visual chama a atenção; talvez seja esse o segredo do *speed dating*, se apresentar como alguém difícil de esquecer. Ela é baixinha e curvilínea, e está com uma calça de couro que parece feita para ela.

— Um ano, mais ou menos — diz. — Nós fazíamos *speed dating* normal, mas resolvemos nos diferenciar das outras empresas. — Ela dá um gole no café. — As pessoas gostam de experimentar coisas diferentes, né?

Penso na ideia. Gostam? Não estou com a menor pressa de experimentar *base jumping*, nem tourada, nem atravessar o canal da Mancha a nado.

— Delícia — diz ela; e não sei se está falando do café, do calor do aquecedor ou do Ryan, quando ele passa trazendo mais uma pilha de cadeiras.

— Você participa? — pergunto.

Kate ri baixinho.

— De jeito nenhum.

Isso não soa bem como um endosso do evento que ela organiza.

— Ah, não?

— Não estou procurando um amor — explica. — Acho que as pessoas dão valor demais a isso.

Falou quem já teve o coração partido, penso.

— Acho melhor não falar isso para os seus clientes — comento, rindo.

— Eu não costumo falar. — Ela faz uma careta de quem foi pega no flagra. — E, justiça seja feita, definitivamente tem algo nessa coisa de ficar em silêncio que faz com que funcione. É científico: há estudos que mostram que as pessoas podem se apaixonar de verdade se ficarem olhando nos olhos de outra pessoa por alguns minutos sem falar nada.

— Mas com certeza não com um desconhecido qualquer, né? — pergunto, porque não consigo pensar em uma pessoa que eu conheça por quem poderia me apaixonar em dois minutos. Não acredito nem um pouco na teoria. Ai, meu Deus! Será que virei uma cética quando se trata de amor? O amor da minha vida me deixou, e agora perdi completamente a crença no amor.

— Bem, acho que as pessoas têm que ter o mínimo de atração uma pela outra — continua Kate —, e estarem disponíveis, lógico, mas se estão num evento de *speed dating* é porque em geral estão disponíveis.

— Verdade — concordo, pegando a caneca vazia da Kate enquanto ela se afasta do aquecedor.

— Vamos torcer pra todo mundo vir.

Meia hora depois, o auditório já está lotado, e há um clima de ansiedade enquanto as pessoas circulam, mantendo-se obstinadamente perto dos amigos, segurando a bebida grátis com as mãos levemente suadas. Eu observo, a distância, mas fascinada. Agora que as coisas já estão em andamento, não tenho mais nenhuma obrigação que me prenda aqui, mas fiquei só para matar a curiosidade. Ouço o discurso de boas-vindas da Kate, uma versão mais aprofundada da nossa conversa anterior sobre a ciência por trás do conceito do encontro em silêncio — com a parte da reticência pessoal dela em relação ao amor ficando de fora, lógico. Ela sem dúvida sabe falar em público. Todos prestam atenção, e as pessoas começam a lançar olhares rápidos e furtivos pela sala. Fico impressionada; quando ela termina, todos estão animados e prontos para fazer silêncio. Os participantes já sabem a sua posição inicial e, assim que a Kate dá a deixa, eles se dirigem para as mesas, para os dois primeiros minutos de silêncio capazes de despertar amor. Fito a Kate; vejo que ela está franzindo a testa e, ao seguir o seu olhar, reparo que uma mulher está vestindo o casaco e disparando para a porta. Pela linguagem corporal, está na cara que ela não quer falar com a assistente da Kate, que a cerca na saída; a mulher está com os ombros empinados, contraídos junto das orelhas absolutamente coradas.

— Droga — murmura Kate, ficando em pé ao meu lado.

Olho para a cadeira vazia, e para o cara sentado sozinho à mesa, mexendo nos próprios dedos. Já é constrangedor o bastante levar um bolo em público, pior ainda se for num evento de *speed dating* que você pagou para participar.

— Vai, entra no lugar dela — pede Kate, sem titubear.

Dou uma risada e então percebo que ela está falando sério.

— Eu... Eu não posso, Kate, de verdade — digo.

— Ia ajudar muito — insiste ela. — Não posso começar o evento com um número ímpar — fala, num tom muito profissional.

Kate não está me pedindo para ser romântica, apenas para ajudar com o evento que eu contratei e que ela está organizando. Olho para a cadeira vazia, me sentindo um pouco desesperada. Eu só tenho de dar uma volta na sala e ficar em silêncio; acho que dou conta. Passo muito tempo sozinha, Deus sabe que estou bem treinada. Então me vem a inspiração: se tirarmos o Ryan, vamos ter um número par. Olho ao redor e o encontro do outro lado da sala. Ryan está de frente para mim, mas não está olhando — já está com os olhos fixos na garota à sua frente. Sinto o coração afundar dentro do peito. Não posso fazer isso; ele está irradiando uma esperança tão intensa quanto a luz do sol, posso sentir o calor daqui. Kate deve ter percebido que estou vacilando, pois coloca a mão na base das minhas costas.

— É só ficar em silêncio — sussurra. — Se desconecta e pensa na sua caixa de e-mail.

Ela não chega a me empurrar para a frente, mas a mão nas minhas costas é um incentivo muito explícito, um óbvio pedido de "me quebra esse galho". Suspiro, e ela toma isso como um "sim" relutante.

— Sabia que eu podia contar com você — diz.

Como isso foi acontecer?, me pergunto, mal-humorada, arrastando os pés pela sala. Eu não quero fazer isso. Não quero *nem um pouco*. Não consigo imaginar nada pior que me lançar no campo de batalha desse jeito, em silêncio ou não. Catorze meses já se passaram desde o acidente, e não pensei em homem nenhum assim. Não consigo.

Puxo a cadeira e nem fito o primeiro cara nos olhos. Sento a bunda no assento e continuo não conseguindo encará-lo. Ele pagou para mirar os olhos reluzentes da esperança e do romance, e está recebendo dois minutos relutantes de ceticismo e desespero. Na parte da frente da sala, Kate nos avisa que a espera acabou: chegou a hora de olhar nos olhos do possível amor da nossa vida. Mas sei que ela está errada. Por mais longa ou curta que seja a minha vida, nunca vou amar alguém mais do que amei o Freddie Hunter.

Tá bem. Eu consigo. Eu me sento nas mãos trêmulas e ergo o rosto. Sei pelo discurso de abertura da Kate que podemos fazer o que parecer mais adequado, desde que ninguém quebre a regra do silêncio. É permitido fazer gestos (não lascivos) com as mãos, sorrir é bom; podemos até segurar a mão do outro, se der vontade. *Não vai dar.* O cara na minha frente me lança um olhar desinteressado que sugere que não faço o tipo dele. Tudo bem, ele também não faz o meu. Se tivesse que chutar sua idade, diria vinte e um, no máximo; parece recém-saído da universidade, como se ainda não conhecesse bem as regras do mundo adulto. Não me ofendo com o seu tédio não muito educado, nem com a maneira como ele rói as unhas já mastigadas para passar o tempo. Quer dizer, me ofendo um pouco, sim. Quando o minuto vira dois, ofereço um sorriso contido e sem jeito de "eu podia ser a sua mãe", e ele responde dando de ombros.

Está na cara que o número um não vai me marcar na lista para pedir o meu contato no fim do evento.

O número dois está mais perto da minha idade e, assim que me sento, percebo que é competitivo. Ele fica absolutamente imóvel e me encara como se estivéssemos brincando de jogo do sério; é mais antagonista que romântico. Ele parece alguém que poderia participar de um daqueles programas de sobrevivência extrema, a cabeça é raspada e a camiseta, camuflada. Não consigo desviar os olhos. Fico irritada com ele de um jeito meio irracional e, se pudesse falar alguma coisa, diria que, se ele quiser arrumar um par, é melhor pegar leve, porque está parecendo um Norman Bates. Esse olhar sério não está transmitindo nem um pouco quem ele é, mas acho que ele também não deve estar recebendo muito de mim. São dois minutos bem demorados.

O três, o quatro e o cinco se enquadram na categoria "só vim pela cerveja". São obviamente amigos — ficam conferindo com quem o outro está, e tenho quase certeza de que estão dando nota de um a cinco para as pessoas, com a mão, por baixo da mesa. Os típicos garotos da "turma do fundão", que aprendem a lidar com a vida assistindo a *The Inbetweeners*.

Minha vontade é de levar o número seis para a casa da minha mãe, para ela dar um prato de comida para ele: o cara parece solitário e estar precisando de uma boa refeição. Dá para ver os mamilos dele pela camisa fina de poliéster; o que não fica bem. Quem compra uma camisa verde-menta? E ainda por cima usa com uma gravata do *De volta para o futuro*? Esse cara. Em determinado momento, ele enfia a mão no bolso e tira um pacote de bala de criança, Fruittella, acho. Faço que não com educação e fico observando, enquanto ele desembrulha uma das balas bem devagar e passa a mastigá-la com calma, me encarando pelos óculos de aro dourado. É como estar num documentário de natureza. Quase dá para ouvir a voz abafada do David Attenborough explicando o bizarro ritual mastigatório de acasalamento dos humanos.

Na verdade, isso não é tão difícil. Talvez porque eu não esteja romanticamente interessada, mas me sinto meio ridícula ao me despedir do Sr. Fruittella e me sentar na mesa do lado.

Mesmo sentado, dá para ver que o número sete é alto, e que também tem os ombros largos. Ele tem um cabelo loiro escuro meio de viking e olhos cinza-claros que parecem ligeiramente divertidos, como se tivesse errado o caminho do bar e acabado aqui por engano. Eu também não era para estar aqui, penso, me ajeitando na cadeira quando ele se inclina um pouco para a frente. Não sei por que o número sete parece diferente dos demais. Não é tão fácil dispensá-lo; tem algo no olhar dele que ressoa em mim. Ele não é da turma do fundão e aposto que não come bala há mais de uma década. É um homem, sem o menor vestígio de garoto. Diria que é um pouco mais velho que eu, uns cinco anos ou mais, e não consigo resistir a olhar para a mão dele, para ver se tem uma aliança de casamento ou algum sinal de que ele acabou de tirar uma do dedo. Ele me pega olhando e faz que não de leve com a cabeça, em resposta à minha pergunta, então olha para a minha mão esquerda. Não tem nada. Hoje em dia uso a aliança de noivado do Freddie num cordão, no pescoço, sempre por perto, ainda que não mais no meu dedo. Depois de alguns segundos sustentando o olhar do viking, balanço a cabeça em negativa para confirmar que não, não tem ninguém me esperando em casa. Ele é perspicaz o suficiente para ler a minha expressão complicada e franze a testa de leve, e então quebra uma das regras fundamentais da Kate e pergunta de forma quase inaudível se estou bem. A bondade inesperada desencadeia algo nos confins mais profundos e sombrios da minha alma; parece o estrondo de um motor enferrujado sendo ligado. Preciso de alguns segundos para reconhecer: faíscas. Estou sentindo faíscas, o que é aterrorizante e absolutamente inesperado.

— Quebrando as regras! — sussurro, e ele ri, desviando o olhar. É um gesto encabulado, quase tímido, e de repente me dou conta de que ele é atraente. Meu Deus. Achei o número sete atraente, e não sei o que diabos significa isso. Ele não parece o Freddie. Ele não se parece com ninguém. Se pudesse falar, diria que só estou aqui para completar o número de mulheres, que nem tenho a lista para escolher de quem gostaria de pedir o contato e que não estou procurando amor, seja em silêncio ou não. Mas não posso, então tento transmitir isso com os olhos. E aí acaba, nossos dois minutos chegam ao fim. Ele me lança um olhar consternado e, pouco antes de eu me levantar, ele estica o braço e cobre a minha mão com a dele.

— Meu nome é Kris — fala, quebrando as regras de novo.

Com a dança das cadeiras e o barulho das pessoas se movimentando, ninguém percebe. Engulo em seco e, apesar do meu estado, me apresento:
— Lydia.
Ele aperta os meus dedos bem de leve, enquanto me levanto para sair.
— Prazer em conhecer você, Lydia — diz.
Fico apavorada, além de agradecida, por estar na hora de sair da mesa para ir até o número oito. Graças a Deus, penso, sentada diante de um desconhecido de camiseta apertada e corpo de halterofilista que felizmente não está provocando nada no meu motor enferrujado. Acho que também não estou despertando nada nele, a julgar pelo jeito como ele lança olhares descarados de "te encontro lá fora" para a moça que acabou de sair da sua mesa. Ela devolve o olhar abertamente e sorri, me deixando com pena do cara sentado na frente dela agora. Estamos na metade dos dois minutos, e acho que ela nem sequer olhou na direção dele. Eu me distraio completamente, mas, ao contrário do número oito, sou educada o bastante para fingir interesse. Nós dois ficamos aliviados quando acaba.
Eu seria capaz de beijar o número nove de puro alívio, porque agora não falta muito para acabar, e porque não preciso mais assistir ao número oito olhando para outra pessoa, mas sobretudo porque é o Ryan. Desabo na cadeira da mesa dele, e ele faz uma cara de "o que você tá fazendo aqui?", então se debruça sobre a mesa, meio rindo, meio incrédulo. Dou de ombros, impotente, com as mãos viradas para cima. Por um segundo é estranho, e então ele esfrega o rosto lentamente e me fita com uma expressão serena e firme. Eu me ajeito depois de alguns segundos, pronta para entrar no jogo, abro bem os olhos e miro fundo nos dele, séria. Ryan faz o mesmo, mas então suas feições assumem um ar profundo, e sei que ele está pensando como deve ser difícil para mim estar fazendo isso hoje. Ele franze as sobrancelhas, consternado; está condoído por mim, em empatia, e tudo que posso fazer é segurar as suas mãos com força sobre a mesa e olhar para ele, consciente de repente de que estou num evento de encontros e de que senti algo por uma pessoa nova. Ryan aperta os lábios, e vejo o que ele está pensando como se estivesse escrito no ar com uma vela que solta faíscas. Ele está orgulhoso de mim. Não achava que eu teria coragem de fazer algo assim. Ele está me olhando como se eu fosse

uma princesa guerreira e, quando nosso segundo minuto se esgota, ele aperta meus dedos com mais força para me mandar no meu caminho triunfante. Neste momento, eu não poderia amá-lo mais se ele fosse meu irmão de carne e osso. Estou à beira das lágrimas, e ele repara e gesticula com a boca, para me fazer rir:

— Vai embora, sua palerma.

Funciona; um resquício da minha princesa guerreira interior me ajuda a suportar as últimas seis mesas. São todos igualmente pouco memoráveis, pelo menos para mim. Só tem um desconhecido hoje do qual vou me lembrar. O número sete. Kris. O que quebrou as regras. O viking.

Kate e a equipe dela desmontam e guardam todo o material do evento com a mesma agilidade com que o organizaram, e depois que nos despedimos deles e trancamos o prédio, o Ryan e eu caminhamos rumo ao pequeno estacionamento.

— O que você achou? — pergunta ele, tirando os óculos escuros da gola da camiseta e as chaves e o celular do bolso de trás da calça jeans.

— É. — Dou de ombros. — Parece que deu certo. Pelo menos acho que muita gente preencheu as listas, pedindo alguns contatos.

Kate levou com ela os papéis entregues para colocar as pessoas que combinaram entre si em contato umas com as outras. Dei uma espiadinha sorrateira em alguns enquanto ela estava recolhendo. Um deles estava todo assinalado com marcador de texto verde. Eu me pergunto o que essa escolha de caneta diz sobre a pessoa que preencheu a lista. Será alguém extrovertido, que gosta de aparecer? Carente, em busca de atenção? Ou alguém desorganizado, que não achou mais nada no fundo da bolsa?

— Eles também fazem um *silent disco* — diz Ryan.

— A Kate falou.

Abro a porta do carro e jogo uma pasta que trouxe para tentar colocar um pouco do trabalho em dia, em casa.

— Não sei se gosto muito da ideia — comento, apoiando o braço na porta aberta do carro. — Para mim, música é compartilhar o momento, dançar na mesma batida. — Certo, soou muito mais hippie em voz alta que na minha cabeça. — Você marcou alguém? — pergunto, dando continuidade à conversa.

Ryan lança um olhar para mim, com ar de "o que você acha?".

— Hum... lógico. Todas, menos a quatro. Aquela ali me deixou assustado. Ela tirou os óculos pra me encarar, e parecia a minha mãe antes de me dar uma bronca. — Ele faz uma pausa. — E não marquei você, óbvio.

— Óbvio — respondo, secamente. Não que eu quisesse que ele me escolhesse, é só que o tom dele me faz parecer que não seria escolhida por ninguém.

— Não foi o que eu quis dizer... — corrige-se ele, piorando tudo.

Eu rio e contemporizo.

— Eu sei o que você quis dizer. Só entrei pra completar o número de mulheres.

Ele abre a porta do carro dele.

— Ah, foi só por isso, é?

— Como assim?

— Você só entrou mesmo para completar o número de mulheres? — Suas bochechas ficam coradas.

Não entendo por que ele está me perguntando isso. Por um segundo horrível, acho que o Ryan está prestes a se declarar para mim e fico em pânico, mesmo sabendo que isso é ridículo.

— É só que tinha um cara lá que me perguntou se eu podia te entregar isso.

Por um momento me sinto uma boba, de tão aliviada, feliz por não ter dito nada idiota. Só então penso no que ele acabou de dizer e o que aquilo realmente significa, e sinto de repente o rosto esquentar ao ver o papel dobrado na mão do Ryan. Pego o bilhete como se estivesse em chamas e enfio na bolsa, mais para acabar com a conversa que por querer saber o que está escrito.

— Eu não li — avisa Ryan, embora não me convença. Ele não consegue nem me olhar nos olhos.

— Nem eu vou ler — respondo. — Tchau. — E como essa conversa não pode ficar mais constrangedora, entro no carro e bato a porta.

Piso no acelerador antes de passar a marcha, furiosa comigo mesma. Eu não devia ter aceitado quando a Kate me pediu para participar.

Assim que me afasto do prédio do trabalho, pego uma rua errada de propósito e vou parar num condomínio de casas ainda em construção, onde encosto o carro. As casas de tijolos vermelhos são idênticas, perfeitas e sem personalidade, ainda à espera de recém-casados inspirados, que deem um toque de individualidade com um par de vasos de pé de louro, ou de fofoqueiros para instalar cortinas atrás das quais possam vigiar a rua. Olho a placa da rua e vejo que estou na Wisteria Close, uma óbvia tentativa de dar um pouco de brilho a este canto sombrio do nada. Porém, o outdoor anunciando o condomínio ressalta com orgulho que restam apenas duas casas à venda, o que me diz que o lugar está repleto de esperança. Eu me pego revirando os olhos, cética diante de tanto otimismo. Mas estou só ganhando tempo. Quase posso sentir uma pulsação irradiando da minha bolsa no banco do carona, como se o bilhete estivesse prendendo a respiração diante da expectativa de ser aberto para que eu possa dar início a uma cadeia de acontecimentos. Mesmo antes de levar a mão à bolsa e tocar as bordas do papel, penso na opção de destruir sem ler. Eu poderia abrir a janela e ser a primeira pessoa a jogar lixo na Wisteria Close, só que não sou do tipo que faz isso. Fico furiosa com quem deixa lixo e entulho por aí, sem o menor remorso, cigarro enterrado na areia da praia ou embalagem de sanduíche no gramado do parque. Então, dizendo a mim mesma que só porque não sou assim, tiro o bilhete da bolsa e abro contra o volante.

Oi, Lydia,

Eu notei que você estava sem a lista para marcar quem gostaria de conhecer melhor, então vou chutar que você não tinha a intenção de participar hoje. Só pra constar, eu também não tinha, na verdade. Esse tipo de coisa não é muito a minha cara, mas é um pouco por isso que eu vim hoje — estou tentando fazer coisas diferentes, porque fazer mais do mesmo não tem funcionado muito bem para mim ultimamente. Enfim. Será que posso te convidar pra tomar um café um dia desses, ou um chá, ou uma infusão de ervas com leite vegano, se essa for a sua praia? Acho que estou me atrapalhando, e o papel já está acabando, então aqui vai o meu telefone. Gostaria muito de te ver de novo.

Kris

A caligrafia na caneta azul não é nem desleixada nem meticulosa, e a assinatura não veio com nenhuma carinha feliz ou beijo que pudesse me deixar com medo ou reagir com desprezo. O bilhete é curto, mas, quando leio novamente, mais devagar dessa vez, e ouço o que ele deixou nas entrelinhas, aprendo várias coisas sobre o Kris. Ele passou por alguma dificuldade. Eu me pego duvidando que tenha sido algo tão terrível quanto o que aconteceu comigo e, na mesma hora, me sinto mal por isso. Eu deveria saber que não se deve fazer esse tipo de suposição.

Então, posso presumir que ele enfrentou algum obstáculo, provavelmente romântico, mas o fato de que foi sozinho a um evento de namoro me diz que ele conseguiu manter a autoconfiança, ou então é corajoso, ou um pouco das duas coisas. Não chego a dizer desesperado, porque na verdade ninguém ali hoje parecia realmente desesperado. E, por fim, a piadinha sobre a infusão de ervas com leite vegano me diz que ele não parece se levar muito a sério. Isso é tudo o que eu tenho para julgá-lo e, junto com o breve encontro que tivemos, é o suficiente para eu colocá-lo sentado na sala de espera da minha vida.

Acordada

Sexta-feira, *14 de junho*

— A minha largura já está na mesma medida da minha altura — reclama Elle, se sentando no sofá. — Agora vou ter que ficar aqui até essa criança nascer. Não consigo mais levantar.

— Você está maravilhosa — digo —, bem Mãe Natureza. — Faço um gesto zen com as mãos, como se estivesse fazendo ioga.

— Maravilhosamente gorda — resmunga ela. — Meus pés ainda estão aí embaixo? Faz um mês que eu não os vejo. E tá muito quente aqui.

Eu me viro de costas para abrir uma janela e para ela não me ver rindo. Elle não é uma daquelas grávidas radiantes e contentes. É uma grávida mal-humorada e exigente. Quando encontrei com o David na semana passada, na casa da minha mãe, ele contou que sente cada vez mais medo dela; e a descreveu como às vezes "médico", mas principalmente "monstro". Cada centímetro que a filha deles acrescenta à cintura da Elle, o limite da paciência dela diminui na mesma proporção. Minha mãe tentou animar o David, dizendo que a gravidez também teve um efeito psicótico temporário no humor dela, mas depois contou que fraturou dois dedos do meu pai, torcendo a mão dele no meio de uma contração. Se ela pudesse reviver o dia em que eu nasci, acho que a única coisa que mudaria seria que quebraria três dedos. Ou quatro. Ou o corpo inteiro, quem sabe não arrancava o braço fora do ombro e acabava com as chances dele de virar um surfista minimamente competente? De qualquer forma, a questão é que, além de se preocupar com a Elle e a bebê, o pobre do David agora tem de tomar cuidado para não se machucar durante o parto. Ele é daquelas pessoas que planeja tudo; não gosta nem um pouco de situações que não pode controlar com números e listas de controle de danos.

— Aceita um chá? — pergunto.

Elle afasta a franja escura dos olhos com a palma da mão.

— Por quê, eu ainda não estou quente o suficiente?

Começo a cantar *"Don't cha wish your girlfriend was hot like me?"*, mesmo sabendo que ela só vai fechar ainda mais a cara.

— Nunca mais ninguém vai me achar quente — resmunga ela.

— Pare de reclamar — digo, rindo. — Quer um copo de água com gelo?

Elle dá de ombros, aceitando.

— Quero, só que vou precisar fazer xixi assim que beber, e nunca mais vou me levantar desse maldito sofá.

— Eu te ajudo — digo, caminhando até a cozinha.

Não deixei de notar que, desde que a Elle ficou grávida, nós meio que invertemos os papéis. No ano passado, ela praticamente manteve a minha sanidade; este ano, estou tentando retribuir a gentileza. Nos primeiros meses, eu sempre tinha um pacote de biscoito de gengibre para ela, no armário, e agora sempre tenho gelo no freezer, porque ela vive com calor, qualquer que seja o clima. Sei que o David também gosta da gentileza; unidos ficamos mais seguros, como ele murmurou para mim num tom sombrio, algumas semanas atrás; e ele às vezes precisa viajar a trabalho, e fica alguns dias fora de casa. Ajuda a ocupar o meu dia também, de um ponto de vista um tanto egoísta. É bom poder me concentrar em outra pessoa, em vez de nos implacáveis jantares para um ou em ter de pensar no que fazer no fim de semana. Nunca percebi como me permiti me tornar dependente do Freddie. Só agora que tenho de tomar cada uma dessas decisões exaustivas por conta própria é que entendo como é muito mais fácil ter alguém com quem dividir a carga diária, mesmo que seja para algo tão simples quanto escolher o jantar. Embora, na verdade, isso fosse algo que eu costumasse decidir por nós dois. Mas não ter mais ninguém para perguntar ou para quem cozinhar torna a escolha tão mais entediante que, às vezes, nem me dou o trabalho e só como uma torrada. Ou tomo uma taça de vinho. Ainda estou trabalhando nisso.

— O que é isso?

Eu me viro ao ouvir a voz da Elle atrás de mim. Não a ouvi sair da sala e também não pensei em esconder o bilhete do Kris, que ficou atrás dos copos, na prateleira da cozinha, sem resposta desde o dia em que o conheci. Não sei o que fazer com ele, sendo bem sincera. Tentei jogar no lixo, mas não consegui jogar no meio das garrafas e latas vazias e, sem entender o porquê, o enfiei atrás das coisas na prateleira e o larguei ali, à mercê da sorte. Péssima ideia, pelo visto, porque o bilhete resolveu deslizar de trás dos copos e cair aberto na bancada, para todo mundo ver. Ou, mais especificamente, para a Elle ver.

— Quem é Kris?

Fico imóvel e encaro a minha irmã, o freezer ainda escancarado, me envolvendo numa atmosfera gelada. O que não ajuda a dissipar nem um pouco o calor no meu rosto.

— Ninguém. — Decido dizer o mínimo possível.

— Hum... não — rebate ela, lendo o bilhete novamente. — É alguém que quer te convidar pra tomar um café.

Coloco o copo dela na mesa e fecho o freezer, me demorando bastante.

— Eu não fiz nada errado! — exclamo.

Elle se senta e puxa o copo de água para ela.

— Senta um pouquinho, Lyds — pede ela.

Não quero me sentar e não quero falar do bilhete, mas obedeço, porque a minha irmã tem um brilho gélido no olhar e está esfregando a barriga de um jeito ameaçador.

— Me conta essa história — ordena ela.

Eu estremeço como se tivesse ficado de castigo depois da aula para explicar para o professor sobre um bilhete que passaram de mão em mão. Pisco, rápido demais, e depois solto um longo e lento suspiro.

— É só um cara de um *speed dating* silencioso.

Elle arregala os olhos, surpresa.

— Você foi num *speed dating*? Quando? Onde?

Reviro os olhos, exasperada.

— Óbvio que não. Foi um evento que eu organizei na prefeitura. Eu estava trabalhando, Elle, só isso. Não ia participar, mas aí uma mulher desistiu literalmente no último minuto e alguém tinha que entrar. Era eu, eu ou eu. Não tinha outra opção, e eu também não me diverti nem um pouco.

Não era minha intenção soar áspera, mas esse foi o resultado.

— Não faz isso — diz Elle, o olhar sério.

— O quê? Eu não fiz nada. Só fiquei sentada lá, olhando pra cara de cada um deles por dois minutos horríveis, andei na hora que me mandaram, e foi isso, fim de papo.

— Não é disso que eu tô falando, sua boba — rebate Elle, e vejo o brilho de lágrimas não derramadas quando ela fita o teto e balança a cabeça.

— Não conta pra ninguém, tá? Por favor? — peço, me sentindo a pessoa mais desleal. — Principalmente para a mamãe.

Elle morde as bochechas, exasperada.

— Pelo amor de Deus, Lydia, eu não tô brava com você, nem te julgando, ou pensando mal de você, se é isso que você tá pensando — diz ela.

Ela acertou em cheio, óbvio. Excelente, acho que vou chorar.

— Você sabe que eu não teria aceitado participar do evento se o Freddie ainda estivesse vivo, não sabe?

Ela pega a minha mão, com lágrimas escorrendo pelo rosto.

— E você sabe que nem precisa me perguntar isso — continua ela. — Mas o fato é que ele não está aqui, e você é muito nova pra ficar sozinha o tempo todo. A gente se preocupa com você.

— Eu não tô sozinha — rebato, engolindo as lágrimas. — Eu tenho você e a mamãe, e daqui a pouco vou ter a bebê. E estou ocupada no trabalho com... você sabe, fazendo coisas... — Eu me interrompo, porque sei quão lamentável tudo isso soa. Tenho outros amigos, lógico, mas a Elle sempre preencheu muito bem o papel de melhor amiga para que eu precisasse de mais alguém. Se eu não estava com ela, em geral estava com o Freddie. Minha vida era completa com o meu pequeno círculo de pessoas; nunca imaginei um momento em que o Freddie não estaria aqui, e a Elle estaria prestes a começar a própria família e eu, batendo cabeça na minha casa vazia, jantando vinho.

— Você entendeu — diz ela. — Já tem um tempo que eu queria falar sobre isso e não sabia como. Você sabe que todos nós adorávamos o Freddie, mas não importa a quantidade de saudade, isso não vai trazê-lo de volta.

Faço que sim e limpo as lágrimas do rosto com a mão, desejando poder dizer a ela que, na verdade, tem um jeito de trazê-lo de volta, sim, e a maravilha que é mergulhar numa realidade diferente. Vejo a Elle vacilando, como se estivesse mentalmente tentando encontrar a frase certa.

— Então, eu e o David, e, na verdade, a mamãe também, todos nós achamos que podia ser uma boa ideia se você ampliasse um pouco o seu círculo.

Ela faz uma careta assim que termina de falar, erguendo os ombros, como quem se prepara para a minha resposta.

— Ampliasse o meu círculo... — repito a frase lentamente. E então a ficha cai, fria feito soro fisiológico entrando na minha corrente sanguínea.
— Ah, entendi. Vocês acham que eu estou muito dependente de vocês.

Elle parece perder o fôlego.

— O quê? Não, não é nada disso, Lydia. Meu Deus, não.

Não escuto direito, porque tudo o que ouço é que estou tomando tempo demais deles, que a Elle e o David querem a vida deles dois de volta, ou deles três, e que a mamãe está cansada de ter de se preocupar comigo. Eles todos precisam que as coisas voltem ao normal, o que significa que preciso encontrar outras pessoas e outros lugares para ir de vez em quando. Tudo bem. Tudo certo. Eu me levanto da mesa bruscamente, ligo a chaleira e começo a mexer nas canecas, para me ocupar.

— Chá?

— Eu não quero chá e não acho que você está dependendo demais da gente — responde ela, com a voz baixa e controlada. — Eu jamais diria isso, e você sabe.

Eu me viro de frente para ela, recostando na bancada da cozinha.

— Não tem problema — digo, secamente, incapaz de esconder a mágoa. — Você tem razão mesmo. Você vai estar ocupada quando a neném nascer, e a mamãe agora tem esse tal de Stef, então... — Dou de ombros.

Stefan, ou Stef, é um cara do trabalho da minha mãe. Ela soltou o nome dele algumas vezes, nos últimos meses. O Stef disse isso, o Stef fez aquilo. E então o Stef estava na cozinha da minha mãe comendo macarronada, algumas semanas atrás, quando apareci na casa dela depois do trabalho, sem aviso prévio, e a minha mãe ficou em pânico, como se eu tivesse pegado os dois na cama, e não jantando e assistindo a *The Chase*. Quando inventei uma desculpa para ir embora, ela foi atrás de mim até a porta da frente, murmurando que ele era só um amigo, e que tinha só ido dar uma olhada no notebook dela, que estava escangalhado, e que ela tinha feito muita comida para o jantar, então ofereceu um prato para ele. Era o mínimo que ela podia fazer, na verdade, considerando que, por causa dele, estava economizando uma pequena fortuna. Eu queria dizer que ela não precisava se explicar para mim e que o fato de ela ter encontrado alguém me deixava muito feliz. Elle e eu passamos a maior parte da adolescência e da vida adulta tentando convencê-la a voltar a namorar. Mas preciso admitir que este não parece o momento apropriado. É egoísmo da minha parte, né? E eu realmente não queria que ela perdesse uma chance que pode não ter de novo. É só que... Nunca me senti tão sozinha.

— E aí, como que ele é? — Elle dá um tapinha no bilhete com a ponta da unha. — Esse tal de Kris.

Ainda bem que ela escolheu ignorar o meu antagonismo.

— Nem lembro direito — digo, de improviso. É verdade, mas também não é. — Parecia um cara legal.

Ela assente, engolindo.

— Atraente?

Faço uma careta. Dou de ombros. Minto.

— Normal.

— Isso não me diz nada — rebate ela, com ironia. — Você vai ligar pra ele?

Faço que não com a cabeça.

— Acho que não.

Felizmente, Elle não me pressiona por mais detalhes.

— Ninguém nunca vai ser igual ao Freddie, mana, mas isso não significa que você nunca mais vai ser feliz.

— É — digo. Não digo que o que mais me assusta é a ideia de que, com o tempo, alguém *possa* me fazer feliz de novo. Posso não me lembrar dos detalhes do rosto do Kris, mas me lembro das sensações que ele despertou em mim, e como, naquele momento, eu não estava pensando no Freddie Hunter.

— Ele parecia legal, pra falar a verdade. Não se levava muito a sério.

Os olhos da Elle se acendem com um brilho de esperança, mas ela tenta disfarçar.

— Definitivamente não tem nada de sério em sair pra tomar um café.

— Você fala isso, mas eu poderia entornar em mim e acabar com queimaduras de terceiro grau.

Ela sorri, agradecida pela piada boba.

— Ou você poderia só se divertir um pouco.

— Vou pensar — prometo, sem querer dar o braço a torcer.

— Não demora muito — insiste ela. — Ele parece legal.

Pego o bilhete e dobro ao meio.

— Não insiste. E eu tava falando sério... pelo amor de Deus, não conta pra mamãe.

— Eu prometo — diz ela, então olha para o copo de água com nojo. — A porcaria do gelo já derreteu.

Pronto, a minha irmã voltou.

Meu celular parece estar queimando a palma da minha mão. Tem meia hora que a Elle saiu, e ainda estou sentada à mesa da cozinha, com o bilhete do Kris na minha frente e o telefone na mão, tentando decidir se tenho coragem o bastante para mandar uma mensagem para ele. Ou mesmo se quero fazer isso. Estou fazendo isso só para agradar a Elle? Provavelmente não, considerando que guardei o bilhete. Mas o que eu vou dizer? Li o bilhete de novo, tremendo de ansiedade. Não salvei o número dele no celular, então posso abrir uma janela de mensagem e digitar alguma coisa sem medo de apertar "Enviar" sem querer.

Oi, Kris, aqui é a Lydia, do evento de encontros, lembra?

Apago, bufando. Quantas Lydias será que ele conhece? E se ele já tiver se esquecido de mim, então melhor nem me dar o trabalho.

Oiê

Nossa, péssimo.

E aí?

Puta que pariu! Qual é a dificuldade?

Oi, Kris, pensei em aceitar uma infusão de ervas com leite vegano qualquer dia desses, se o convite ainda estiver de pé... Lydia

Acho que, melhor que isso, não sou capaz. É sucinto, descontraído, pegar ou largar. Digito o número dele e aperto "Enviar" antes de mudar de ideia. Então deito a cabeça na mesa e solto um gemido.

Ele não demora muito para responder, uns dez minutos no máximo. Gostei da velocidade, isso me diz que ele não é do tipo que está só fazendo joguinhos.

Oi, Lydia, que bom ter notícia sua. Eu trabalho de casa, então pra mim qualquer hora é hora. Me diz quando e onde você pode, que eu estarei lá. K

Dormindo

Segunda-feira, 17 de junho

— Ele se enrolou no trabalho — diz Jonah, colocando uma caneca de café para mim na mesa de centro.

— Ele te mandou uma mensagem? — pergunto.

Jonah assente.

— Mandou a gente começar sem ele.

Reviro os olhos, não só pelo Freddie estar atrasado, mas porque ele optou pela saída fácil de colocar o Jonah para me dar a notícia. Já passa das oito da noite, pelo amor de Deus. "Começar sem ele" significa que ele não vem. É de enfurecer. Tem semanas que o dia de hoje está marcado no calendário da cozinha, combinamos de nos encontrar na casa do Jonah, e não na nossa, para decidir a música do nosso casamento. Ainda bem que ele ainda não foi morar com a Dee. Era para ele ter se mudado algumas semanas atrás, mas a proprietária do apartamento que o Jonah aluga praticamente implorou para que ele ficasse mais alguns meses até que ela encontrasse outro inquilino. É tão típico do Jonah adiar os próprios planos por outra pessoa; ela é uma senhora idosa que mora no apartamento de baixo e às vezes aparece para ouvi-lo tocar.

Não venho aqui com muita frequência, ele sempre se sentiu muito à vontade na sala lá de casa.

O lugar é a cara do Jonah: organizado, com uma das paredes coberta de livros e discos de vinil, um piano posicionado sob a janela em alcova. É tranquilo. Ou seria, se eu não estivesse chateada com o Freddie por ter deixado mais um detalhe do casamento nas minhas costas.

— Como está a Dee? — pergunto, para mudar de assunto.

— Tudo bem — responde ele. — Já está animada com a sua despedida de solteira. Parece que os planos estão em andamento.

— Posso perguntar?

Ele sorri e faz que não com a cabeça.

— Jurei segredo.

Não sei como lidar com isso, então não o pressiono.

— Tá, não quero música religiosa — aviso. — Vai ser uma cerimônia humanista.

— Certo — diz Jonah, conferindo os discos na estante enquanto segura uma caneca de café. Ele está descalço e com uma camiseta surrada dos Rolling Stones, feito um astro do rock aposentado. — Tradicional ou...?

Balanço a cabeça em negativa.

— Não, mais pessoal. Definitivamente nada de "Lá vem a noiva" ou coisas assim.

Jonah larga a caneca no parapeito baixo da janela e se senta ao piano para tocar uns compassos perfeitos da marcha nupcial. Sentada no sofá listrado de cinza e branco, puxo os pés descalços para baixo das pernas e solto um gemido.

— Não toca isso, tá me deixando nervosa.

Ele ri e emenda perfeitamente em "Somewhere Over the Rainbow", arqueando as sobrancelhas para mim como quem faz uma pergunta. Fito as profundezas do meu café, pega de surpresa pela emoção, porque tem algo de dolorosamente apropriado na música. Demais até, então faço que não.

— Beach Boys? — pergunta ele.

— Acho que não conheço nenhuma — confesso. Quando o assunto é música, o Jonah na verdade deveria ter vivido nos anos 1960. Ele ama Elvis e Stones, mas sempre volta para os Beatles.

— Essa aqui você conhece, né? — questiona, tocando os acordes iniciais de uma música que reconheço na mesma hora.

— Essa eu conheço — digo, pegando o bloquinho e a caneta que trouxe para fazer anotações. — Gostei. Como é o nome?

— "God Only Knows" — responde Jonah.

Meus ombros desabam.

— Não quero nada de Deus.

— Mas não é sobre Deus — argumenta Jonah, mas não me convenço.
— E Beatles? — sugere ele. Acho que não existe uma ocasião em que ele não considere Beatles a melhor escolha.
— "Help"? — pergunto, sorrindo.
Ele toca a melodia com apenas uma das mãos, segurando o café com a outra. Não tem nenhum lugar onde o Jonah pareça tão à vontade quanto ali, diante do piano.
— Acho que não pega bem — comenta. — "All You Need Is Love"?
— Ele pousa a caneca e toca a introdução lindamente, mas só consigo pensar na cena do casamento de *Simplesmente amor*.
— Não quero nada que faça o Freddie se lembrar da Keira Knightley no dia do nosso casamento — rejeito, rindo.
Jonah ri também, ciente da paixonite de Freddie.
— Muito justo — concorda, dando de ombros.
— Ai, meu Deus, e se a gente não achar nada? — exclamo, prendendo o cabelo num coque no alto da cabeça.
Jonah morde o lábio.
— Posso tentar uma coisa?
Faço que sim, feliz de ouvir qualquer sugestão.
Ele toca uns acordes de alguma coisa, então para, sacode as mãos e começa de novo. É outra música dos Beatles, acho, uma que conheço mais ou menos, mas não muito bem, então presto muita atenção na letra. Ele fala de estrelas brilhando em céus escuros e de um amor que nunca vai morrer, e uma lágrima escorre pelo meu rosto, porque a música é absolutamente perfeita.
— Amei — digo, quando ele termina.
Ele assente.
— É uma das minhas preferidas também.
Pego o bloquinho e escrevo "And I Love Her" no alto da lista.

Acordada

QUINTA-FEIRA, 20 DE JUNHO

— Muito bom te ver de novo. — Dee se levanta e me cumprimenta com um beijo. — Obrigada por ter vindo, fiquei sem saber se você iria achar meio estranho.

Ela sorri, cautelosa, e me fita com um olhar constrangido. Estamos num café não muito longe do meu trabalho. Seu e-mail, hoje de manhã, perguntando se a gente podia tomar um café me pegou de surpresa; já esbarrei com ela e o Jonah algumas vezes, mas ainda não fizemos uma amizade do tipo "vamos sair pra bater papo". Ainda assim, aqui estamos. Levanto a mão para cumprimentá-la assim que a vejo numa mesa no canto e peço um café no balcão. Ela então fica de pé e me cumprimenta com um beijo rápido, antes de eu me sentar na cadeira do outro lado da mesa.

— Como você está? — pergunto.

— Tudo bem. — Ela brinca com a alça da caneca. — Ocupada com o trabalho.

Sorrio quando o rapaz que estava atrás do balcão traz meu café, vasculhando a minha mente em busca do que dizer. Acho difícil conversar com a Dee sem o Jonah por perto.

— Você deve estar se perguntando por que eu te chamei aqui... — começa ela.

Fico feliz com a franqueza.

— Um pouquinho — admito, mas resisto e acrescento, com educação: — Mas é sempre bom colocar a conversa em dia, lógico. — Que resposta mais britânica; pelo menos não fiz nenhum comentário sobre a maravilha que está o tempo.

Dee está com uma camiseta de alça amarelo-canário, calça legging preta e o cabelo escuro muito puxado num rabo de cavalo alto. Ela parece estar sempre a caminho da academia; certamente seria a Esportiva se tivesse de se fantasiar de Spice Girls.

— Tô precisando de uns conselhos. Quer dizer, de ajuda... — ela hesita. — Com o Jonah.

Fico preocupada.

— Tudo bem com ele?

Ela assente e depois dá de ombros, ansiosa.

— Sim e não. Eu tô muito preocupada com ele, Lydia. Ele não fala comigo do acidente... se fecha toda vez que eu toco no nome do Freddie.

Fico olhando para ela, do outro lado da mesa, para o jeito como está torcendo o elástico de cabelo no pulso e mordendo o canto do lábio. Deve ter precisado de uma boa dose de coragem para me convidar aqui hoje.

— Eu não conheci o Freddie — continua ela. — Quer dizer, eu sei que eles eram melhores amigos, lógico, e sei um pouco do que aconteceu, mas, tirando isso, eu tô por fora. Nunca vi nenhuma foto dele. Você acredita?

É novidade para mim que o Jonah esteja tão fechado com a Dee sobre as coisas. Ele sempre foi um falador, muito mais que o Freddie, mas, pensando bem, eu e ele não falamos muito sobre o acidente em si. Não tenho vontade de reviver isso, então não notei que ele evita o assunto. Ouvi todo o seu relato doloroso dos acontecimentos durante o inquérito, e depois ele não falou mais disso até soltar a verdade intragável no *workshop* sobre luto. Nós conversamos sobre o Freddie com frequência, mas sobre o acidente em si? Nem tanto.

Procuro o celular na minha bolsa e repasso as fotos até achar uma do Freddie e do Jonah juntos. Em pouco tempo, encontro muitas. Dee fica olhando para a tela do meu celular quando eu entrego a ela.

— Uau — comenta, depois de um tempo. — Não foi assim que eu imaginei o Freddie.

— Ah, não? — Não sei o que ela quer dizer.

— Acho que devo ter imaginado que eles pareceriam irmãos — explica, e então sorri e me devolve o celular. — Ele era muito bonito — comenta Dee. — Você deve sentir muita saudade.

Como posso responder a isso? "Tem quinze meses que ele morreu e, sim, sinto saudade dele todos os dias"? Ou "Óbvio que sinto saudade dele, mas às vezes encontro com ele secretamente num universo paralelo, o que alivia bastante a dor"? "Sinto, mas estou tentando tocar a vida, aliás marquei até um encontro com um cara que conheci num *speed dating* silencioso"? Todas essas respostas seriam verdadeiras, mas acho que a Dee não veio aqui para falar de mim, então me limito a fazer que sim com a cabeça e oferecer um sorrisinho contido para ela.

— Eles podem não parecer irmãos, mas era como se fossem — explico. — O Jonah passou a maior parte da adolescência na casa do Freddie.

Não chego a comentar que a vida na casa do Jonah não era das melhores; ela já deve saber do passado dele, e se não sabe, não sou eu que tenho de contar. Maggie, a mãe do Freddie, uma vez me falou que no aniversário de catorze anos do Jonah ela deu para ele uma bicicleta velha que estava guardada na garagem da casa deles; foi o único presente de aniversário que ele ganhou naquele ano. Ela percebeu que ele não sabia andar quando, com um orgulho adolescente e imprudente, o Jonah montou na bicicleta e tentou sair pedalando. Maggie teve de resgatá-lo da sarjeta e limpar o sangue do ombro dele, depois passou uma semana segurando o selim da bicicleta, enquanto ele aprendia a pedalar na privacidade do quintal da casa dela. Jonah no mínimo não gosta de se lembrar da história, e imagino que ele não iria ficar feliz se eu contasse isso para a Dee.

— Acho que ele está precisando de uma mudança de ares — comenta Dee. Ela está mordendo o lábio de novo, nervosa.

— Sair de férias, quem sabe? — sugiro. — Bem, se você estiver querendo fazer uma surpresa, não escolhe um lugar quente demais, porque ele não é muito do tipo que gosta de espreguiçadeira. Que tal Itália? Algum lugar histórico, ele gostaria.

Ela parece desconfortável.

— Estava pensando numa coisa mais a longo prazo — continua. — A minha mãe se mudou pro País de Gales há alguns anos, e é tão lindo onde ela mora, Lydia, muito bom para fazer caminhadas pelo interior.

— No País de Gales? — exclamo, alarmada. Eu sei que a Dee tem família lá, ela e o Jonah passaram o Natal com eles, mas o que ela quer dizer com longo prazo? Ela não está pensando em se mudar para lá, está?

Dee envolve a caneca com as mãos e suspira.

— Você já reparou no tamanho das olheiras dele? O Jonah não tem dormido muito bem, mal toca no piano, ele até sintonizou o rádio naquelas estações horríveis que é só falação, pra não ouvir música no carro. Dá pra contar nos dedos da mão o número de vezes em que o ouvi rir de verdade... parece que ele percebe e se sente culpado.

Ouço o que ela diz só pela metade, porque o meu cérebro ainda está processando a ideia do Jonah se mudar para o País de Gales. Esta cidade pode não significar muita coisa para a Dee, mas é a casa do Jonah. Ele e o Freddie forjaram a amizade deles nestas ruas, nestes bares. O DNA da adolescência deles, da vida de todos nós, está aqui. Eu já cresci e tenho idade para entender que as coisas não continuam iguais para sempre, mas muita coisa já mudou, e uma parte egoísta em mim quer que o que restou continue assim.

— Eu não sei, Dee. Pelo menos aqui ele está cercado de lugares e pessoas conhecidas. Talvez ele esteja precisando disso agora.

— Ou talvez seja mais fácil seguir em frente se ele estivesse em outro lugar — argumenta ela, e então dá de ombros. — Eu não sei, de verdade. Só sei que ele está arrasado, e não fazer nada não vai consertar o problema.

Dou um pequeno gole no café e penso no que ela falou.

— Luto não é algo que você conserta, você leva o tempo que precisar — digo. — O meu médico falou que, para emergir do luto, você tem que vivenciá-lo ele de forma consciente.

Nós nos encaramos.

— Que baboseira — devolve ela, e nós duas rimos. É a primeira vez que conseguimos estabelecer uma conexão de verdade. — Você conversa com ele? — pergunta Dee, enfim mostrando a que veio. — Sobre ir para o País de Gales?

Perco o bom humor. Meu instinto diz que não, não posso aconselhar o Jonah a ir morar a centenas de quilômetros. Não o vejo tanto assim ultimamente; ele deixou de ser um acessório quase permanente no meu sofá para se tornar uma visita esporádica, mas saber que ele está logo ali se eu precisar me transmite segurança. A possibilidade de ele desaparecer de vez da minha vida parece desesperadora, mas e se a Dee estiver certa? E se o ar fresco do País de Gales pudesse apagar aquelas olheiras profundas? E se as sombras deste lugar forem compridas demais para ele algum dia voltar a ver uma luz?

— Deixa eu pensar — digo. É o melhor que posso oferecer.

Acordada

Sexta-feira, 28 de junho

Numa escala de arrependimento de um a dez, estou entre o oito e o onze, e estou tão nervosa que está difícil de engolir o café da manhã. Não contei para ninguém do encontro com o Kris hoje, e perdi a conta de quantas vezes peguei o celular para desmarcar. Estou tentando me obrigar a não encarar isso como um encontro; pode ser o que eu quiser que seja, então estou classificando como um café informal com um amigo depois do trabalho. Muito embora o Kris não seja exatamente um amigo, porque só o encontrei uma vez por dois minutos muito intensos. Trocamos algumas mensagens nas duas últimas semanas; ele me mandou uma foto de paisagem do litoral, do telhado de um prédio que projetou, eu mandei uma foto de um jantar que eu queimei quando ele perguntou se eu gostava de cozinhar. Tudo muito descontraído, por enquanto, que é, inclusive, o único motivo pelo qual não apertei "enviar" em nenhuma das mensagens que escrevi desmarcando com ele. Quer dizer, não é bem o único. Talvez, se eu conseguir enfrentar um encontro — ou um "café informal com um amigo depois do trabalho" —, vou me sentir como se tivesse saltado mais um obstáculo. Ou pelo menos me rastejado por ele, arranhando a canela. Estou tentando não pensar demais, mas sou honesta o suficiente comigo mesma para saber que não quero passar o restante da vida olhando para uma poltrona vazia. Olho para ela agora, a poltrona azul em que quase nunca me sentava porque era sempre a poltrona do Freddie. Quase não me sento nela agora; não parece certo, de alguma forma. Acho que as almofadas já tinham o formato da bunda dele. Neste momento, Piers Morgan está na televisão criticando um bando de vegetarianos, então me levanto para pegar o controle remoto e, ao mudar de canal, surge uma propaganda cafona do café PodGods. Prendo a respiração, então balanço a cabeça, bufando, porque não tenho dúvida de que o Freddie teria feito um trabalho mais elegante. Desligo a televisão e fico de pé no meio da sala, então, num impulso, me sento na poltrona do Freddie para terminar de comer a torrada. Eu me sento na beirada. Em seguida me ajeito. E me obrigo a ficar ali um minuto, dois no máximo, então me levanto de novo e fico de pé na frente da lareira, desconcertada. Algumas semanas atrás, comprei umas almofadas novas para o sofá, coloridas e bordadas; agora pego uma delas e experimento na poltrona do Freddie. Fica bom. Tenho certeza de que ele teria detestado as almofadas, sem dúvida não teria aceitado uma na poltrona dele. Enfiando o último pedaço de torrada na boca, coloco a almofada de volta no sofá e vou até a cozinha preparar o almoço que vou levar para o trabalho.

Na metade do caminho até o ponto de ônibus, percebo que deixei o celular na mesinha de centro. Hesito, dividida, porque não quero chegar atrasada e ainda não sei direito o horário do ônibus; só pego às vezes, quando dou um pulo no pub depois do trabalho. Mas também não quero ficar sem o celular hoje, caso resolva desmarcar o café informal com o Kris. Ou ele pode cancelar, o que francamente seria um certo alívio, e eu não vou saber que não tenho mais de ir, porque deixei o celular em casa. No fim das contas, decido que a única coisa pior que encontrar o Kris é levar um bolo do Kris, então corro de volta para buscar o telefone. Na sala, guardo o aparelho no bolso e, antes que possa mudar de ideia, coloco a almofada nova e colorida na poltrona do Freddie de novo. Meus dedos se demoram no encosto da poltrona, quase como um pedido de desculpa, mas deixo a almofada assim mesmo e corro para o ponto de ônibus.

Sabe quando às vezes um dia de trabalho parece durar uma semana? Hoje não foi um dia desses — foi quase como se eu tivesse entrado e saído por uma porta giratória —, e agora estou me arrastando nas minhas sandálias para o café onde combinei de encontrar o Kris. Não sabia bem o que vestir; uma calça jeans faria parecer que eu não tinha feito o mínimo esforço, então estou torcendo para que o vestido azul e branco transmita um visual descontraído de verão. Comecei o dia de rabo de cavalo, depois soltei o cabelo no almoço, e agora ele está preso num coque bagunçado, porque está quente demais para ficar solto. Minha nossa, um café informal não era para ser igual a um campo minado, era? Eu nem estou minimamente pronta para namorar; estou irritada comigo mesma por ter me colocado nessa situação, e enfio a mão na bolsa, procurando o celular enquanto caminho. Está tarde demais para desmarcar? Eu sei a resposta: sim, está tarde demais — era para eu ter chegado ao café cinco minutos atrás. Ah, achei o celular. Olho para a tela: nenhuma mensagem desmarcando. Já dá até para ver o café mais adiante, e meus polegares estão prontos para começar a digitar, e então percebo o Kris se aproximando na direção oposta. Droga, não dá para desmarcar agora, seria falta de educação. E, na verdade... vê-lo me faz lembrar do que foi que me atraiu nele em primeiro lugar. Ele está com uma calça jeans escura e camiseta, e ao entrar no café, tira os óculos escuros e prende na camisa. Não sei o que o movimento casual contém que me deixa mais calma; acho que eu o havia idealizado como um desconhecido assustador e, na verdade, ele é um cara normal. Posso tomar um café com um cara normal, não posso? Guardo o celular na bolsa e ponho uma mecha de cabelo atrás da orelha, me preparando para entrar. Eu consigo fazer isso. É só um café com um amigo depois do trabalho.

Por sorte, está fresco do lado de dentro, e embora algumas pessoas tenham entrado para tomar alguma coisa depois do trabalho, logo identifico o Kris numa mesa no canto. Ele levanta a mão ao me ver, e reconheço em seu rosto um olhar de alívio, enquanto vou até ele.

— Oi — cumprimento.

Kris se levanta para me cumprimentar, e me lembro de como ele é alto. Temos um momento constrangedor, sem saber se devemos nos abraçar, e por um segundo horrível quase apertamos as mãos, e então ele ri e me dá um beijo casual no rosto, colocando a mão quente no meu ombro nu.

— Você veio — diz, se sentando novamente. — Pedi um café puro, mas posso pedir outra coisa, se você preferir. Acho que eles servem vinho, se você quiser.

Ele aponta para a cafeteira e as duas canecas na mesa.

— Café tá bom — respondo, sorrindo enquanto ele serve ambas as canecas. Acho que meu fígado está precisando de uma folga.

— Você já veio aqui? — pergunta Kris.

Faço que sim.

— Às vezes, depois do trabalho, se for aniversário de algum colega, ou quando alguém está se despedindo do escritório, esse tipo de coisa. — É um lugar simpático, uma antiga loja de grãos que foi modernizada com elegância, mantendo a madeira exposta e o piso gasto. Eles ficam abertos até mais tarde e servem uma comida sofisticada, o que é bem melhor que os habituais cafés de franquia. — Fica bem animado à noite. — Nossa, como sou chata.

— Então — diz ele, colocando a caneca de volta na mesa. — Vamos nos encarar em silêncio por uns minutos de novo, pra manter a tradição?

— Ai, por favor, não. — Rio, pegando a minha caneca, agora que ele quebrou o gelo. — Meu Deus, que noite esquisita, né?

Ele parece achar graça.

— Muito louco. Não sei por que fiz aquilo, pra ser sincero.

— Bem, eu sei por que eu fiz — digo, sem pensar. — Eu trabalho na prefeitura, e me obrigaram a participar para completar o número de mulheres.

Outra pessoa poderia ter ficado ofendida, mas o Kris apenas ri.

— Eu imaginei. — Ele pega a caneca dele e brinca com a minha. — Fico feliz que você tenha feito esse sacrifício.

Ele sorri, descontraído, e as rugas marcam o canto dos seus olhos, e sabe de uma coisa? Está tudo bem. Relaxo os ombros, dou um gole e solto um suspiro lento.

— Como está a construção? — pergunto, sem saber se é assim que se fala. Ele é arquiteto; arquitetos constroem coisas?

— Tá indo bem — responde ele. — Quase acabando. Só mais umas semanas e o prédio deve estar liberado.

— Deve ser bom — comento. — Ver o projeto que você desenvolveu sair do papel e virar realidade.

Kris responde com um dar de ombros, como quem diz "de vez em quando".

— Às vezes. Outras vezes é uma encheção de saco do início ao fim, dependendo do prédio e do cliente.

— Você sempre quis fazer isso?

— É, isso e ser piloto de teste da Ferrari — diz ele.

— Imagino que tinha muita concorrência pra isso — comento.

— Ajuda se você for italiano — rebate ele.

— Ah. Você não parece italiano.

— Alto demais? — pergunta ele. — Na verdade eu sou metade sueco. Meu pai é britânico, minha mãe é de Estocolmo.

— Mas você sempre morou aqui?

Ele assente.

— Mas a gente passava o verão na Suécia quando eu era criança. Minha irmã mais velha mora lá agora, eu vou sempre que posso.

— Você tem outros irmãos?

Ele sorri.

— Três irmãs, todas mais velhas. Eu sou o único filho homem.

Uau.

— Então pelo menos você não tinha que herdar as roupas delas — comento. Acho que não tive nenhuma peça que não tenha passado pela Elle antes, até eu ter idade suficiente para comprar as minhas roupas.

— Não aposte nisso — diz ele, rindo. — Minha mãe é muito cabeça aberta.

Percebo, em algum lugar distante da minha consciência, que estou gostando da companhia dele. Kris sorri bastante e não parece ter interesses escusos. Conversamos sobre o trabalho dele e o meu, sobre a instabilidade do país atualmente, sobre o gato de um olho só que ele adotou porque apareceu no jardim da casa dele e nunca mais foi embora, e sobre o Turpin, o gato desertor que praticamente me trocou por outra dona. Ele serve mais café nas nossas canecas e, quando pega o cardápio e sugere pedir alguma coisa para comer, percebo que em vez de nervosa, agora estou com fome. Escolhemos uma tábua de frios e me pego perguntando a ele o que o levou a participar de um evento de *speed dating* silencioso.

Kris pediu uma cerveja com o jantar, e agora ele a encara antes de responder.

— Solidão, acho. Eu era casado. Minha mulher e eu nos separamos há alguns anos.

— Ah — digo. — Que pena. Sinto muito. — Assim que as palavras saem da minha boca, eu me odeio por repetir o mesmo pedido de desculpas banal que ouvi de tanta gente.

— É, foi como eu me senti por um tempo — responde ele, meio triste. — Com muita pena de mim, pelo menos. Não tanto pela Natalie; ela foi morar na Irlanda com o chefe dela, que por acaso dirige uma Ferrari.

— Ui. — Tento fisgar uma azeitona no meu prato com um palitinho.

— Filha da mãe.

— Pois é. — Ele dá uma risadinha. — Enfim, cansei de ficar sozinho com o gato de um olho só e acabei me inscrevendo para encarar desconhecidos na prefeitura.

— Você marcou alguém da sua lista? — pergunto. Tá bem, eu sei que estou sondando.

— Não — responde ele, com os olhos brilhando, bem-humorados. — E você?

— Eu não tinha nem lista, lembra?

— Ah, é. Estava só trabalhando. Lembrei — responde ele, então acrescenta, baixinho. — Só pra constar, você foi muito bem.

Sinto um calor no pescoço ao perceber que ele não está rindo para diminuir o valor do elogio.

— Obrigada. Eu fiquei com medo de início, mas fico feliz de ter participado. — Faço uma pausa exatamente como ele, um segundo atrás, então acrescento: — Agora.

— Por minha causa, né? — diz ele, rindo, mas mantendo contato visual.

— Por causa das azeitonas — rebato, e ele leva a mão ao coração como se eu o tivesse magoado.

Kris então me fita por trás do seu copo.

— Por que você ficou com medo?

Eu sabia que íamos falar da minha vida em algum momento hoje, e considerei quanto revelar a ele. Não porque eu quisesse mentir; só não quero que ele me olhe de outro jeito que não a forma como está olhando agora. Kris é a primeira pessoa na minha vida a me tratar com naturalidade desde o acidente, sem compaixão ou me olhando de lado para ver se estou bem. É um alívio.

— Faz muito tempo que não namoro ninguém.

Kris fisga um presunto ibérico com o garfo.

— Ah, não?

É um "não" que parece dizer "conta mais", e eu repasso as muitas respostas na minha cabeça até escolher a mais adequada.

— Eu estava com uma pessoa — digo, então me corrijo. — Eu estava com o Freddie. Ficamos juntos por muito tempo, e ele... hum... ele morreu.

Pronto. Falei. Kris abandona o garfo na mesa e me olha, sem piscar. Por favor, penso. Por favor, não diga que você sente muito pela minha perda.

— Meu Deus, Lydia, óbvio que você devia estar com medo. Você deve ter ido ao inferno e voltado.

É uma descrição precisa. Em alguns dias, cheguei bem perto das chamas, sentindo o rosto queimar, mas agora me sinto como se estivesse me afastando lentamente do calor.

— Tipo isso — respondo. — Você é o primeiro. Sabe, o primeiro homem, desde...

Ele não me deixa titubear por muito tempo.

— Você quer falar sobre isso ou prefere não tocar no assunto?

— Você se importa se a gente não falar? — pergunto, grata por Kris ter me oferecido uma escolha e não ter insistido nos detalhes. Esta noite aqui com ele está sendo meio mágica; mais leve e divertida que as minhas noites em geral. Ainda não estou pronta para abandonar esses sentimentos.

— Nesse caso, você aceita um coquetel imprudente desta lista ridícula? — Ele me entrega um cardápio azul-turquesa neon laminado da pilha de cardápios.

E, simples assim, Kris nos conduz para longe do passado, de volta ao presente.

— Não acredito que já são dez da noite — comentou, enfiando o casaco na bolsa, porque ainda está quente quando saímos do café. — Eu ia ficar só uma hora.

— Eu também — concorda Kris. — Tinha deixado a minha irmã de sobreaviso para inventar uma emergência, se eu mandasse uma mensagem com um código que a gente combinou.

— Mentira! — exclamo, rindo.

— Verdade, você podia ser uma pessoa horrível — diz ele, caminhando do meu lado. Estamos seguindo para o ponto de táxi na rua principal, e tem menos movimento na rua a essa hora. É uma daquelas noites agradáveis de verão inglês, ainda mais prazerosas porque nunca dá para ter certeza de que o tempo vai ficar bom. — Ela ia quebrar o braço misteriosamente, se eu mandasse uma mensagem com a palavra "roxo".

— Roxo? — Acho isso mais engraçado do que na verdade é, provavelmente por causa do vinho na minha corrente sanguínea. — Que nem a chuva da música do Prince e a embalagem do chocolate da Cadbury?

Ele assente, dando a volta por trás de mim na calçada, para ficar do lado da rua.

— O que eu posso dizer? Gosto de Prince.

— A partir de agora, vou pensar em você num terno de veludo roxo — afirmo, diminuindo o passo ao nos aproximarmos do ponto de táxi, onde alguns carros esperam os passageiros.

Nós paramos, e ele sorri para mim, então leva a mão ao meu cabelo e faz um carinho de leve.

— Que bom que você vai pensar em mim — comenta, e seus olhos me dizem que ele não espera nada mais que isso de mim neste momento.

— Obrigada — digo, apavorada, porque acho que eu quero mais. — Me diverti muito hoje.

— Obrigado por me deixar ser o primeiro — responde ele, e eu seguro a sua mão.

— Que bom que foi você — comento, sem fôlego. Kris entende os sinais e aproxima devagar o rosto do meu.

— Você tá tremendo.

— Me beija — peço, e ele me obedece, e fecho os olhos e sinto um milhão de coisas que tinha esquecido. É estranho e bonito, sensual e melancólico, a mão dele nas minhas costas, os lábios macios e o beijo quase breve demais. Algo muda dentro de mim. É como abrir um vidro novo de perfume: tons florais de romance e âmbar noturno. É um aroma que não reconheço; não é meu, mas acho que com o tempo poderia enxergá-lo como tal. Acho que poderia até gostar dele.

— Boa noite, Lydia — sussurra ele.

Ainda estou segurando a mão dele, e Kris a aperta brevemente, enquanto abre a porta do táxi.

Tento entrar no carro, desajeitada, e ele ri.

— Se você soltar a minha mão, fica mais fácil.

Olho para as nossas mãos e balanço a cabeça, rindo também.

— Boa noite — digo, olhando para ele uma vez que estou dentro do carro.

— Posso te ver de novo? — pergunta, colocando a mão no alto da porta aberta. Ele não finge que não está nem aí para a minha resposta.

— Seria bom — respondo, sem fingir também, enquanto o taxista liga a seta para sair do ponto. Recosto a cabeça no banco e fecho os olhos, enquanto seguimos pelas ruas escuras rumo à minha casa. Praticamente vejo a minha mãe e a Elle de pé, lado a lado, as duas fazendo um sinal de positivo, como se eu tivesse acabado de passar na primeira rodada de um show de talentos. Inspiro profundamente, tentando captar algum vestígio daquele perfume intrigante.

Dormindo

SÁBADO, 6 DE JULHO

— Eu não vou botar isso.

Elle está na minha frente, rindo, com uma faixa de miss que diz IRMÃ DA NOIVA. Está bronzeada e parecendo descontraída, num macacão vermelho sem alça e de salto alto, e parecendo muito mais a Elle de sempre desde a última vez em que a vi. Sinto uma pontada de culpa por não ter voltado este mês. Ela está me oferecendo um véu cheio de acessórios bobos para a despedida de solteira. Uma cartela de paracetamol. Alianças de casamento falsas. Uma rolha de champanhe. Não estou vendo a camisinha, mas aposto que tem uma em algum lugar.

— Vai ter que botar — diz ela. — A Dee que fez, ela vai ficar ofendida.

— A Dee que fez?

Elle mexe na presilha de cabelo do véu, a unha perfeita, pintada de vermelho.

— Você deveria me agradecer. Ela queria ter encomendado camisetas combinando, com um slogan em rosa neon.

— Eu ainda acho que era uma boa ideia.

Eu me viro ao ouvir a voz da Dee, e ela aparece na minha cozinha, trazendo uma garrafa de champanhe. Está toda arrumada, num vestido azul de lantejoulas que bate no alto da coxa, e o cabelo, solto e com cachos largos de Kate Middleton, em vez do rabo de cavalo habitual. Jamais a teria imaginado assim.

— Achei que a gente poderia provar o champanhe do bom, antes de sair. — Ela balança a garrafa para mim, com um brilho nos olhos.

Elle bate palmas, já se virando para pegar as taças no armário atrás de si. Ela às vezes zomba da minha pequena obsessão por taças; tenho o tipo certo para cada ocasião, minha amada e eclética coleção adquirida em brechós de decoração e bazares de objetos usados. Copos altos de cristal lapidado, taças compridas, de vinho tinto, vinho branco, taças baixas e largas para champanhe e um conjunto muito bonito de copos coloridos para refrigerante dos anos 1960. Adoro essa coleção. Tento não estremecer quando ela pega, no fundo armário, as taças baixas e largas para espumante — *coupe*, para quem gosta de falar bonito. Não costumo comprar conjuntos incompletos, mas as três taças cor-de-rosa de haste impossivelmente alta e fina estavam clamando por mim, sujas e equilibradas de forma precária numa pilha de panelas e pratos num bazar, numa manhã fria de domingo. O Freddie reclamou de ter de carregar para mim, e a mulher que estava vendendo reclamou de ter de embrulhar para mim, mas eu comprei assim mesmo, e adoro essas taças. Gosto demais delas para suportar o jeito como a Elle as está sacudindo pelas hastes frágeis.

— Deixa que eu faço isso — digo, pegando a garrafa e assumindo o controle da situação.

— Não acredito que você vai se casar daqui duas semanas — comenta Elle, com um suspiro emocionado. — Queria poder me casar de novo.

Ergo os olhos do lacre do champanhe.

— Ah, é?

Ela recosta na bancada da cozinha, e a luz reflete em sua presilha de cabelo.

— É tão romântico — suspira, melancólica de repente. — O vestido, a cerimônia, as flores...

Adoro o fato de que, apesar de planejar casamentos quase todos os fins de semana no hotel, ela ainda se lembra do próprio com nostalgia.

— Mas casar de novo com o David, né? — pergunta Dee, se sentando à mesa da cozinha. Elle revira os olhos, de bom humor.

— Lógico.

As duas batem palmas quando estouro a champanhe.

— Não sei se vou me casar — comenta Dee.

Elle olha de mim para a Dee.

— Achei que o namoro com o Jonah estava ficando sério.

— Está ficando — responde Dee, aceitando a taça que ofereço a ela. — Só não sei se ele é do tipo que quer se casar.

— E você é? — pergunto.

— Todo mundo pode ser — interrompe Elle, antes que a Dee possa responder. — Vai por mim, já vi de tudo no hotel. Sinceramente, não existe isso de "esse nunca vai se casar". É mais uma questão da hora certa, da pessoa certa, e bingo, você está caminhando até o altar igual a um merengue.

Dee dá uma risadinha baixa.

— Vai ver então ele não gosta muito de bingo.

Não estou entendendo. Nesta vida, a Dee obviamente faz parte do meu círculo pessoal. Alguém bem próxima de mim, considerando que hoje é a minha despedida de solteira e ela está na minha cozinha com a Elle. Ela também deve estar tendo mais sucesso com o Jonah aqui, já que pensa em casamento. Mas o Jonah que ela conhece aqui é diferente, mais sincero e risonho; o homem que ele costumava ser.

— Dá um tempo para ele — peço. — O Jonah é do tipo que pensa em tudo com muito cuidado. Quando ele estiver pronto, vai acontecer.

Ela não parece convencida.

— Pode ser.

— Jonah Jones — diz Elle com um floreio, e então ri. — Eu tinha uma quedinha secreta por ele quando tinha uns dezesseis anos.

— Mentira! — exclamo, rindo, chocada. Ela nunca me falou isso antes.

Minha irmã fica com as bochechas coradas.

— Eu nunca te contei. Tinha vergonha! — Ela bebe metade do champanhe e depois gira a taça. — O que eu posso fazer? Ele tinha aquele jeito calado, um cabelão, o rosto magro.

Eu me viro e pego a garrafa, para ter um instante para poder processar a ideia da minha irmã com o Jonah Jones. Não. Nada a ver.

— Ele é bonito, né? — comenta Dee, feito uma adolescente apaixonada.

Elle assente.

— Virou um homão.

Eu encaro a minha irmã.

— Virou um homão?

Ela ri.

— Ah, você entendeu. Ele tem aquele... — Ela aponta para a boca — ... aquela cara de Mick Jagger, não é?

Acho que nunca olhei para o Jonah e pensei no Mick Jagger, mas começo a rir, porque sei o que a minha irmã quis dizer. Ele tem a boca um pouco grande demais para o rosto, e um charme de cara malvado que é muito carismático. É diferente do Freddie, que é mais enérgico e intenso, enquanto o Jonah é tranquilo e descontraído. Juntos, eles são como a noite e o dia, duas faces da mesma moeda. Talvez seja isso que esteja faltando no Jonah do meu mundo acordada — ele perdeu a sua fonte de calor.

— Mas eu amo o Jonah — diz Dec.

Elle e eu nos sentamos uma de cada lado dela. Passo as mãos na barra do meu vestido preto. É um vestido de festa curto, de verão, inofensivo, mas não gosto muito. Não é algo que eu normalmente escolheria, e me pergunto como acabei com um gosto para roupas um pouco mais arrumadas e conservadoras aqui. Em geral sou do tipo que só usa calça jeans e camiseta — na melhor das hipóteses, uma blusa camponesa. Percebo que ainda não tenho a menor ideia de como é o meu vestido de noiva; que estranho e bizarro não saber uma coisa dessas na minha despedida de solteira. Nem sei onde está. No mínimo, na casa da minha mãe, já que não vi em nenhum lugar por aqui.

— Você quer que a Lydia converse com ele? — oferece Elle, sem me consultar.

Ai, Deus, tomara que ela diga que não.

Dee nega com a cabeça, balançando os cachos reluzentes.

— Eu iria parecer muito desesperada, não iria?

— Não necessariamente, se for sutil — responde Elle. — Só um empurrãozinho, para sentir o clima, não iria fazer mal.

Dee se anima um pouco e olha para mim.

— Você acha?

Minha vontade é de dizer que não, para falar a verdade, eu acho que não, Dee. Nem um pouco, porque se eu juntar vocês dois, é bem provável que você fuja para o País de Gales num futuro bem próximo, para viver uma vida galesa, fazendo caminhada nos vales galeses com a sua mãe galesa. Mas eu não digo isso.

Em vez disso, sorrio, confirmo de leve com a cabeça e sirvo mais champanhe em nossas taças, e brindamos em silêncio ao fato de que concordei, de forma hesitante, em intervir em favor do noivado do Jonah e da Dee. Como é que isso foi acontecer?

— Preferiria que você não tivesse pedido pato, Elle, você sabe o que eu acho disso.

Minha mãe roda a mesa giratória, afastando o prato ofensivo para longe dela, mas faz uma pausa para pegar um camarão empanado. Apesar de sempre ter sido uma carnívora convicta, ela nunca gostou da ideia de as pessoas comerem pato.

— Dois pesos, duas medidas — rebate Elle, manejando os palitinhos com muita habilidade.

Estamos no restaurante chinês da cidade, um lugar aonde já fui muitas vezes. A Elle e a minha mãe estão aqui, lógico, além da Dee, Julia e Dawn, do trabalho, e a tia June, irmã da minha mãe. Sentada do outro lado da minha tia, minha prima Lucy, que estava no ano abaixo da Elle e acima do meu, na mesma escola, quando se dava o trabalho de aparecer. Não faço a menor ideia de por que ela está aqui; Lucy sempre me olhou meio de nariz em pé, como quem acha que é melhor que a gente. E, só para constar, ela não é. Então, somos oito ao todo, cada uma com uma faixa de miss que declara o nosso papel na despedida de solteira. Noiva! Mãe da noiva! Madrinha-chefe! Olho sorrateiramente para a tia June e vejo que a faixa dela diz Time da noiva. O que isso quer dizer? É uma competição agora, com times? Não tenho ideia de aonde essa linha de pensamento ridícula está indo, mas rio comigo mesma, em grande parte graças ao champanhe que a Dee levou lá para casa e ao vinho que estão despejando em mim como se eu fosse tirar o fígado amanhã de manhã e nunca mais fosse poder beber uma gota de álcool na vida. Acontece que gosto muito do meu fígado, então estou tentando me segurar, mas estou lutando contra uma maré de Sauvignon e acho que, em algum momento da noite, vou acabar me afogando.

— Do que você está rindo? — pergunta Elle, ao meu lado.

— Dessas faixas ridículas — respondo, pegando na que me obrigaram a vestir. Estar marcada como a noiva já me rendeu assobios de um carro cheio de caras e uma oferta para ganhar um beijo de língua do barman, no pub em que passamos antes de vir para o restaurante. O fato de que tinha uma camisinha num pacotinho de papel-alumínio vermelho pendurado no véu, entre nós dois, não ajudou. (Pois é, eu achei a camisinha. A Dee grampeou bem na altura dos meus olhos.)

Elle pega um sachê preso na parte de trás do véu.

— Canela?

Dee se estica para dar um tapinha no sachê.

— Parece que ajuda a subir as coisas. — Ela faz uma pausa, para dar ênfase, então finge sussurrar, falando na verdade bem alto: — Pro homem. — O jeito como ergue a mão não deixa a menor dúvida do que está querendo dizer. — Só pro caso de bater um nervosismo, na noite de núpcias.

— Canela, é? — A tia June arregala bem os olhos. Ela já está na terceira taça de vinho, sendo que raramente bebe. Ela também quase não sai de casa sem o marido, o meu tio Bob; os dois em geral ficam em casa, montando quebra-cabeças na sala de jantar, ou saem para aprender algum hobby novo juntos. Na última vez em que os visitei, sentei na poltrona que tinham reformado, comendo um bolo que eles haviam feito no curso que frequentam às tardes, na escola secundária da cidade, e bebendo o vinho de sabugueiro que o tio Bob produziu na garagem de casa. Eles gostam de participar da comunidade, e estão sempre juntos. Bob e June. June e Bob. Neste momento, a tia June está fazendo uma rara aparição sozinha, e a descoberta sobre a canela a deixou com um tom pouco lisonjeiro de vermelho. — Bem, pelo menos isso explica uma coisa.

Elle começa a rir do meu lado, mais rápida em entender o que está acontecendo do que eu.

— Ai, tia, o tio Bob andou abusando da canela, foi?

Minha mãe arregala os olhos para a irmã, enquanto a Lucy tenta não engasgar com a torrada de camarão.

— Andamos tentando fazer enroladinho de canela, recentemente, o Bob adora — explica a minha tia, torcendo o colar de prata com um pingente de são Cristóvão que ela usa desde que me entendo por gente.

— Bem, June, é como as pessoas dizem — comenta Dee, impassível, colocando arroz frito em seu prato. — Enroladinho de canela no café da manhã deixa o Bob animado.

Começo a rir, porque a Dee não conhece o meu tio Bob, um homem que usa cardigã e que cultiva legumes gigantes.

— Dee, literalmente ninguém no mundo falou isso antes.

— Acho que a June acabou de dizer — comenta Dawn, do outro lado da mesa. — E acho que vou incluir canela nas compras da semana. O meu "Bob" — prossegue, desenhando aspas no ar, como que para insinuar que está protegendo a identidade de alguém, o que não faz o menor sentido, já que todo mundo sabe de quem ela está falando — e eu estamos tentando engravidar de novo, e chegamos a um ponto em que ele faz absolutamente qualquer coisa para não ter que comparecer. Está exausto.

— Coitado do Bob. — Julia balança a cabeça, quase não comendo nada, mas fazendo um bom trabalho com o vinho. — Bem, eu não preciso de canela. — Desvio o olhar para esconder um sorriso, diante da lembrança da Julia e do Bruce dançando no casamento da Dawn; eles definitivamente estão em sintonia um com o outro.

— Eu também não. — Elle revira os olhos. — O meu "Bob" é mais do que animado, em geral às seis da manhã, quando estou doida pra esticar um pouco o sono, antes de o alarme tocar.

Elle dispara um olhar para a mamãe, como se tivesse esquecido que ela estava aqui.

— Desculpa, mãe.

— Ai, Bob — digo, rindo. — Quanta indiscrição, discutir os segredos do casal comendo bolinha de porco.

Lucy larga os palitinhos na mesa e pega a taça de vinho.

— Por favor, o Bob é meu pai, e prefiro mudar completamente de assunto, muito obrigada.

Caímos todas na gargalhada diante do seu tom seco, mas a Lucy não está achando a menor graça. Para poupar a sobrinha, minha mãe pega a bolsa e tira um pacotinho embrulhado em papel de presente.

— Estava esperando a hora certa para te dar isto — avisa ela, me entregando o pacote.

Os risos morrem, e todas ficam olhando, interessadas. Parece uma caixinha de joias.

— Sempre me incomodou que o seu pai e eu não demos um bom exemplo de casamento para vocês, na infância — continua a minha mãe.

Elle e eu a interrompemos ao mesmo tempo.

— Você foi maravilhosa — digo, enquanto a Elle exclama:

— Mãe e pai numa pessoa só!

— Não sentimos a menor falta dele — acrescento, e é verdade.

— Resolver surfar, na idade dele — murmura a tia June, erguendo as mãos enojada.

— Enfim — prossegue a minha mãe. — Apesar dos meus problemas amorosos, espero que os seus avós, os *meus* pais, tenham ajudado a mostrar que, às vezes, o casamento pode ser perfeito.

Elle e eu não tínhamos nenhum contato com os nossos avós paternos, mas a família da mamãe foi um pilar fundamental na nossa infância. A casa impecável, na mesma rua em que morávamos, era praticamente uma extensão da nossa, e a mesa de jantar deles foi cenário da maioria dos nossos jantares. Se eu fizer força, quase consigo me lembrar do cheiro da casa deles, uma mistura acolhedora de lustra-móveis, assado com legumes e tabaco de cachimbo. Até a Lucy parece nostálgica.

— Sinto tanta saudade! — exclama Elle, com lágrimas nos olhos, provocadas pelo vinho.

Eu concordo com a cabeça. Todos nós sentimos muita saudade, a mamãe e a tia June principalmente.

— Abre logo.

Fico feliz que a Dee tenha interrompido o momento. Chegamos bem perto de ficar melancólicas.

— Certo — digo, com dedos trêmulos, puxando as fitas brancas e prateadas.

Por baixo do embrulho, há uma caixa quadrada de veludo vermelho, com os cantos bem gastos. Quando abro a tampa, me deparo com um broche pequeno de pavão que conheço bem, me observando com olhos verdes. Não é uma peça valiosa, mas é muito importante para a mamãe, e para mim também. Era o broche preferido da minha avó, e ela usava em todos os casamentos, batizados e funerais. Tenho uma lembrança muito nítida de pegar no sono no colo dela, numa ou outra festa de família, enquanto deslizava os dedos pelas penas levantadas do pavão, os olhos se fechando. A memória quase me traz o cheiro do perfume dela, embora eu não pudesse ter mais que cinco anos na época.

— Foi o primeiro presente que o seu avô deu para a sua avó. Ela devia ter uns dezesseis anos — conta a minha mãe.

Elle toca o broche de leve.

— Ela usou isso na minha formatura. Eu me lembro muito bem desse broche naquele terno roxo de que ela gostava.

Elle usou o relógio da vovó no casamento dela, outra peça inestimável da família, ainda que de pouco valor financeiro. Às vezes, vejo a minha irmã usando o relógio em eventos da família.

Como estou à beira das lágrimas para falar qualquer coisa, passo a caixa para Dee, que está do meu outro lado, dar uma olhada. Ela é educada, mas sem as lembranças do broche na lapela da minha avó em noites de festa e de comemoração, a peça provavelmente não provoca um efeito muito impactante.

Dawn confere com gentileza e entrega a caixa a Julia, que olha o broche por um instante.

— Tem gente que não tem nada de pavão em casa — comenta Julia, sempre tão sincera, passando a caixa para a Lucy. — Acham que dá azar. Teve uma vez que apareci em casa com uma pena, e a minha mãe voltou com ela para a rua e jogou no lixo.

— Ah — digo, voltando na mesma hora da minha viagem sentimental, com medo de que algo possa me colocar num caminho azarado. Tenho pavor de fazer algo nesta vida que possa me aproximar do meu outro mundo.

— Não vai sobrar nada para mim quando eu me casar — resmunga Lucy. — Não que eu quisesse *isso* — desdenha ela, torcendo o nariz para o broche —, mas não vem ao caso.

A tia June em geral fica quieta quando a Lucy está por perto; obviamente percebeu desde cedo que é melhor não bater de frente com a filha única. Mas hoje ela decide responder.

— Não se preocupe, querida, você pode ficar com a dentadura dela. A mamãe gostava tanto.

No curto silêncio que se segue, todas nós olhamos para a Lucy, com medo demais para rir.

— Ih, não vai dar — diz a minha mãe. — Eu dei pra loja de caridade. Estava dentro da bolsa azul-marinho bonita dela.

Rio tanto que a camisinha de morango bate no meu olho.

Já passa das onze da noite, estou uma taça ou duas para lá de alegre, cheia de pato laqueado, e, pelo visto, dançando em cima de uma mesa no Prince of Wales. Acho que era inevitável que acabaríamos aqui, assim como era inevitável que o mesmo acontecesse com a despedida de solteiro do Freddie. Depois do restaurante, o meu grupo se reduziu a três mulheres; Dawn e Julia dividiram um táxi, e a Lucy, ainda mal-humorada, foi levar a minha mãe e a tia June em casa, deixando a Elle, a Dee e eu sozinhas para abrir as portas do Prince of Wales, um pouco depois das 22h30, com uma confiança digna de Destiny's Child. Não sei qual de nós seria a Beyoncé. Eu é que não iria ser. Mas o que nos falta em talento compensamos em entusiasmo, colocando o pub inteiro para cantar "All the Single Ladies". Para falar a verdade, não sei cantar nada além do refrão, mas não importa, porque ninguém aqui sabe. Elle está sacudindo os braços no ar, Dee está dançando com os ombros e apontando para o anelar, e Freddie está gritando que vai colocar um anel em mim daqui a exatamente duas semanas. Parte de mim estremece ao ser chamada de "it", como na estrofe da música; quando digo isso para o Freddie, ele coloca a culpa na Beyoncé e me tira da mesa.

— Vestido bonito — diz, sorrindo e me colocando no chão.

— Você acha? Não é adulto demais?

— Agora você *é* adulta, Lydia Bird. — Ele toca a gola rendada do vestido. — Ficou diferente, mas um diferente bom.

Verdade, ficou diferente. Jonah aparece, troca a garrafa de cerveja vazia na mão do Freddie por uma cheia e, desviando da camisinha, me dá um beijo na bochecha.

— Gostei de te ver soltando a voz — mente ele.

— Cuidado com o... — digo, apontando vagamente para o véu e seus muitos penduricalhos.

Jonah balança a cabeça.

— Não acredito que você aceitou usar isso.

— Você sabia?

Ele dá um tapinha no pacote de camisinha.

— Eu que grampeei isso aqui, à meia-noite de ontem.

— Pegou na sua carteira? — pergunta Freddie, rindo. — Não joga fora, Lyds, isso aí deve valer alguma coisa num leilão de antiguidades.

Torço o nariz, não muito impressionada. Óbvio que valorizo o esforço que a Dee fez, com a ajuda competente do Jonah. Também estou feliz que Freddie e o grupo dele tenham terminado a noite aqui, e não em Birmingham, uma mudança de última hora devido ao fato de que ele vai ter de trabalhar amanhã; está preparando uma apresentação para um cliente novo importante. É tudo segredo por enquanto, alguém que eles estão cortejando, na esperança de conseguir fisgar das garras do concorrente direto. Freddie adora esse tipo de emoção, tanto que está disposto a encerrar mais cedo a própria despedida de solteiro para ser o mais bem preparado na sala, na segunda-feira de manhã. Mais uma dica de vida do Barack Obama, sem dúvida.

Meia hora depois, Jonah está no piano, Elle está num canto, sentada no joelho de David, e Dee está apoiada em mim, de um jeito "acho que não consigo ficar em pé sozinha" que indica que já bebeu o suficiente.

— Não fala nada pra ele — pede ela, enfiando um canudo na garrafa que está segurando. Não tenho ideia do que seja a bebida; é alguma coisa azul, e pode não ter sido a melhor escolha dela hoje.

— Pra quem?

Ela tira o canudo da garrafa e bate a ponta molhada no dedo anelar.

— Pro Jonah. Elle tem razão. Ele é o Mick Jagger, e eu não sou uma Jerry Hall.

Eu rio, porque isso é ridículo.

— Ele não é o Mick Jagger, e a Jerry Hall o comeria vivo.

Dee faz que não com a cabeça, sem se convencer.

— Eu não sei nem cantar, Lydia. Ele precisa da Adele, e não de mim. Eu nunca vou ser a Adele.

— Você acabou de fazer uma Beyoncé muito boa — argumento. — Anda, para de se fazer de coitadinha. — Aperto seus ombros, para encorajá-la. — Você tem um cabelo lindo.

— Não, você que tem — murmura ela, dramática. — Você tem o cabelo da Jerry Hall.

— Quem dera eu tivesse o dinheiro dela — brinco, para manter o papo descontraído.

Ficamos em silêncio, olhando para o Jonah. Ele toca sem nem olhar para as teclas do piano, as mãos confiantes e seguras, as pessoas atentas a ele, como sempre acontece neste pub.

— Está no DNA dele, né? — comenta Dee. — A música, eu quis dizer.

Faço que sim e, de repente, estou me desesperando dos dedos do pé, nos sapatos de salto da minha despedida de solteira, até a ponta deste véu ridículo, porque ela está absolutamente certa.

— Está no sangue dele — digo, pensando em como o Jonah da minha vida acordada está perdido. Sem a música em sua vida, ele está com ainda mais problemas do que eu imaginava. Talvez o País de Gales seja no fim das contas o melhor lugar para ele.

Dee se joga na cadeira atrás de nós, e eu peço licença para ir ao banheiro.

Trancada na cabine, me sento na tampa abaixada e tiro o celular da bolsa, mais por hábito que por vontade de conferir o telefone. Preciso de uma pausa.

Meu protetor de tela aparece. Paris na neve, em vez da foto de banco de imagens que escolhi na minha vida acordada. Encosto a cabeça na parede da cabine e fico olhando para a tela, me lembrando das minhas mãos frias segurando uma caneca de café quente, dos pingos congelados nos toldos dos cafés, dos beijos gelados. É estranho pensar nisso, parece mais uma cena de um filme do que a minha vida.

— Tudo bem aí dentro?

Dou um pulo. Estou demorando muito na única cabine do banheiro.

— Só um minutinho — respondo, enfiando o celular na bolsa e dando descarga, embora não tenha usado o banheiro. Eu saio, e a mulher esperando do lado de fora me olha, curiosa, e quando vejo o meu rosto no espelho, entendo o porquê: pareço uma noiva cadáver. Suspirando, passo água fria debaixo dos olhos para limpar o rímel escorrido. Não era assim que a minha despedida de solteira deveria terminar, chorando na porcaria do banheiro.

Do lado de fora, fico no corredor fresco de azulejos, na dúvida se quero voltar para o pub barulhento ou simplesmente encerrar a noite e ir para casa. A porta do pub se abre, inundando o corredor com uma explosão de música e barulho, e Jonah Jones entra.

— Tá se escondendo? — pergunta ele, sorrindo enquanto a porta se fecha atrás dele, bloqueando o barulho.

— Não — respondo, enquanto ele se aproxima. — Tô, um pouco.

— Vai ser difícil, com essa coisa. — Ele aponta para o véu, se recostando na parede oposta.

Faço que sim, desembaraçando o véu do cabelo, desejando que tivesse jogado no lixo do banheiro.

— Eu não peguei na minha carteira — explica ele. — Só para você saber.

Levo uns dois segundos para perceber que ele está falando da camisinha vermelha.

— Foi a Dee quem comprou.

Quero imaginar a Dee comprando camisinha de morango? Acho que não.

— Que gentil da parte dela.

— Pois é — comenta ele.

— Eu gosto muito dela — digo, me perguntando se deveria falar que a Dee quer se casar com ele.

— Ela é uma pessoa fácil de gostar — responde ele.

— Fácil de amar? — pergunto, mantendo a voz descontraída.

Ele faz um barulho na garganta, um misto de frustração e exasperação.

— Acho que nem sei o que é amor, Lydia — confessa ele. — Pra você é fácil, você e o Fred estão juntos desde sempre. Vocês cresceram juntos, sabe? Vocês se entendem. Mas e se você não tiver essa história, se não tiver todas essas camadas de vida para formar uma base forte?

É uma resposta muito mais complexa do que eu esperava dele, tanto que não sei o que dizer.

— Eu e a Dee não temos isso — continua ele. — Eu não segurei o cabelo dela na primeira vez em que ela ficou bêbada e vomitou, e não carreguei a mochila ridiculamente pesada dela na saída da escola. Não empurrei o primeiro carro dela até em casa, quando ela atolou na neve, e não deixei ela copiar o meu dever de casa de química toda segunda de manhã, antes da aula.

Ele perde o fôlego, e eu não tenho a menor ideia do que falar, porque ele acabou de listar todas as coisas que ajudaram a construir a nossa amizade nesses anos todos. Ele segurou o meu cabelo neste mesmo pub quando a gente tinha dezessete anos, e empurrou o meu carro na neve, quando liguei para ele, em pânico.

— Você não precisa dessas coisas para amar uma pessoa, Jonah — digo, por fim, sem saber o que ele quis dizer. — O que aconteceu ontem, ou na semana passada, ou dez anos atrás... essas coisas não importam. O que importa mesmo é o agora, o aqui, o hoje, o amanhã, o ano que vem. Tem gente que se apaixona à primeira vista e fica junto para sempre, outros se casam com a namorada de infância e acabam nos tribunais de divórcio. Não dá pra prever a vida, Jonah, você só pode tentar tirar o melhor proveito do que ela te oferece.

Não sei de onde saiu isso tudo e não acredito completamente no meu discurso. Na minha vida acordada, os ontens preciosos são tudo o que me resta do Freddie.

Jonah olha para o chão e então para mim, com olhos escuros ilegíveis.

— E quando o cara se apaixona pela amiga?

Penso no Freddie.

— Sorte a dele — respondo.

Jonah assente, desolado.

— Acho que sim. Desde que a amiga se apaixone por ele também.

Abro a boca para falar alguma coisa, qualquer coisa, mas não sai nada, porque de repente tenho medo de para onde essa conversa está indo, medo do ar carregado entre nós.

— A minha vida toda, eu fui o parceiro do Freddie Hunter — continua Jonah, e sinto algo se comprimindo dentro de mim, porque, a um universo daqui, ele falou exatamente as mesmas palavras no funeral do Freddie. Naquele dia, ele disse que fora uma honra e um privilégio; não acho que é o que vai dizer agora.

Como se tivesse ouvido a deixa, Freddie abre a porta do pub e fica todo sorridente ao nos ver.

— Olha só, as minhas duas pessoas preferidas no mesmo lugar.

— Oi — digo, ficando na ponta do pé para beijar seu rosto. Então percebo que estou tremendo.

— Vamos comer um curry? — chama ele, recostando-se na parede ao lado do Jonah. Lembro dos dois exatamente assim na escola, encostados na parede, me esperando no fim do dia. — Estou morrendo de fome.

— Você tá sempre morrendo de fome — comenta Jonah, se sacudindo para espantar a conversa íntima demais que acabamos de ter. — A noite é sua, parceiro, você quem escolhe.

— Lyds? — Freddie se vira para mim. — Você vem?

Faço que não.

— Acho que não pega bem a noiva se juntar à despedida de solteiro. Vou encontrar a Dee e a Elle.

— Da última vez que vi, elas estavam pedindo tequila no balcão — diz Freddie, sorrindo. — A brincadeira tá ficando séria lá fora.

Ele entra no banheiro masculino, cantarolando algo vagamente parecido com a música que vem do pub, e Jonah e eu nos olhamos, sozinhos no corredor mais uma vez.

— Esquece o que eu disse, tô falando merda. — Ele engole em seco e esfrega a mão na nuca. — Cerveja demais.

Faço que sim, grata pela mentira.

— É melhor eu voltar — respondo.

Ele assente, forçando uma risada ao se afastar da parede.

— Tequila e tudo mais.

Umas meninas que reconheço vagamente do tempo do colégio abrem a porta do pub, e eu aproveito para sair. Caminho pelo pub cheio, procurando pela Elle, ainda perturbada, mas ao mesmo tempo tentando afastar a conversa com o Jonah para o fundo da minha mente. Não vejo a Dee, nem a minha irmã, então desisto de procurar e me sento num banquinho vazio, com a cabeça encostada na lateral do caça-níqueis. Está tudo diferente hoje: Dee parece frívola demais; Elle, bêbada demais; Jonah está muito sério; e Freddie parece um garoto irresponsável. E eu aqui, no meio disso tudo, com esse vestido preto de candidata do Partido Conservador e de véu e grinalda. Fecho os olhos, cansada e pronta para encerrar a noite. Não quero tequila, nem a Dee, nem mesmo a Elle. Hoje parecia que eu estava tentando andar na corda bamba. Na verdade, essa é uma boa analogia para como tem andado a minha vida — estou constantemente sobre um fio invisível entre dois mundos, torcendo desesperadamente para não despencar e morrer. Para uma mulher que tem péssimo equilíbrio, dá um trabalhão.

Acordada

DOMINGO, 7 DE JULHO

Estou com a cabeça latejando, e nem bebi antes de tomar o comprimido cor-de-rosa ontem. Minha ressaca atravessa os universos? Minhas viagens sempre me deixam cansada, mas hoje estou me sentindo esgotada, tanto física quanto mentalmente.

Mesmo depois de três comprimidos de paracetamol e de duas canecas de café, continuo sem energia ou ânimo. No almoço, tento tomar um pouco de sopa e comer uma torrada, uma volta à infância, mas isso também não ajuda. Eu me sinto... Sei lá, destruída? Machucada por dentro, como se alguém tivesse pisoteado meu interior e usado meus órgãos internos de travessão para jogar bola.

Passar a tarde no sofá não resolve. Estou cansada até os ossos, como se estivesse doente. De acordo com o noticiário, hoje é domingo, dia 7 de julho. Meu cérebro exausto não consegue calcular nada, então conto nos dedos até o dia 20 de julho. Treze dias. Daqui a uma semana e seis dias, o Freddie e eu vamos nos casar num mundo no qual nem vi o meu vestido de noiva. Pensar no casamento me faz lembrar do Jonah, o melhor amigo e padrinho do Freddie. Aquela conversa no corredor do pub ontem à noite, na minha vida adormecida... Estou até agora tentando não pensar naquilo. Afinal, ela não se aplica a este mundo. Quer dizer, não exatamente. Não é? Jonah não falou nada explícito, nem inapropriado, mas chegou bem perto do limite; perto o suficiente para eu ouvir as palavras não ditas. Suspiro e fecho os olhos, deitando a cabeça nas almofadas do sofá. Por que tudo tem de ser tão complicado? Talvez eu tenha interpretado mal o que o Jonah falou. É possível. Mas no meu coração, não, não entendi errado. Havia uma tensão no ar entre nós, algo em seu olhar sombrio que fazia perguntas para as quais eu não tinha respostas fáceis. Aqui, no meu mundo acordada, ele nunca teria falado com tanta ousadia, e agora as coisas na minha vida adormecida vão ficar muito mais desconfortáveis.

Quem sabe ele não vai inventar de repente que precisa estar em outro lugar no dia do casamento. Depois do que falou ontem, seria mais fácil se ele não estivesse lá, pelo menos para mim. Mas não para o Freddie, que merece ter o melhor amigo ao lado no seu casamento. Não vejo outra maneira de contornar isso, a não ser tentar fazer o que o Jonah sugeriu — esquecer o que ele falou.

Quando o meu celular vibra, um pouco depois das cinco, estou mais adormecida que acordada. Consegui me arrastar até o chuveiro agora há pouco, e me encontro de volta ao sofá, de pijama — pelo menos é um pijama limpo —, fingindo que estou vendo um filme tão ruim que nem sei o nome do protagonista. Pego o celular entre as almofadas sob a minha cabeça e vejo que recebi uma mensagem — do Kris. Andamos trocando mensagem esses dias, mas desde o nosso encontro que não o vejo. Mesmo que eu quisesse, não parecia certo.

Aceita tomar um café? Tô precisando de um amigo, se você estiver livre. Bj, K

Digito uma mentira com os polegares, para ele não ficar ofendido.

Estou na casa da minha mãe, festa de família, amanhã eu te escr

Mas paro e apago. Kris é a única pessoa que não desempenha um papel duplo na minha complicada vida dupla, e ele parece estar tendo um dia difícil. Acho que posso oferecer algo mais gentil que uma rejeição, não?

Oi. Tudo bem? Estou em casa, com uma ressaca horrorosa. Você parece meio triste, pode ligar, se quiser. Bj, L

Ele responde na mesma hora.

Ia ser muito esquisito se eu desse uma passadinha aí? Tô precisando sair de casa.

Hum. Por essa eu não esperava. Eu já falei que posso conversar, então hesito, mas, antes mesmo de organizar meus pensamentos, outra mensagem aparece.

Desculpa. Esquece. Foi um dia ruim, você sabe como é.

E porque eu sei exatamente como é, digo a ele que não, não vai ser esquisito, e sim, ele pode vir. Então entro num pânico ensandecido e visto uma roupa de verdade.

Estamos sentados à mesa da cozinha, tomando café, e ele começa a me contar que a esposa apareceu do nada, hoje de manhã. Entrou em casa com a chave que não tinha se dado o trabalho de devolver, ficou só o tempo de encher uma bolsa grande com as coisas que queria, e depois, quando estava para sair, avisou que está grávida de três meses, de gêmeos.
— Meu Deus, não sei o que dizer. — Estou horrorizada por ele. Está parecendo um cachorro maltratado. — Você quer que eu xingue ela?
— Já fiz isso, logo depois que ela saiu — conta ele. — Não ajudou muito. E ela levou a chaleira. — Ele termina de beber o café num único gole. — Quem faz isso, Lydia? Leva a chaleira?
Balanço a cabeça.
— Era uma chaleira especial?
Ele dá de ombros.
— Combinava com a torradeira.
— Ela levou a torradeira também?
Ele assente, pesaroso.
— Então você ficou sem chá e sem torrada.
Sustento o olhar dele, contente de ver um brilho de diversão.
— Deve dar pra comprar um conjunto novo por vinte libras, no supermercado — observo.

— E eu nem gosto de torrada — confessa ele. — E não bebo chá.

Tento não rir, mas não consigo me conter, porque realmente é uma coisa muito ridícula de se fazer, aparecer e levar os eletrodomésticos.

— Me ofereceram um emprego novo — conta ele, mudando de assunto. — Uma parceria, na verdade.

— Que bom — digo. — Não é? Parece bom.

Ele assente, mas parece na dúvida.

— É em Londres.

Ah.

— Você vai aceitar? — pergunto, timidamente.

— Provavelmente — responde ele. — É com um amigo da universidade, que está expandindo o escritório dele.

— Certo — digo. A notícia de que ele vai se mudar altera a dinâmica entre nós muito depressa; acho que não vou mais vê-lo depois de hoje.

— Quer mais café? — Coloco a mão em seu ombro, me levantando para passar outro café.

— Você está só se exibindo porque tem uma chaleira.

— Talvez — digo, mas não estou mais pensando em café ou chaleiras. Estou pensando em como fico à vontade com ele, e em como seus olhos cinzentos têm manchinhas verdes quando você olha direito, e quando ele pega a minha mão para me puxar para o colo dele, eu deixo.

Ele suspira e me abraça, com o rosto no meu cabelo, e não sei qual de nós está oferecendo consolo e quem está sendo consolado. Ele não veio aqui para falar da chaleira. Ele veio porque ver a mulher que amava e perdeu o deixou desorientado; eu entendo o sentimento mais do que ele imagina. Kris está aqui porque não tenho conexão alguma com nenhuma das outras partes da vida dele; também entendo isso. Não conhecemos a família ou os amigos um do outro — nem sequer nos conhecemos direito —, mas neste momento é exatamente isso que torna este encontro certo. Sou para ele o que ele é para mim: uma página em branco. Gosto muito dele, e, se estivéssemos numa fase diferente da vida, ele poderia ter se tornado um capítulo ou até um livro inteiro da minha história, mas o Kris está indo para Londres, e a minha vida é muito complicada para acomodar uma pessoa nova. Essa história tem só uma página: o mocinho conhece a mocinha, eles se salvam e depois nunca mais se veem.

— Lydia — diz ele, segurando meu rosto com ambas as mãos, e então afunda os dedos no meu cabelo e me beija de um jeito que faz evaporar todos os pensamentos racionais do meu cérebro. Seu mau humor encontra o meu coração maltratado, e nós dois nos entregamos. — Eu não vim aqui para isso — avisa ele enquanto tiro sua camiseta, e eu acredito.

— Eu sei — respondo, tremendo quando seus dedos encontram o fecho do meu sutiã.

— Você quer que eu pare? — pergunta ele, com uma das mãos no meu peito nu, a outra secando uma lágrima do meu rosto.

— Não — sussurro, beijando-o. — Não.

Nunca imaginei transar com ninguém que não o Freddie. Quer dizer, tirando uma ou outra fantasia com o Ryan Reynolds, lógico. Mas o Kris é tudo o que eu preciso que ele seja. E tudo bem eu ter chorado, porque ele também chorou, com a testa encostada na minha, a mão quente na minha nuca.

Ficamos deitados no silêncio da noite, recuperando o fôlego, até que ele finalmente levanta a cabeça e me olha, sério.

— Bem, esqueci até da chaleira.

Enterro o rosto no ombro dele, rindo.

Estou de volta à mesa da cozinha, sozinha agora, quebrando a minha decisão de não beber com uma dose noturna do conhaque do fundo do armário de Natal. Meus livros de autoajuda sobre luto dizem que é normal fazer coisas incomuns assim; tem até uma lista. Não vou pular de nenhum avião nem fazer rafting na corredeira, embora não possa descartar o clássico "cortar o cabelo todo" em algum momento.

Vou fazer muita força para não me arrepender do que aconteceu com o Kris hoje. Foi maravilhoso e ainda mais poderoso porque sabíamos o que era: uma despedida. Talvez eu devesse pensar nele como o meu salto de paraquedas metafórico; não teria lugar melhor para eu pousar. Ele entende a sensação de ausência profunda, quando o seu amor não está mais presente na sua vida, quando parece que você perdeu tanto de si que não consegue funcionar. Pelo menos não como funcionava antes. Tive de examinar os pedaços que ficaram e construir uma nova versão de mim, uma Lydia 2.0, aparafusando as partes novas com o tempo. Hoje, assimilei um pequeno fragmento do Kris e em troca dei a ele um pedaço de mim — uma troca justa, espero.

Termino o conhaque e, enquanto coloco nossas canecas sujas de café no lava-louça, me pergunto por que nos apaixonamos por algumas pessoas e não por outras, mesmo quando gostaríamos de poder. Somos bilhões de humanos, todos vagando pelo planeta, nos apaixonando uns pelos outros sem nenhum motivo explicável pela lógica, pelos números ou pelo bom senso. Como somos inexplicavelmente estranhos...

Acordada

Sexta-feira, 12 de julho

Jonah me ligou hoje quando eu estava no trabalho e me perguntou se podia passar lá em casa à noite, disse que estava de bobeira, tudo muito casual, mas acho que estava pensando no casamento. No mínimo quer ver se não estou desmoronando à medida que a data se aproxima.

Assim que desliguei, fiquei em pânico por alguns segundos, depois lembrei que o Jonah Jones daqui não é o mesmo do meu universo adormecido. Aqui ele é confiável, gentil e não exige muito de mim, e tenho mais de noventa por cento de certeza de que não está secretamente apaixonado por mim. Ele vai passar uma hora aqui, vai conversar sobre as coisas daquele jeito circunspecto dele, e então eu vou mandá-lo na direção do Prince of Wales, para encontrar o Deckers e companhia. Ou talvez eu arrume uma maneira de falar com ele sobre o País de Gales; vou ver como vai ser. Sendo bem sincera, estou adiando isso, mas hoje vou tentar não ser egoísta e pensar no que é melhor para ele. Só então percebo o que está acontecendo. Ele está vindo me dizer que vai embora.

— Tudo bem? — pergunto, junto da porta.

Ele dá de ombros, um ombro mais alto que o outro.

— Tudo certo.

— Quer entrar? — pergunto, por fim, embora saiba perfeitamente que ele quer.

— Obrigado — diz ele, me seguindo e fechando a porta depois de entrar. Vou até a chaleira, ele pega as canecas, e passamos um café, a televisão na sala fornecendo um ruído de fundo agradável. Nunca me senti tão constrangida perto dele; já fiquei brava com ele, isso é certo, mas nunca tão nervosa a ponto de ficar calada.

— Senta — digo, me acomodando na ponta do sofá, segurando a caneca com ambas as mãos.

Ele se senta na poltrona em que sempre se sentou, a que fica de frente para a do Freddie.

— Almofada bonita. — O comentário soa como uma leve interrogação; ele sabe tão bem quanto eu o significado dessa almofada.

— Como está o trabalho? — pergunto, como se ele fosse um conhecido que encontrei na sala de espera do consultório médico.

— Encerrando as coisas para as férias de verão, graças a Deus — diz ele.

— Ah, é — respondo, sem emoção. — Sorte a sua.

Freddie sempre morreu de inveja das longas férias escolares do Jonah, mesmo sabendo perfeitamente que ele passava a maior parte do tempo colocando a papelada em dia e preparando aulas.

— É sobre isso que eu queria conversar com você — começa ele. — Vou passar um tempo fora.

Lá vamos nós, penso. Ele vai me dizer que vai passar o verão com a Dee no País de Gales, para ver se parece um lugar bom de morar.

— Tudo bem, eu já sei — afirmo. — A Dee me contou do País de Gales.

Ele coloca o café na mesa e esfrega as mãos no rosto.

— Eu não vou para o País de Gales.

— Ah, não?

Ele faz que não lentamente, olhando para um ponto fixo no tapete.

— Acabou, eu e a Dee — conta. — Terminamos ontem à noite. Ou melhor, eu terminei.

— Ah! — exclamo, sem saber o que dizer, porque agora não sei para onde essa conversa está indo. — Mas eu achei que... — Não completo a frase.

— Ela quer morar no País de Gales — continua ele. — Mais perto da família.

— Ela me falou. Acho que ela queria que você fosse junto.

Jonah torce o nariz.

— Eu não sei o que eu quero, Lyds. Estou inquieto, mas não é de vontade de ir para o País de Gales. Eu e a Dee... A gente não estava nessa fase, sabe? Pra falar a verdade, acho que ela também não achava que estávamos, mas conseguiu um cargo permanente numa escola lá, então... — Ele dá de ombros. — Ela vai de qualquer forma. Acho que ela imaginou que se eu também fosse, poderíamos tentar fazer as coisas direito.

— Sinto muito... — digo, e é verdade. — Achei que vocês dois iriam dar certo.

— É — comenta ele, resignado. — Eu também, por um tempo. Me sinto um babaca por ter deixado isso se arrastar por tanto tempo, ela não merecia. — Ele dá um gole no café, pensativo, e tenho a impressão de que tem mais por vir, que ele não veio aqui só para dizer que terminou com a Dee.

— Vou pra Los Angeles, no verão.

Uau, como assim?

— Pra Los Angeles? — Ouço a incredulidade na minha voz, mais aguda que o habitual. Se fosse listar todos os lugares do mundo que poderia imaginar o Jonah passando o verão, Los Angeles não seria um deles. Peru, talvez. Um roteiro pelas ilhas gregas menos turísticas, sem dúvida. Mas Los Angeles? Simplesmente não consigo visualizá-lo entre famosos sarados, andando de patins em Hollywood. Tá bem, eu sei que isso é uma generalização grosseira, mas estou falando do Jonah Jones.

— Eu voltei a escrever — confessa ele. — Depois do acidente.

Outra revelação inesperada. Quando éramos mais novos, o Jonah pensou em seguir a carreira de jornalista, mas no fim decidiu que ficar correndo para cumprir prazos não era vida. Em vez disso, passou a escrever outras coisas — composições de letra e melodia — e experimentou escrever romances e roteiros também. Jonah é criativo por natureza, talvez por isso seja um professor excelente.

— Que bom — respondo. Ainda não estou conectando bem os pedaços de informação dessa conversa. Ele vai fazer um retiro de escrita em Los Angeles? — Que tipo de coisa você está escrevendo?

— Aí é que está, Lyds — começa ele, e então para e olha para mim, realmente estudando o meu rosto. — Eu escrevi um roteiro e mandei pra uns agentes e, pra falar a verdade, aconteceu tudo muito mais rápido do que eu poderia imaginar.

A explicação entrecortada ainda não está fazendo muito sentido. Tenho a sensação de que ele ainda não me contou tudo.

— Uau, Jonah! — exclamo, rindo, surpresa. — Isso é demais.

— É muito louco. — Ele ri também, meio sem jeito, e, neste segundo, vejo que isso é muito importante para ele.

— Então você está indo pra Los Angeles para...?

— Tem três produtoras interessadas — explica ele, tentando muito soar casual. — Vou encontrar com elas, ouvir as ideias de cada uma, esse tipo de coisa.

— Tem três estúdios querendo transformar o seu roteiro em filme? Eles estão brigando por você?

Imagino uma gente magra e bronzeada, brigando por ele no terraço ensolarado de um restaurante de comida saudável.

Jonah ri de novo.

— Não, não é assim. Meu agente só achou que é uma boa ideia sentir o clima, ver o que parece melhor. Que estúdio parece mais adequado, na verdade.

É muita informação para absorver.

— Desembucha, que filme é esse que tá deixando todo mundo tão interessado? Você escreveu o próximo *Star Wars*? — Afasto a minha caneca sobre a mesa. — Ai, meu Deus, você escreveu! Você vai comprar uma casa em Hollywood Hills e ser vizinho do Bruce Willis.

Não sei por que escolhi o Bruce Willis. Podia ter dito alguém mais novo. Deveria ter falado a porcaria do Ryan Reynolds. Definitivamente não estou raciocinando direito.

— Acho que você está se empolgando antes da hora — diz ele. — Um roteiro ser escolhido é bem diferente de ser produzido. É só um começo. — E então ele faz aquela cara de novo, uma expressão que sugere que está desconfortável com o que precisa me dizer. — O negócio, Lyds, é que é meio sobre o Freddie — continua, mantendo os olhos fixos nos meus, analisando a minha reação. — Quer dizer, generalizando um pouco, por assim dizer. É mais... é mais sobre amizade e sobre perder o melhor amigo.

— Você escreveu um filme sobre o Freddie? — É uma ideia tão estranha para mim, que um pensamento horrível me aflige. — Ele morre no filme? — Minha voz é curta, aguda.

— Não é exatamente sobre ele — explica Jonah. — É mais sobre adolescentes e amizade masculina, e como é perder alguém.

Eu sou um monstro. Devo ser, porque só consigo pensar que o Jonah encontrou um jeito de articular os próprios sentimentos com mais liberdade e precisão do que eu jamais consegui, e, ao fazer isso, transformou a perda dele em algo maior que a minha. Em vez de ficar feliz por ele, não consigo afastar a ideia de que ele está lucrando com essa coisa impensável que aconteceu com todos nós. Que aconteceu com o Freddie, e, então, primordialmente comigo, e não com a droga do Jonah Jones.

— Você nunca falou nada. — Franzo a testa. — Você nem comentou que tinha voltado a escrever.

— Não contei pra ninguém — diz ele. — Nem pra Dee.

Mas eu não sou a Dee, penso, eu sou a Lydia, a sua amiga mais antiga, e você estava escrevendo sobre o Freddie, então devia ter me contado.

— Comecei a escrever porque precisava tirar um pouco aquela merda da minha cabeça, sabe? — Ele está avaliando a minha expressão, em busca de compreensão. — Era tudo muito pesado.

Com *isso* eu consigo me identificar.

— E então, à medida que as páginas foram se enchendo, comecei a gostar do processo da escrita em si, a lembrar como era criar mundos diferentes dos meus, a passar o tempo pensando numa história que não é a minha.

Ele não tem ideia de como as suas palavras são certeiras. Só que não preciso escrever o meu mundo diferente; eu vivo nele.

— E aí, você é o herói da história?

É um golpe baixo, e me odeio por insinuar que o Jonah não tenha sido um herói para o Freddie na vida real.

Jonah está sentado na beirada da poltrona.

— Não é esse tipo de história — responde. — É como eu disse, não sou eu e o Freddie, não especificamente. Mas foi inspirado nele, então queria que você soubesse por mim.

— Obrigada — agradeço, me sentindo uma vaca.

— Você ficou chateada? — pergunta.

— Você achou que eu iria ficar? — Não rebato a pergunta com outra para provocar. Estou só tentando descobrir se o meu egoísmo tem alguma justificativa.

— Sendo bem sincero, não sei — diz ele, e acredito. — Só não queria que você achasse que encontrei um lado bom em tudo isso, acho.

— Não acho isso — digo, e suspiro, porque acabei de entender o que estou sentindo e não tenho o menor orgulho de mim mesma. — Pelo contrário, estou com inveja de você.

Ele me olha, incrédulo.

— Inveja?

É a minha vez de tentar encontrar as palavras certas.

— É só que... é pesado pra mim também, sabe? Você vai para outro lugar, vai conhecer gente nova, estar num lugar que não está repleto de memórias em todo canto para onde você olha.

Ele assente, e seus olhos me dizem que entende o que estou dizendo melhor que a maioria das pessoas.

— Você no mínimo vai passar o verão em Los Angeles e decidir que gostou tanto que nunca mais vai voltar para casa.

Jonah se levanta e se senta do meu lado.

— Eu vou voltar pra casa, Lydia. Prometo.

— Você não sabe disso. Eles podem te fazer uma oferta irrecusável.

Ele parece na dúvida.

— Tá muito no começo ainda. Eu poderia muito bem fazer essas reuniões daqui, pelo Skype ou algo assim — explica ele. — A ideia não é só ir pra lá, mas escapar daqui também, se é que você me entende.

— Parece que você tá fugindo — comento, apática.

— Não gosto de pensar em mim como uma pessoa que foge das coisas — rebate ele. — Mas acho que sim, um pouco, talvez.

Ficamos sentados em silêncio por um minuto, e considero momentaneamente a ideia de fazer uma coisa parecida, pegar um avião para o outro lado do mundo por um tempo para ver se a vida parece mais leve lá.

— Mas e aí? Você vai pra Los Angeles só com a esperança de que as coisas vão correr bem?

— Acho que está na hora de uma mudança — diz ele, dando de ombros. — Não importa se pra Los Angeles ou qualquer outro lugar.

Dee estava certa quanto a isso, em parte; o Jonah precisa escapar daqui, só espero que não para sempre.

— Que bom, Jonah — digo baixinho, porque entendo que, de forma geral, ele veio aqui pedir a minha bênção. — Espero que seja o início de algo bom para você.

— Isso significa muito para mim — confessa ele, sincero, segurando a minha mão. — Você *sempre* vai significar muito para mim, Lyds. Não quero perder a sua amizade.

Ouço um eco distante da minha despedida de solteira, meus dois mundos roçando um no outro. Aqui, por sorte, continuamos como sempre fomos. Velhos amigos.

— Nem eu — digo, apertando a sua mão.

Ele olha para a poltrona do Freddie e então para a sala como um todo.

— Este lugar está começando a ficar mais com a sua cara.

— Você acha? — pergunto, surpresa. Não mudei muita coisa: uma almofada nova aqui, um abajur ali, um espelho antigo que vi na volta do trabalho, outro dia. Eu meio que entendo o que Jonah quer dizer. Acho que é inevitável, uma evolução necessária à medida que a minha vida vai mudando.

Ficamos em silêncio de novo, e então falo uma coisa que não tinha planejado.

— Estou saindo com uma pessoa.

Jonah me olha como se, de repente, eu tivesse duas cabeças.

— Saindo com uma pessoa?

— Saímos duas vezes.

Ele balança a cabeça como se fosse a ideia mais inusitada.

— Nunca imaginei você namorando outra pessoa.

O julgamento magoa.

— Você não é o único que tem o direito a ter uma vida depois dele, sabia?

Ele passa o braço pelos meus ombros e me puxa para junto dele.

— Não foi o que eu quis dizer. É só... você e outra pessoa. Parece estranho.

Ele não tem ideia.

— Imagina como é para mim.

Ficamos sentados em silêncio por um tempo, o braço dele pesando de um jeito confortável, as cabeças recostadas no sofá.

— Senhor roteirista de sucesso.

Esbarro meu ombro no dele, e Jonah ri baixinho. É uma familiaridade da qual senti mais falta do que imaginava.

— Topa comer uma pizza? — pergunta ele.

Olho para a mesa de centro. Essa mesa apoiou incontáveis pizzas ao longo dos anos, o jantar padrão do Freddie e do Jonah em dia de futebol.

Acho que aguenta mais uma.

Aguardo no degrau da frente e dou um tchauzinho para ele, enquanto o Jonah entra no Saab um pouco depois das nove. Jonah Jones em Los Angeles. Quem diria? Eles vão comê-lo vivo. Ou não. Quem sabe ele não vai trocar a pizza por omelete de clara de ovo e o café preto por suco de couve. Ao fechar a porta, me consolo com duas coisas. A primeira: ele não se declarou para mim; e a segunda: pelo menos não é a porcaria do País de Gales.

Acordada

Sábado, 20 de julho

Está chovendo. São 6h30 de um sábado, e a chuva bate na janela do meu quarto, os resquícios de uma tempestade tropical que atravessou o Atlântico, vinda do Caribe. Estou na cama, e hoje seria o dia do meu casamento. Hoje *continua* sendo o dia do meu casamento, em algum lugar num mundo que não o meu. Será que está chovendo desse jeito lá também? Será que estamos todos na cozinha da minha mãe, de roupão, olhando pela janela com uma caneca de café na mão, amaldiçoando as nuvens pesadas de chuva? Ou estamos tomando um café da manhã animado, juntos, em volta da mesa, nem aí para o tempo, porque hoje é o dia do meu casamento, e, se preciso fosse, eu casaria com o Freddie Hunter de calça jeans numa tempestade de granizo? Espero que seja a segunda opção.

À medida que o dia foi chegando, minha família optou por não tocar no assunto. Elle foi trabalhar; é o último casamento que organiza no hotel antes de entrar de licença maternidade. Está grávida de oito meses e fazendo o possível para não deixar a barriga invadir as fotos de casamento dos outros. Stef, que ainda não conheci direito, viajou com a mamãe esse fim de semana. Ela fez tanto rodeio para contar para mim e para a Elle, sugerindo primeiro que ia para o Lake District e que, por uma coincidência absurda, Stef tinha marcado uma viagem para o mesmo lugar, na mesma data, e que eles iriam juntos para economizar gasolina. Até o David, que nunca comenta, teve de cobrir o rosto com o jornal que estava lendo para minha mãe não ver que ele estava rindo.

E tem uns dias que o Jonah viajou para Los Angeles, então todos os principais integrantes do meu agora inexistente casamento estão ocupados com outras coisas. Como a vida é estranha, não é? Hoje, todos estariam atarefados com coisas relacionadas ao casamento: a minha mãe, ainda de bobe no cabelo, colocando flores na lapela dos homens; o Jonah, nervoso, conferindo se as alianças ainda estão no bolso dele; os vizinhos aparecendo de pantufa na calçada, para acenar no caminho da igreja. E como nada disso vai acontecer agora, o dia foi preenchido com coisas diferentes: trabalho, Lake District e Los Angeles, como uma prateleira de loja sendo reabastecida com produtos da estação. A única pessoa que não se ocupou com outra coisa fui eu. Não preciso, porque ainda vou ao meu casamento.

Dormindo

SÁBADO, 20 DE JULHO

Meu vestido é incrivelmente lindo. Estou diante do espelho do quarto da minha mãe, pronta, sozinha e transfixada pela mulher olhando para mim. Não sei que horas são, se tenho tempo de sobra ou se estou atrasada, como de costume; de qualquer forma, preciso de mais uns minutinhos para me recompor. Alguém arrumou o meu cabelo por cima de um dos ombros, em cachos soltos e mechas finas entrelaçadas com trancinhas. Levo os dedos ao círculo de arame retorcido com estrelas prateadas na minha testa; parecem caídas de uma noite estrelada. O vestido não é branco: são tons delicados de seda água marinha coberto com uma renda tão fina que quase tenho medo de me mexer. Quando me viro de um lado para o outro, mais estrelinhas brilham no vestido. Vai saber onde encontrei isso; é meio sereia, meio deusa da lua, etéreo e hipnotizante. Passo os dedos no corselete e encontro o pavão da minha avó preso na cintura.

— Lydia, querida, o carro acabou de chegar.

Minha mãe aparece atrás de mim na porta, tentando colocar um dos brincos de pérola preferidos. Está linda, num vestido de gola canoa ao estilo Jackie Kennedy, num tom mais escuro de água marinha, com acessórios azul-marinho.

— Você não perde em nada pra Carol Middleton — digo, sorrindo, os olhos marejados de lágrimas, porque agora sei como a minha mãe está no dia do meu casamento.

— E você ganha de lavada da Kate e da Meghan. — Ela dá um passo à frente e segura as minhas mãos; noto o esmalte nude perfeito em suas unhas e as manchas na pele, que ela já tentou amenizar com todos os cremes do mundo. — Pronta?

Faço que sim.

— Pronta, eu acho.

— Então vamos. — Ela dá um último aperto nas minhas mãos. — Quanto mais rápido você se casar, mais rápido eu vou poder tomar um gin tônica.

Aqui não está chovendo. Elle me ajuda a sair do carro, e o céu tem o tom de azul cor de lavanda das persianas francesas. Ela prendeu o cabelo escuro num coque na nuca, e está linda, num vestido azul-marinho sem alça. Victoria, a cerimonialista, também está por perto, para ajudar; por um breve instante, me sinto como se fosse uma corda, e ela e a minha irmã estivessem brincando de cabo de guerra. Elle me fita nos olhos, e dou uma piscadela sutil para lembrá-la de que hoje ela é uma convidada, e não a cerimonialista. Vejo a relutância em seus olhos ao ceder a Victoria. É mais forte que ela; minha irmã sempre foi do tipo organizadora, o que estimulou o seu lado competitivo.

— Ele veio? — pergunto.

Victoria ri.

— Lógico que veio. Está todo mundo lá dentro te esperando.

O celeiro está banhado pelos raios cor de mel do sol, com as enormes portas abertas, dando um vislumbre do interior, à medida que nos aproximamos. Está um milhão de vezes mais bonito que todos aqueles casamentos encenados para as fotos de revista, um visual rústico e romântico, a nossa cara, cheio de flores e velas acesas nos recessos profundos das janelas escuras. Sinto o cheiro de madressilva e de pinheiro, e ouço uma música que não consigo identificar, e meu coração está quase pulando do peito, ansioso para ver o Freddie no altar.

Quando chegamos à porta, minha mãe para ao meu lado, e Elle do outro, e damos as mãos. Não acho que planejamos entrar as três juntas, mas não consigo soltar a mão da Elle, então é assim que entramos. Minha mãe, eu e Elle. Fomos só nós três por muitos anos; na mesa do café da manhã, antes da escola; espremidas no sofá, nas noites de sábado, brigando pelo controle remoto; amontoadas na cama da mamãe, quando uma de nós não conseguia dormir. Fazer essa caminhada como um trio hoje é a coisa mais certa do mundo.

Começa a tocar uma música. Há um pianista, e assim que ele começa a cantar uma música dos Beatles, percebo que é o Jonah. Óbvio que é o Jonah: quem mais iríamos pedir para cantar no nosso casamento?

As pessoas se viram para nos ver, e a atmosfera muda de um clima de descontração para um de ansiedade, um burburinho de expectativa, a emoção quase palpável. Os raios quentes do sol me iluminam, e, lá na frente, vejo o Freddie de costas para mim. Ao meu redor, percebo rostos conhecidos: o pessoal do trabalho, Phil e Susan sorrindo como se eu fosse a filha deles, Dawn chorando, e Ryan também quase à beira das lágrimas, a julgar pela cara dele. A Julia tinha me avisado assim que mandei os convites que não poderia vir; ela e o Bruce foram visitar a família dela em Gana, para comemorar os sessenta anos do irmão.

Jonah canta sobre rosas e sobre o amor, e a tia June pega a mão da minha mãe por um instante e me mostra o polegar, quando passamos por ela. Até a minha prima Lucy consegue abrir um sorriso sob o imenso chapéu coral. Não me atrevo a olhar quem está sentado atrás dela, mas seja quem for, não vai ver nada. A família do Freddie está do outro lado — parentes distantes que não conheço bem, mas que sempre aparecem se tiver comida de graça —, e os amigos do pub estão todos arrumados, nos ternos que provavelmente saem do armário em todo casamento, funeral ou entrevista de emprego. A mãe dele está lá na frente, com um vestido vermelho alaranjado vibrante que está mais para casamento na praia que no celeiro, mas tudo bem, porque estou quase alcançando o Freddie agora, e ele está se virando para olhar para mim. Ai, meu coração. Dou um passo à frente sozinha, enquanto ele corre os olhos por mim e então ergue o rosto para sustentar o meu olhar, e fico tão abalada com a emoção que nem sei como consigo me manter de pé.

— Você veio — sussurra ele, como se soubesse a distância que eu percorri para estar aqui, e, muito embora certamente isto não estivesse no roteiro, ele se inclina e me beija, os lábios quentes contra os meus.

— Você também — murmuro, admirada. Ele segura a minha mão, e eu não quero soltar.

Ele ri baixinho, então fala só para eu ouvir:

— Como se eu fosse estar em qualquer outro lugar.

A celebrante limpa a garganta, pronta para começar, e em seguida dá as boas-vindas a todos, dizendo que é uma emoção que estejam aqui para compartilhar conosco o dia mais especial da nossa vida. Ela explica que nós escolhemos escrever os nossos votos, e eu faço que sim, e só então entendo o que as palavras querem dizer e percebo que não tenho a menor ideia do que iria falar. Sinto um pânico se alojando na garganta. Engulo em seco, enquanto a celebrante se vira para o Freddie, com um sorriso; pelo menos ele vai falar primeiro.

Freddie limpa a garganta, e em seguida limpa mais uma vez, por precaução. O silêncio é absoluto. Pela primeira vez, seu rosto transmite todo o nervosismo que está sentindo.

— Pra falar a verdade — começa ele —, eu não sabia o que dizer hoje. O Jonah sempre foi o artesão da palavra. — Ele olha para trás, virando-se para o amigo. — Cheguei até a pedir ajuda com isso, mas ele falou que pelo menos esse dever de casa eu tinha que fazer sozinho.

As pessoas riem baixinho, inclusive o Jonah, dando de ombros em resposta. Seu olhar chama a minha atenção, por uma fração de segundo no máximo, o fantasma de um pedido de desculpas pelas coisas que disse na minha despedida de solteira. Eu me sinto abalada, porque, na minha vida acordada, já estou com saudade dele e fico me perguntando se vai ficar de vez em Los Angeles.

Freddie espera as pessoas fazerem silêncio antes de se concentrar em mim.

— Lyds, você tinha catorze anos quando te vi pela primeira vez, aquele cabelão loiro e umas pernas que não acabavam nunca, e eu com a minha bicicleta, com aquele farol vagabundo que a minha mãe instalou. — Dessa vez, ele olha para a mãe, enquanto as pessoas riem de novo.

Para um homem nervoso, ele já está com o público no bolso.

— Só Cristo sabe por que você... — Ele se interrompe e pede desculpas à celebrante, que responde deitando a cabeça com gentileza, embora a cerimônia não seja religiosa. — Quer dizer, só Deus sabe... — Ele para de novo, e a celebrante dá um mínimo virar de olhos enquanto as pessoas riem baixinho.

Freddie espera todos se acalmarem antes de seguir em frente.

— O que eu estou tentando dizer, do meu jeito e sem blasfêmias agora, é que não tenho ideia de por que você disse "sim" para mim, ou como eu consegui que você ficasse comigo esse tempo todo. Você é mais inteligente que eu e mais gentil também. Você está tão acima de mim que não tem nem graça. E mesmo assim você disse "sim", e isso faz de mim o homem mais sortudo do mundo.

Suas palavras são perfeitas porque são dele.

— Eu sei que às vezes eu te deixo maluca, mas uma coisa eu prometo: eu e você somos pra sempre. Eu sempre vou cuidar de você. Vou te lembrar de passar protetor solar e, quando estiver frio, vou abotoar o seu casaco. Você ilumina o meu mundo, Lydia Bird, e não quero ter que viver se for sem você.

Ah, Freddie, penso, se você soubesse... É isso que a gente promete quando ama alguém, não é? Em algum momento no meio do caminho, alguém sempre vai ter de dar um jeito de continuar sem o outro. Olhando para o Freddie agora, encontro algum consolo no fato de que ele nunca teve de conhecer um desgosto como o meu em meu mundo acordada.

É muito difícil manter a compostura. Vejo a Elle de canto de olho; as lágrimas estão marcando a maquiagem. Não vou chorar. Não posso. Preciso falar com distinção, dizer as coisas que nunca cheguei a dizer.

— Freddie. — Testo a voz, para ver se consigo falar com firmeza. Não sai perfeito.

Engulo em seco, limpo a garganta, e Freddie deve ter percebido que estou a um passo de desmoronar, pois segura a minha mão. Há um momento de silêncio entre nós e por todo o celeiro. Estão todos me esperando, e inspiro fundo, para me acalmar, porque essas palavras importam mais que quaisquer outras que jamais falei.

— Eu olho para você aqui hoje, Freddie, e o meu coração... bem, eu fico me perguntando como pode caber tanta coisa dentro do meu coração, sem ele estourar. — Levanto a mão dele e a coloco sobre o meu peito. — Ele está cheio de desejos, de futuros e de possibilidades. Está cheio dos nossos ontens, todos reunidos aqui num só lugar. Está cheio dos nossos amanhãs também. O rosto dos nossos filhos, todos os lugares que vamos conhecer, os nossos triunfos e as nossas dificuldades. — Coloco a mão em seu peito agora; seu coração sob a palma da minha mão, o meu sob a dele. — A minha vida está entrelaçada com a sua desde que eu tinha catorze anos. — Ele me olha nos olhos, e estamos conectados. Eu o sinto profundamente, em todos os átomos do meu corpo, em todas as versões do nosso mundo girando ao redor de todas as versões do sol. — O tempo muda tudo no fim, Freddie, e hoje eu percebi que tudo bem, porque o que nós temos é mais do que só o aqui, ou o agora. Você e eu somos o tempo, o sempre, e estamos em todos os lugares. Se eu viver um milhão de vidas, vou te encontrar em todas elas, Freddie Hunter.

Olho para ele, e ele olha para mim, e nós choramos. Não chega a ser um choro de soluçar e deixar todo mundo desconfortável, mas lágrimas silenciosas que acabam virando rios e mares. Quero me lembrar de nós assim para sempre.

A celebrante está prestes a nos declarar marido e mulher, e mal posso esperar para ouvir as palavras em voz alta, para nos declarar casados, e os sinos estão tocando, tocando, tocando, cada vez mais altos e mais estridentes. Estou tremendo, fisicamente tremendo com o esforço repentino e hercúleo de estar aqui. Não consigo ficar parada. O sino já não soa como um sino de casamento, e por mais que eu tente e por mais que eu não queira, estou me afastando dele, entrando numa espiral na escuridão, e meu pijama está úmido com o suor do esforço. Como posso estar de pijama? Ainda estou ouvindo os sinos do casamento. Mas depois percebo que não são sinos. É o meu celular, vibrando estridente na minha mesa de cabeceira, me chamando de volta de um mundo para o outro. Não suporto o barulho nem a angústia absoluta enquanto tateio na mesa em busca dele, ainda meio adormecida. Talvez eu consiga voltar. Quem sabe, se eu puder me agarrar aos vestígios do sono, talvez consiga passar pela porta do celeiro de novo antes que ela se feche. Ainda me atendo a esses pensamentos, vejo o nome na tela do celular com os olhos semicerrados: Elle. Acordo, apavorada.

— Lyds, eu tô sozinha. — Minha irmã parece estar com tanta dor, que mal reconheço sua voz. — O bebê… Socorro.

Acordada

Sábado, 20 de julho

Chego à casa dela antes da ambulância, ainda de pijama. Liguei para a emergência do telefone fixo, enquanto falava com a Elle no celular.

— Aguenta firme — disse a ela, em pânico, porque não estava achando a chave do carro, então calcei as botas e saí de casa. — Eles estão a caminho, eu também, você vai piscar os olhos e eu vou estar aí — digo.

Pelo que ela conseguiu me falar, arfando, sei que o bebê está para nascer, o David está viajando a trabalho, e ela não está entendendo por que a dor ficou tão forte tão rapidamente. Eu também não; a minha única experiência com parto até hoje foi o peixinho dourado que ganhei quando éramos crianças. Era uma fêmea e estava grávida. Nós a batizamos de Ariel, por motivos óbvios, e, vários dias depois, ficamos olhando, fascinadas e horrorizadas, enquanto ela paria uma montanha de ovos brancos, expelindo-os para trás, como quem não quer nada, igual a uma máquina de neve falsa que precisa trocar de pilha. Tenho isso e uns episódios de *Call the Midwife* no currículo; e nenhum dos dois me qualifica a ser a única pessoa por perto quando a minha irmã entrar em trabalho de parto.

Isso tudo passa pela minha cabeça enquanto paro de repente na rua da casa dela, a cinco minutos da minha, procurando pela chave dela em meio às minhas. Tenho a da casa dela e a da minha mãe; outra exigência delas depois do acidente.

— Tô aqui, Elle, tô aqui — grito pelo buraco de cartas, achando enfim a chave certa e enfiando na fechadura. Deixo a porta só encostada, para quando a ambulância chegar, e subo a escada às pressas; devo ter retido ao menos uma coisa do *Call the Midwife*, no fim das contas.

Ela está sentada na beirada da cama, se agarrando à coluna de madeira como se estivesse num navio naufragando. Está com o cabelo escuro grudado na testa por causa do suor, e, quando me ajoelho diante dela e ponho as mãos em seus joelhos, o rosto dela é um misto de pânico e alívio, tudo numa única expressão.

— Tá muito cedo, Lyds — sussurra ela, me encarando com olhos arregalados. Elle está tremendo o suficiente para fazer seus dentes chacoalharem. — Três semanas.

— Tá tudo bem — afirmo, porque a pessoa que me atendeu me garantiu que devia estar tudo bem, quando perguntei uns minutos atrás. — Um monte de neném nasce cedo assim.

Elle não responde; ela não consegue, porque seu corpo é assolado pelo que parece ser outra contração, torcendo-a de dor, fazendo-a gemer feito um animal ferido. Ela se acalma aos poucos, e me sento ao seu lado, passando o braço ao redor dos seus ombros, enquanto ela desaba em mim.

— Quanto tempo entre as contrações? — pergunto, embora não saiba realmente qual deve ser a resposta. — Mais ou menos?

— Pouco — sussurra ela, assim que consegue. — Muito pouco.

— Tá — digo, esfregando suas costas. Tem sangue nas suas pernas, mas não digo nada. — Vamos fazer uns exercícios de respiração?

Meu Deus, espero que ela saiba o que fazer, porque eu é que não sei. Queria ter ouvido com mais atenção quando ela me contou das aulas do curso de grávidas que frequentou. Queria não ter ficado tão concentrada em mim mesma. Por sorte, Elle faz que sim e inspira profundamente pela primeira vez desde que cheguei aqui, exalando um longo silvo.

— Você está parecendo um balão esvaziando — comento, e ela meio que ri, meio que chora.

— Eu me *sinto* uma merda de um balão! — exclama, e nós duas rimos, um pouco, trêmulas, beirando a histeria. — E se o bebê sair antes de a ambulância chegar? — pergunta ela, mais chorando que rindo dessa vez.

— Aí a gente vai dar um jeito — respondo, com muito mais convicção do que sinto. Se a ambulância não chegar antes desse bebê, vou ter um troço. Não consigo ver sangue nem na televisão.

— Não vamos — rebate ela, com medo. — E se acontecer alguma coisa com a minha bebê e não tiver ninguém aqui para ajudar? — Percebo que a sua respiração está começando a ficar mais curta e em poucos segundos seu rosto se contorce de agonia novamente. Pelas minhas contas, foram dois minutos. Com certeza não chegou a três. Dois é um número assustadoramente pequeno.

— Eu tô aqui. Eu vou te ajudar. Eles vão chegar, Elle, mas se não chegarem, a gente vai fazer isso juntas, tá legal?

Ela me olha nos olhos, e eu a encaro de volta, inabalável, com firmeza.

— Tá legal?

Ela engole em seco.

— Está tarde demais para chegar ao hospital.

— Então a gente não vai pro hospital.

— O David não tá aqui — reclama ela, e contorce o rosto.

— Não — repito. — Não está. Mas eu estou, e não vou sair do seu lado até ele chegar, tá bem? Eu já liguei para ele, ele está a caminho.

Ela aperta a minha mão, e olho para a mão pálida segurando a minha. Quando éramos crianças, a Elle e eu costumávamos dar as mãos quando ficávamos com medo: acampando no jardim nos fundos da nossa casa, aos cinco anos; quando o papai apareceu do nada no meu aniversário de nove anos; no funeral do nosso avô, quando eu tinha acabado de completar vinte um. É instintivo e reconfortante. Espero que o gesto transmita a ela tanta força quanto transmite a mim.

— Obrigada — diz ela. Seu lábio treme, e ela parece ter dez anos de novo, e percebo que, agora, eu preciso ser a irmã mais velha.

— Acho que talvez você devesse se deitar — sugiro.

— Não sei se eu consigo.

— Consegue, sim — digo, firme. — Anda, vamos fazer agora, antes da próxima contração.

Juntas, nós a recostamos nos travesseiros bem na hora, e ela ergue os joelhos e começa a bufar. Jesus, cadê essa ambulância? Há um rastro de sangue fresco no lençol, por onde ela se moveu. Tento não pensar nisso; não sei se é normal ou não.

— Desculpa fazer isso com você, logo hoje — pede ela, chorando, sem fôlego por causa da dor.

Uma imagem fugaz do meu casamento me vem à mente: o vestido de seda água marinha, o sorriso largo do Freddie, a Elle e a minha mãe caminhando ao meu lado até o altar.

— Deixa de ser boba — respondo. — Eu não estava fazendo nada.

Elle e eu trocamos um olhar cúmplice que não precisa de palavras, e então ela fecha os olhos e cerra as mãos em punhos, sentindo uma nova contração. Nunca me senti tão inútil. Pego a sua mão quando ela abre os olhos novamente.

— Melhor não — avisa ela. — Não posso garantir que não vou quebrar seus dedos.

Dou uma risada, porque já ouvimos a história do parto da minha mãe muitas vezes.

— Eu não iria querer que você acabasse com as minhas chances de ser campeã de surfe — respondo, sem soltar a mão dela.

— Meu Deus, Lydia, vai acontecer agora, acho que tô sentindo a neném saindo! — exclama Elle. — Preciso fazer força — diz ela, ansiosa, envolvendo a barriga com uma das mãos, a outra atrás da cabeça segurando a cabeceira da cama. Os nós dos dedos estão brancos, se destacando contra a sua pele.

— Dá para aguentar? — pergunto, fazendo uma careta, já me preparando para a resposta que sei que ela vai dar.

— Não! — ela meio que grita, com o rosto cor de beterraba cozida por conta do esforço. Nem penso; corro para o pé da cama.

— Vou ter que checar se consigo ver alguma coisa, Elle — aviso, soando muito mais corajosa do que me sinto.

— Tá bem. — Ela está chorando. — Por favor, não deixa a minha filha morrer, Lyds. Não deixa o cordão sufocar, nem nada assim.

Mal dá para ver alguma coisa por causa das lágrimas, mas, meu Deus do céu, eu sei que a ambulância não vai chegar a tempo.

— Acho que estou vendo a cabeça dela — informo, me aproximando, tentando me lembrar de algum parto que já tenha visto ou sobre o qual tenha lido. Só a Ariel não está me ajudando. — Presta atenção, Elle — aviso, olhando para ela por entre os seus joelhos. — Quando você estiver pronta, precisa fazer força até eu mandar parar, e aí, pelo amor de Deus, para de empurrar, para eu poder ver se o cordão não está no pescoço dela, tá legal?

Ela fica apavorada, mas assente e, em segundos, a dor volta.

— Isso — digo. — Muito bem. Agora empurra.

Fico olhando, prendendo o fôlego, enquanto o rostinho da neném aparece, lenta e milagrosamente, roxo e espremido.

— Agora para — ordeno, em voz alta, o joelho da Elle encostado no meu ombro. Passo os dedos pelo pescoço da bebê e graças a Deus o cordão não está ali. — Está tudo bem, ela está bem — digo, assentindo vigorosamente. — Pode fazer força de novo, quando estiver pronta.

Ela assente vigorosamente também, e então começa a gritar, e ao longe, ouço as sirenes.

— Vai, Elle, a gente vai conseguir! — Eu meio que grito, segurando a cabeça da neném quando seus ombros começam a emergir. Ajudo o máximo que posso, sustentando o corpinho minúsculo, manobrando-a, encorajando a Elle a fazer força pela última vez para expelir a criança escorregadia, suja e maravilhosa de dentro do seu corpo para as minhas mãos.

— Não deixe ela cair, ouviu? — exclama ela.

— Óbvio que não, Elle. Eu prometo. — Não deixo de notar que é a segunda vez que faço promessas solenes nas últimas horas. Não consigo processar isso agora, é muita coisa. Então, todos os pensamentos, tirando o aqui e o agora, ficam de lado, pois uma nova vida inspira o primeiro sopro de ar nas minhas mãos. — Ela nasceu, ela nasceu! A gente conseguiu, eu falei que a gente ia conseguir! — Estou rindo e chorando de puro alívio, nós duas estamos, e eu pego um lençol da cama e enrolo a neném, que está se contorcendo.

Entrego-a a Elle, que aninha a filha querida nos braços.

— A ambulância está chegando, estou ouvindo — digo baixinho.

— Obrigada — agradece ela, com a boca trêmula.

Eu me aproximo e a abraço, com cuidado para não esmagar a minha nova sobrinha. As sirenes parecem mais altas, e então enfim param de soar.

— Você foi maravilhosa — digo.

— Você também — sussurra ela, ainda soluçando, relaxando de alívio.

— Nunca fiz um parto antes — comento, como se isso fosse novidade para a gente.

— Você está se esquecendo da Ariel — rebate ela.

— Verdade. Ela não deu metade do seu show.

— Olá? — chama uma voz masculina, e ouvimos o som de botas na escada.

— Aqui em cima — grito de volta.

Dois paramédicos de uniforme verde-escuro aparecem no quarto, um homem careca e uma mulher alta de rabo de cavalo loiro, os dois de pé ao lado da cama, avaliando a situação enquanto se apresentam como Andy e Louise.

— Parece que você teve uma manhã agitada, querida — diz Andy, sorrindo para a Elle.

— É uma menina — diz Elle, sorrindo.

— Posso conferir se ela está bem? — Louise se aproxima da Elle e examina a neném com cuidado. Eu me afasto para deixá-los trabalhar e observo o cordão umbilical ser pinçado e então cortado.

— Você pode segurar a neném, enquanto examinamos a Elle? — pergunta Louise.

Fico aliviada que haja outra pessoa no comando, enquanto ela posiciona a criança envolta em lençóis nos meus braços. Eu caminho com ela até a janela, enquanto os paramédicos cuidam da minha irmã, alheia às palavras deles, apenas um ruído de fundo, enquanto analiso esse novo serzinho. Toco a pontinha do nariz minúsculo, bem de leve, suas bochechas. Minha sobrinha. Ela não está mais roxa, está mais para um tom lindo de pêssego, macia e ainda um pouco suja de sangue. Toco o lábio inferior, e ela faz um biquinho, por instinto, chupando igual a Maggie Simpson. Como você já é inteligente, penso, sabendo como sobreviver. Espero que sempre tenha isso em você. Quando ela se contorce e a mão aparece, coloco o indicador contra a sua palma. Dedos minúsculos e translúcidos envolvem o meu, a coisa mais frágil que já vi na vida. Olho para essa novidade inocente e me dou conta, com um sobressalto, que no meu outro mundo, ela nem sequer existe.

— Ah — sussurro.

Ela está no meu mundo há tão pouco tempo e já ampliou a distância entre o aqui e o lá. Lá, Elle não é mãe. Lá, essa criança não sobreviveu. Não sei o que tudo isso significa, mas de repente percebo como estou cansada. As últimas vinte e quatro horas foram, no mínimo, intensas. Eu me sinto quase aliviada quando é hora de entregar o bebê de volta a Elle, que agora está sentada na cama parecendo muito mais normal do que eu imaginaria que fosse possível, depois de expelir uma pessoa totalmente nova no mundo. Ouvi a Louise acalmando a Elle, que estava preocupada com a velocidade com que a bebê nasceu; ao que parece, cada um leva o tempo de que precisa. Ela já fez partos na ambulância, e até no pé de uma escada rolante, num shopping center, uma vez. Melhor do que encarar dois dias de trabalho de parto, comentou ela, o que acho que é verdade.

Entrego a neném a Elle e vou até o corredor, para ligar para o David e dizer que mãe e filha passam bem, e que ele tem de voltar para casa agora mesmo. Ele entra em pânico. Preciso ser firme e digo a ele para parar de ficar nervoso e se recompor.

— Você vai ter que ir pro hospital? — pergunto, sentada com cuidado na beirada da cama, quando a Louise e o Andy descem a escada.

Elle faz que não.

— Não. A Louise está tentando falar com a minha parteira no telefone, para pedir para ela vir me ver, me examinar de novo. — Ela olha para a neném. — E ela também.

Por um momento, fitamos a criança adormecida. Não me surpreende que ela tenha pegado no sono; por mais difícil que as últimas horas tenham sido para a Elle e para mim, foram ainda mais agitadas para ela.

— Já pensou em algum nome? — pergunto. Eles cogitaram tantas opções nas últimas semanas e meses que perdi a conta.

Elle olha para a filha.

— Pensamos em Charlotte, mas agora que ela está aqui, não sei se combina com ela.

— Hum — digo, pensando. — Que tal... Lydia Ariel Peach?

Elle me oferece um sorriso cansado, mas não deixa de ser um sorriso.

— Só tem lugar para uma Lydia na minha vida.

E, no entanto, tem dois de todo mundo na minha, penso. Dois de todo mundo, menos do Freddie e dessa menininha.

— David já deve estar chegando.

— Mal posso esperar para que ele chegue — diz ela.

Olho para os lençóis manchados de sangue.

— Que tal eu fazer uma torrada pra você? Você pode se sentar na poltrona e comer, enquanto eu troco a roupa de cama... Tornar essa cena um pouco menos, hã... *Alien*?

Elle torce o nariz. Sabe que não lido bem com sangue.

— Foi horrível a parte lá embaixo?

— Estranhamente, não — respondo. — Pra falar a verdade, ser a primeira pessoa no mundo a ter visto essa senhorita foi muito especial.

— É um baita de um eufemismo. As pessoas falam todo tipo de coisa fofa quando testemunham um nascimento; chamam de milagre, dizem que não tem nada igual, que é maravilhoso. Para mim, foi tudo isso e muito mais: pura magia humana. Elle fez o maior de todos os truques de mágica do mundo bem diante dos meus olhos hoje. A minha irmã é uma feiticeira, e a filha dela é uma obra-prima.

Quando o David aparece um pouco mais tarde, subindo os degraus de dois em dois, as duas estão dormindo. Estou cochilando na poltrona, mas acordo quando ele entra no quarto, ofegando.

— Elas estão bem — aviso, baixinho, enquanto ele se aproxima da cama, e a Elle abre os olhos e o vê. E o olhar no rosto dela... é tudo. É "Eu te amo, olha o que eu fiz, que bom que você chegou".

O olhar no rosto dele... é tudo também. É "Eu te amo ainda mais, olha que coisa maravilhosa que você fez, estou tão orgulhoso de você, minha super-heroína".

Ele se senta ao lado dela, e a Elle se aninha em seus braços, chorando de novo, desta vez de pura alegria, porque a sua nova família está finalmente reunida pela primeira vez. Inspiro o prazer deles e, lentamente, saio do quarto, porque não quero me intrometer em seus primeiros momentos a três. Eles não percebem, e tudo bem. É assim que tem de ser.

Fiquei por tempo o suficiente para saber que eles acabaram escolhendo Charlotte; David desceu com ela com todo o cuidado até o andar de baixo, para a Elle poder tomar um banho muito cauteloso. Nós nos sentamos no sofá e ficamos examinando as mãos e os pés em miniatura da Charlotte, seus membros desengonçados, que ainda precisam engordar, o chumaço de cabelo escuro. David acha que ela parece a Elle; acho que ele provavelmente tem razão. A parteira chegou, brusca e eficiente com a sua balança. Charlotte nasceu com saudáveis 2,380 kg, o que aparentemente é ótimo para quem chegou três semanas antes da hora.

Estou em casa de novo, com uma caneca de chá. Mas agora que estou aqui acho que a casa nunca pareceu tão vazia; nem nunca me senti tão sozinha. O silêncio é intenso. Eu poderia ligar o rádio, mas acho que não iria aguentar a falação nem as risadas banais. Estou exausta até os ossos. Eu me sinto estranha… desconectada, o que na verdade é esquisito, considerando que acabei de testemunhar algo tão impactante quanto um nascimento. Talvez eu tenha atingido uma sobrecarga emocional; me casar e fazer um parto no espaço de algumas horas deixa a gente assim. Não sei bem explicar. É uma sensação de desconexão, como aqueles cliques distantes na linha quando você liga para o exterior. Elle se mudou para outro país agora, um lugar que posso visitar, mas onde não posso ficar. Todos ao meu redor estão seguindo em frente, para longe de mim: a minha mãe com o Stef, a Elle e a neném, o Jonah em Los Angeles.

Meu pobre e sofrido coração. Sabe aquelas caixinhas de música antigas, forradas com espelhos para refletir a bailarina girando lentamente de todos os ângulos? Tenho uma em algum lugar, com pássaros coloridos pintados na tampa; o Jonah me deu de aniversário, quando ainda estávamos na escola. Eu me imagino como aquela bailarina, uma miríade de versões giratórias de mim.

Estou muito cansada, e dá trabalho demais subir até a minha cama, então me arrasto até o sofá e desabo, enrolada de lado, com o rosto nas mãos para bloquear a luz do dia. Eu choraria até dormir, se tivesse energia; Deus sabe que mereço um bom choro, dadas as horas que acabei de viver. Mas não tenho energia, e também acho que não tenho mais lágrimas. Eu me sinto seca, uma pilha ressequida de folhas que pegaria fogo ao menor indício de chama. Quando fecho os olhos, vejo as folhas se espalhando na brisa, algumas aqui, outras ali, pedaços de mim se afastando.

Quando acordo, está escuro de novo. Apaguei, num sono sem sonho, e agora estou completamente acordada às dez da noite, tomada pela vontade de fazer alguma coisa, de ir para algum lugar, de sair daqui. Não trabalho nesta semana nem na próxima; marquei férias sem comentar que, se as coisas tivessem sido diferentes, o Freddie e eu estaríamos em Nova York, em lua de mel. Falei para a Dawn que estou planejando reformar a cozinha, e disse para o Phil e a Susan que vou a um spa com a minha mãe e com a Elle, antes de a neném nascer. Nenhuma das duas coisas era verdade. Marquei férias para ficar em casa, numa sequência consecutiva de visitas ao meu outro mundo. Por mais louco que pareça, *vou* à minha lua de mel.

Mas então me dou conta de que não preciso ficar em casa no mundo acordada: tenho o remédio, posso viajar. Na verdade, quanto mais penso no assunto, mais faz sentido fugir. Se eu ficar aqui, sempre vai ter alguém precisando de mim: a Elle, a neném, a minha mãe. Digo a mim mesma que a Elle e o David vão gostar de ter um tempo sozinhos, para conhecer a filha. Se eu viajar, não vou ter de me preocupar com mais ninguém. Meu coração está pulsando com a adrenalina; fico animada com a ideia de ir para outro lugar. É uma necessidade, e não um desejo. Eu me sinto como um elástico esticado, a ponto de arrebentar, que precisa ser solto com cuidado. Repasso na cabeça minhas opções: praia, montanha, mar. Para onde posso ir? Quer dizer, posso até tentar comprar uma passagem para Nova York. Considero a hipótese por alguns minutos, mas então decido que, mesmo para mim, seria estranho demais estar simultaneamente em Nova York em minhas duas vidas. No andar de cima, tomo um banho depressa e me visto, jogando roupas e calcinhas na minha mala — que arrastei do quarto de visitas —, óculos escuros, sandálias. Eu me conheço bem o suficiente para saber que não quero parar num lugar frio. *Luz do sol.* Preciso voltar meu rosto para o sol e senti-lo banhar a minha pele com um calor quente e úmido. Com a mala arrumada desse jeito, arrasto-a até o andar de baixo e pego o passaporte na gaveta da cozinha. Está num envelope, junto com o do Freddie, e, por alguns instantes, seguro os dois colados ao peito, imaginando a gente fazendo fila no aeroporto, os passaportes firmes na mão, animados com a viagem. Não me atrevo a olhar para ele agora; preciso continuar neste estado de espírito capaz de me levar para um novo lugar. Não vejo a hora de acordar amanhã de manhã. Não posso esperar nem mais uma hora, então chamo um táxi e arrasto a mala pela porta de casa e espero na rua. Enfio algum dinheiro e um bilhete apressado de desculpas pelo buraco de cartas da casa da

Agnes; me sinto na obrigação de pedir que cuide do Turpin, muito embora ele já praticamente more com ela mesmo, e ele não vai dar a mínima se eu não estiver por perto. Não tenho mais ninguém para avisar sobre a minha loucura. Vou escrever para a minha mãe e a minha irmã quando souber para onde vou. Por enquanto, me limito a trancar a casa e a entrar, animada, no táxi, assim que ele encosta. Não consigo deixar de pensar que algo ou alguém vai me impedir, segurar o meu braço e dizer que não posso ir, mas isso não acontece. Estou sozinha. Capitã do meu navio, embora não tenha ideia de para onde ele está navegando.

No salão de embarque, olho para as partidas no painel de voo, desnorteada. Só então a dúvida me cutuca de leve no ombro. A verdade é que me sinto um tanto desequilibrada, parada aqui, no aeroporto, sozinha, com uma mala arrumada às pressas, um frasco de comprimidos cor-de-rosa pela metade e meu passaporte. Ninguém sabe que estou aqui. Eu poderia dar meia-volta e ir para casa, que ninguém iria saber. É tentador; considero a opção. Para todo lado que olho, vejo casais e famílias, crianças cansadas com seus iPads, e os grupos em despedidas de solteiro, indo direto para o pub. Definitivamente não quero ir para um lugar onde possa haver uma despedida de solteira. Não sei o que fazer, então fico parada e deixo as pessoas me contornarem, ouvindo fragmentos de conversa, sentindo o cheiro dos perfumes da loja Duty Free.

— Está tudo bem? — alguém pergunta. Eu me viro e me deparo com um segurança. — Você está aí há algum tempo já — diz ele. — Precisa de ajuda?

Ele parece cansado, como se estivesse perto de se aposentar. Imagino que esteja perguntando se preciso de ajuda para achar o meu balcão de check-in, mas a nossa conversa pode muito bem servir a um propósito maior. Ele não sabe, mas acabou de virar o imediato deste navio.

— Na verdade, preciso, sim — digo. — Para onde você iria se pudesse ir para qualquer lugar neste momento?

Ted, cujo nome sei por causa do crachá, me olha de um jeito estranho, surpreso com a pergunta.

— Pra minha casa, acho... — responde ele.

Eu meio que rio, desesperada, porque é a resposta mais errada possível.

— Não, tô falando de ir pro exterior. Se você pudesse viajar para algum lugar agora, para onde iria?

Ele olha para a minha mala e então para mim, me avaliando. O que está pensando, me pergunto? Que estou fugindo da polícia? Abandonando alguém no altar? Torço, tarde demais, para não ter pedido ajuda à pessoa menos adequada neste aeroporto; esse cara no mínimo pode me prender. Ele leva a mão ao rádio na cintura, a grossa aliança dourada de casamento encaixada num sulco fundo em seu dedo.

— Bem — responde, devagar. — Provavelmente para algum lugar com uma boa conexão de internet, para poder avisar a algum conhecido onde estou assim que chegasse.

É uma resposta paternal; terrivelmente cativante para uma mulher sem pai.

— Eu vou avisar — digo, e então aponto para o painel de voo novamente. — E aí, para onde?

Ted suspira como se realmente preferisse que eu voltasse para casa.

— Talvez fosse melhor ver o voo que ainda tem vaga disponível. Vá para os guichês de venda, e não para os balcões de check-in.

Ele aponta para os quiosques das companhias aéreas ao fundo, iluminados com luzes vermelhas e amarelas.

— Ah, lógico — respondo. São muitos, uns doze ou mais, então peço outra coisa a Ted. — Fala um número entre um e doze.

Ele revira os olhos.

— Seis.

Seis. Um número como qualquer outro.

— Obrigada, Ted — agradeço, me sentindo meio constrangida, como se devesse abraçá-lo ou algo assim. — Eu... bem... É melhor eu ir.

Ele dá um passo para o lado, me dando passagem.

— Pode ir — diz ele. — E não se esqueça de ligar para casa.

Faço que sim. Ele tem razão; eu deveria ligar ao menos para a minha mãe, mas não me atrevo por enquanto, com medo de que ela me convença a mudar de ideia antes de eu decolar. Amanhã eu aviso — a minha mãe está mais que ocupada agora, tentando voltar do Lake District para conhecer a neta.

Certo. Seis. Aproximo-me da fileira de quiosques e caminho ao longo deles, contando-os mentalmente. Quiosque um, United Airlines. Acho que não posso ir para os Estados Unidos sem visto e toda aquela burocracia, então não ia me servir de nada mesmo. Dois, Air France. Perto demais; e nada garante que a minha mãe não iria me buscar. Além do mais: Paris. Três, Qantas. Longe demais. Quero fugir, mas não para o lugar mais longe do mundo. Quatro, Emirates. Hum. Não acho que a ostentação de Dubai seja do que a minha alma esteja precisando agora. Aer Lingus é o cinco; outro destino descartado puramente pela proximidade. Certo. Aqui está o quiosque seis, num tom vibrante de laranja e vermelho, me acolhendo. Está quase me chamando. Air India. Sinto um nervoso me apertando no estômago. Eu meio que tinha me imaginado indo para as Ilhas Baleares ou para Portugal, mas a Índia tem algo que de repente parece atraente. É longe o bastante para estar fora do alcance da minha mãe, e diferente na medida para ser bem do que preciso — não que eu soubesse disso até este momento. Nunca me imaginei viajando sozinha, muito menos para um lugar tão desconhecido para mim. Alguns dos caixas do quiosque já estão fechados, mas, por sorte, tem um rapaz num deles, olhando para cima e chamando a minha atenção.

— Posso ajudar? — pergunta ele, sorrindo para mim. É gentil, e eu me aproximo.

— Acho que quero ir pra Índia — informo, um pouco mais devagar que o normal, como se estivesse testando as palavras.

— Excelente — responde ele. — Para onde na Índia você quer ir?

— Ah — hesito, me sentindo uma boba. — Certo. Qual o voo mais cedo que você tem?

Se a minha resposta o surpreende, ele é profissional o bastante para não demonstrar. Ele digita no seu teclado, e eu espero, cruzando os dedos debaixo da mesa, torcendo para ele não dizer que não tem voos próximos.

— Tem um voo saindo para Délhi daqui a duas horas e vinte e sete minutos.

— Esse — digo, emocionada.

— Mas, infelizmente, está lotado — sinaliza ele, me oferecendo um sorriso simpático.

Fico arrasada. Fiquei sabendo do voo há menos de trinta segundos, e já me parece uma oportunidade perdida.

O rapaz verifica as horas.

— O voo seguinte é às 2h19, mas é para Goa.

Ele me olha, como se isso pudesse ser um problema, mas Délhi ou Goa não faz a menor diferença para mim.

— Tem lugar?

Ele digita mais um pouco e torce o nariz, então responde:

— Tem.

Já estou com o cartão de crédito no balcão antes de responder:

— Quero esse.

O rapaz hesita por um microssegundo, vacilando em sua expressão profissional.

— Tem certeza?

— Eu pareço alguém que está na dúvida? — pergunto. — Estou com a minha mala e o meu passaporte aqui.

— E o visto está em dia?

Meu coração se aperta.

— Precisa de visto para ir pra Índia?

Em vez de simpático, ele parece irritado agora.

— Precisa, mas dá pra pedir on-line, bem fácil.

Pego o celular na mão, esperançosa de novo.

— Agora? Dá pra fazer isso agora?

— Dá, senhora, mas leva dois dias para processar.

Minha vontade é de chorar. Na verdade, acho que estou à beira das lágrimas, ao guardar o cartão de crédito de volta na bolsa.

— Muito obrigada — digo, balançando a cabeça. — Mas preciso viajar ainda hoje.

Eu me afasto, puxando a mala, e ele parece pesaroso de verdade, provavelmente porque não vai ganhar a comissão.

O quiosque seguinte é de uma das principais agências de viagem que tem a própria companhia aérea, então levo a minha mala até a moça com cara de entediada atrás do balcão e, depois do que aprendi com a minha decepção com a Índia, tento uma nova abordagem mais direta.

— Quero uma passagem no primeiro voo disponível para um país quente onde eu não precise de visto, por favor.

Ela arregala os olhos por trás dos óculos de gatinho.

— Certo — diz, clicando com o mouse para acordar o computador e guardando o sanduíche que estava comendo na gaveta. Ela confere o relógio na parede e faz um barulhinho com a boca, pensando. — Acho que dá pra pegar o voo para Maiorca, o embarque será encerrado daqui a dez minutos — diz. Sei que falei que queria uma passagem no primeiro voo disponível, mas já fui para Maiorca, e o lugar me traz memórias do Freddie de que não preciso agora.

— Qual o próximo depois desse? — pergunto.

Ela me lança um olhar ligeiramente cínico por cima dos óculos antes de conferir a lista de voos, como se tivesse admirado a minha ousadia inicial, e eu a tivesse decepcionado com a minha exigência.

— Ibiza, às 1h20.

— Estava querendo um lugar um pouco menos turístico — digo.

— Você já foi para Ibiza?

Faço que não com a cabeça.

— É um lugar que pode te surpreender. A ilha tem outras áreas, não é tudo uma festa fora de San Antonio. Ou então você pode ir pra Formentera, se estiver querendo uma coisa um pouco mais hippie.

Fico indecisa, e ela continua digitando com as suas longas unhas azul-escuras no teclado, e por fim estreita os olhos.

— Ou então parece que tem um assento livre no voo de 3h45 para Split.

— Split?

— É na Croácia.

Entrego meu cartão de crédito.

Acordada

DOMINGO, 21 DE JULHO

Quando você para pra pensar, é estranho estar num avião, não é? Nem na terra, nem no espaço, desbravando a vastidão celestial numa caixa de metal. A família ao meu lado está tentando fazer o filho pequeno comer o café da manhã insosso do avião, então encosto a cabeça na janela e tento não os escutar. Em vez disso, olho para o tapete de nuvens de merengue sob o avião. Nigella não iria gostar, penso, parece ralo, e não em ponto de neve. Um tom de rosa-claro, meio amarelado, risca o céu matinal e, olhando para além das nuvens, vejo estrelas ao longe. Será que o meu outro mundo está lá fora em algum lugar também? Estou mais perto dele agora do que o normal? Será que dá para ver o rastro de fumaça do meu avião de lá? É uma ideia terrivelmente sedutora. Quem sabe o piloto não comete um erro no caminho e nós pousamos nele, por engano. Fecho os olhos e me deixo invadir pelo sono, e meu cérebro traz de volta uma frase que a Elle tinha na parede do quarto dela, acho que num pôster do Peter Pan: "Segunda estrela à direita, e depois direto até amanhã de manhã."

Eu não tinha considerado de fato a realidade de estar num país estrangeiro. A viagem foi mais uma fuga que uma vontade de ir para algum lugar. Mas agora, ao olhar para baixo e ver uma massa de terra cercada de ilhotas e barcos deixando pequenos rastros por onde passam, sinto o primeiro incômodo da dúvida. Centenas de casinhas de tijolos vermelhos iguais às do Banco Imobiliário pontuam o continente verdejante à medida que nos aproximamos, com uma ou outra piscina azul, me lembrando de que estou num lugar mais quente do que onde moro. Não sei nada sobre este lugar além do nome, e não tenho ideia do que vou fazer quando sair do aeroporto. É uma espécie de aventura, mas não sou uma pessoa que, em circunstâncias normais, poderia ser considerada aventureira. Em circunstâncias normais... Talvez essa seja a diferença. Minha vida não está normal desde que o Freddie morreu.

Passo pelo controle de passaporte e pela esteira de bagagens seguindo o fluxo, e então sou arrastada em meio à multidão de malas até a saída. Na mesma hora sou envolvida pelo calor. Dou um passo para o lado e fico parada por um instante, me recompondo. Merda. Estou na Croácia. Não faço ideia de como é a língua e o dinheiro que eu troquei no aeroporto me parece irreconhecível. Duvido que fosse capaz de apontar para esta cidade num mapa. Penso por um instante, com saudade de casa, da minha mãe, da Elle e da neném, e resolvo ligar para elas assim que arrumar um lugar para me hospedar. Levo a mão aos olhos, quase como um marinheiro a espreitar o horizonte, enquanto avalio minhas opções. Vejo alguns ônibus, mas não sei onde comprar passagem. Vejo ônibus de turismo, mas devem ser de alguma agência. Então vejo uma fila de táxis, e estou mordendo o lábio, pensando a respeito, quando um rapaz se aproxima de mim.

— Precisa de táxi?

O fato de que ele fala inglês me encoraja a responder.

— Não sei pra onde eu quero ir — respondo.

— Você quer festa?

Franzo a testa. Não sei se é uma pergunta genérica ou um convite. Ele parece decente o suficiente, mas nunca se sabe, né?

— Ou precisa de um lugar tranquilo, para ler?

Ah, era uma pergunta genérica.

— Isso — respondo, depressa. — Tranquilo. Ler também é bom.

Ele olha para o relógio.

— Minha mulher tá alugando um quarto.

— Sério?

Ele assente.

— Em Makarska.

Não faço a menor ideia de onde fica isso.

— Ela tem um restaurante, o quarto fica em cima. É perto da praia.
— É longe?
Ele dá de ombros.
— Um pouco.
Mais uma vez, não sei como quantificar isso.
— Hum... — respondo, tentando decidir se foi sorte ou se estou prestes a ser assassinada e jogada de um penhasco. Então algo me diz para ir em frente. — Tá bem.
Ele abre um sorriso genuíno e isso muda o seu semblante.
— Eu te levo agora. Vita vai te dar um frango de graça, na minha casa.
Acho que a Vita deve ser a mulher dele, a menos que ele esteja falando dele mesmo na terceira pessoa, o que seria estranho. Ele pega a minha mala com uma das mãos e limpa a outra na camisa de manga curta xadrez antes de estendê-la a mim. Tomara que não seja um frango vivo.
— Petar — ele se apresenta.
— Lydia — respondo, e aperto sua mão com um sorriso tímido. Ele sacode o meu braço brevemente, de um jeito que não me parece assassino.
— Por aqui — chama Petar.
Fico aliviada quando ele me leva até uma van branca numa fila de táxis parecidos, parando para dar um tapa no ombro de outro motorista pela janela aberta. Eu me sinto animada. As pessoas aqui conhecem esse homem e parecem gostar dele. Estou começando a achar que conhecer o Petar foi um golpe de sorte — Deus sabe que estou precisando.

Vita é a minha nova pessoa favorita no mundo. Ela me avaliou por alguns segundos em silêncio, quando o Petar saltou comigo do táxi, um pastor com uma ovelha perdida, então assentiu e me deu um abraço. Ela me pegou de surpresa, e fiquei ali, dura feito uma tábua, no meio do restaurante da família, ainda segurando a alça da mala. Não foi um abraço muito entusiasmado, de bater as mãos nas minhas costas; foi mais um gesto terapêutico em volta de mim, e então ela deu um passo para trás e me fitou nos olhos e na minha mente ao mesmo tempo.
— Pode ficar comigo.
Ela pega a bolsa pesada do meu ombro e pendura no seu enquanto fala.

— Aqui, os seus segredos são todos seus.

É uma coisa tão simples, mas muito profunda de se dizer. A minha história de vida está escrita no meu rosto, para ser lida por qualquer um que tenha tempo para perceber? Ou será que a Vita é algum tipo de mística, capaz de ler a minha mente sem precisar de palavras? Não sou fantasiosa o suficiente para acreditar nisso, mas tem alguma coisa na Vita, na serenidade dela, que me atrai. É um pouco mais alta que eu e uns dez anos ou mais, talvez, mais velha; é esbelta e discreta, de calça jeans e um avental vermelho desbotado, o cabelo escuro penteado para trás e o rosto, sem maquiagem.

— Vem. Vou te mostrar o quarto.

Ela dispensa o marido com um gesto de mão e aponta para as portas abertas do pátio com a cabeça.

Obedeço, e me vejo pisando no terraço de um restaurante à beira-mar. Por um momento, fico deslumbrada demais para falar. Deslumbrada com a clareza da luz do sol da manhã, com o calor, com o brilho do oceano. Paro entre as mesas e cadeiras simples de madeira, virando o rosto para o calor, e uma onda de algo que parece ser liberdade desliza pela minha pele. Aqui, ninguém me conhece. Ninguém sabe da minha história. Eu posso simplesmente existir.

— O seu quarto é esse aqui — diz ela, me chamando. — Aqui em cima.

Deixo a mala no pé da escada de pedra na lateral do restaurante e a sigo, esperando atrás da Vita enquanto ela procura a chave no bolso do avental. O quarto é simples e limpo: paredes brancas, uma cama de casal baixa de madeira com lençóis limpos dobrados sobre um colchão vermelho. O lugar tem uma simplicidade monástica que me agrada, e a Vita abre as portas duplas, revelando uma varandinha com vista para o mar. Uma única espreguiçadeira dobrável de madeira, baixa, com uma almofada vermelha. Com uma vista como essa, ninguém precisa de quadros nas paredes.

— O banheiro fica ali — indica, apontando para uma porta fechada.

— É exatamente o que eu estava procurando — comento, embora não soubesse o que estava procurando até este momento. — Obrigada.

Ela assente, como se fosse óbvio, e me diz o preço da diária para uma semana.

— Ou você pode me ajudar lá embaixo, se preferir. De manhã e de noite. Os horários mais movimentados.

Então agora eu tenho um quarto, e um emprego também, se quiser. Como é fácil me reinventar, penso, ser outra pessoa.

— Tá bem. — Sorrio e dou uma risadinha. — Acho que posso fazer isso. Posso te responder daqui a um ou dois dias?

— Com certeza — diz ela. — Tira uns dias pra você primeiro. Pra se acostumar com o lugar. — Ela me entrega a chave. — É seu pelo tempo que precisar.

Aperto a chave na mão enquanto ela sai. Pelo tempo que eu precisar, ela falou. É diferente de pelo tempo que eu quiser; tenho a impressão de que a Vita entende perfeitamente bem a sutil diferença.

Suspiro e caminho até a varanda. Meu Deus, que lugar! Parece um cartão-postal; as cores de encher os olhos, casas simples espalhadas, uma sensação tranquila de serenidade. Estou na Croácia, numa cidade de cujo o nome nem me lembro. A esta hora, ontem, eu estava em casa, cercada de gente que me conhece. Hoje sou uma desconhecida numa terra estranha. É como tirar um peso dos ombros.

— Como assim você está na Croácia? — exclama a minha mãe, o leve atraso na voz evidenciando a nossa distância. — Você estava aqui ontem.

— Eu sei — digo. Tem uns trinta segundos que estou nessa ligação, e a conversa foi de "Oi, querida" para isso muito rápido. — Foi, hum, uma coisa espontânea, mãe. — Eu hesito, tentando explicar que fugi de casa.

— Mas a sua irmã acabou de ter neném — insiste ela, incrédula, a mais de mil quilômetros de distância.

— Eu sei disso — respondo, baixinho. — Eu tava lá.

— Mas, Lydia... — Ela fica sem palavras. — Por quê?

Por quê. Lá vem você de novo, mãe, direto ao ponto.

— Não sei — respondo. — Eu só... Precisava escapar por um tempo.

Ela faz uma pausa. Ouço a contrariedade em seu silêncio.

— Por quanto tempo?

Não sei, então digo a ela o que ela quer ouvir.

— Uma semana mais ou menos. Talvez duas. Estou de férias.

— E aí você vai voltar para casa?
— O que mais eu vou fazer?
— Sinceramente, eu não sei, Lydia — desabafa ela.

Seu tom sugere que ela está cansada da minha imprudência, o que me deixa irritada, porque estou longe de ser uma arruaceira.

— O que você quer dizer com isso?

Ouço-a suspirar.

— Nada, meu amor — diz ela. — Eu me preocupo com você, só isso.

— Estou de férias — repito, dispensando suas preocupações como se fossem injustificadas e desnecessárias. Posso até vê-la, de pé no corredor de casa, franzindo a testa, torcendo o colar nos dedos. — Vou mandar uma foto da vista do meu quarto. Vou ler na praia. Pegar sol. Comer demais, beber demais. Tirar uma semana mais ou menos pra descansar, só isso.

Não conto a ela sobre a oferta de emprego.

Não tive coragem de ligar para a Elle depois de falar com a minha mãe, então mandei uma mensagem, antecipando a minha defesa, caso mamãe ligue para ela, nervosa. Isso foi hoje de manhã, e ela ainda não respondeu, mas imagino que a minha irmã tenha coisas mais urgentes na cabeça do que conferir o celular. Contar dedinhos, abotoar macacões, beijar a pontinha daquelas bochechas minúsculas. Esse tipo de coisa. Afasto as lembranças de casa e da neném para um canto no fundo da mente e retorno ao aqui e agora.

Também não conto para ela sobre a oferta de emprego.

São nove e pouco da noite, e estou sentada na minha varanda, vendo a noite se desenrolar. A Vita e o Petar me ofereceram um jantar de boas-vindas lá embaixo agora, um frango assado com arroz delicioso e vinho local, e me apresentaram aos funcionários. O restaurante lá embaixo está fervilhando, todas as mesas à luz de velas ocupadas com famílias ou casais, ombros bronzeados e risos, crianças sentadas na beirada do pátio, com os pés na areia fria, o barulho de talheres batendo nos pratos de porcelana, bebês dormindo nos carrinhos. É uma perfeita cena de cinema que, sem dúvida, está se repetindo por todo o Mediterrâneo esta noite: cordões de luzes brancas penduradas nos pinheiros, o cheiro persistente de maresia e protetor solar, as pessoas reunidas sob as estrelas que começam a despontar no céu escuro. Talvez seja o sol ou o clima de férias, mas meu humor já parece um pouco mais leve aqui, e meu coração também.

Estou com o celular no colo, recostada na espreguiçadeira, um copo de vinho na mão. Petar insistiu que eu levasse a garrafa comigo. Tem um gosto forte de cassis e especiarias, e está me deixando ligeiramente embriagada de um jeito agradável. Ainda não recebi nenhuma resposta da Elle. Na minha pressa de fugir, não parei para considerar os sentimentos dela, mas para ser sincera não acho que ela vai me levar a mal. Minha irmã deve estar inteiramente ocupada com a neném agora; está aprendendo a ser mãe, e não tenho pérolas de sabedoria para oferecer a ela nesse departamento. A minha ausência no mínimo vai ser uma espécie de alívio, embora ela com certeza jamais dissesse isso.

Dou outro gole no vinho, e meu celular vibra. Elle, enfim, respondeu.

Croácia? Que merda é essa, Lyds, a visão das minhas partes baixas te mandou direto pro aeroporto? Já estou exausta. Volta logo. Saudade. Bj

Sorrio, então seguro um gritinho na garganta ao ver uma foto angelical da Charlotte dormindo.

Ela tá parecendo muito mais limpa do que na última vez que eu a vi, graças a Deus! Linda demais pra descrever em palavras, mana, parabéns. Mandando beijos na sua direção. Beijão

Aperto em "enviar" e sorrio, enquanto minhas palavras atravessam os mares até em casa. Nossa, a neném é linda. Não vou ter a menor chance com essa criança. Foi até bom eu ter me afastado por um tempo, assim todo mundo tem uma oportunidade de cercá-la e de enfiar roupinhas e presentes nas mãos da Elle e do David, enquanto pedem para segurá-la no colo. A família do David é bem grande, e a minha mãe vai acampar na casa da Elle.

Algo se acalma dentro de mim, com o alívio de que a Elle tenha aceitado a minha partida.

Ignoro o celular quando ele vibra uma segunda vez, então volto a pegar alguns momentos depois, me sentindo culpada. A primeira emoção é de alívio: não é outra foto insuportavelmente linda de neném. A segunda emoção é mais difícil de identificar, então nem tento: é o Jonah, ligando de Los Angeles.

Eu me apresso em atender, antes que ele desligue.

— Oi — digo, colocando o cabelo atrás da orelha enquanto me ajeito na espreguiçadeira. — Tá me ouvindo?

— E aí — cumprimenta ele. O sorriso encorpado em sua voz me faz sorrir também.

— Como vai Los Angeles? — pergunto. — Já fez fortuna e se casou com a Jennifer Lawrence?

— É, foi exatamente isso que eu fiz — responde ele, rindo. — E você, tudo bem?

Eu hesito.

— Tudo na mesma.

Não sei por que não digo a ele que estou na Croácia. Talvez porque simplesmente não quero ter de encarar outra conversa de "que diabos você tá fazendo aí?".

— Que horas são em Los Angeles?

— Tá na hora do almoço — diz ele. — Estou comendo a maior tigela de macarrão do mundo e me lembrei de você.

— O macarrão por acaso é mole e branquelo? — revido. Minha pele parece de papel aqui entre essas pessoas bronzeadas.

Ele ri.

— A garçonete se chama Lydia.

— Ah. — Meu limitado conhecimento de Los Angeles me faz pensar numa Cameron Diaz rainha da patinação, carregando a tigela de massa do Jonah numa bandeja erguida no alto, enquanto faz piruetas por entre as mesas. — E aí, falando sério, tá indo tudo bem?

Ele faz uma pausa.

— Quer saber, pior é que está — diz ele, meio rindo, incrédulo. — Chega a dar medo.

— Mas é uma coisa boa, né?

— Sim, sim, muito boa. — Ele parece inseguro. — É só que as coisas andaram mais rápido do que me permiti imaginar.

— Você decidiu de qual estúdio gosta mais?

— Decidi — responde ele. — O que perguntou se eu poderia ficar um tempo para trabalhar no roteiro. Talvez até o Natal. Quem sabe.

Ele fala isso com tanta casualidade, como se fosse normal resolver passar mais meio ano do outro lado do mundo.

— Mas e o trabalho e tudo mais?

— Acho que vai ficar tudo bem — explica ele. — Falei com o diretor, e ele está vendo de me dar um ano sabático.

— Que... que bom — digo, e espero que ele não tenha notado o desânimo maldisfarçado na minha voz.

— Aí eu pensei que, se você conseguisse tirar umas férias do trabalho, poderia querer passar uma semana ou duas aqui? Visitar os pontos turísticos? A gente pode caminhar pela Calçada da Fama, e você pode correr atrás do Ryan Reynolds ou alguém do tipo.

Fico surpresa, realmente surpresa, e aliviada que a nossa amizade esteja bem a ponto de isso parecer uma boa ideia para ele.

— Estou na Croácia — conto.

Ele fica quieto por um instante.

— Na Croácia?

— Foi uma coisa meio de última hora.

— Sozinha? Ou...

Ouço a pergunta que ele não faz.

— Sozinha, é.

— Uau.

Não sei se fico ofendida.

— É tão chocante assim?

— Não, não, não é isso — apressa-se em dizer. — Você só me pegou de surpresa.

— A Elle teve neném.

— Ah é? Quando?

— Ontem de manhã.

— Ah, Lyds, que pena, você perdeu! Você vai voltar pra casa logo?

Fecho os olhos.

— Eu não perdi. Eu tava lá, eu que fiz o parto.

Ele ri, e percebo que não está acreditando em mim.

— Tô falando sério, Jonah, eu fiz o parto da minha sobrinha. Ela está bem, obrigada por perguntar.

— Caramba, tá bem. Certo, é, desculpa, achei que você estava brincando — responde ele, tentando encontrar as palavras corretas. — Então ontem você fez o parto da filha da Elle e hoje está na Croácia, numa viagem que fez num impulso?

Ele lista todas as minhas novidades, conferindo se é isso mesmo, como se eu pudesse ter falado alguma coisa errada.

— Isso aí.

Jonah fica esperando uma explicação do que está acontecendo, mas fico quieta.

— Legal. Dá parabéns por mim.

— Pode deixar — respondo, e ele fica em silêncio. — São quase dez da noite aqui — comento, me recostando na espreguiçadeira. — O céu aqui é tão estrelado, Jonah, é outro nível de luz e beleza.

— Queria poder ver — responde ele, baixinho, junto da minha orelha.

— Eu também — sussurro, me sentindo de repente muito longe de casa.

— Volte logo pra casa — pede ele. — Não fica muito tempo aí sozinha.

— Pode deixar — digo. — E você precisa voltar pra sua montanha de macarrão.

— Verdade — concorda ele.

— Fala oi pro Ryan Reynolds por mim se você esbarrar com ele.

— Deixa comigo. — Ouço uma pessoa falando com ele ao fundo, e o Jonah pede a conta, distraído.

— Bem, então é isso.

— É, acho que é melhor eu desligar — avisa ele. Então, depois de um instante, acrescenta: — Me liga, se você se sentir sozinha, tá legal?

— Obrigada. Pode deixar.

— E dorme um pouco, dona astrônoma. — Sua voz é tão nítida que ele poderia estar sentado aqui do meu lado, nesta varanda iluminada pela lua.

— Boa noite, Jonah Jones — digo, e desligo antes que qualquer um de nós possa dizer qualquer outra coisa. Não falo para ele da oferta de emprego.

Acordada

Segunda-feira, 22 de julho

Nova York, Nova York, tão maravilhosa que usaram o nome duas vezes. Acabei de tomar um banho depois de passar uma manhã tranquila observando as pessoas na praia, e agora estou com um frio na barriga ao pensar em ver o Freddie, em estar em Nova York, na nossa lua de mel. Não faço ideia do que vamos fazer ou onde vamos ficar, é tudo um segredo muito bem guardado. Eu talvez pudesse tentar adivinhar algumas coisas no itinerário de Freddie; conhecer Nova York é a viagem dos meus sonhos desde a minha pequena obsessão por *Sex and the City*, e ao longo dos anos dei um milhão de dicas das coisas que adoraria fazer se um dia visitássemos a cidade.

Café da manhã na Tiffany. Andar de charrete no Central Park. Pegar a balsa para Staten Island. Eu sei, eu sei, sou um clichê ambulante, e tem um milhão de outras coisas maravilhosas para fazer, mas não consigo evitar. Ai, meu Deus, Nova York! Hoje, vou estar lá com o Freddie.

Penso por um instante na minha casa, na Elle e na neném, e também na minha mãe. Espero que elas entendam quanto preciso deste tempo fora, que não me considerem muito egoísta. Afasto a preocupação dos ombros, me assegurando de que elas me amam e me conhecem bem o suficiente, e que vão ficar bem.

Estou sentada no meio do colchão da minha cama de casal de madeira, um copo de água numa das mãos, um comprimido cor-de-rosa na outra, quase com medo, porque estou muito desesperada para que tudo seja perfeito. Sempre imaginei que Nova York teria um cheiro próprio: café preto fresco, donuts de açúcar, jornal e fumaça de táxi, bagels e cerveja de bares onde todo mundo sabe o seu nome. Tá bem, eu sei que *Cheers* não se passava em Nova York, mas devem existir lugares iguaizinhos em todas as esquinas. Ou então cafés como o Central Perk, com sofás velhos, revistas na mesa e mulheres com cabelos maravilhosos.

Ah, Nova York, Nova York, espere por mim. Estou chegando, finalmente.

Dormindo

Segunda-feira, 22 de julho

— Acho que morri e fui para o paraíso.

As palavras desconcertantes do Freddie são a primeira coisa que ouço, enquanto tento me orientar. Estamos sentados na cabine de um café, e o lugar é iluminado e barulhento demais. Freddie está do meu lado, terminando um hambúrguer do tamanho da cara dele, e, na minha frente, há um prato pela metade de salmão grelhado. Cada um de nós está com um milk-shake espumoso, e o logotipo no cardápio me dá uma dica: estamos no Ellen's Stardust Diner. Confiro rapidinho que horas são; parece muito cedo para estarmos comendo tanto assim. Acho que poderíamos chamar isso de brunch.

— A gente não come mais nada hoje — digo, escondendo minha surpresa diante da escolha de restaurante. Este lugar não teria entrado na minha lista, mas justiça seja feita, é a lua de mel do Freddie também, então tudo bem.

— Deixa um espacinho — avisa ele, sorrindo.

— Pra...?

Ele bate com o indicador na lateral do nariz.

— Você vai descobrir. É surpresa.

Sorrio, feliz de saber que o dia está equilibrado com coisas para nós dois. E eu estou sendo chata; o restaurante pode não estar na minha lista, mas não significa que eu não possa gostar daqui. Ligo o interruptor da gratidão na cabeça. Freddie marcou uma viagem para Nova York para tornar o meu sonho realidade, não posso presumir que ele vá acertar em tudo. Além do mais, dá para ver como o lugar pode ser divertido.

Iluminação neon, globos de espelho e aspirantes a atores da Broadway servindo comida enquanto cantam músicas dos espetáculos. É o máximo do estereótipo dos Estados Unidos. Fui pega de surpresa, só isso.

Observo Freddie (meu marido!) por alguns segundos com os olhos semicerrados, tentando não dar bandeira de que estou olhando. Ele fica bem à vontade em lugares assim, onde o ritmo acelerado e a energia ressoam com os dele. Perco o fôlego ao notar a aliança de casamento de platina no dedo dele; é reluzente, e deixa um sulco característico na sua pele. Olho para a minha mão e vejo a minha aliança também, uma faixa fina de ouro branco sob o anel de noivado.

Ai! Mordo o lábio por dentro, porque ficou tão perfeito, exatamente do jeito que imaginei que ficaria no dia em que escolhemos a aliança com três brilhantes, poucas horas depois que o Freddie me pediu em casamento, porque eu estava animada demais para esperar.

— Então, sra. Hunter — diz ele. — Pronta pra próxima?

Sra. Hunter. Primeiro as alianças, agora o nome. Na verdade, fiquei na dúvida sobre o que fazer com o meu sobrenome quando o Freddie me pediu em casamento. Eu sou a Lydia Bird. Minha mãe, Elle e eu — somos as Bird, sempre fomos. Não consigo pensar em mim como Lydia Hunter, mesmo sendo um nome perfeitamente bom. Elle teve a mesma preocupação quando se casou com o David, e no fim ela decidiu manter o Bird antes do sobrenome do marido. Eu não tinha essa opção — Lydia Bird-Hunter parece uma coisa saída de *Jogos vorazes*. Não chegamos a resolver essa questão na minha vida acordada, mas parece que aqui foi feita uma escolha — não sou mais Bird.

— Sra. Hunter — digo devagar, experimentando o nome. Não posso deixar de sorrir ao dizê-lo; queria tanto ser esposa do Freddie, e agora eu sou.

— Soa bem, né? — comenta ele, segurando a minha mão em cima da mesa.

Aperto seus dedos.

— Sim — digo. — Mas vou demorar a me acostumar.

— Pra mim, você vai ser sempre a Lydia Bird — rebate ele. Era exatamente o que eu precisava ouvir. Ainda sou a mesma pessoa, meu novo nome não muda nada. Eu o amo por entender que isso pode parecer estranho.

Lá fora, na rua, a Times Square é um ataque a todos os meus sentidos ao mesmo tempo. Tudo é maior, mais barulhento e mais brilhante do que eu imaginava, e eu me agarro ao braço do Freddie e rio com o fato de tudo isso ser tão avassalador.

— Uau — exclamo, admirando os imensos outdoors em movimento e os trailers de espetáculos da Broadway, dando um passo para trás para escapar do fluxo de pessoas, enquanto paro e olho para cima, boquiaberta.

Freddie olha para mim.

— Tudo bem?

Faço que sim, lembrando que não é a primeira vez que vejo isso neste mundo.

— É impressionante toda vez que você vê, né? Tão intenso...

— A cidade que nunca dorme — comenta ele, rindo. — Anda, é a sua vez de chamar um táxi.

— Ah, é?

Já devo ter feito questão de chamar um dos famosos táxis amarelos, mas agora que estou aqui, me sinto meio perdida. Dou uma sacudida em mim mesma; o que pode ter de difícil nisso? Tudo bem que não é como se eu vivesse chamando táxis lá em casa. Se alguém precisa de um táxi no meu dia a dia, ligamos para a única empresa da cidade, e a mãe do Andrew Fletcher manda um para a nossa casa, na maioria das vezes conduzido pelo próprio Andrew.

Freddie me puxa pela mão até estarmos os dois na beirada da calçada. O trânsito e os táxis passam por nós, e me esquivo antes de balançar o braço na rua. Ele cai na gargalhada.

— Fala sério, Lyds, faz com vontade — diz ele.

Tenho outra chance, mas é como se eu fosse invisível.

— Melhor chamar um que não esteja ocupado — sugere Freddie. — Com o número iluminado, lembra?

Observo os táxis amarelos por alguns segundos e percebo que uns deles têm uma luz acesa que diz *"Off Duty"*, indicando que não estão de serviço, e outros não têm luz nenhuma acesa. Outros estão com o número aceso; devo ter de mirar nesses. Certo, penso, eu consigo. Vejo o próximo táxi vazio e disponível vindo na nossa direção e levanto o braço inteiro, com toda a vontade. Ele diminui a velocidade, e eu fico boba diante do meu sucesso. Só quando o piloto olha para mim é que percebo que não sei para onde estamos indo.

— Pra onde a gente vai? — pergunto, olhando para o Freddie e segurando a janela aberta do táxi, porque tenho medo de o motorista ir embora.

Freddie se abaixa.

— Four Seasons?

O motorista assente, e Freddie sorri ao abrir a porta para mim.

Não sei como foi que conseguimos pagar por este lugar. Em todas as minhas fantasias em Nova York — e foram muitas —, nunca ficamos num lugar tão fabuloso quanto o Four Seasons. O mármore, as flores, os detalhes dourados, puro esplendor — é tudo exagerado. Quero guardar todos os detalhes no meu cérebro para sempre. Quero lembrar a sensação exata de andar pelo saguão perfumado com o Freddie por toda a vida. Essa grandeza tradicional está tão distante do nosso dia a dia que até o Freddie deve se sentir como se estivesse sonhando. Consigo não suspirar em voz alta quando pegamos o elevador até o oitavo andar, e o Freddie abre a porta do nosso quarto. Ou melhor, da nossa suíte.

— Estou morrendo de vontade de ir ao banheiro — diz ele, se apressando até o banheiro.

Fico grata pela ausência dele, porque preciso de um minuto sozinha para me recompor. Nossos pertences estão aqui, então este deve ser o nosso quarto, algumas coisas eu reconheço, outras são novas para mim. Acho que chegamos ontem. Eu me pergunto o que fizemos, onde comemos, como nos maravilhamos com a sorte de estarmos hospedados num hotel tão chique. Vejo uma pilha de trocados soltos numa mesa lateral, e entre eles um recibo de ontem à noite: coquetéis no Bar SixtyFive. Suspiro, feliz de saber que estive no alto do Rockefeller Center ao menos nesta vida, mesmo que não saiba qual foi a sensação. Uma das partes mais difíceis de visitar esta vida de tempos em tempos é tentar descobrir o que eu perdi e o que vem pela frente.

Este quarto... Olho em volta, impressionada. É tão luxuoso, tão acima da gente. Paro diante das janelas com vista para a paisagem urbana de

Nova York, que vi inúmeras vezes na televisão e em fotografias; nada me preparou para a realidade. A cidade está viva lá fora, uma coisa pulsante de metal e vidro; o Central Park, um oásis verde.

— Temos umas horas livres — diz Freddie, parando atrás de mim na janela. Seu tom de voz e o jeito como sua boca arranha a minha orelha me dizem como ele gostaria de passar esse tempo. Eu me recosto nele; também quero isso. Conhecer o toque do meu marido, fazer amor com ele como sua esposa. Que presente maravilhoso, maravilhoso!

— Vai, fala logo — insisto. — A gente já está aqui, eu vou aproveitar mais se souber.

Estou deitada no ombro do Freddie, quente e feliz, nós dois enrolados em lençóis brancos. Meu esforço na academia obviamente está valendo a pena: aqui, os músculos dos meus braços e coxas estão mais tonificados. É meio estranho olhar para baixo e me ver diferente. Aumenta a distância entre o aqui e o lá, as diferenças sutis e as não tão sutis entre os dois mundos.

— Você quer mesmo saber?

Estou tentando fazer com que o Freddie revele os seus planos para os próximos dias, para eu saber quando voltar, como extrair o máximo de prazer possível do nosso tempo juntos. Ele vai falar; dá para ver como está morrendo de vontade de contar.

— MoMA? — chuto. É um palpite meio improvável; adoraria ir, mas o Freddie não é muito de museu.

Ele faz que não com a cabeça.

— Vai passar uns meses fechado. Estão em reforma, acho.

Sou tomada pela decepção, mas, agora que penso nisso, acho que me lembro de ter lido que o museu iria fechar. O que importa é que ele se deu o trabalho de conferir.

— Café da manhã na Tiffany? — arrisco de novo, prendendo a respiração, porque conseguir um horário no The Blue Box Cafe é mais difícil que encontrar uma agulha num palheiro.

Ele leva alguns segundos para responder, então ri, dando de ombros.

— Amanhã às dez.

— Não brinca! — exclamo, maravilhada, me apoiando num dos cotovelos para olhar para ele. Eu já passei horas no TripAdvisor do café, babando com as louças azuis e brancas, as banquetas de couro azul da Tiffany.

— E amanhã à noite vamos ver *Wicked* — continua Freddie, ansioso por receber elogios. — É esse que você queria ver, não é?

Faço que sim, feliz que ele tenha me ouvido e não escolhido um musical mais moderno. Parece que nunca temos tempo para passar um fim de semana em Londres, para ver o espetáculo, e conseguir um ingresso de uma megaprodução dessas quando elas saem em turnê pelo país é quase impossível. Já tentei comprar ingressos para *Wicked* uns anos atrás, mas nunca consegui. Estou feliz, porque agora posso assistir na Broadway. Na Broadway! Rio, boba, e volto para os braços do Freddie.

— Você é a minha pessoa favorita no mundo — digo. Musical também não é a praia dele, sei que só está fazendo isso para me deixar feliz.

— Seu marido favorito — corrige ele.

— Isso também — concordo, pressionando o rosto em seu pescoço e inspirando profundamente. Ele cheira a sabonete caro de hotel, a alegria e a Nova York, Nova York.

O banheiro é de outro mundo. Mármore do chão ao teto, para todo lugar que eu olho. Eu me borrifo toda de Bvlgari e me envolvo num roupão pesado e branco, e calço uma pantufa, me sentindo como se estivesse num filme. Daqui a pouco está na hora do chá da tarde com champanhe. Quão maravilhosamente fabuloso é isso? A nossa lua de mel é tudo o que eu poderia ter desejado. Freddie fez de tudo para tornar os meus primeiros dias como sua esposa tão memoráveis quanto possível.

Achei que iria encontrá-lo ainda na cama ao voltar, mas ele se levantou. Vejo-o na varanda, de roupão, e quando me aproximo da porta, vejo que está no celular. Não consigo entender as palavras, mas pela linguagem corporal agitada e o caminhar de um lado para o outro, é trabalho. Isso me irrita, mas não fico surpresa que o Vince não respeite o fato de estarmos em lua de mel. Sei que o Freddie podia ter ignorado a chamada, mas ele não faria isso, e tenho certeza de que o Vince sabe perfeitamente disso.

Estou desembaraçando o cabelo úmido, quando ele enfim volta para o quarto, e eu encontro o seu olhar no espelho, torcendo para que o humor dele não esteja arruinado.

— Tudo bem?

Freddie desaba na poltrona e passa as mãos nos cabelos.

— Não.

Largo o pente na penteadeira e puxo o banquinho para ficar de frente para ele.

— O que houve? — Eu realmente não quero ter de falar de trabalho, mas está na cara que ele precisa desabafar após a ligação, tirar do peito seja qual for o problema para poder voltar para o modo lua de mel.

— Amor...

Algo em seu tom me diz que vamos ter problemas. Ele em geral não me chama de "amor", sabe que eu não gosto muito, mas não comento, porque ele está esfregando as palmas das mãos no rosto de um jeito muito agitado e que indica que tem algo errado. Minha mente começa a dar voltas. Será que a empresa está mal? Será que ele perdeu o emprego?

— O que aconteceu, Freddie?

Ele balança a cabeça, então se aproxima e se ajoelha na minha frente. É um gesto inesperado. Submisso.

— Preciso ir a Los Angeles, Lyds. Só por um dia mais ou menos.

Franzo a testa para ele, sem entender muito bem qual é o problema.

— Tá bem — respondo, devagar, e então percebo. — Você vai direto de Nova York, na sexta-feira? Eu vou ter que voltar pra casa sozinha?

Ele engole em seco e desvia o olhar.

— Hoje.

Estou chocada.

— Hoje?

— Só tenho que estar lá amanhã — avisa ele, apressando-se em acrescentar, suplicante. — Vou estar de volta antes mesmo de você se dar conta.

Sinto o sangue começando a esquentar.

— Você tá brincando, né? Você está na sua lua de mel, Freddie. Na *nossa* lua de mel.

Ele assente depressa, obviamente em conflito.

— Você acha que eu não sei? Eu falei que não, Lyds, mas é tudo ou nada com esse cliente agora. Eles estão prestes a assinar com outra agência amanhã, que apareceu do nada oferecendo tudo de bandeja pra eles. Eu estou há semanas bajulando esses caras; peguei leve na minha despedida de solteiro por causa deles, lembra?

Ele está me pedindo para entender, mas eu não entendo.

— Mas as duas coisas não se comparam, né? — argumento, olhando para ele. Freddie não pode realmente achar que isso está legal, que mudar os planos da despedida de solteiro é o mesmo que ir embora no meio da lua de mel. — Fala que você não pode.

Ele olha para o teto.

— A gente tá falando do Vince, Lyds. Você sabe que eu não posso dizer que não.

— O que ele vai fazer, Freddie? Te demitir?

Ele bufa.

— Eu virei noites para garantir esse contrato. Ele é meu. Não vou deixar ninguém roubar isso de mim, bem debaixo da porra do meu nariz, no último minuto.

E então eu entendo. Vince não precisou obrigar Freddie a ir.

— Mas e a gente? — pergunto, baixinho.

Ele olha para o chão e então de volta para mim.

— Eu vou te recompensar, eu prometo.

Faço as contas mentalmente. Vamos passar cinco dias aqui, e ele vai viajar por pelo menos um, provavelmente dois, considerando o tempo de viagem. Quase metade da nossa lua de mel jogada fora num estalar de dedos do Vince. Isso não pode acontecer, não vou deixar. Estendo a mão até a mandíbula do Freddie, com os olhos fixos nos dele.

— Fala pra ele que não, Freddie. Fala pra ele que a nossa lua de mel é sagrada.

Ele me olha e temos uma conversa silenciosa com os olhos. Ele está me pedindo para ver as coisas do jeito dele, e estou pedindo para ele ver do meu. Ninguém cede, não há meio-termo. Alguém vai ter de perder.

— Não posso.

Ele fica de pé e se afasta, e uma fúria quente e repentina se acende dentro de mim.

— Na verdade, você não quer, né — rebato, e ele se vira para mim, com os braços estendidos.

— Olha à sua volta, Lydia. Olha para este quarto. Quem você acha que pagou para a gente vir pra um lugar destes? A porra do Papai Noel?

— Ah! — exclamo, me sentindo uma idiota assim que a ficha cai. — Entendi agora. Foi a *empresa* que pagou, então agora estamos devendo a eles, né? Era esse o plano o tempo todo?

Ele está com raiva agora, exasperado.

— Óbvio que não, porra. A viagem estava marcada há meses, você sabe disso. Mas imprevistos acontecem, foi uma hora ruim, só isso.

— Uma hora ruim? — Eu meio que grito. — Uma hora ruim? Isto aqui não é uma hora ruim, Freddie. — Estou com tanta raiva que chego a tremer. Movi montanhas para estar aqui com ele, para ter esse tempo valioso e ininterrupto. — Isso aqui vai muito além de uma hora ruim. É a gente, você e eu, a única lua de mel da nossa vida. Isso não importa mais do que essa merda de trabalho?

Ele me encara.

— Por que você está agindo assim? Você com certeza entende que isso é difícil pra mim, não entende? — pergunta ele, quase como se eu é que não estivesse sendo razoável. — Você acha que eu quero ter que fazer isso?

— Eu acho que você poderia dizer que não, se quisesses.

Ele parece ter levado um tapa.

— Não sei o que deu em você esses dias — diz ele.

— O que você quer dizer com isso?

Ele dá de ombros.

— Sei lá... Você tá... diferente. Sempre pronta pra brigar.

Eu rio, porque certamente qualquer pessoa argumentaria, dadas as circunstâncias.

— Bem, desculpa por falar o que eu tô pensando — murmuro. — E o que eu faço enquanto você estiver em Los Angeles? Vou tomar café da manhã na Tiffany sozinha, assistir a *Wicked* com um assento vazio do meu lado?

Ele passa a mão pelo rosto.

— Vou remarcar. A gente vai na quinta. Eu vou dar um jeito.

Nós dois sabemos que ele não vai conseguir, e esse nem é o ponto.

— Se você fizer isso... — digo, sem nem saber o que vou dizer a seguir.

Ele me encara em silêncio por alguns segundos intensos, e então se afasta e pega a mala no armário. Desabo na poltrona e fico observando, enquanto ele atira coisas dentro da mala. É desolador, horrível ver a nossa lua de mel em frangalhos.

— Por favor, não vá. — Eu me levanto e tento uma última vez. — Isso é importante demais.

Ele olha para mim, e sei, pela cara dele, que não vai mudar de ideia.

— Você poderia facilitar para mim — diz Freddie. — Você poderia ir pro spa, tomar banho de banheira, aproveitar a cidade por uns dias até eu voltar. Mas você não vai fazer isso, vai?

Nós olhamos um para o outro. Ele está falando sério, e percebo que a mulher que eu fui um dia provavelmente seria capaz de fazer as coisas que ele acabou de sugerir — permitir que ele fosse sem culpa, fazer uma limonada com os limões que a vida me ofereceu, aceitar a contragosto a mudança de planos. Só que não sou mais essa mulher. Passei pela pior coisa que a vida poderia ter reservado para mim, tive de encontrar forças não sei de onde, e isso me modificou. Não sou a mesma pessoa agora. A Lydia deste mundo não viveu um desastre. Não são só os músculos dos braços e das coxas que estão mais fortes. É a maneira como o meu cérebro funciona, o jeito como o meu coração ama. Freddie tem razão, estou diferente, e a percepção de que não encaixo mais aqui parte o meu coração.

Ele está vestido agora, de mala pronta.

— Te vejo na volta — anuncia, simplesmente. — Tenta não me odiar.

Olho para ele, mais magoada que nunca. Não digo nada, porque não sou capaz de oferecer as palavras tranquilizadoras que ele quer ouvir.

Ele assente e hesita como se quisesse dizer mais, mas não diz. Então pega a mala e vai embora.

Acordada

Terça-feira, 23 de julho

Está tudo errado. Eu vim para a Croácia para ficar com o Freddie, feliz e sem interrupções. Para fazer piquenique no Central Park, assistir a um show da Broadway, experimentar diamantes na Tiffany que nunca poderíamos pagar. Nós iríamos jogar fora os guias de viagem e passear pelas ruas menores, em busca da nossa aventura, admirar as fachadas de arenito das casas, comer coisas deliciosas em cafés com nota baixa no TripAdvisor. Iríamos fazer todas essas coisas maravilhosas, mas agora percebi que criar novas memórias com o Freddie significa atropelar as memórias antigas e preciosas que tenho dele.

Repassei a briga hostil na minha cabeça mil vezes, examinei-a de todos os ângulos, tentando encontrar algo que não existe, porque o meu coração teimoso está desesperado para não admitir a verdade: que a mulher que eu costumava ser provavelmente teria aceitado que o Freddie fosse embora, teria entendido que ele precisava ir. "Tenta não me odiar", ele pediu; fico enjoada só de me lembrar da expressão dele. Mas não posso ignorar o fato de que a mulher que sou agora sabe que teria sido errado aceitar que ele partisse. Freddie tinha de ter dito "não" para o Vince, droga, ele tinha de ter dado prioridade à gente. Mas ele não deu, e não consigo admitir isso.

Quando você perde o amor da sua vida, pode inventar o que teria acontecido depois. Você tem o direito de sonhar que todos os seus amanhãs teriam sido perfeitos, porque você amava demais aquela pessoa, e tem permissão para distorcer e ajustar todas as situações na sua cabeça para que a outra pessoa diga e faça todas as coisas certas. A sua história de amor nunca termina de fato, porque o seu cérebro projeta o outro em todas as suas fotos, e ele fica ao seu lado em todos os seus dias especiais. Eles não discutem com você nem ficam aquém das suas expectativas, não tomam decisões questionáveis, e de jeito nenhum, absolutamente, jamais te dão bolo no meio da sua lua de mel.

Estou um verdadeiro caos. Chorei de soluçar, como se fosse uma criança perdida. Queria o conforto dos carinhos da minha mãe e aquele abraço da Elle que me diz que tudo vai ficar bem, mas elas estão a oceanos de distância. Eu vim até aqui para estar com o Freddie, mas nunca me senti tão sozinha na vida.

Acordada

SÁBADO, 3 DE AGOSTO

— Leva mais água. — Vita se vira para a geladeira de vidro e pega algumas garrafas, empurrando-as pelo balcão para mim. — Aqui.

É sábado de manhã, relativamente cedo, pouco depois das sete, e Vita insistiu que eu tirasse o dia de folga. Já estou aqui há quase duas semanas, e desde aquela visita horrível, assim que cheguei, não tomei outro comprimido.

Trabalhei a maioria dos dias, por escolha e não por necessidade. No início, fiz só para me ocupar, mas logo percebi um sentimento libertador em amarrar o avental vermelho do restaurante na cintura e pegar o bloco de notas e a caneta — é melhor que qualquer terapia paga. Espantei a palidez da pele indo à praia por algumas horas quase todo dia pela manhã, e, na hora do almoço, visto um short, passo um gloss e viro ajudante da Vita. Na maioria das vezes, passo as noites conversando com o Jonah, pelo Skype, com os pés descansando na beirada da varanda e os olhos nas estrelas. É uma rotina simples e que nutre a alma. Limpa e catártica, como se por algum milagre eu tivesse chegado exatamente onde precisava estar, num lugar seguro para me esconder de ambas as minhas vidas.

Quando o movimento é menor, a Vita e eu nos refugiamos do calor em casa e ficamos trocando histórias e fotografias. Eu a vi no dia em que se casou com o Petar, oito anos atrás, um homem de poucas palavras, mas de bom coração. Sei que ela é uma de seis irmãos, tia de mais de dez crianças, e que ela e o Petar gostariam de ter filhos. Ela, por sua vez, ouviu as notícias sobre a Elle e a neném, viu fotos da minha família e tem uma vaga ideia de que faço trabalho administrativo na prefeitura da cidade. Vita com certeza também sabe que tem um pedaço enorme da minha vida que ainda não consegui compartilhar, e aprecio muito o fato de que ela não tenha perguntado sobre. Verdade seja dita, tenho uma espécie de adoração por ela. O que eu não daria para ter metade da sua serenidade; Vita irradia uma força silenciosa e um bom humor que fazem dela uma companhia viciante. Parece administrar o restaurante com pouco mais que um estalar ocasional dos dedos e um sorriso. Imagino que seria capaz de governar o país da mesma forma se tivesse o interesse. Sorte do Petar e, por um tempo, sorte a minha.

— Você lembra o caminho?

— Acho que sim — respondo, assentindo.

Vou visitar alguns pontos turísticos da região com a lambreta da Vita, para não ter de caminhar. Acho que não teria dirigido uma lambreta se tivesse vindo aqui com o Freddie, ele teria escolhido a maior moto disponível e pedido um segundo capacete para mim. É meio libertador viajar segundo o meu ritmo, como um dos moradores. As pessoas aqui já se acostumaram comigo e me cumprimentam pelo nome, graças ao meu status de amiga da Vita.

— É só seguir a estrada — explica ela. — E não tenha pressa de voltar.

Reviro os olhos. É sábado, então o restaurante certamente vai estar cheio, e não sinto como se precisasse de folga.

— E nada de resmungar — acrescenta ela, sorrindo. — Estraga essa sua cara bonita. Você tem que ver os pontos turísticos enquanto está aqui.

— Você parece a minha mãe.

— Sinal de que a sua mãe é uma mulher muito sábia. — Ela pega a chave da lambreta embaixo da mesa. — Tá com bastante combustível, se você quiser explorar.

— Daqui a pouco eu tô de volta. Antes do almoço.

— Nada disso.

Nós nos encaramos, então rimos, e eu coloco a mochila nas costas. Ela me segue até a lambreta e guarda uma sacola de papel na cesta da frente. Vejo a ponta de uma baguete projetada para fora.

— Seu almoço — diz, sem a menor sutileza.

Passo a perna por cima da lambreta e prendo o capacete sob o queixo.

— Até daqui a pouco — digo.

Vita assente, com os braços cruzados sobre o peito.

— Vou estar aqui.

Não sou religiosa, mas por sugestão da Vita me pego estacionando no Santuário de Vepric, nos arredores da cidade. Ainda é cedo, então está vazio, o que torna o barulho dos grilos e a sensação de paz ainda maior. O santuário fica no pé de uma colina arborizada. A Croácia parece ter sido criada a partir de uma paleta com tons intensos de azul-turquesa e verde, e, enquanto subo os largos degraus de pedra rumo ao santuário, percebo que este lugar não foge à regra. Há umas poucas pessoas caminhando, tão quietas em sua observação quanto eu.

Bancos de madeira ocupam o espaço diante do santuário. Neste momento, estão vazios, então me sento no banco da frente por alguns minutos e respiro.

Dentro do santuário natural, que mais parece uma caverna, há um altar de pedra e uma alcova, no alto de uma das paredes, com uma estátua da Virgem Maria pintada muito delicadamente. É de fato um lugar muito pacífico. Absorvo o silêncio e corro os olhos pelo ambiente. Depois de um tempo, uma mulher aparece e se senta no banco ao lado do meu. Ela baixa a cabeça e torce umas continhas escuras ao redor dos dedos, enquanto reza. Depois do acidente, tive momentos em que desejei fervorosamente acreditar em Deus ou em algo maior; deve dar algum conforto sentir que as peças aqui embaixo estão sendo movidas por algum propósito maior. Não tenho essas crenças, mas isso não significa que eu não possa tirar consolo de um lugar como este. As pessoas acreditam no poder de cura deste santuário. Será que ele também cura corações partidos?

Sentada aqui, penso nos últimos dezoito meses. Reconheço como cheguei longe desde a morte do Freddie e quanto ainda falta percorrer. Décadas, se eu tiver sorte.

Penso brevemente em Nova York: um desastre, tudo o que não era para ter sido. Não sei quando vou me sentir forte o suficiente para voltar, e perguntas maiores circundam a minha mente, esperando para serem respondidas.

Fecho os olhos e volto o rosto para o sol, lembrando ativamente que ainda estou aqui, ancorada. Meus pés calçados em meus tênis estão plantados nesta terra seca e empoeirada, minha carne e meus ossos estão descansando neste banco liso de madeira. Meu coração pode ser um canhão solto no peito, que não sabe se alguém o possui, mas ainda estou aqui. Respiro devagar e pausadamente, me concentrando no cheiro dos pinheiros e no canto dos pássaros, até que uma sensação constante e abrangente de santuário me envolve como um escudo invisível. É a segurança da mesa de jantar da casa dos meus avós e a força do abraço da minha mãe. É a Elle segurando a minha mão, é o Freddie fazendo o meu sanduíche perfeito de bacon com beterraba, é o Jonah ao piano, no Prince of Wales, na virada de ano. São todas essas coisas e todas essas pessoas, como se estivessem ocupando os bancos ao meu redor. É a serenidade da Vita e a bondade do Petar, e é a Dawn e o Ryan, cobrindo a minha ausência no trabalho. É o Kris, sem esperar nada de mim, e as flores de segunda mão da Julia. Porém, mais do que isso e acima de tudo, sou eu. Aqui, agora, neste banco, são todas as versões de *mim*. Os ombros queimados de sol, o cabelo comprido demais num coque no alto da cabeça, o rosto sem maquiagem, a pulseira de algodão trançado que comprei do vendedor na praia, já gasta no meu pulso, o esmalte verde lascado em minhas unhas, sou eu, sou eu, sou eu.

Sinto uma maré crescendo dentro de mim, essa sensação de que sou um todo, uma pessoa amada, dona do meu coração, um sussurro e então um rugido.

Eu. Eu. Eu.

Se estivesse em outro lugar que não um santuário, gritaria a plenos pulmões: "Meu nome é Lydia Bird e eu ainda estou aqui."

Na porta do restaurante, me deparo com o Petar lavando a calçada enquanto estaciono a lambreta na vaga da Vita.

— Achou? — pergunta ele, apoiando-se no cabo do esfregão.

Salto da lambreta e tiro o capacete.

— Achei. O lugar é incrível, né?

— Eu adoro — diz ele. — Você rezou?

Torço o nariz, em sinal de desculpas.

— Não sou de rezar.

Ele assente, filosófico.

— Cada um é de um jeito.

— É — concordo. — Mas senti alguma coisa... Não sei explicar...

— Como se você não estivesse sozinha? — sugere ele.

Penso nisso.

— Mais ou menos, mas não exatamente — responde. — Mais como...
— levo a ponta dos dedos junto ao peito. — Mais como aceitação. En-

contrei a antiga Lydia, ainda aqui dentro, e a nova eu, sentada do lado dela. Ficamos amigas.

— A antiga você e a nova você — diz ele, lentamente.

Não espero que ele me entenda, porque nem sei se eu entendi.

— Eu acho que... Eu acho que tenho me esforçado demais para ser tudo para todo mundo — desabafo, tentando organizar os pensamentos confusos não só para Petar como também para mim. — É difícil aceitar que a vida sempre continua, né? Sempre em frente, sem nunca retroceder. Fui obrigada a mudar quando a minha vida se alterou de repente, mas mesmo que isso não tivesse acontecido, eu teria mudado de uma forma ou de outra, mais cedo ou mais tarde, não é? Porque é isso que as pessoas fazem, né, ninguém fica igual para sempre. É tudo tão frágil, você não acha? Fazemos as nossas escolhas dependendo do dia, do clima, do nosso humor, das fases da lua, do que comemos no café da manhã... Não posso ficar questionando as escolhas que posso ou não ter feito, me culpando por ter sido muito mole aqui e muito dura ali. Agora eu vejo que estava andando em círculos, repetindo padrões malucos. — Paro e inspiro fundo. — Eu tô precisando andar em linha reta, Petar.

Petar me encara, surpreso com a divagação. Não sei quanto ele entendeu, nem mesmo quanto eu entendi.

— Nem sempre é fácil aceitar as coisas que você não pode mudar. — Ele pega a chave da lambreta e o capacete para mim. — Vai descansar um pouco.

Vita passou no meu quarto, enquanto eu estava fora, e deixou flores silvestres em um frasco de Mason e um bilhete dizendo que trocou a roupa de cama e trouxe garrafas de água novas. Eu me deito nos lençóis limpos e frescos, pensando nas palavras que o Petar acabou de dizer. É um clichê impresso num milhão de pôsteres e ímãs de geladeira, mas o conceito da aceitação está se instalando nos meus ossos.

Sentada naquele santuário hoje, eu me senti quase como duas pessoas. A velha eu, a mulher que eu era antes do Freddie morrer, e a nova eu, a mulher que me tornei desde o acidente. Isso no mínimo parece ridículo, mas quando me sentei no silêncio matinal, foi como se as duas versões de mim tivessem se aproximado naquele banco até que, finalmente, se tornaram uma pessoa só.

Acordada

Quarta-feira, 7 de agosto

Já estou aqui há dezessete dias. A sensação é boa, porque é mais tempo que um pacote de férias tradicional. Mais tempo que as minhas férias no trabalho também. Mandei um e-mail para o Phil, alguns dias atrás, tentando explicar, ou melhor, implorando por mais férias não remuneradas, porque ainda não estou pronta para voltar. Sei que estou passando dos limites; ele já foi muito generoso e acolhedor, e não tenho o direito de exigir compreensão. Ele respondeu que vai tentar dar um jeito por mais um tempo, tirando um peso dos meus ombros. Com a minha mãe foi um pouco mais complicado. Não chegamos a discutir, mas ela não escondeu a decepção. Elle também passou a escrever e a mandar fotos dia sim, dia não. Fico triste que a minha ausência esteja sendo difícil para elas. Eu realmente não continuaria longe se estar aqui não fosse vital para a minha sanidade. Ainda preciso ficar um pouco mais, ser a Lydia, a garçonete da praia, só de passagem.

Acordada

Quarta-feira, 14 de agosto

Estou sentada na minha varanda, olhando para as estrelas, logo antes de ir dormir sozinha, uma estrela-do-mar numa cama grande demais. Andei pensado em mudar algumas coisas quando voltar. Cortar o cabelo, talvez reformar a cozinha, se tiver dinheiro. Também andei pensando em trocar a nossa cama do Savoy. Por mais que eu ame aquela cama, não sei se vou conseguir dormir nela sem pensar no Freddie ali, antes de fechar os olhos, e é um jeito muito triste de adormecer para o resto da vida. Ainda não decidi, mas andei pensando a respeito.

Fito a noite estrelada, tentando desembaraçar os fios emaranhados e multicoloridos da minha vida. Tive uma conversa bem tensa com a minha mãe hoje mais cedo. Ela acha que estou sendo irresponsável por ainda estar aqui, que vou perder o emprego, ou que posso resolver ficar para sempre. Cheguei a cogitar a ideia por um tempo; eu seria capaz. Poderia vender a minha casa querida, me mudar para cá, viver na praia, descalça. Vita me ajudaria, tenho certeza.

Mas e a Elle, os meus amigos e a minha mãe? Não suporto a ideia de ficar tão longe deles indefinidamente, mesmo que isso me agrade agora, hoje. Eles são a minha âncora, a minha impressão digital. E tem a neném. Charlotte. Meu coração dói um pouco sempre que penso nela, porque ela vai fazer um mês daqui a alguns dias, e não a pego no colo desde o dia em que nasceu. O trabalho é outra âncora; sei que não estou governando o país, mas a prefeitura é o meu lugar e não quero perdê-lo.

E depois, lógico, tem o Freddie. Não voltei a usar o atalho para o outro universo desde aquele dia terrível em Nova York por medo de piorar tudo. Sinto como se estivesse navegando o mapa do meu coração com uma bússola quebrada, tentando descobrir onde moro agora.

E, por último, tem o Jonah Jones. Quando o Freddie estava aqui, o Jonah tinha um papel definido na minha vida como o melhor amigo dele, o que em algum lugar ao longo do caminho significava que ele não podia ser o meu melhor amigo também. Nós nos acomodamos nessa dinâmica e a nossa amizade ficou engavetada, porque tínhamos de disputar a atenção do Freddie. E agora que ele não está mais entre nós, é como se estivéssemos nos lembrando do que nos atraiu um ao outro em primeiro lugar, o que significamos um para o outro. Ele é o meu amigo mais antigo. Quando o nome dele aparece no meu celular, meu coração se acende.

Acordada

DOMINGO, 22 DE SETEMBRO

— Eu acho que você deveria voltar pra casa.

Estou tomando um café com a Vita no terraço do restaurante. Minha pele agora está só um pouco mais clara que a dela, que tem a cor de quem realmente vive sob o sol, em vez de só encaixar duas semaninhas de férias na sua rotina de escritório, sob lâmpadas fluorescentes. O agito do verão acabou, e a vida aqui entrou num ritmo mais tranquilo.

— Eu sei — respondo. Tenho pensado a mesma coisa. Passei a falar por mensagem com a minha mãe nas últimas semanas, porque a conversa com ela ficou meio azeda, e é mais fácil conversar com a Elle assim também. Nas últimas vezes em que liguei, ela teve de correr porque a Charlotte estava chorando ou tinha acabado de vomitar na camisa de trabalho limpa do David.

— Você sempre pode voltar. A gente não vai sair daqui — garante Vita, tomando seu café.

— Sorte a sua poder ter tanta certeza — comento, com inveja da sua vida aparentemente simples.

Ela enrola o fio do avental em volta dos dedos.

— Você faz a própria sorte, Lydia.

— Acha mesmo? — pergunto, pois não sei se concordo. — Porque às vezes eu sinto como se a vida simplesmente me arrastasse por aí e tudo o que eu posso fazer é tomar cuidado para não bater nas pedras.

Ela bufa pelo nariz.

— As pedras não vão te matar.

— Elas podem, sim — murmuro.

— Então o que você vai fazer, se esconder aqui pro resto da vida, pra evitar as pedras? — Ela dá de ombros, com um brilho de desafio nos olhos escuros.

Olho para o mar.

— É isso que eu estou fazendo?

Vita dá de ombros mais uma vez.

— E não é?

Eu sei que ela foi direto ao ponto. Estou aqui há sessenta e três dias agora. Sessenta e três dias sem ver a minha família, e quase o mesmo tempo sem ver o Freddie.

— O que você faria se não tivesse medo, Lydia?

A pergunta vai direto ao meu âmago, como de costume. Eu penso por um instante.

— Cortaria o cabelo — respondo. Cortar o cabelo parece uma mudança e tanto, porque o Freddie sempre gostou dele comprido; parece que não estou levando em conta os sentimentos dele. O que é uma insanidade, eu sei.

— Quer que eu corte agora pra você? — oferece ela. — Eu cortava o da minha irmã o tempo todo.

Não sei se ela está brincando, mas nego com a cabeça.

— Ainda não estou pronta.

Vita arrasta a cadeira para trás e se levanta, colocando a mão no meu ombro.

— Vê se não demora.

Acordada

TERÇA-FEIRA, 24 DE SETEMBRO

— Ela tem andado enjoadinha, não vai mais no colo de ninguém — comenta Elle. — Nem do David.

Vim direto para a casa dela, hoje de manhã, depois de pegar um voo ontem à noite. Tem dez minutos que estou aqui, e não consigo deixar de pensar que a Elle preferiria que eu fosse embora. Talvez eu devesse ter ligado antes; a casa está meio bagunçada, e ela parece estar usando a mesma camiseta manchada há dias. O que não é nem um pouco do feitio da minha irmã; sei quanto ela detesta não estar arrumada.

— Posso ajudar? — Eu me sinto bem inútil. Charlotte está vermelha que nem um tomate de tanto chorar e parece ter o pulmão de um potrinho. — Eu posso... sei lá... lavar uma louça ou alguma coisa assim?

Os olhos da Elle se enchem de lágrimas.

— Não dá pra evitar a bagunça, Lydia. Tenta cuidar de um ser humano dormindo só duas horas por noite, entrecortadas, e depois vê se sobra alguma vontade de fazer faxina.

— Quer que eu prepare um chá? — Estou pisando em ovos, tentando descobrir se devo ficar e ajudar ou ir embora.

— Só vai ter leite depois que o David voltar do trabalho — diz ela, e então ri, com os olhos arregalados e fundos. — Tirando esse aqui. — Ela aponta para os seios, a neném se contorcendo num dos seus ombros. — Porque esse leite aqui não pode acabar nunca, noite e dia, o tempo inteiro.

— Vou dar um pulinho na rua e comprar mais — aviso, feliz por ter o que fazer. — Tá precisando de mais alguma coisa?

Ela bufa.

— Uma boa noite de sono? Mais do que só cinco minutos pra mim? Que a minha irmã não desapareça bem quando eu mais preciso dela?

— Elle, me desculpa... Eu não percebi que as coisas estavam assim tão... — Fico aflita. — Me diz o que eu posso fazer, como posso ajudar...

Ela me dispensa com um gesto de mão impaciente.

— Você acha que eu sabia o que fazer quando o Freddie morreu? Como te ajudar a passar pela pior coisa que já te aconteceu? Eu vou te dizer a resposta: não. Não, eu não tinha a menor ideia. Mas sabe o que eu *não* fiz? Não peguei um voo para a porra da Croácia!

Fico magoada. Quero argumentar, dizer que não dá para comparar perder alguém com ganhar alguém, mas não faço isso, porque a minha irmã está exaltada.

— Tá na hora do banho — diz ela, ríspida, passando a neném de um braço para o outro. — É melhor eu adiantar isso antes que ela fique com fome de novo, ou vai ter uma crise.

Eu entendi; ela está me mandando ir embora. Engulo em seco.

— Posso te ajudar a dar o banho?

Ela suspira como se não tivesse mais forças para lutar.

— Hoje não, tá bem, Lyd? Eu faço mais rápido sozinha.

Como não tenho outra opção, pego as minhas chaves.

— Posso te ligar depois?

Ela aponta para a Charlotte com a cabeça.

— Mensagem é melhor pro caso de ela estar dormindo.

Imagino que ela queira dizer que é melhor também porque ela não vai ter de falar comigo.

Quando chego à casa da minha mãe, dez minutos depois, tem um carro estacionado que não reconheço. Mas, na minha ânsia de surpreendê-la, não chego a notar.

Entro na casa dela e tiro o All-Star perto da porta, então caminho até a cozinha. E então me deparo com a minha mãe só de sutiã e calça jeans, dando um belo de um amasso no Stef, o técnico de computador que neste momento está sem camisa. Assim que os vejo, ergo as mãos espalmadas no ar, e os dois dão um pulo como se tivessem levado um choque.

— Meu Deus do céu, Lydia! — exclama a minha mãe, toda vermelha, se cobrindo com um pano de prato.

Stef literalmente rasteja para debaixo da mesa da cozinha e aparece do outro lado com o suéter do avesso e a blusa da minha mãe na mão. Ela toma a blusa da mão dele e veste sem dizer uma palavra.

— Prazer em revê-la, Lydia, querida — murmura Stef, e então passa por mim pelo corredor e desaparece. Não o culpo; minha mãe parece pronta para a guerra.

— Nove semanas — grita ela, ainda agitada. — Você some por nove semanas e depois aparece aqui sem nem um telefonema para avisar que voltou?

Eu a encaro. Sabia que tanto a Elle quanto a mamãe estavam chateadas, mas não achei que iriam reagir tão mal ao meu retorno.

— Eu queria fazer uma surpresa — explico.

— Bom, isso você conseguiu.

— Desculpa — murmuro.

Ela suspira, alisando o cabelo.

— Quando você chegou?

— Ontem à noite — respondo. Não conto que a casa nunca esteve tão fria, quando finalmente cheguei, lá pelas seis da tarde de ontem, nem que tinha uma carta oficial do Phil, me avisando que eles tiveram de contratar uma pessoa para fazer o meu trabalho e pedindo para ligar para ele, ou que o tempo que passei fora mudou alguma coisa em mim. — Desculpa ter sumido por tanto tempo.

Vejo que ela está lutando entre a raiva e o alívio por eu ter voltado.

— Você não devia ter demorado tanto.

Faço que sim, arrasada.

— Já foi ver a sua irmã?

— Acabei de passar lá.

— Como ela estava hoje?

A pergunta implica que a saúde da Elle ultimamente varia de acordo com o dia. A calma, organizada e estável Elle.

— Ela parecia estressada. Charlotte estava chorando, não fiquei muito tempo.

Minha mãe bufa. Não sei se é comigo, por não ter ficado muito tempo, com a Elle, por estar estressada, ou com a Charlotte, por chorar.

— Ela não está só estressada. Ela está com dificuldade, Lydia. Você saberia disso se estivesse aqui.

Ah. Então foi comigo, lógico.

— Eu não percebi.

— Não — diz minha mãe. — Tá na cara.

É como se a minha ausência prolongada tivesse pegado todos os resíduos de simpatia que elas tinham por mim e jogado no lixo.

— E desculpa por interromper... você sabe.

Ela olha para a blusa, sabendo que abotoou errado.

— Coitado do Stef — diz, balançando a cabeça.

— Desculpa.

— Quer parar de pedir desculpa? Não tá ajudando.

Fico quieta, sem saber o que fazer ou dizer.

— Você comeu alguma coisa? — minha mãe pergunta, afinal.

Faço que não com a cabeça. Ir ao mercado é o segundo item da minha lista de hoje; a dispensa está vazia. Ela abre a geladeira e tira um pirex de lasanha pela metade, e enfia nas minhas mãos.

— Aqui. Leva pra você.

Fico olhando a lasanha à beira das lágrimas, feito uma idiota, porque as duas pessoas mais especiais da minha vida me expulsaram de casa hoje.

— Obrigada.

Ela assente e se volta para a janela.

— Tô de saída, então — digo. — Posso te ligar amanhã?

Ela assente de novo, com os lábios apertados.

— Foi muito bom te ver, mãe. Senti saudade.

Eu me afasto e saio, e ela me deixa partir.

Entro no carro, chorando e me sentindo rejeitada, e enquanto dirijo pelas ruas conhecidas a caminho de casa, sei que finalmente está na hora de voltar.

Dormindo

Terça-feira, 24 de setembro

Ele não está aqui. Finalmente tomei coragem de voltar, mas a casa está vazia. Após uma busca mais minuciosa, não encontrei nenhuma das cervejas preferidas do Freddie na geladeira, e o cesto de roupa suja só tem roupas minhas. Onde ele está? Tem só uns dois meses que nos casamos. Começo a entrar em pânico. A briga em Nova York provocou alguma mudança? Será que descarrilhei a nossa felicidade a ponto de arruinar o nosso jovem casamento? Sirvo um copo de suco para mim e, com a mão trêmula, pego o celular, em busca de respostas.

Duas mensagens aparecem na tela. Uma da Elle, perguntando se quero jantar peixe com batata frita na casa deles hoje. A outra da minha mãe, oferecendo um ingresso extra para uma peça que ela vai assistir em Bath, no fim de semana. Estão as duas se mobilizando ao meu redor aqui neste mundo. Toco a aliança de casamento, ainda no dedo. Cadê você, Freddie Hunter?

Clico no contato dele e deixo tocar, torcendo para a ligação não cair na caixa postal. São sete da noite, então tenho esperança de que ele não esteja trabalhando, onde quer que esteja.

A ligação demora mais que o normal para começar a chamar e, quando começa, o barulho parece diferente. Isso me deixa confusa, e então meu coração dispara, porque ele atende.

— Freddie? — pergunto, hesitante. Está barulhento onde quer que ele esteja.

— Lyds? — Ele meio que grita. — Peraí um segundo, vou sair.

Ouço um burburinho de gente conversando e música de fundo, riso e vozes animadas. Acho que ele está num bar.

— Nossa, como está quente aqui hoje! — exclama ele, com a voz mais nítida agora. — A minha camisa chega a estar grudando nas costas.

— Onde você está? — pergunto, confusa.

— Neste minuto? Na porta de um bar, na praia. O Vince tá lá dentro, passando o cartão de crédito da empresa a torto e a direito, na esperança de fechar o negócio.

— Que vida dura, hein? — comento, vagamente, tentando manter na voz uma leveza que não estou sentindo neste momento.

Ele ri.

— Quando em Roma... Ou melhor, no Rio, que é o meu caso. — No Rio? Freddie está no Brasil? Tenho uma vaga lembrança. Acho que ele falou alguma coisa, mas não pensei que ele fosse passar muito tempo lá.

— Tô com saudade — digo, porque é verdade, ainda mais agora que ouvi a voz dele de novo.

— Eu também — responde ele. — Falta pouco agora. Umas duas, três semanas, no máximo.

— Mais três semanas? — pergunto, desanimada. As coisas que eu falei em Nova York obviamente não fizeram a menor diferença, se ele deixou isso acontecer. Ou se eu deixei. Pelo conteúdo da nossa geladeira e as mensagens da minha mãe e da minha irmã, ele já está viajando há algumas semanas.

— Não começa de novo — reclama ele, irritado. — Você sabe que eu não tenho opção.

Está evidente que toquei num ponto fraco.

— Você falou que está na praia?

— Não — responde ele, com uma paciência exagerada, beirando a ironia. — Eu falei que estou com o Vince, tentando fechar um acordo com os PodGods. Essa cidade toda gira em torno da merda da praia, Lydia, eu não tenho culpa, tá legal?

— Eu não falei que era culpa sua — respondo, chateada. Faz semanas que não falo com o Freddie, e agora que estou aqui, as coisas estão desse jeito de novo. Se estivéssemos juntos, conseguiríamos conversar e resolver o problema, mas por telefone não é tão fácil. Agora me dou conta de como a nossa relação sempre dependeu da proximidade física: do toque e de sermos capazes de ler a linguagem corporal um do outro.

Não temos esse luxo agora e o que nos resta parece decepcionante e com potencial para angústia. Ouço alguém gritando o nome dele, no mínimo é o Vince, chamando para pegar uma caipirinha. Ele fala errado. Não me surpreende, Vince é um sujeito cheio de si, não é alguém que perderia tempo aprendendo esse tipo de coisa. Aposto que foi sozinho com o Freddie para o Brasil sem nem saber como dizer "por favor" e "obrigado" em português.

— Preciso voltar lá para dentro — avisa ele.

— Parece que sim — digo, me sentindo abatida, desejando encontrar as palavras certas para consertar isso.

— Daqui a pouco eu ligo — acrescenta ele, e então ele se vai, de volta para o seu drinque, no bar da praia, de volta para a sua vida sem mim.

Acordada

Terça-feira, 24 de setembro

Fico sentada sozinha na sala de casa, só com um abajur aceso e uma caneca de chocolate quente nas mãos, torcendo para que isso me ajude a dormir. Que volta horrível, péssima. Minha mãe e a Elle provavelmente prefeririam que eu tivesse ficado na Croácia, e o Freddie está no Rio de Janeiro, bebendo drinques, na praia.

Agora eu vejo quanto confiei no meu outro mundo para me oferecer uma fuga deste; uma fuga da lida dura e implacável da dor. Hoje, no entanto... isso não aconteceu. A visita ao outro mundo me deixou cansada e desanimada de novo, nunca estive tão deprimida desde a ida a Nova York, e, ao ponderar tudo isso hoje, comecei a chegar a uma verdade inegável.

Eu troquei a cura aqui por morar lá. Usei as visitas ao outro mundo como uma forma de tentar superar a dor, mesmo quando todos os manuais sobre luto que já li me diziam que isso é simplesmente impossível. Talvez a porcaria do meu médico não estivesse errado — eu não vivenciei o processo de forma consciente. Em vez disso, fiquei me alternando entre os dois mundos, dando a volta mais comprida, desacelerando o meu progresso, sem perceber.

Desde aquela noite em Nova York não tomei mais nenhum comprimido na Croácia, e o resultado foi que dormi mais profundamente à noite. As olheiras desapareceram e meu coração passou a bater com mais facilidade no peito, porque não estava fazendo turnos duplos. Meus dias se tornaram mais simples, porque viver uma vida é menos estressante que viver duas.

Não posso mais ignorar o fato de que estou mudando, que o eu que visita o Freddie no outro mundo é cada vez menos como a Lydia que ele conhece. E, na verdade, gosto mais desta minha nova versão. Ela continua uma bagunça, mas é valente. Aventureira e forte. E está tentando avançar pouco a pouco, caminhando contra a maré, e esse tempo todo eu fiquei impedindo que ela pudesse fazer isso.

Acordada

SÁBADO, 28 DE SETEMBRO

— Você tem certeza? Absoluta?

Fito os olhos da minha cabeleireira através do espelho.

— Tenho.

Ela está atrás de mim com a tesoura na mão e, para uma mulher que é paga para cortar cabelos, parece bem relutante.

— Já tem dez anos que eu não corto mais do que um centímetro do seu cabelo — insiste ela, mordendo o lábio.

É verdade. Às vezes eu acrescento umas camadas, ou uma franja, mas isso foi o máximo que me aventurei.

Levanto a trança para sentir o peso uma última vez.

— Corta logo, Laura.

Ela respira fundo e para de perguntar.

Mais tarde, fico sentada no carro, com a trança enrolada num saco plástico transparente no colo, muito mais que um peso físico tirado dos ombros. Alguns anos atrás, a Dawn doou o próprio cabelo, então pesquisei ontem à noite e encontrei uma instituição de caridade que faz perucas para adolescentes. Meu cabelo foi o meu orgulho e a minha alegria quando eu tinha quinze anos; numa idade tão difícil, você precisa ter alguma coisa para jogar de lado ou atrás da qual se esconder. Fico feliz de pensar que o meu cabelo possa, de alguma forma, iluminar a vida de outra menina que esteja passando por dificuldades. Eu não preciso mais disso.

No corredor de casa, largo a bolsa e me examino no espelho de todos os ângulos, passando os dedos pela nuca, mexendo nos fios curtos próximos ao rosto. Já posso riscar o clássico item "tosar o cabelo" da lista de encarar o luto. Laura quase teve um ataque cardíaco quando pedi um corte bem baixinho. Ela pegou uma pilha de revistas para me mostrar fotos de cortes curtos, achando que eu tinha falado errado. Eu não tinha — sabia o que queria —, e, me olhando no espelho agora, estou feliz de ter sido corajosa o bastante para fazer isso.

Corajosa. Analiso a palavra na minha cabeça e depois digo em voz alta. Meu reflexo me encara fixamente, me dizendo que fiz a coisa certa. Acrescento "corajosa" à coleção de palavras que descrevem a minha vida agora.

São cinco da tarde aqui, então devem ser umas nove da manhã em Los Angeles. Mandei uma foto do cabelo novo para o Jonah alguns minutos atrás e, quando concluo que é sábado e que ele deve estar dormindo até mais tarde, meu celular sinaliza uma mensagem.

Vou te ligar agora.

Sorrio e me acomodo no canto do sofá, com as pernas cruzadas embaixo de mim, então o celular toca e ele aparece, rindo, ainda na cama.

— Deixa eu ver direito — pede ele, e do nada me sinto tímida e torço o nariz, virando a cabeça de um lado para o outro e aguardando, envergonhada, o veredicto dele.

— O que você achou? — pergunto.

Ele é a primeira pessoa além da cabeleireira a me dar uma opinião.

— Você... você tá parecendo uma australiana — opina Jonah, e então ri de novo, dando de ombros, porque sabe que é uma coisa ridícula de se dizer.

— Australiana?

— Sei lá. Acho que é o bronzeado e o cabelo curto. Você parece uma salva-vidas na praia de Bondi ou um lugar assim.

— Que descrição mais específica! — exclamo, revirando os olhos. — Eu te acordei no meio de algum sonho com *Baywatch*?

Ele passa a mão na barba por fazer e faz uma cara que sugere que talvez sim, mas que ele é educado demais para confirmar.

— Quando você voltou pra casa? — pergunta Jonah.

Nós temos nos falado com frequência ultimamente, em geral logo antes de dormir, no meu caso. Ele foi a conexão que eu tinha com a minha casa, quando estava na Croácia, a única pessoa que não me julgou por ter ido embora — provavelmente porque ele próprio admitiu que tinha feito praticamente a mesma coisa.

— Tem uns dois dias — respondo. — Mas a recepção não foi a mais calorosa da história. Fiquei muito tempo longe.

— Elas vão te perdoar — diz ele. — Elas te amam.

— É, eu sei — concordo; Jonah tem razão, óbvio. Mudo de assunto, porque pensar na Elle e na minha mãe me deixa desanimada. — Quais são as suas novidades?

Ele pega um copo de água na mesa de cabeceira e depois volta para a cama, o bronzeado de Los Angeles contrastando com os lençóis brancos. Já fazia muito tempo que o Jonah não parecia tão bem: está mais saudável, com mais energia, como se tivesse encontrado o seu brilho em algum lugar no fundo de um suco de clorofila. Eu me ajeito no sofá e fico ouvindo, enquanto ele me conta sobre os seus dias, como o roteiro está caminhando, sobre as pessoas com quem convive. O entusiasmo chega a brilhar em seus olhos escuros. Acho que ele nunca mais vai voltar para casa; o Jonah está frequentando outros círculos agora.

— E como é voltar? — pergunta ele.

Suspiro.

— É o mesmo de antes — respondo, então me corrijo. — Na verdade, não, não é. Está diferente. Um pouco como se eu não pertencesse mais a este lugar.

Ele assente devagar.

— Você passou bastante tempo fora, vai se acostumar de novo.

— Eu sei.

— Você vai voltar ao trabalho logo?

Faço que sim, com o coração pesado.

— Na segunda-feira. Mas eles contrataram outra pessoa. O Phil me mandou voltar, mas não sei se ainda vai ter uma vaga para mim lá.

Ele parece preocupado.

— Tem certeza de que você está bem?

— Vou ficar — garanto. — Acho que é só saudade do sol.

— O mundo é muito grande, Lyds — diz ele. — Sempre tem sol em algum lugar.

— Não aqui — rebato, sem saber se estamos falando do clima. — Você tem planos de voltar?

Ele nega com a cabeça.

— Vou ficar aqui por um tempo ainda. Meu período sabático termina no Natal, então acho que fico pelo menos até lá.

Engulo em seco e não digo quanto gostaria que ele voltasse antes.

— Entendi.

— Se o Phil te der um pé na bunda, você vem pra cá e fica comigo um pouco — brinca ele, sorrindo. Não digo quão atraente a proposta parece.

— É, porque isso iria ajudar muito a resolver as coisas com a minha mãe — respondo.

— Então, não — retruca ele, rindo. — De qualquer forma, o Phil não vai te dar um pé na bunda. Ele é praticamente da família.

Abro um sorriso.

— É, vai ficar tudo bem.

Jonah desvia os olhos para o alto da tela.

— É melhor eu ir — avisa ele. — Tenho um monte de coisas pra fazer.

— Windsurf? Ir à estreia de algum filme?

— As duas coisas — revida. — E depois vou almoçar com a Kate Winslet.

— Legal.

— Sabe como é... — diz ele. — A gente se fala, dona astrônoma.

Ele desliga e sua imagem fica congelada na tela, a mão erguida numa despedida. Dona astrônoma. Às vezes, eu mostrava para ele os céus estrelados das noites na Croácia, na minha varanda, mas o apelido já não se aplica. Acho que ele não iria querer ver o céu cinzento e as luzes das ruas da nossa cidade natal.

Passo a mão no cabelo novo, ainda me acostumando com ele. Ficou curtinho, quase igual a como os menininhos usam, uma cuia na cabeça.

— Acho que você não iria gostar, Freddie — digo. — Na verdade, sei que você odiaria.

Mas *eu* não odeio. Vou demorar um pouco a me acostumar, mas acho que, com o tempo, vou amar.

Acordada

Segunda-feira, 30 de setembro

— Ai, meu Deus do céu!

A mesa de Ryan é a mais próxima, quando entro no escritório, e ele se levanta, assustado.

— Você voltou e está incrível!

Ele dá a volta na mesa e passa as mãos no meu cabelo cortado, me encarando.

— O que você fez? Quer dizer, ficou demais, mas é meio radical pra você, né?

A esta altura, todo mundo já está à minha volta, todos me olhando como se eu tivesse cortado um membro, e não o cabelo.

— Ficou tão jovem — oferece Julia.

— Ressalta os seus olhos — diz Dawn. — Uau, olha esse bronzeado. — Ela compara o antebraço pálido com o meu.

Baixo os olhos para a sua barriga redonda, e ela ri, dizendo:

— Pois é. Não foi só bolo.

— Parabéns — digo, feliz por ela.

Phil aparece ao meu lado e aperta o meu ombro.

— Que bom te ver, Lydia — diz ele. — Prepara um chá pra você e depois dá um pulo na minha sala?

As pessoas parecem ligeiramente desconfortáveis, todas voltando para as suas respectivas mesas, e só então percebo a menina nova na minha. Já sei que ela foi contratada, lógico, mas ainda assim, ver a Louise aqui — acho que é esse o nome dela — me deixa terrivelmente nervosa. Ela parece eficiente, os dedos voando sobre o teclado, enquanto me olha de relance e sorri para mim. Com certeza é perfeitamente simpática e está na cara que sabe digitar depressa o suficiente para fazer os dedos sangrarem, mas eu ainda preferiria que ela desaparecesse numa nuvem de fumaça neste instante. Eu a observo por um segundo, para o caso de a Louise desaparecer, mas ela continua obstinadamente presente, então acato a sugestão de Phil e vou até a cozinha.

A parte boa é que ainda tenho um emprego. A parte não tão boa é que não é mais o que eu tinha antes. O Phil tentou ser o mais gentil possível, e ficou na cara que ele não estava feliz de ter de me dar as más notícias, mas a Super-Lou (ele não a chamou assim) veio para ficar e parece que está fazendo um bom trabalho. Segundo o Phil, ele teve de arrumar uma solução quando a Dawn começou a enjoar, por causa da gravidez. É óbvio que eu não tenho do que reclamar, a culpa é minha por ter ficado tanto tempo afastada. Assim, fui gentilmente transferida para a biblioteca, no primeiro andar. Delia enfim decidiu que está na hora de pendurar o tinteiro e o carimbo, e alguém tem de assumir a posição.

Phil me vendeu isso como um desafio, uma chance de reformar o lugar, um projeto novo. E fiquei agradecida, de verdade. Vou continuar trabalhando na prefeitura e vou poder ver o pessoal do segundo andar, ainda que só de passagem, em vez de trabalhar com eles todos os dias. Não vou mentir, me sinto como a ovelha rebelde da família que foi banida para o primeiro andar por conta do mau comportamento, mas sei que tenho sorte de ainda ter um emprego.

Na verdade, pensando bem, modernizar a biblioteca pode ser bom para mim. Vou coordenar dois funcionários em tempo parcial e o sistema precisa ser digitalizado. Eu poderia começar organizando alguns eventos de leitura. Reuniões, visitas de autores. Um clube do livro, quem sabe. Phil contou que eu tenho liberdade para fazer o que achar melhor. Ele até me deu vinte libras do caixa da prefeitura e me mandou comprar um vaso de plantas e umas canetas na papelaria chique da cidade. Agradeço o gesto. Vou tentar fazer o que ele sugeriu: planos para o futuro.

— Segura a cabeça dela — diz Elle, depositando uma Charlotte nua e bem mal-humorada nos meus braços.

Estamos ajoelhadas no chão do banheiro da minha irmã; ela me deixou ajudar com o banho, uma espécie de concessão. Elle botou a banheira infantil dentro da banheira normal e, assim que baixo a Charlotte na água, ela se acalma, milagrosamente.

— Ela adora — explica Elle, apoiando o rosto nos braços, ao meu lado, enquanto observa a filha. — Teve um dia que dei quatro banhos nela, só pra ela parar de chorar.

— Minha sobrinha vai ser uma sereia — digo.

— Está mais pra uva-passa — rebate Elle.

Sorrio, jogando punhados de água morna na barriga da Charlotte. Ela gosta mesmo de água, parece mágica.

— Deve ser parecido com o útero — comento.

Elle estica a mão e faz cócegas no pé da Charlotte.

— Pode ser. Obrigada. Por estar aqui quando ela nasceu. Com a gente.

Percebo como é difícil dizer essas palavras, e fico com um nó na garganta ao me lembrar do dia em que a Charlotte nasceu. O dia do meu casamento.

— Eu não teria perdido por nada neste mundo — digo.

E é aí que eu sei. Se tivesse de fazer uma escolha consciente entre o casamento e o parto da Charlotte, por mais difícil que seja reconhecer isso, teria ficado aqui neste mundo. Charlotte segura um dos meus dedos com seus dedinhos minúsculos, um reconhecimento de que há mais me prendendo aqui do que lá. Que é hora de encarar o inevitável.

Passei por um acontecimento catastrófico, destruidor. O pior aconteceu. Perdi o amor da minha vida, e então, como que por um milagre, encontrei o meu caminho de volta até ele — mas a que custo?

No começo foi maravilhoso, todos os meus sonhos se tornaram realidade, e demorei até agora para entender que, por mais bonito que tenha sido, é insustentável — tanto para a mulher que sou aqui, quanto para a mulher que sou lá. A mulher que sou lá deveria estar desfrutando da sua longa e maravilhosa vida com o Freddie. Deus sabe que preciso acreditar que existe um mundo onde o Freddie e eu damos certo, onde somos felizes e temos tempo para construir uma família, onde temos a sorte de envelhecer juntos.

Viajar para todos os cantos, visitar um lugar onde a minha dor não existe, onde uma dor extraordinária não me mudou irrevogavelmente... foi magnífico. De verdade. Quem no mundo não agarraria a chance de ver novamente o ente querido que perdeu? E não só uma vez, mas muitas vezes?

O cérebro humano é feito para lidar com o luto. Ele sabe que, mesmo quando mergulhamos em lugares insondáveis e escuros, vai haver uma luz de novo e, se continuarmos seguindo em frente, com coragem, por mais lento que o avanço seja, um dia vamos encontrar o caminho de volta. Mas eu não fiz isso. Eu tropecei em todos os lados, vendada, dois passos para frente, três para trás. Os comprimidos foram o meu consolo, a minha muleta e a minha fuga, mas foram também a venda que me colocou na direção errada. Por todas as versões de mim hoje, preciso remover essa venda agora. Preciso me despedir.

Dormindo

TERÇA-FEIRA, 1º DE OUTUBRO

Eu sabia que o Freddie não estaria aqui, lógico. Poderia ter esperado mais algumas semanas, na esperança de que ele voltasse do Rio, mas não havia garantias de quando isso iria acontecer e, agora que tomei a minha decisão, preciso seguir em frente.

O abajur da mesa de cabeceira está aceso, uma luz baixa, e o relógio me diz que são cinco e pouco da manhã. Meu iPad está onde imaginei que estaria, no travesseiro do Freddie. Costumo ler à noite, às vezes de madrugada, quando bate a insônia, o que acontece com frequência quando estou sozinha. Pego o tablet e verifico o nível de bateria. Oitenta e sete por cento. Certo. Então estou aqui, na nossa linda cama do Savoy, com o iPad pronto. FaceTime não é como imaginei nem desejei me despedir, mas é o que eu tenho. Não posso me permitir voltar aqui de novo.

Baixo o iPad e me acomodo nos travesseiros. Posso me dar uns minutinhos antes de fazer essa ligação. Estou aquecida e confortável, e, por alguns minutos, mergulho na quietude, desacelerando a respiração, me acalmando para esses últimos momentos, porque eles são muito importantes.

E então, quando sei que estou pronta, me apoio nos travesseiros e pego o tablet.

Ele não vai atender. Sinto a calma indo embora lentamente, enquanto um aparelho toca em algum lugar na escuridão, do outro lado do mundo. Ele não vai atender. O pânico começa a se instalar na minha garganta; sinto o coração acelerando e fito o meu reflexo pálido na tela. Eu me preparo para receber a mensagem de que Freddie Hunter não pôde atender. É lógico; está de madrugada agora no Rio.

Anda, Freddie, eu peço. Por favor, me escuta uma última vez. De todas as vezes que já precisei de você, esta é a que mais preciso.

E então, milagrosamente, como se tivesse ouvido o meu apelo, ele atende. A tela pisca quando a chamada se completa, e lá está ele, e eu quase choro de tanto alívio.

— Lyds? Calma aí. — Freddie se estica para acender o abajur da cabeceira. O abajur o ilumina com uma luz intimista, como um pub numa noite de inverno com as luzes saindo pela janela, convidando-o a entrar. — Tá tudo bem?

Ele está com os olhos vermelhos, parece preocupado.

Faço que sim, já sufocando as lágrimas.

— Só queria ver o seu rosto de novo.

Passei a maior parte do dia de ontem tentando pensar nas coisas certas para dizer, mas agora que ele está olhando para mim, tudo o que quero fazer é admirá-lo. Oitenta e sete por cento de bateria jamais seria o suficiente.

Ele se recosta no travesseiro.

— É uma da manhã aqui, meu amor — informar ele.

— Eu sei, eu sei. Desculpa — sussurro. — Eu só tô com saudade, Freddie. Odeio quando a gente briga.

— Eu também — diz ele. — Principalmente quando não dá pra fazer sexo de reconciliação.

Balanço a cabeça e rio baixinho.

— Promete que você nunca vai mudar, Freddie Hunter.

— Ei — murmura, agora atencioso. — Pra mim também parece uma eternidade.

— Parece? — pergunto, sentindo o choro preso na garganta, porque nunca me dei conta de verdade de quanto dura uma eternidade até o dia em que vi o nome do Freddie gravado em ouro na sua lápide.

— Lógico que parece — responde ele, como se fosse óbvio. — Não vou mais viajar por tanto tempo assim de novo, Lyds, prometo. Tô ficando maluco.

Tem sido um milhão de vezes mais difícil para mim, penso, mas não digo isso.

— Não estou dormindo muito bem. — É o que resolvo dizer. — A cama fica grande demais sem você.

— Não fala mal da nossa cama. Esta coisa aqui parece uma tábua de madeira. — Ele coloca o braço atrás da cabeça e bate na cabeceira de madeira barata. — Aproveite enquanto pode, Lyds. Durma que nem uma estrela-do-mar, se quiser.

Aproveite enquanto pode. Guardo o conselho para depois.

— Vou tentar — respondo. — Todo dia. Eu prometo.

— Só não vá se acostumar muito a viver sem mim, ouviu? — brinca ele, depois de um instante.

Tento formular palavras, falar qualquer coisa, mas não consigo, porque me acostumar a viver sem o Freddie Hunter virou a história da minha vida.

— Eu te amo muito.

Ele sorri.

— Eu te amo mais do que a Keira.

— Já foi direto pro alto da lista, é?

— Tô cansado. — Ele abafa um bocejo.

— Vamos nos despedir? — Em toda a minha vida, acho que não vou encontrar palavras mais difíceis que essas.

Ele assente, e eu sustento o seu olhar, sabendo que ele está pronto para desligar.

— Tchau, meu amor — digo, traçando o dedo pela maçã do seu rosto, a curva familiar do seu lábio inferior.

— Até amanhã — murmura ele.

É algo que sempre dissemos um para o outro antes de dormir, uma promessa, um carinho, um "vou estar aqui, esperando por você, quando você abrir os olhos".

— Até amanhã, Freddie. — Eu me despeço pela última vez, com a voz ardendo na garganta. — Tenho que ir. Durma bem, meu amor.

Ele meio que sorri, sonolento demais para notar que estou chorando.

— Câmbio e desligo — sussurra ele, e então dá um último suspiro.

Ah, Freddie Hunter. Tento sorrir em meio às lágrimas, e olho para ele por mais alguns instantes, antes de me obrigar a desligar. Seu rosto fica congelado na tela por um segundo, já dormindo, e então ele se vai — e desta vez é para sempre.

Acordada

TERÇA-FEIRA, 1º DE OUTUBRO

Eu estava tão apavorada com a ideia de me despedir que realmente não pensei muito sobre como iria me sentir quando acabasse. Se tivesse de adivinhar, no mínimo teria previsto que me acabaria de chorar, exausta e arrasada, solitária demais para descrever. E teria acertado, até certo ponto. Mas o que eu não teria imaginado é que sentiria a minha força, que seria capaz de me olhar no espelho iluminado do banheiro neste momento e sentir um orgulho calmo. Que eu saberia, no fundo do meu ser, que era a coisa certa a ser feita. Certa para a versão de mim aqui, e para a versão de mim lá, e certa para as pessoas que me amam.

— Que caminhada — sussurro para o meu reflexo, abrindo a tampa do frasco de comprimidos cor-de-rosa.

Eu me olho de canto de olho no espelho e sorrio, porque é o tipo de comentário que faria o Ryan zombar de mim. Talvez eu conte para ele um dia, se conseguir encontrar um jeito de fazer isso sem parecer insana.

— Certo — digo, resoluta, com o frasco aberto na mão. Eu tenho de fazer isso. Preciso mostrar à mulher do espelho que eu a apoio. São 5h30. Preciso fazer isso agora e voltar para a cama para descansar algumas horas.

Vita me perguntou um tempo atrás o que eu faria se não tivesse medo. É uma pergunta na qual pensei muito desde que voltei e que me faço novamente agora, enquanto olho para os comprimidos. Sobraram onze no frasco. O que equivale a mais onze visitas. Eu poderia guardar. Poderia. Poderia economizar, me permitir só uma visita ao ano. Poderia muito bem fazer isso. Passar um dia maravilhoso por ano com o Freddie.

No meu aniversário ou no dele. Ou até de dois em dois anos. Ou poderia guardar por ainda mais, alguns anos ou de cinco em cinco, entrar e ver o que aconteceu conosco. Eu iria poder ver os nossos filhos. Ai, meu Deus, imagina só. Eu iria poder fazer o café da manhã deles, ajudar com o dever de casa. Uma lágrima escorre pelo meu rosto, porque é uma coisa muito dolorida, me imaginar acalentando o meu filho nos braços para ele dormir, uma única vez.

Mas se eu fizer isso, se guardar essas pílulas com todo o cuidado, o que isso vai significar para a minha vida aqui? Engulo em seco, porque sei a resposta. Significaria que a vida aqui sempre estaria em segundo plano, para sempre numa sala de espera, e isso não é justo comigo nem com ninguém na minha vida. Esta vida tem de ser a minha única opção, mas, mais do que isso, tem de ser a melhor opção. Preciso fazer o que faria se não tivesse medo. É hora de deixar a minha outra eu à própria sorte, deixar que ela descubra a alegria de preparar o café da manhã dos filhos e comemorar aniversários com o Freddie, livre da visita ocasional de uma versão de si mesma mais azeda e cansada do mundo.

Seguro o frasco em cima da pia com a mão trêmula, e tudo bem, porque isso é difícil. Abro a torneira e prendo a respiração, com o coração batendo acelerado, e então faço o que tenho de fazer, depressa, tudo de uma vez para não mudar de ideia e me deter no meio do caminho. Os comprimidos boiam na poça de água saindo da torneira, girando por alguns segundos, deixando a água cor-de-rosa ao escorrer pelo ralo. Fico observando, sentindo tudo: orgulho de mim, o coração partido, aliviado, despedaçado. E então todos eles se vão, enfim desaparecem, e fecho a torneira e me encaro, no espelho.

— Somos só eu e você agora.

Aperto a faixa do roupão com mais força na cintura e sou tomada por uma sensação tranquila de paz.

SÁBADO, 12 DE OUTUBRO

— Feliz aniversário, June!

Todos nós erguemos as taças num brinde à minha tia June.

— Sessenta anos, está na flor da idade! — exclama o tio Bob, todo orgulhoso da piada batida, alto o suficiente para ganhar da esposa um sorrisinho de "sente-se antes que eu te estrangule".

Estamos na churrascaria da cidade, que está lotada, com balões brilhosos presos no encosto da cadeira da aniversariante. Minha mãe está sentada do meu lado, Elle na minha frente, com a Charlotte no colo, a primeira reunião oficial de família da minha sobrinha. Estou muito aliviada que o clima esteja melhorando entre a gente, desde que voltei. A Elle e eu ainda não estamos como antes, mas pelo menos ela voltou a me mandar vídeos diários da Charlotte. Minha mãe desatou a chorar e me abraçou quando viu o meu cabelo novo.

— Você parece tão frágil, Lydia — disse ela. — Não sei o que fazer contigo.

A verdade é que não preciso que as pessoas façam nada comigo. Meu tempo longe das minhas vidas foi transformador, necessário, apesar da tensão que provocou na relação com a minha família. Não sou tão frágil quanto o meu corte de cabelo me faz parecer.

A minha prima Lucy me olha de lado da outra ponta da mesa e pergunta:

— Como foi o mochilão, Lydia?

O *mochilão*. Ui, ela sempre sabe o que não dizer.

— A Croácia é linda — comento. — Você deveria conhecer.

Ela pega a sua taça de vinho.

— Estou meio velha para esse tipo de coisa.

— Ela é mais do tipo que compra pacote de férias. — Elle me olha por cima da cabeça da Charlotte.

Lucy lança um olhar para ela.

— Na verdade, vou pras Maldivas, no Natal.

— Então você e o Bob deveriam almoçar com a gente neste Natal, June — oferece a minha mãe, sorrindo para a irmã.

David pega a filha para que a Elle possa comer, um time muito sintonizado, e não deixo de notar o olhar divertido que os dois trocam diante da falta de tato da mamãe. Ela não teria convidado a irmã se a Lucy não tivesse garantido que estaria fora do país.

O tio Bob considera o convite.

— Só se eu puder cortar o peru — diz ele. — É uma tradição.

Há um momento de solidariedade entre nós quatro, ao lembrarmos do David cortando o peru, no ano passado.

— Acho que não vai ter problema — concorda a minha mãe.

Tia June se debruça na mesa e olha para mim.

— Como está o seu amigo nos Estados Unidos, Lydia?

Já abandonei meus talheres na mesa, satisfeita.

— Ah, ele está muito bem. — Numa cidade do tamanho da nossa, todo mundo fica sabendo se você ralar o joelho, então a empreitada do Jonah, escrevendo um roteiro em Los Angeles, virou alvo de fofocas. A cabeleireira perguntou por ele, todo mundo no trabalho também pergunta. — Ele vai ficar mais um tempo lá, então é um bom sinal.

— Nossa, eu não voltava se fosse ele — comenta Lucy. — Miami ou este lugar. Este lugar ou Miami. — Ela move as mãos como se fossem uma balança e revira os olhos.

— Ele está em Los Angeles — informo, tentando não me irritar.

— Dá no mesmo — retruca ela. — Sol, areia, americanos.

Penso na Vita, serena e tranquila, bebendo café cedo pela manhã, no terraço do restaurante. Ela não deixaria alguém como a Lucy a incomodar. Desde que o Freddie morreu, tanto o Jonah quanto eu ampliamos os nossos horizontes, uma reação instintiva ao fato de que ele não está mais aqui. Procuramos lugares e experiências que você nunca vai encontrar num folheto de férias. A Lucy não experienciou esse tipo de transição; deixo o deslize dela passar.

— Deve ser.

A conversa flui à minha volta. A Elle e o David continuam falando da Charlotte em termos de semanas; ela está com doze semanas e atingindo todos os seus marcos com louvor.

— Puxou à mãe — observa o tio Bob. — Você sempre foi a organizada, Elle.

Não acho que ele pretendia insinuar que eu não era organizada, mas é como interpreto o comentário. No mínimo, é verdade. Fico imaginando o que os meus filhos herdariam de mim. *Coragem*, sussurra Vita. Só espero que esteja certa.

Quando abro a porta da frente, um pouco mais tarde, algo passa roçando por entre os meus tornozelos: Turpin voltou para casa. Ele sobe na bancada da cozinha e fica me observando pegar a ração dele.

— Precisa de um lugar pra dormir, meu velho amigo?

Ele tolera um carinho na orelha em troca do jantar, e, embora eu abra a porta dos fundos para lhe dar a opção de sair, ele prefere não desbravar a chuva. Levo o meu chá para a cama, para ler, e o deixo dormindo na poltrona do Freddie.

Quinta-feira, 31 de outubro

— Pronto — digo, me sentando em cima das pernas para admirar o meu trabalho. — Ficou horrível.

Decorei o túmulo do Freddie com flores laranjas e roxas berrantes e uma abóbora pequena já esculpida, para dar um toque final. Então me dou conta de que não é de bom tom fazer uma decoração de Dia das Bruxas num cemitério, mas o Freddie amava o dia; sempre se fantasiava de monstro do Frankenstein. Sei que ele acharia graça disso se pudesse me ver agora. No mínimo iria me pedir para acrescentar umas teias de aranha de mentira e uns fantasmas recortados, o pacote completo. Ainda o visito com frequência, quando o tempo está bom. É onde me sinto mais próxima dele, ou onde ele parece mais próximo de mim, sobretudo ultimamente.

— A biblioteca está indo bem — informo, catando os talos de flores e limpando a lápide. — A Mary e a Flo são hilárias, as duas juntas não sabem nem ligar o computador, então ainda é uma incógnita como vão dar conta do sistema novo.

A minha rotina de trabalho mudou, mas não de um jeito ruim. Troquei os colegas do segundo andar por duas senhoras do asilo da cidade; a Mary já não enxerga muito bem, e a Flo é completamente surda de um dos ouvidos, e, ainda assim, elas me acolheram em seu círculo. Ainda não fui ao bingo com elas, mas acho que não vai demorar. São o tipo de mulher que espero que a Elle e eu nos tornemos quando chegarmos à casa dos noventa, cheias de histórias e problemas, com uma vida social mais ativa que a da maioria dos jovens de vinte e um anos.

— Você tinha que ver a Charlotte — continuo. — Ela parece que cresce todo dia. Já está com a cabeça firme e tem os olhos da Elle. — Dou uma risada. — É uma figura. O David teve que trocar uma fralda quando eu estava lá, hoje de manhã, e dava para ouvi-lo, literalmente, segurando a ânsia de vômito.

Puxo as mangas do casaco para cobrir os dedos frios.

— O Jonah continua em Los Angeles — prossigo. — Acho que estão rolando discordâncias sobre o roteiro.

Ainda conversamos várias vezes por semana; as novidades dele são sempre mais empolgantes que as minhas. Jonah está fluente na terminologia do mundo onde circula agora, e salpica a conversa com termos de roteiragem e reuniões contratuais.

— Ele falou que está havendo diferenças criativas — explico, como se tivesse alguma ideia do que isso significa. — Pelo que entendi, o estúdio está pressionando para ele fazer algumas mudanças, para tornar o filme mais vendável, e o Jonah está querendo evitar que a história entre numa esteira de produção em massa. Não entendo tudo o que ele diz, mas é mais ou menos isso.

Ontem à noite, ele me ligou e estava muito chateado com isso tudo. Mas a vida em Los Angeles o deixou animado de novo, e com as bochechas mais coradas, então espero que encontre um jeito de lidar com o obstáculo.

— Até me ofereci para ler o roteiro. Não que eu entenda alguma coisa disso.

Mas eu conhecia o Freddie, e se a história é sobre a amizade deles, talvez eu veja algo que o Jonah não está vendo, ou pelo menos o ajude a encontrar um meio-termo.

Um movimento ao longe me chama a atenção. Um cortejo funerário entra pelo portão, duas limusines pretas avançando pelo caminho central. Suspiro junto do cachecol enquanto ele passa, com o coração apertado por quem estiver nesses carros hoje. Sei muito bem o longo caminho que terão pela frente e tudo o que posso fazer é ficar de guarda e enviar pensamentos tranquilos de solidariedade e força.

Está frio aqui, neste intervalo de almoço, o inverno já bem instalado no vento cortante. Abotoo o casaco pesado, então beijo a ponta dos dedos e toco a lápide de Freddie, antes de voltar ao trabalho.

Nunca foi uma questão de superar o Freddie Hunter. Não é assim que funciona, não importa o que a minha ficha médica diga. Não existe um roteiro fácil para encarar o luto. Você não supera a perda de alguém que ama em seis meses, em dois anos, nem mesmo em vinte, mas você tem de encontrar uma maneira de continuar vivendo sem sentir como se tudo o que vem depois ficasse em segundo plano. Tem gente que escala montanhas, outras se jogam de aviões. Cada um precisa encontrar o próprio caminho de volta e, com sorte, eles vão ter pessoas que os amam para segurar a mão deles.

Segunda-feira, 4 de novembro

— Tem algum livro aí sobre bebês mal-humorados?

Ergo os olhos da caixa de livros que estou desempacotando e me deparo com a Elle na minha frente. Agora que a Charlotte começou a dormir por períodos mais longos, a minha irmã parece muito melhor que algumas semanas atrás, as bochechas rosadas pelo frio e menos cansada. Dou uma olhada na neném empacotada dentro do carrinho, cochilando feito um anjinho.

— Não admito ouvir uma palavra contra ela — afirmo. Passei o máximo de tempo que pude com as duas ultimamente, ansiosa para compensar as semanas que perdi. A Elle e eu já estamos praticamente reconciliadas; precisamos demais uma da outra para deixar que isso se arraste por mais tempo. Tomamos umas taças de vinho no fim de semana passado e assistimos a um filme, e eu encontrei as palavras para dizer que sentia muito por não estar por perto quando ela precisava de mim.

— A mamãe achou que eu estava com depressão pós-parto — contou ela. — Mas eu sabia que não era isso. Estava só com muita raiva de você por ter ido embora e cansada demais para esquecer.

Só agora é que entendo quanto a minha ausência a magoou, e à minha mãe também.

— Pode ficar com ela só por meia hora, mais ou menos? — pergunta Elle. — É aniversário do David na semana que vem, e eu faria qualquer coisa para dar uma volta nas lojas sem esse carrinho de bebê.

— Agora? — pergunto, sorrindo, porque ela acabou de transformar o meu monótono dia na melhor coisa possível. É a primeira vez que ela me pede para ficar com a Charlotte.

— A não ser que você esteja muito ocupada...

Faço que não com a cabeça.

— Não, melhor impossível, está na hora do meu almoço.

Elle lista uma série de instruções sobre pomada e mamadeiras, para o caso de a Charlotte chorar sem parar, e tento ouvir, mas só consigo pensar em como estou feliz que a minha irmã confia em mim de novo, e fico me perguntando se é possível pegar um bebê que está dormindo sem acordar, porque estou louca para dar colo para essa criança.

E então ficamos só nós duas, a Charlotte e eu. Empurro o carrinho lentamente pelos corredores da biblioteca, descrevendo, distraída, as seções de não ficção, seguindo devagar para a biblioteca infantil. Quando levanto o cobertor e olho dentro do carrinho, Charlotte me olha de volta, os olhos bem acordados sob os cílios escuros.

— Oi, mocinha — digo, sorrindo e tirando-a do carrinho.

Ela ainda é pequenininha, delicada até mesmo no macacão de inverno, e fixa os olhos solenes e parecidos com os da Elle em mim, enquanto me sento com ela numa das poltronas novas.

— Você me conhece — lembro a ela. — Fui a primeira pessoa que você viu.

Gosto de pensar que ela lembra, que fica feliz nos meus braços porque me reconhece como um porto seguro.

— O que a gente faz agora? — sussurro, embora não haja ninguém nesta parte da biblioteca cuja leitura eu pudesse estar interrompendo. — Quer que eu leia pra você?

Parece a coisa apropriada a fazer, dado o nosso entorno, então escolho um livro que conheço bem da minha infância.

— É a história de uma lagarta — explico, equilibrando o livro aberto nos joelhos. — Ela é muito gulosa, pelo que eu me lembro.

Eu a acomodo com mais segurança em meu braço, e ela fica me observando atentamente enquanto conto como a lagarta nasceu no domingo, comeu uma maçã na segunda-feira, duas peras na terça e três ameixas na quarta. Juro que ela está prestando atenção. Então conto que ela comeu tanto queijo, bolo de chocolate e salame que se sente mal, mas já é domingo de novo, e a lagarta começa tudo outra vez, até que já não tem mais fome e nem é mais uma pequena lagarta.

Fecho o livro e coloco de volta na prateleira, embora a história ainda não tenha terminado. Todo mundo sabe como termina.

— E aí, Charlotte, a lagarta fez um casulo e foi dormir — digo. — E enquanto ela estava dormindo, sonhou com todas as coisas maravilhosas que iria ver, a vida mágica que iria viver e todos os lugares distantes que iria visitar.

Faço um carinho na palma da mão dela, que se fecha em torno da minha, como as pétalas de uma flor se fechando, assim como fez na manhã em que nasceu. Seus dedos já estão mais compridos, menos translúcidos, e a mão mais forte.

— E, depois de um tempo, ela se cansa de dormir — continuo. — Então ela acorda e estica as asas novas para experimentar, e voa para bem longe, em busca de novas aventuras.

E é aí que essa criança pequena e maravilhosa sorri para mim. Ela já está fazendo isso para a Elle e para a mamãe há algumas semanas, mas eu precisei batalhar para conseguir um sorriso — é o preço de tê-la deixado para trás, acho. Sorrio de volta, e então rio, e ela continua me oferecendo aquele sorriso bobo que escancara o seu rosto todo feito uma sapinha.

— Você é mesmo uma figurinha, sabia? — digo para ela, com um nó na garganta apertada. — Obrigada por vir me visitar.

E estou mesmo muito grata. Não sei se ela teria provocado um impacto tão forte em mim se eu não tivesse ajudado a trazê-la para este mundo, se ela não tivesse inspirado o primeiro sopro de ar em minhas mãos. Mas foi isso que ela fez e, ao fazê-lo, colocou as mãozinhas minúsculas na borda do meu mundo adormecido e o empurrou para bem longe, tornando a minha jornada até lá mais perigosa.

À medida que ela crescer, vou estar por perto para ajudá-la a aprender sobre as cores e levá-la ao cinema e avisá-la dos meninos errados, mas acho que nunca vou conseguir ensinar a esta garotinha mais do que ela me ensinou apenas estando aqui.

— Minha pequena borboleta.

SÁBADO, 9 DE NOVEMBRO

— Odeio fogos de artifício.

Jonah ri de mim, na tela do meu celular.

— Odeia nada. Era sempre você quem queria ir ver os fogos.

Meu celular está apoiado num vaso de flores na mesa da cozinha, para que eu possa conversar com ele com as mãos livres, enquanto trabalho. Aqui é sábado à noite; para ele, está na hora do almoço, e estou sendo especialmente maçante e colocando a papelada da biblioteca em dia, com uma taça de vinho. Mas não fico com muita pena de mim mesma. Na verdade, fico feliz de ter muito o que pensar no trabalho, está ajudando a preencher os espaços vazios da minha vida. Já tem quase um mês e meio que joguei os comprimidos no ralo e, sinceramente, estou bem, pelo menos durante o dia.

— É, bem. Mudei de ideia — resmungo. O parque da cidade está comemorando a noite de Guy Fawkes hoje, e parece que acabou de eclodir uma guerra.

Jonah se afasta do balcão da sua cozinha e se senta à mesa.

— Tá bonito isso — comento, apontando para o sanduíche de bacon que acabei de vê-lo preparar.

— Tive que ir a três mercados para encontrar um pão de forma branco e grosso — conta ele. — É praticamente ilegal aqui.

— Você é inglês demais para o seu próprio bem, Jonah Jones. — Reviro os olhos, rindo.

Ele me mostra o ketchup Heinz e sorri. Baixo a caneta e pego a minha taça de vinho.

— Alguma novidade? Me conta alguma coisa boa.

Ele afasta o cabelo do rosto, e reparo na cicatriz em sua sobrancelha, embranquecida pelo sol de Los Angeles. Em uma de nossas conversas recentes, ele me disse que, logo depois do acidente, tirou o espelho da parede do banheiro porque não suportava ver aquele lembrete constante, todo dia; é um alívio saber que ele está melhor agora. Ouço enquanto ele compartilha trechos de sua semana em Los Angeles em meio ao seu almoço.

— Ah... adivinha? — pergunta ele, de repente. — Abandonei o carro e aluguei uma moto, queria a emoção de andar de moto na estrada.

Sorrio, reprimindo a vontade de pedir para ele tomar cuidado, porque ele sempre toma. Eu me pergunto se ele chegou a comprar a moto clássica do Mão Pesada, aquela sobre a qual conversou com o Freddie, em nossa outra vida.

— Vintage? — pergunto, como quem não quer nada.

Ele franze a testa e nega com a cabeça.

— Novinha, por quê?

— Por nada. — Dispenso a pergunta dele. — Só tentando criar uma imagem mental.

Fazemos isso o tempo todo, usamos a tecnologia para fazer parecer que estamos na mesma sala, em vez de em lados opostos do mundo. Meu cérebro dá um salto, e fico me perguntando se algum dia vai haver uma tecnologia semelhante que faça uma chamada casual entre dois universos, em vez de continentes. Queria muito poder me oferecer alguns conselhos — acho que já passei por coisas difíceis o suficiente para reunir pérolas de sabedoria.

— Você parece exausta — observa Jonah.

Suspiro, dando mais um gole no vinho.

— É, um pouco.

— Ainda não tá conseguindo dormir?

Passo a mão na testa.

— Não muito bem.

Para falar a verdade, o sono está se tornando um problema para mim. Joguei todos aqueles comprimidos pelo ralo, e com eles se foi a minha capacidade de dormir à noite. Não sei por quê, mas sei que não vou naquele médico tão cedo para falar sobre isso.

— Quer que eu cante pra você? — pergunta Jonah, rindo. — Sou bom de canções de ninar. Ou death metal. O que você achar mais relaxante.

Pego o telefone e vou para o sofá.

— Tá bem — concordo, me acomodando. Eu me cubro com a manta e coloco um travesseiro debaixo da cabeça, e então olho para o Jonah. — Estou pronta.

— Você quer mesmo que eu cante pra você?

— Não me diga que você estava brincando — rebato, embora saiba que estava. — Faz muito tempo que não te ouço cantar.

Ele me olha, me enxergando mais nitidamente que a maioria das pessoas, ainda que esteja do outro lado do mundo. Eu o vejo nitidamente também; seus olhos me dizem que ele ainda não canta muito hoje em dia, e ele está decidindo se pode fazer isso por mim agora.

— Fecha os olhos — pede ele.

Apoio o celular num lugar onde ele possa me ver e enterro a cabeça no travesseiro, a manta me cobrindo até o pescoço, mais confortável do que estive nos últimos tempos.

— Algum pedido especial?

— Me surpreenda — sussurro.

Ele fica quieto e, por um instante, só ouço a sua respiração, o que já ajuda a me acalmar. E então ele começa, baixinho e cheio de emoção, e meus ossos agradecidos afundam nas almofadas. Já ouvi o Jonah cantando o catálogo inteiro dos Beatles inúmeras vezes no pub, depois do trabalho. No Prince of Wales, ele costuma escolher sucessos, mas esta noite ele escolhe algo mais lento e canta "The Long and Winding Road" só para mim.

Quarta-feira, 18 de dezembro

— Eu não usaria essa barba por mais ninguém — comenta Phil, puxando a lã branca e fofa da boca. — Já engoli pelo menos metade dela.

— Não vai vomitar uma bola de cabelo, hein — diz Ryan, o próprio ajudante de Papai Noel, em sua roupa de duende.

Meus amigos do segundo andar foram todos convocados para ajudar na minha festa de Natal na biblioteca, hoje de manhã. Não é nada especial nem grandioso, só um dia aberto ao público, com atividades e jogos, uma chance de trazer os pais para verem as melhorias que eu fiz no nosso cantinho pré-escolar. Usei a sedução de encontrar o Papai Noel para atrair o público infantil, e funcionou mais do que eu esperava. O lugar está repleto de pais cansados, abafados em seus casacos de inverno e segurando lenços, bolsas de fralda e lanches pela metade.

Dawn ficou encarregada da mesa com material para colorir, o suéter de Natal esticado por cima da barriga imensa, e a Julia está servindo ponche para mães e pais agradecidos. Não posso garantir que ela não tenha batizado o ponche com vodca. Ela nem chegou perto de qualquer roupa natalina, lógico, mas o batom vermelho está combinando com a roupa de Papai Noel do Phil. E ainda tem a Flo e a Mary, minhas bibliotecárias. Elas vieram vestidas de bola de Natal, o que parece ótimo, tirando o fato de que mal cabem nos corredores da biblioteca. Ryan riu de chorar quando a Flo ficou entalada na seção de história e precisou que ele a empurrasse por trás.

— Tinha alguém querendo ver o Papai Noel.

Eu me viro e vejo a Elle atrás de mim, com a minha mãe ao seu lado e a Charlotte nos braços. Essa criança tem algo de mágico; basta olhar para ela, e uma luz se acende dentro de mim. E o apreço é mútuo, ainda bem — ela morre de rir com as minhas piadas horríveis e é um fato indiscutível que sou a preferida dela. Bem, indiscutível ao menos para mim.

— Vocês vieram! — exclamo, beijando suas bochechas geladas.

— Como se a gente fosse perder — diz a minha mãe, olhando ao redor. — Quanta gente, Lydia!

— Espero que o Papai Noel tenha presentes suficientes — comenta Elle.

Sei muito bem que o Papai Noel tem presentes suficientes. Fui atrás de todas as empresas da cidade, pedindo doação, e usei o dinheiro para comprar um monte de exemplares de *Uma lagarta muito comilona*.

— Espero que o Papai Noel não engasgue na barba.

— Acho que essa é a menor das preocupações dele — comenta a minha mãe, rindo.

Phil está sentado num trono no canto, sendo assediado por crianças de dois anos, todas desesperadas para fazer seus pedidos de Natal. E Ryan está se mostrando um péssimo organizador de filas, incapaz de gerenciar pessoas cuja altura mal chega ao joelho coberto de lycra verde dele. Na verdade, elas o estão cercando, escalando Ryan para se jogar no Phil. Ryan olha para mim com os olhos arregalados e as mãos esticadas, pedindo ajuda — mas eu apenas rio e faço um sinal de positivo para ele.

— Acho que vamos ter que chamar a polícia — observa Julia. — As crianças estão fora de controle. Tem geleia no tapete novo.

Mas não é isso que eu vejo. Vejo a minha biblioteca cheia de gente, e meus amigos e familiares todos reunidos para me ajudar. Vejo pais cansados apoiando-se nas estantes e conhecendo outras pessoas, com um copo de ponche nas mãos, e vejo crianças vibrando de alegria e de expectativa com as festas de fim de ano. O que eu vejo é a vida. Barulhenta, bagunçada, complicada, e estou adorando.

Terça-feira, 31 de dezembro

— Até amanhã — digo, acenando sem parar e com muita animação para a Elle e a Charlotte, até que minha irmã encerra a chamada. Ela cresceu ridiculamente rápido (a Charlotte, eu quis dizer), cheia de dobrinhas fofas de neném. Amanhã, vamos todos passar o primeiro dia do ano juntos, almoçando na casa da minha mãe. O Stef também vai. Já o encontrei algumas vezes, felizmente de camisa, e gosto muito dele. É um sujeito quieto, mas quando fala em geral é bem incisivo; seu senso de humor sombrio me atrai.

Esta noite, no entanto, sou apenas eu e uma taça de espumante. Jonah ainda está em Los Angeles; conversamos há alguns dias e até brincamos que ele não vai poder bater na minha porta à meia-noite, neste Réveillon. Deus, parece que tem bem mais que um ano. Sinto como se tivesse perdido uma camada inteira de mim e ficado igual, mas diferente, com uma parte de mim deixada para trás.

Já tem três meses que peguei o atalho para o outro universo pela última vez. Tenho pensado muito desde então; cheguei a fazer algumas sessões com uma terapeuta. Contei tudo a ela — sobre o remédio, tudo —, e, em seu crédito, tenho de dizer que ela não apertou o botão de pânico debaixo da mesa.

Estou em paz com o fato de que nunca vou saber com certeza se os comprimidos cor-de-rosa de fato me permitiram transitar entre dois universos, se inadvertidamente pavimentaram um caminho de fuga para outro mundo que não o nosso.

Também estou em paz com a possibilidade de que tenha sido uma estratégia sofisticada de autodefesa, sonhos lúcidos e vívidos, enquanto meu inconsciente desembaralhava os meus pensamentos, sobrepondo a minha vida real a uma versão alternativa. Pode ter sido isso; a terapeuta sem dúvida acha que foi. Mas, sabe de uma coisa? Eu não poria a mão no fogo por isso.

Saio pela porta dos fundos antes de ir dormir e fito o límpido céu noturno. Se o Jonah estivesse aqui, poderia apontar para os planetas e as constelações distantes, mas para mim basta olhar para cima e deixar meus olhos viajarem pouco a pouco pela escuridão. É mesmo uma coisa e tanto. De vez em quando, se estreito os olhos e faço bastante força, acho que vejo algo, o tênue contorno de uma porta entreaberta. Eu me imagino lá, tão perto dela que posso ouvir vozes distantes; o estrondo de um riso familiar, o grito animado de uma criança. Sorrio, fechando a porta com gentileza, depois viro a chave e a deixo flutuar por entre as estrelas.

2020

Quinta-feira, 2 de janeiro

Estou numa ressaca de peru assado e gim. O almoço ontem na casa da mamãe acabou virando uma festa que durou o dia inteiro; metade dos vizinhos apareceu, e pode ou não ter rolado uma coreografia de conga nas calçadas congeladas, tudo muito bobo e liderado pelo Stef — quem diria —, que pelo visto, depois de alguns drinques, vira o maior festeiro.

E agora estou em casa de novo, com uma leve dor de cabeça, um recipiente de peru do tamanho de um tijolo na geladeira e o querido Turpin para me fazer companhia.

— *Um sonho de liberdade* ou James Bond? — pergunto a ele.

Ele me olha de seu canto preferido, a poltrona do Freddie.

— Pisca uma vez se quiser Bond, duas para *Um sonho de liberdade*? — sugiro, rindo comigo mesma, embora ele continue me ignorando. — Mas você é difícil, hein? — comento. — Tem certeza que não quer ver o que a Agnes está fazendo?

Acho que ele percebe o sarcasmo no meu tom e dá as costas para mim.

— Ótimo — murmuro. — Deixa que eu escolho.

Estou tentando reunir forças para caminhar um pouco. Estou numa letargia pós-festa e, como é Ano-Novo, me sinto na obrigação de pelo menos tentar espantar a preguiça e fazer algo de útil. Minha convicção me leva até o degrau da porta da frente, equipada com um gorro novo listrado na cabeça e luvas de lã, presentes da minha mãe. Ela deu um conjunto parecido para a Elle, mas com leves diferenças, e nós os trocamos quando ela não estava olhando. Esquerda ou direita? Até às lojas ou ao parque? Não tenho nenhum objetivo ou destino real, então apenas sigo a caminho da esquina, e assim que o faço, uma pessoa faz a curva no sentido contrário ao meu.

Ele é alto e está com os ombros encolhidos debaixo do casaco e do cachecol, mas mesmo a essa distância eu o reconheço. Jonah Jones olha para mim e vejo o momento exato em que ele sabe que sou eu sob todas essas listras; ele diminui o passo por um momento e então acelera, até que nos encontramos no meio do caminho.

— O que você tá fazendo aqui? — Eu o agarro pelos braços, incrédula diante da visão dele em pessoa, depois de ver seu rosto tantas vezes no meu celular. — Você está em Los Angeles!

Jonah ri, tirando o gorro de lã azul-marinho. Ele está precisando cortar o cabelo, como sempre, mas, meu Deus, seu sorriso sincero é um colírio para os meus olhos cansados. Acho que não tinha percebido, pela tela, como ele está bronzeado ou como Los Angeles trouxe de volta um brilho às suas feições. Ele não é o mesmo homem que embarcou no avião tantos meses atrás. E também não é o Jonah de que me lembro como amigo do Freddie. Parece mais velho, mais maduro, mais à vontade consigo mesmo.

— Está na cara que não — brinca ele. — Aquele sol todo, Lyds, é de enlouquecer.

— Veio pro lugar certo, então. — Não consigo parar de olhar para ele. — Estou tão feliz de te ver, Jonah. — Balanço a cabeça, ainda em choque.

— Eu também — diz ele. — Vem aqui.

Ele me puxa para um abraço e, sério mesmo, parece uma barragem se rompendo. Não é um abraço educado. É um abraço de "você é importante para mim, não acredito que está aqui, deixa eu olhar para você, acabou de iluminar o meu mundo". Balançamos de um lado para o outro e rimos, e acabo dando um passo para trás, emocionada da cabeça aos pés.

Ele estica a mão e tira o meu gorro.

— Uau! — exclama. — Parecem penas. Gostei.

Jonah já viu o meu corte de cabelo um milhão de vezes pelo celular, mas é a primeira vez que vê pessoalmente.

Passo a mão pelo cabelo, sem graça.

— O cabelo tá fazendo falta, nesse clima — comento.

Ele enfia o meu gorro de novo até cobrir as minhas orelhas.

— Melhor?

Faço que sim.
— Melhor.
— Tava indo a algum lugar? — pergunta Jonah.
Pisco, tentando lembrar.
— Na verdade, não. Só limpando as teias de aranha, conferindo se as minhas pernas ainda funcionam, esse tipo de coisa.
— O Réveillon foi intenso assim? — pergunta ele.
— O almoço ontem na minha mãe acabou saindo um pouco do controle — explico, rindo. — Tô com dor de cabeça hoje.
Ele esfrega as mãos frias.
— Eu estava vindo te visitar — diz. — Posso voltar outra hora, se você quiser. Ou amanhã.
— Não — interrompo. — Que isso, não. Vem, vamos entrar, está muito frio aqui fora mesmo. Não sei o que eu estava pensando.
Cruzo o meu braço no dele enquanto nos viramos para a minha casa.
— *Um sonho de liberdade* ou James Bond? — pergunto. — Pode escolher.
Ele torce o nariz.
— Qual Bond?
— Não sei. O James?
Jonah balança a cabeça, rindo, enquanto enfio a chave na fechadura.
— Feliz Ano-Novo, Lyds.
Eu me viro para ele e sorrio.
— Pra você também, Jonah.

Na tela, Roger Moore está enfrentando um cara com dentes de metal e, na sala, o Jonah e eu estamos sentados em pontas opostas do sofá, trocando novidades, enquanto damos cabo de uma pilha de sanduíches de peru.

Eu conto a ele histórias bobas do trabalho, sobre a Flo e a Mary, e mostro fotos da Charlotte no meu celular, e ele me diz que, na noite passada, foi ao Prince of Wales e ficou conversando com o Deckers e companhia, que não mudaram nada. O que é realmente estranho, porque o Jonah e eu estamos completamente diferentes das pessoas que éramos uns dois anos atrás. Ouço, assentindo nos momentos certos, me preparando para perguntar todas as coisas que realmente quero saber.

— *Rei Leão?* — pergunta ele, passeando pela programação da televisão. — Ou alguma porcaria sobre parteiras?

— Hum, com licença? — digo. — Quem aqui deu à luz um bebê com as próprias mãos, no ano passado?

Jonah desvia a atenção da programação.

— Nossa, eu tinha esquecido que você fez isso — responde ele. — E com as próprias mãos. Você é uma surpresa diária, Lyds. — Ele ri, esticando a garrafa de cerveja para mim, para um brinde.

— Gostei do elogio — digo, agradecida.

— Que bom. É verdade.

— Então... — Eu me ajeito no sofá, cruzando as pernas e virando de frente para ele. — O que realmente te trouxe aqui, Jonah?

Ele brinca com o canto do rótulo da cerveja.

— Só estava precisando limpar a cabeça.

Tento um palpite.

— Problema com o roteiro de novo?

— É — responde ele, suspirando. Sei que o Jonah às vezes tem dificuldade em equilibrar a vontade de se manter fiel à sua história e aceitar a visão que o estúdio tem para o roteiro dele, mas faz um tempo que ele não fala disso.

— Achei que vocês já tinham resolvido isso, não?

Ele torce a cabeça até o pescoço estalar, um sinal, para mim, que o conheço tão bem, de que está ansioso.

— Já tínhamos — diz ele. — Ou pelo menos eu achei que tínhamos.

Pego a minha taça de vinho sem o interromper.

— Mas paramos para o Natal, e eles devem ter ficado assistindo só ao canal da Hallmark ou alguma coisa assim, porque agora resolveram que o final tem que mudar. De novo.

Ah.

— E você não concorda?

Ele fita o teto como se a resposta para os seus problemas pudesse estar escondida em algum lugar lá em cima.

— Não.

— Então você voltou para...? — Deixo a frase em aberto para ele terminar, mas o Jonah apenas me encara em silêncio. — Se esconder? — sugiro.

Ele ri baixinho.

— Mais ou menos isso.

— Mas você vai voltar pra lá de novo, não vai? — pergunto, porque não suportaria vê-lo perder isso agora que chegou tão longe.

Ele termina a cerveja com um gole.

— É, vou voltar. Óbvio que eu vou, mas não faço ideia do que vou dizer a eles, porque o final é importante, Lyds. Faz toda a diferença.

— Eu sei — digo, embora na verdade não entenda muito de histórias. — Tem alguma chance de eles estarem certos?

— Disseram que tem que ser algo com mais promessa de esperança. Precisa ter mais promessa de esperança.

Giro a minha taça de vinho.

— As pessoas precisam de esperança, Jonah — digo baixinho. — Quem melhor do que a gente para saber disso?

Ele desvia o olhar.

— A gente também sabe que nem toda história tem um final feliz — argumenta ele.

— Talvez não — discordo. — Não na vida real, mas eu não vou ao cinema para ficar deprimida. Vou para me inspirar e sentir que vai ficar tudo bem, mesmo quando não está, para achar que o mocinho sempre vence no final. Quer dizer, quem assistiria a James Bond se o cara dos dentes de metal ganhasse?

— Jaws — murmura Jonah.

— Exatamente. — Aponto para o Jonah. — Aquele tubarão teve o que mereceu.

— Não, eu quis dizer o nome do... deixa pra lá.

— Iria ajudar se eu lesse?

Ele me olha, em silêncio.

— Não sei.

Jonah não me contou o que acontece no roteiro. É lógico que eu sei que é inspirado e baseado na amizade dele com o Freddie, mas ele tem relutado em falar mais do que isso, e eu não insisti, porque também estou nervosa com o assunto. Sei que vai reavivar um milhão de lembranças e não quero que prejudique a amizade que nós dois lutamos tanto para reconstruir nos últimos dois anos. Mas eu olho para ele agora, em apuros, e sei que sou a única pessoa no mundo que pode ajudar. Os executivos do estúdio podem conhecer o seu negócio, mas não conheciam o Freddie Hunter.

— Deixa eu ler — peço, decidida. — Eu iria gostar muito.

Um brilho de esperança cintila em seus olhos.

— Iria?

Jonah me olha tão desanimado que a minha única vontade é de vê-lo sorrir de novo.

— Vamos fazer um combinado — digo. — Eu leio se você assistir ao programa das parteiras comigo.

Ele fita a garrafa vazia.

— Acho que posso precisar de outra cerveja pra isso.

— Você sabe onde tem.

Jonah volta da cozinha com uma cerveja gelada e a garrafa de vinho na mão, então serve mais na minha taça, antes de se sentar de novo. É um gesto tão simples, tão instintivo, mas que me atinge bem no âmago, pois me habituei a fazer tudo sozinha. Eu que sirvo a minha taça, como sozinha, vejo televisão sozinha.

— É muito bom ter você aqui — confesso.

Jonah me olha, surpreso.

— Estava na dúvida se ainda iria me sentir em casa — diz ele. — Mas ainda me sinto.

Sei exatamente o que ele quer dizer.

Sexta-feira, 3 de janeiro

São três da manhã. Tentei todos os meus truques de sempre para dormir, mas, embora esteja exausta, não consigo. Ler me cansa os olhos, ouvir sons de cachoeira me deixa com vontade de ir ao banheiro, e está mais que comprovado que contar carneirinhos é uma bela de uma lorota.

Jonah ficou aqui em casa, está lá embaixo, no sofá, como sempre fez. Eu me pergunto se também está acordado ou se tem facilidade de dormir à noite. O piso de madeira está frio sob os meus pés, quando saio da cama, em silêncio, para não o acordar. Às vezes, quando não estou conseguindo dormir, preparo uma caneca de chá, mas a chaleira pode acordá-lo, então abro mão da bebida hoje. Em vez disso, paro perto da pia, com um copo de água, bocejando, e então passo a cabeça pela porta para espiar o Jonah, antes de subir e tentar dormir de novo. Ele está apagado, um braço pendendo para o chão, os cabelos ainda mais escuros por causa da escuridão da sala. Jonah sempre teve uma calma inata, mesmo quando éramos crianças e a vida dele em casa era tudo menos calma. O sono só amplifica isso; ele parece um mestre do relaxamento neste momento, com a camiseta jogada no chão. Algo faz eu me aproximar dele, até que estou sentada no chão ao seu lado, apoiando a cabeça na colcha amontoada. Nossa, como estou cansada. Fecho os olhos, confortada pelo som da sua respiração.

— Não está conseguindo dormir?

Jonah acaricia o meu cabelo, me acalentando. Devo ter pegado no sono. Estou com frio e o braço no qual deitei a cabeça está dormente.

— Tá difícil — admito. Não é novidade para ele, o Jonah sabe que tem um tempo que tenho sofrido de insônia.

Ele chega para o lado e levanta a colcha.

— Deita aqui, tem lugar.

Não hesito, nem um pouco. Eu me arrasto para o espaço que ele abriu para mim, as minhas costas pressionadas contra o seu peito. Ele passa os braços em volta de mim e puxa a colcha até os meus ombros, com os joelhos atrás dos meus.

— Agora, dorme — diz, com a boca perto do meu ouvido. — Eu tô aqui.

Jonah Jones me embala em seus braços e compartilha a sua bela calma comigo. O ritmo constante do seu coração contra a minha omoplata, o calor do seu corpo irradiando em meu sangue e meus ossos. Eu durmo.

Segunda-feira, 6 de janeiro

— Você parece meio pálida. — Flo leva a mão ao bolso do cardigã e tira um pacotinho de balas de hortelã. — Um pouco de açúcar, é disso que você precisa.

Faço que não com a cabeça.

— Obrigada, Flo. Estou bem, só cansada.

Jonah voltou para Los Angeles no sábado. Ele passou na minha casa no caminho do aeroporto e se despediu com um beijo na testa, um abraço que vai ter de durar até o dia em que puder vê-lo de novo e uma cópia do roteiro dele.

Não tenha medo de ser cruel, disse ele. *Confio mais no seu julgamento do que no de qualquer outra pessoa.*

Passei o dia inteiro lendo ontem, e a noite inteira relendo, e agora o roteiro está na gaveta da minha mesa. Fico voltando a ele, tentando achar o que ficou nas entrelinhas. É uma história muito sensível, uma angústia adolescente no auge do que tem de comovente, e no pior do que tem de fúria hormonal, o horror e o desgosto de perder o melhor amigo, a confusão e a dor de amar em silêncio a namorada dele. Está tudo ali, a nossa história: o vulnerável coração adolescente do Jonah, a fanfarrice do Freddie, e eu, o fio que une e separa os dois. Como costuma acontecer na vida real, ninguém sai vitorioso no fim. Os personagens crescem e se afastam, porque se ver é dolorido demais. É verdadeiro, melancólico e bonito, mas não é o tipo de final que essa história merece.

— Tem certeza que a gente não pode voltar a usar o carimbador, Lydia? — resmunga Flo. — Não sei nem ligar esse computador.

Ergo os olhos da pilha de livros recém-devolvidos que estou organizando.

— Carimbador?

— É — insiste Flo, imitando o gesto de carimbar. — O carimbador.

— Vocês são malucas. — Ofereço um sorriso, porque Flo merece. — Você e a Mary, duas carimbadoras malucas.

— É o melhor jeito, na minha opinião — opina. — No mínimo, torna a vida mais interessante.

Olho para a Flo.

— Flo é apelido de Florence?

— Florence Gardenia — conta ela, então ri. — Muito comprido. Eu costumava dizer pro Norm que só casei com ele porque o sobrenome dele era Smith.

Não sei muito sobre o passado da Flo. Ela às vezes fala do Norm, o marido que serviu no Exército estadunidense, e sei que eles completaram bodas de ouro pouco antes de ele falecer. Ela tem filhos, mas tenho a impressão de que não vê a família tanto quanto gostaria.

— Onde vocês se conheceram?

A expressão em seu rosto se suaviza.

— Ele apareceu num baile, no auditório da prefeitura, numa noite de domingo, todo bonito, de farda. Ele me deu um maço de cigarros, e eu dei a ele o meu coração.

— Fácil assim — digo.

— Nem sempre. — Ela apoia o rosto nas mãos, pensando. — Ele viajava muito, no começo. — Ela faz uma pausa. — Me mandava umas cartas assanhadas, ainda tenho tudo numa caixa de sapatos, no meu guarda-roupa. Acho que vou ter que queimar antes de morrer, para os meninos não lerem.

Essa é uma das coisas que mais aprecio na Flo; ela sempre procura a graça nas coisas.

— Você escrevia de volta?

Ela arregala os olhos.

— E eu tenho cara de quem escrevia carta indecente, Lydia?

— Vou entender isso como um "sim" — respondo, e ela se limita a rir, batendo com o indicador na lateral do nariz.

As portas se abrem, e nós erguemos o rosto e nos deparamos com uma turma da escola primária da cidade chegando, enchendo a biblioteca de barulho e galochas molhadas.

Turpin foi um herói agora há pouco, quando eu estava esvaziando o conteúdo da minha antiga mochila de escola no tapete. Eu trouxe lá do sótão e tenho certeza de que o que estou procurando está aqui em algum lugar. Um protetor labial seco, uma revista com uma banda na capa que não me lembro do nome, um envelope de fotos da época que não existia smartphone. Fui mais fundo, para tirar tudo que havia dentro dela, e uma das coisas que saiu foi uma aranha do tamanho de Júpiter. Já nervosa por ter precisado subir ao sótão, dou um grito, sacudindo a aranha do braço e alertando o gato, que disparou da poltrona do Freddie e aterrissou nela com uma precisão aterrorizante. Não sei direito se ele esmagou ou comeu, mas acho que ela não vai mais me incomodar tão cedo.

Respiro fundo agora e me sento no tapete, a minha vida adolescente espalhada ao meu redor. Cadernos de exercícios cobertos de rabiscos e pichações; folheio, com saudade daquela época fácil. A minha caligrafia cuidadosa, bolinhas em cima dos is, linhas retas vermelhas, as correções do professor em verde. Para uma menina que não gostava de química, fui muito bem no dever de casa que copiei do Jonah Jones. Deixo os cadernos de lado e pego o que estava procurando: uma caixinha de música de madeira decorada com passarinhos coloridos.

Tem anos que Jonah me deu isso de aniversário. Na época, ele falou que tinha visto na vitrine de um brechó e achou que eu talvez pudesse gostar por causa dos passarinhos e tal; todo indiferente, não era nada de mais. Recebi o presente no mesmo espírito com que me foi oferecido e usei para guardar a pulseira que o Freddie me deu no mesmo dia. A pulseira não está mais lá dentro, ficou perdida em algum lugar ao longo dos anos. Sorrio ao encontrar o anel amarelo com uma flor de plástico que o Freddie me deu, dois colares embolados e um par de brincos que acho que era da Elle, e não meu. Não há mais nada de valor aqui, exceto, debaixo das outras coisas, uma pedrinha pequena e lisa. Tiro e seguro na palma da mão. É cinza-claro, com veios brancos, mais ou menos do tamanho de uma castanha-do-pará. Visualmente, não tem nada de especial, mas quando fecho a mão em volta dela, eu me lembro do dia em que o Jonah a colocou na palma da minha mão, quando entramos na escola para fazer a nossa primeira prova de fim de curso. "Pra dar sorte", sussurrou ele, envolvendo-a em meus dedos trêmulos.

Olho para o celular na mesa de centro. Desde que o Jonah foi embora no sábado que não tenho notícias dele. Acho que não vai entrar em contato. Ele me deixou com o roteiro na mão e um beijo na testa, e agora a bola está comigo. Eu me lembro da conversa com a Flo, das cartas que ela ainda tem numa caixa de sapatos no guarda-roupa.

Algo profundo e inegável mudou dentro de mim recentemente no que diz respeito a Jonah Jones. Percebi que é possível amar as pessoas de jeitos diferentes em diferentes momentos da vida. Ele é o meu amigo mais antigo, mas recorri a ele como um homem, na outra noite. Naquela madrugada, recorri a ele como a alguém que amo, e ele me ofereceu acolhimento e proteção, sem questionar.

Giro a pedrinha cinza na mão várias vezes, pensando no final da história que ele escreveu, e então me levanto e pego um papel e uma caneta. O Jonah sempre foi o cara das palavras, já eu, não, mas quem sabe hoje eu não possa encontrar as palavras certas para nós dois.

Querido Jonah,

Bem, eu li o roteiro e amei — é lógico que amei. Chorei já na primeira página e, sendo bem sincera, chorei até o fim, porque o Freddie está ali, em todas as páginas. Você deu vida a ele, e a nós, com as suas palavras mágicas.
Não me surpreende que as pessoas tenham se apaixonado pela sua história. Eu também me apaixonei — estou muito, muito orgulhosa de você. Mas, Jonah, o negócio é o seguinte: eu acho que eles têm razão — você deveria mudar o final.
Toda história tem um começo, um meio e, com sorte, um final feliz — os seus personagens merecem isso, depois de tudo o que passaram. O seu público também. Que as pessoas saiam do cinema com os baldes de pipoca vazios, mas com o coração cheio de esperança, porque com certeza existe mais de um final feliz para todo mundo, não?
Queria poder dizer tudo isso pessoalmente, mas acho que nós dois sabemos que o Phil me demitiria se eu pedisse mais folga agora! Além do mais... certas coisas são difíceis de serem ditas em voz alta, então talvez seja melhor assim.
Você e eu... É complicado, né? Mas, na verdade, não é, quando você pensa mesmo no assunto. Nós dois amávamos o Freddie — se ele ainda estivesse aqui, eu seria a esposa dele, e você, o melhor amigo, e não acho que isso teria mudado. Todos nós teríamos envelhecido, embora eu pense que ele nunca teria amadurecido de verdade.

Mas ele não está aqui. Só ficamos eu e você. Estamos para sempre mudados, porque o amávamos, e as coisas mudaram para sempre porque o perdemos. Mas não somos sortudos de termos compartilhado tanto? Temos um vínculo eterno. Não consigo me imaginar dividindo a vida com alguém que não o conhecia.

Mude o final, Jonah.

Com amor,
Lydia

Quarta-feira, 29 de janeiro

Quase não mandei a carta, porque não tenho certeza se a nossa amizade pode sobreviver a ela. Entrei na fila do correio, ansiosa, e, na minha frente, uma criança pequena esticou a mão e pegou a da mãe. O gesto me lembrou da pedrinha cinza sendo colocada na minha mão para dar sorte, e me deu coragem suficiente para mandar a carta.

Isso foi há mais de três semanas, e ele não respondeu. Já imaginei vários motivos. Talvez a carta tenha se perdido no correio, e ele esteja lá em Los Angeles, achando que eu nem me dei o trabalho de ler o roteiro — ou pior, que li e odiei. Ou talvez ele tenha recebido e esteja mortificado porque entendi tudo errado, e ele não sabe como me dispensar com educação. Ou pode ser que ele tenha se mudado para Las Vegas e se casado com uma showgirl, e a minha carta ficou fechada no capacho. Se for esse o caso, espero que alguém tenha a gentileza de rabiscar "devolver ao remetente" no envelope.

— Preferiria que a sua mãe nunca tivesse me apresentado a isso — comenta Ryan, desembrulhando um biscoito de hortelã. Ele está almoçando escondido, atrás do balcão de recepção da biblioteca, quebrando a minha regra de não comer nem beber aqui. Eu não ligo; de vez em quando ele vem passar o horário de almoço conosco, atraído tanto pela Flo e Mary quanto por mim, imagino. As duas estão aqui hoje, sentadas uma de cada lado do Ryan, atrás do balcão.

— Como está indo com a Kate? — pergunto. Ele está saindo com a Kate, a sósia da Uma Thurman que organizou o evento de *speed dating*, há um tempo. Eles se esbarraram por acaso no supermercado alguns meses depois do evento; segundo ele, seus olhos se encontraram por cima dos pepinos, mas acho que ele diz isso só para fazer graça.

— Tudo bem. — Suas orelhas ficam coradas. — Ela é... — Ele baixa o biscoito, enquanto pensa. — Sabe aquele lugar no centro, do lado da lavanderia?

Franzo a testa, tentando me lembrar do comércio da rua principal.

— O açougue?

— Melhor torta de porco num raio de muitos quilômetros — comenta Mary.

Ryan revira os olhos.

— Do outro lado.

— A de fantasia? — pergunto.

Ryan assente.

— Ela gosta dessas coisas.

Flo esfrega as mãos.

— Ela te pede pra se vestir de Batman?

Ryan fica branco, e nós rimos, embora seja terrivelmente indiscreto da parte dele comentar isso.

— Vou guardar isso na área infantil. — Pego uma pilha de livros. — Nada de sair carimbando livros enquanto eu estiver fora.

Passei a amar a minha biblioteca. A seção infantil é o meu refúgio, numa sala lateral, para conter o barulho, com janelas em alcova bonitas e vista para a rua. Coloquei os livros nas prateleiras e arrumei as mesas, também tirei uns minutos para respirar, sentada num dos bancos largos de uma das janelas para olhar a rua molhada de chuva. Gente indo, gente vindo. Não tinha percebido que havia outra pessoa na sala comigo até me virar e me deparar com o Jonah Jones, de pé na porta em seu casaco de inverno, me observando.

Fico imóvel diante da surpresa de vê-lo aqui; nós nos encaramos por alguns instantes silenciosos na sala. Seus olhos escuros me dizem que ele atravessou o oceano para me ver e, agora que está aqui, não sabe como agir, e eu não posso ajudá-lo, porque também não sei.

Ele quebra o silêncio primeiro.

— Mudei o final.

— Mudou?

Ele caminha até mim, chegando bem perto.

— Você tinha razão. Existe mais de um final feliz para todo mundo.

Engulo em seco.

— O estúdio preferiu?

— Eles amaram — diz ele, baixinho, os cílios molhados por causa da chuva, olhando para o chão.

— E você? — Eu me sento nas mãos, porque elas estão desesperadas para tocá-lo. — Você amou?

Ele ergue o olhar para mim de novo.

— Eu estava preocupado de ficar muito com cara de conto de fadas — explica ele. — Clichê demais. Mas não ficou. Ele conta pra ela que a ama desde sempre. Que quer que ela seja as noites de sexta-feira dele, e as suas manhãs de Natal, e que todas as músicas de amor que escreveu foram sobre ela. Ele diz que quer ser quem a abraça para dormir toda noite. Que quer que o final feliz dele seja com ela.

Eu me levanto do banco e dou um passo na direção dele.

— E aí, porque ela falou pra ele que existe mais de um final feliz para todo mundo, ele a beija.

— Uau — sussurro. — Parece um sucesso estrondoso. Adorei.

Eu vou até o Jonah, e ele me abraça dentro do seu casaco, apertado o bastante para eu sentir o seu coração batendo contra o meu. O estúdio provavelmente vai colocar o beijo final lá fora, sob a chuva torrencial, e usar uma trilha sonora romântica, mas eles nunca vão conseguir capturar a reverência nos olhos do Jonah quando ele baixa a cabeça, ou o tremor em seus lábios quando ele me beija, ou o desejo em nosso primeiro beijo lento. Não é o beijo adolescente que nunca aconteceu. É adulto e elétrico, carinhoso, mas urgente. Seguro seu rosto nas minhas mãos e me aperto contra ele, e ele suspira o meu nome e afasta a cabeça só o suficiente para olhar para mim. Nós nos olhamos, sem fôlego, maravilhados, e eu percebo que não é chuva nos cílios dele. Ele está chorando.

Agradecimentos

Um enorme "obrigada" a Katy Loftus, editora, gênio e amiga, e à equipe maravilhosa da Viking, pelo apoio contínuo. Obrigada também a todos na Penguin, em especial à poderosa equipe de direitos internacionais, por fazer a Lydia viajar o mundo.

Sou imensamente grata a Hilary Teeman e à fantástica equipe da Ballantine, nos Estados Unidos. Que sorte a minha de trabalhar com vocês, sua contribuição e apoio significam muito para mim.

Muito obrigada aos meus editores no exterior, é uma honra trabalhar com todos vocês.

Obrigada a Jemima Forrester e a todos na David Higham pela ajuda.

Muito amor e um grande "obrigada" a Kathrin Magyar, pelo lance generoso no leilão de caridade para ter seu nome citado no livro — espero que você aprove a personagem!

Devo também um agradecimento especial e carinhoso a todas as pessoas que compartilharam suas histórias comigo, tanto on-line quanto pessoalmente. É difícil falar de luto — vocês me ensinaram, me inspiraram e me emocionaram bastante.

Serei infinitamente grata, óbvio, a todos que lerem a história da Lydia. Obrigada por escolherem passar o seu tempo com as Bird, por conversarem comigo nas redes sociais e por ajudarem a divulgar o livro. Não deixo de me impressionar com as suas fotos maravilhosas e os comentários no blog.

Por último, mas não menos importante, à minha família, passada e presente. Este livro em especial foi amplamente baseado em todos vocês, seus loucos maravilhosos! Uma palavra ou um olhar aqui, uma risada ou uma lembrança ali — vocês são todos fabulosos, e eu os amo muito.

Este livro foi composto na tipografia Minion Pro,
em corpo 11,5/15,5, e impresso em papel off-white
no Sistema Cameron da Divisão Gráfica
da Distribuidora Record.